Bettina Hellwig (Hrsg.)
Schwäbisch-kriminelleWeihnachten

wellhöfer
VERLAG

Wellhöfer Verlag
Ulrich Wellhöfer
Weinbergstraße 26
68259 Mannheim
Tel. 0621/7188167

info@wellhoefer-verlag.de
www.wellhoefer-verlag.de

Titelgestaltung: Uwe Schnieders, Fa. Pixelhall, Malsch
Satz: Wellhöfer Verlag, Mannheim

ISBN 978-3-95428-229-6

Bettina Hellwig (Hrsg.)

Schwäbisch-kriminelle Weihnachten

Inhalt

Rezepteverzeichnis

Thomas Nauert / Andreas Fleck

Mecki Melzer oder
Schwaben für Feinschmecker

Stuttgart

Es saß einmal ein Sternekoch
in Stuttgart tief im Degerloch.
Er kochte wie Johannes King
der leider an die Nordsee ging.
Mit Rübenmus und roter Grütze
war der im Ländle zu nichts nütze.
Auch mit frittierten Seehundsteaks
ist er dort besser unterwegs.

Ohne Zacherl, Lafer, Linster
bleibt Schwabens Küche fad und finster.
Ein Witzigmann, der fehlt in Schwaben
für's Leberle und Spätzleschaben.
Das hört ein großes Kochtalent,
den man Mecki Melzer nennt.

Im dunklen Degerloch wird's besser,
denn nun wetzt Mecki dort sein Messer.
Mit flinker Hand kann der tranchieren.
Er kennt sich aus mit leckren Tieren.
Flugs fährt sein Messer durch die Schwarten,
hoch lebe Schwäb'scher Rinderbraten!
Mit Trollinger als Stimulans
rupft Mecki flott die Weihnachtsgans.

Zu Weihnachten, dem Fest der Feste,
gibt ein Sternekoch das Beste.
Sein Blick fällt auf des Lehrlings Rücken.

Der beugt sich, das Dessert zu schmücken.
Noch eben war der guter Dinge.
Er spürt sie kaum, des Meisters Klinge!
Der Stahl versinkt tief in den Rippen.
Ein letzter Hauch entströmt den Lippen.
Im Fleischwolf soll der Jüngling enden.
Als Fülling kann man den verwenden.

Dieser Fall zeigt exemplarisch
Ein Mord isst niemals vegetarisch.

Zwiebelrostbraten

4 Scheiben Rostbraten, à ca. 200 g
7-8 Zwiebeln
3 Knoblauchzehen
5 EL ÖL
3 EL Butter
4 EL Senf (scharf)
3 EL Tomatenmark
1 1/2 EL Mehl
35 ml Wasser
17 ml Rotwein
Salz, Pfeffer, Paprikapulver, Majoran

Zwiebeln in feine Ringe schneiden, Knoblauch zerhacken. Butter in Pfanne erhitzen, Zwiebeln und Knoblauch hineingeben und goldbraun rösten.
Rostbraten andrücken oder falls nötig leicht klopfen. Mit Senf bestreichen.
Öl in Pfanne erhitzen und das Fleisch von allen Seiten scharf anbraten. Danach Hitze reduzieren und fertig braten. Danach mit Salz und Pfeffer würzen.
Mehl im verbliebenen Bratenansatz anrösten und Tomatenmark zugeben, gut verrühren. Mit Rotwein ablösen, mit Wasser aufgießen. Kurz aufkochen und etwa eine Viertelstunde köcheln lassen. Würzen.
Den Rostbraten nochmals kurz in der Sauce ziehen lassen. Den Braten zusammen mit den Zwiebeln, Spätzle oder Kartoffelsalat servieren.

(Das Rezept stammt von Barbara Saladin und wurde erstmals in der Anthologie „Schwabens Schwarze Seele" veröffentlicht. Hg.: Bettina Hellwig, Wellhöfer Verlag 2015.)

BARBARA SALADIN

Nikolaus, du böser Mann

Irgendwo im Schwarzwald

Nie hätte ich gedacht, dass es so weit kommen könnte mit mir. Ich war immer so ausgeglichen, friedfertig und großzügig. Ich war das Gute in Person. Früher. Doch dann kam Coca Cola.

Gestatten, mein Name ist Nikolaus. Sankt Nikolaus. Ich lebe im Schwarzwald, tief unter den dunklen Tannen. Das glauben jedenfalls die Kinder in der benachbarten Schweiz, denen ich seit Jahrhunderten (ja, ich bin sehr alt!) am sechsten Dezember, dem Namenstag des heiligen Nikolaus, Geschenke bringe. Kleine Geschenke erhalten die Freundschaft, heißt es ja. Seit Aufnahme meiner Nikolaustätigkeit brachte ich dem Nachwuchs Äpfel, Birnen, Wal- und Erdnüsse, Weckmänner, Lebkuchen und als Höhepunkt, so mit den Jahren, auch Plätzchen wie Anisbrötle oder Spitzbuben sowie das eine oder andere Schokolädle. Früher, da waren alle meine Geschenke essbar – nichts da mit Plastikspielzeug oder batteriebetriebenen Kunststoff-Einhörnern!

Unartigen Kindern versohlte ich den Hintern mit der Rute oder drohte damit, die besonders ungezogenen Bälge in meinen Sack zu packen und mit in den Schwarzwald zu nehmen. Das half meistens – damals, als ich noch nicht fürchten musste, deswegen von den Eltern strafrechtlich verfolgt zu werden. Allerdings war es schon früher eher selten, dass ich wirklich Hand anlegen musste, denn in den meisten Fällen reichte bei Uneinsichtigkeit und allzu forschem Verhalten eine entsprechende Drohung. Da bin ich nicht anders als die Politiker: Schreckliche Konsequenzen voraussagen, und schon kuschen alle.

Item: Dass ich im Schwarzwald lebe, ist eigentlich nur die halbe Wahrheit. Hier befindet sich bloß mein Zweitwohnsitz, oder besser gesagt meine Arbeitsbasis. Der Ort, wo ich mich während der elf Monate aufhalte, wenn ich nicht mit Vorbereitungen für meinen großen Tag beschäftigt bin, ist streng geheim. Es ist auch nicht Myra, wo der heilige Nikolaus herkam und wie man deswegen vielleicht glauben könnte. Ja, der ursprüngliche Nikolaus war Türke. Ich aber lebe irgendwo unter anderer Identität, und keiner erkennt mich übers Jahr in Zivil.

Bisher verlief mein Alltag stets ebenso unspektakulär wie ungestört und zufrieden. Übers Jahr gärtnerte ich, kümmerte mich um meine Hühner und Kaninchen, und wenn die Blätter sich allmählich verfärbten und die Nächte kälter wurden, bereitete ich mich auf meinen alljährlichen Einsatz vor. Doch vor einiger Zeit schlichen sich allmählich Veränderungen in die Advents- und Weihnachtszeit. Zuerst sah ich nur die Spuren von dem, der Schuld daran war. Es dauerte lange, bis ich begriff. Doch es häuften sich die Strümpfe, die neben dem Kamin hingen, wenn ich auf Kundenbesuch unterwegs war. Dann bevölkerten immer mehr Abbilder von mir in den geschmacklosesten Abänderungen und Varianten aus Polyethylen, Polypropylen oder leuchtenden LED-Röhren ab Oktober die Vorgärten – käuflich zu erwerben in riesigen Warenhäusern. Und um allem die Krone aufzusetzen, fragte mich schließlich ein Kind mit erwartungsvoll funkelnden Augen, wo denn mein Rentier sei.

Rentier, hallo? Mein Gehilfe ist kein Hirsch, sondern ein hundskommuner Esel!

Die Fragen nach Rudolph und nach meiner Heimat am Nordpol häuften sich, und ich konnte die Enttäuschung in manchem Kindergesicht erkennen, wenn ich nur meine essbaren Geschenke aus dem großen Gabensack holte, die zu hundert Prozent biologisch abbaubar sind und keine Jahrtausende brauchen, bis sie sich nach Gebrauch wieder in ihre Einzelteile zersetzt haben.

Ich begann zu recherchieren, und je mehr ich über ihn erfuhr, desto mehr begann ich ihn zu hassen. Ihn, Santa Claus, meine Konkurrenz aus Amerika.

Immer tiefer drang er in mein eigenes Geschäftsfeld ein, griff mir die Kundschaft ab, grub an meinem Ansehen und übertünchte schamlos meine Existenz. Dabei war ich zuerst da!

So zog sich das hin und wurde immer schlimmer, bis ich der Sache nicht mehr tatenlos zusehen konnte. Ich wollte eine Aussprache und schickte Santa Claus deshalb eine Terminanfrage zum Nordpol.

Seine Antwort ließ auf sich warten und fiel dann auch noch schnoddrig aus: »Sorry Mate, an dem von dir vorgeschlagenen Tag ist Thanksgiving, da geht's nicht.«

Auch das zweite Mal klappte es nicht, da sagte er kurzfristig ab und schob als Grund das Wetter in der Arktis vor. Und beim dritten Versuch war eine dringende Geschäftsreise in die Vereinigten Staaten schuld, wo er mit einem Spielzeugfabrikanten günstigere Lieferbedingungen auszuhandeln und bei der Coca-Cola-Company einen neuen Sponsoringvertrag zu unterzeichnen habe.

Ach herrje.

Als wir uns schließlich doch noch trafen, auf einer verlassenen Waldlichtung mitten im tiefen Schwarzwald, ging mir sein selbstgefälliges »Ho ho ho!« schon bei seiner Ankunft, die er mit viel Aufhebens inszenierte, auf den Zeiger.

»Hallo, Santa Claus, schön, dass wir es doch noch geschafft haben«, gab ich mich dennoch redebereit.

»Hey, easy, Bro, no problem«, gab er zurück und lachte schon wieder, obwohl hier wirklich nichts lustig war.

Ich hatte extra meinen Gabentisch mitgenommen und mit einer zum Anlass passenden Tischdecke geschmückt, auf die Tannenzweige, Sterne und Lametta gedruckt waren. Auf dem Tisch stellte ich eine Kanne mit heißem Kakao und eine Schale mit Spitzbuben bereit. Meinen Lieblingsplätzchen. Ich backe sie während des ganzen Jahres, nicht nur zur Weihnachtszeit, und insgeheim hoffte ich, dass die Spitzbuben Santa Claus milde und einsichtig stimmen würden und er das Feld – oder mindestens den Schwarzwald – räumen würde.

Tat er leider nicht. Wir kamen auf keinen grünen Zweig, denn er sah keinen Sinn in irgendwelchen Absprachen, Rücksichtnahmen oder gegenseitigen Hilfestellungen. Er sei bereits der Größte, protzte er, und brauche deshalb keine Unterstützung eines alten Mannes in ärmlicher Kluft, der glaube, von einem Heiligen abzustammen.

Der Rest unseres Treffens ist sehr schnell zusammengefasst: totales Desaster. Traurig. Wir wurden uns nicht einig, und der Ton wurde zunehmend gehässiger. Da ich Santa Claus vorher ja nur von Bildern gekannt hatte, war ich erstaunt, wie arrogant und unfreundlich der Alte war, während sich sein schwarzer Gürtel über dem jähzornig brodelnden Bauch derart spannte, dass ich befürchten musste, er würde gleich platzen und der Dorn der Schnalle mir die Augen ausstechen.

Als Santa Claus dann meinen Esel als struppigen und störrischen Klepper bezeichnete und mich auslachte, weil mein Sack ja nur mit schrumpeligen Äpfeln und ranzigen Erdnüssen gefüllt sei, wurde es mir definitiv zu viel.

Ich ging. Und da bin ich jetzt. Auch zwei Tage nach dem Zusammentreffen grollt in mir der Zorn, aus dem langsam eine giftige Pflanze wächst. Ein Entschluss, den zu fassen ich nie für möglich gehalten hätte, denn eigentlich bin ich ja ein Schutzpatron und darum für die Beschirmung des Guten zuständig ... Ja: In mir keimt die Rachlust.

Mein Esel sieht die Sache etwas pragmatischer. Als ich ihm gegenüber eine abfällige Bemerkung über Santa Claus mache, schnaubt er: »Ach, hör nicht auf den ollen Ami. Der leidet doch bloß unter Größenwahn.«

»Aber er gräbt meine Kundschaft ab.«

»Karies hat er auch, bei all dem Zucker in seinen Getränken.«

»Er zerstört auch die Zähne der Kinder mit seinen Süßigkeiten, und schließlich bin ich unter anderem auch der Schutzpatron der Kinder.«

»Aber du wirst denen mit Nussallergie nicht gerecht.«

Ich verdrehe die Augen. Mein Esel hat schon immer darauf geachtet, das letzte Wort zu haben.

»Santa Claus wird überbewertet«, beharrt er und fügt, nachdem er ausgiebig auf einem Büschel Heu herumgekaut hat, hinzu: »Rudolph das Rentier mag ich allerdings ganz gern.«

»Du hast Kontakt mit dem bescheuert dreinblickenden rotnasigen Vieh mit dem unpraktischen Geweih, das seinen Schlitten zieht?«

»Ja. Rudolph ist überhaupt nicht bescheuert. Er ist ein weitgereistes, weises Rentier, das auch nur seinen Job macht. Und man wird sich unter Berufskollegen wohl noch austauschen dürfen.«

Als er meine wütend blitzenden Augen sieht, schiebt er nach: »Sorry, Chef, aber is doch wahr«, und wackelt mit den Ohren.

Also gut. Dann mache ich es halt allein. Und Rudolph bleibt von mir aus unbehelligt. Allerdings fällt so ein Unfall mit dem Schlitten weg, was wohl die einfachste Möglichkeit gewesen wäre. Na ja, bei Frost und Dunkelheit kann ja vieles geschehen! Ich zerbreche mir noch lange den Kopf, als ich an diesem Abend im Bett liege und der raue Spätherbstwind vor dem Häuschen an den Tannen rüttelt.

Was mir eindeutig zugutekommt, ist die Tatsache, dass ich der Erste bin von uns beiden, der an der Reihe ist. Nach dem Öffnen des sechsten Türchens des Adventskalenders kommt mein großer Auftritt, und danach ist wieder Ruhe für mich. In der letzten Woche vor meinem Tag bleibe ich zu Hause und widme mich den Vorbereitungen. Bewusst vermeide ich es, mich als Normalsterblicher zu verkleiden und in die menschliche Zivilisation zu begeben, denn den ganzen Kommerzkitsch vor Weihnachten finde ich schon seit Längerem schrecklich. Und jetzt kann ich schon gar keine Weihnachtsmänner aus Kunststoff und Lichterketten in Santa-Claus-Form gebrauchen, die an Fassaden hochklettern.

Hochklettern? Halt! Das ist es. Genau da krieg ich ihn – und zwar mit seinen eigenen Mitteln.

*

Endlich ist der sechste Dezember vorbei, meine Arbeit getan, die Utensilien wieder verstaut und mein roter Mantel im großen Kleiderschrank eingemottet.

Der 25. Dezember nähert sich. Dank der Geschwätzigkeit von Rudolph weiß ich, wo Santa seine Tour beginnen wird. Mein Esel hat sich nämlich wieder mit dem Rednosed Raindeer getroffen und die neuesten Neuigkeiten ausgetauscht. Im ersten Moment war ich ja versucht, ihm den Umgang mit dem Arbeitstier meines Feindes zu verbieten, aber erstens lässt mein Esel sich weder was sagen noch untersagen, und zweitens merkte ich schnell, dass ich diesen guten Kontakt auch für mich nutzen kann. Im Gegenzug werde ich darauf achten, dass Rudolph kein Härchen gekrümmt wird.

Die Sache ist erstaunlich einfach. Ich selber muss nicht einmal dabei sein, wenn Santa Claus ins Gras beißt. Etwas schmierige Erdnussbutter auf den Stufen der Leiter, die er erklimmen wird, reicht aus, wenn er durch den ersten Kamin auf seiner Tour Hausfriedensbruch begehen wird ... Den Rest erledigt seine Selbstgefälligkeit, die in seinem Weltbild Dinge wie Um- oder Vorsicht gar nicht zulässt – gemeinsam mit der Erdanziehungskraft, die ihn, wenn er den Halt verliert, dorthin befördert wird, wo er hingehört: nach unten. Und finito.

*

»Santa Claus vom Dach gefallen: Tot!« Die Schlagzeilen schreien den tragischen Unfall kurz darauf in die Altjahreswoche hinaus, grell und brutal. Es gibt Sondersendungen mit weinenden Kindern, und die Facebook-Seite »Santa Claus we love you <3 <3 <3 !!!« erhält innerhalb weniger als vierundzwanzig Stunden über 50.000 Likes.

Ich muss zugeben, ein bisschen leid tut mir die Sache dann doch, aber nur wegen der untröstlichen Kinder, die darum trauern, dass Santa Claus den Weg alles Irdischen gegangen ist. Nun müssen die Kleinen halt 346 Tage warten, bis sie begreifen, dass zwar der Santa Claus tot ist, aber der Nikolaus sich nach wie vor bester Gesundheit erfreut und sie so reich beschenken wird wie noch nie! Um den ollen Ami selber – um mal die Worte meines Esels zu gebrauchen – tut es mir nicht leid. Zum Glück kam niemand auf die Idee, dass er mit Absicht ins Jenseits befördert worden ist.

Mein etwas überstürzter Mordanschlag wäre wohl aufgeflogen, wenn die Kriminalpolizei in dieser Sache eine Untersuchung eingeleitet hätte, denn wer streicht schon Erdnussbutter auf Leiterstufen? Hat sie aber nicht. Und dass das Attentat nicht sonderlich professionell war, spricht doch eigentlich für mich, oder? Schließlich hat man als Nikolaus keine Erfahrung mit den bösen Aktivitäten dieser Welt.

Rudolph ist übrigens bereits zwei Tage nach dem Tod seines Meisters zu uns in den Schwarzwald gezogen. Mein Esel hat darum gebeten, ihm Asyl zu gewähren, und ich wollte mal nicht so sein. Um genau zu sein: Mein Esel ist eigentlich eine Eselin. Und wenn ich sehe, wie glücklich die beiden zusammen sind, wird mir ganz warm ums Herz. Rudolph gefällt es offenbar sehr gut hier im Tannenwald. Sieht ja auch ähnlich aus wie in seiner Heimat, zumindest im Winter.
Und ich? Ich habe nun wieder Urlaub. Mein Ruf als Inbegriff des Gütigen und Großzügigen ist mir geblieben, denn mein dunkles Geheimnis kennt niemand, und von Januar bis Oktober denkt sowieso keiner an mich. Im Sommer genieße ich das dolce far niente, lege meine Füße irgendwo an geheimem Ort auf den Tisch und öffne mir eine Dose eisgekühlte Coca Cola. Das Zischen ist mir jedes Mal von Neuem Genugtuung. Hohoho!

Spitzbuben à la Nikolaus

180 g Butter
80 g Puderzucker
1 Prise Salz
1 TL Vanillinzucker
250 g Mehl
Früchtegelee, Geschmacksrichtung nach Belieben

Butter weich rühren, Zucker und Salz unterrühren, dann Mehl dazu, verrühren. In die Kälte stellen und ruhen lassen, Teig drei Millimeter dünn ausrollen, runde Plätzchen ausstechen. Die Hälfte davon mit kleinem Ausstecher verzieren.

In der Ofenmitte auf 200 Grad fünf bis zehn Minuten backen, etwas auskühlen lassen.
Gelee erwärmen und auf die umgekehrten Plätzchen streichen, Deckel draufdrücken, eventuell mit etwas Puderzucker bestäuben, fertig.

Peak boys à la Santa Claus

Alles gleich, aber Früchtegelee durch Erdnussbutter ersetzen. Genuss allerdings auf eigene Gefahr!

DOROTHEA BÖHME

Das (Schlacht-)Fest der Liebe

Stuttgart

»Du kommst eben nach deinem Vater«, sagte seine Mutter immer, wenn Tommy wieder mit einer Fünf nach Hause kam. Dann strich sie ihm sanft über den Kopf, gab ihm ein Stück Schokolade und schickte ihn zum Sport. »Wenn du Muskeln hast und boxen kannst, lacht keiner über dich.«

Denn sie war eine kluge Frau: Sie hatte sich seinen Vater ausgesucht, ein hohes Tier beim Daimler, von dem sie sich den Rest seines zugegebenermaßen nicht allzu langen Lebens aushalten ließ.

Übrig blieben Tommy, den sie heiß und innig liebte, und eine knappe Million, die sie beinahe ebenso sehr liebte.

Tommy liebte hauptsächlich seine Mutter, sein Fitnesstraining und hin und wieder auch Mädchen, später Frauen, die ein Auge auf die Million geworfen hatten.

Als er 25 war, erkrankte seine Mutter an Krebs, was verhinderte, dass sie die knappe Million ausgeben konnte, weshalb sie sich Gedanken um Tommys Zukunft machen musste.

»Tommy«, sagte sie schwach und legte die Tablettenschachtel, die er ihr gereicht hatte, neben sich. »Gib mir die Tabletten auf deiner anderen linken Seite. Und versprich mir eins: Heirate niemals eine Frau, die klüger ist als du.«

Von seinem Erbe eröffnete Tommy ein Fitnessstudio in Stuttgart-West, wo es vor Fitnessstudios nur so wimmelte. Die mussten schließlich einen Grund haben, alle dort angesiedelt zu sein. Er kaufte eine alte Garage in der Reinsburgstraße und baute sich den ersten Stock zu einem Loft um. Er stellte zwei Fitnesstrainer und eine Yogalehrerin ein. Dann machte er sich daran, den letzten Wunsch seiner Mutter zu erfüllen.

Doch die Sache gestaltete sich schwieriger als gedacht: Die erste Freundin konnte Kopfrechnen, die zweite gewann beim Pub-Quiz, und die dritte wollte plötzlich studieren gehen.

»Hey, nicht aufgeben, Frauen gibt's wie Sand am Meer, und eine passende wird sich schon finden«, munterte Brock ihn auf, sein erster Fitnesstrainer, der eigentlich Lukas hieß. Aber Brock, der beinahe so breit wie Tommy war, fand »Lukas« viel zu deutsch. »Brock« war amerikanisch und erinnerte ihn an »Brocken«, einen großen, starken Felsen. Der er dank ausgiebigen Trainings, vor allem aber guter Steroide auch war.

Seit dem Tod seiner Mutter hatte Tommy nicht mehr allzu viele Leute, mit denen er über seine Gefühle reden konnte. Brock war nicht ideal, aber stand gerade zur Verfügung.

»Sind das etwa Anabolika? Brock, du verkaufst doch keine Steroide in meinem Club?« Tommy starrte auf die Pillen, die Brock auspackte.

»Nein, Mann, das sind Vitamine. Steht sogar drauf: Metandienon.«

Beruhigt lehnte Tommy sich wieder zurück.

»Bald ist Frühling, Mann. Da werden die Röcke kürzer und die Frauen heißer. Da läuft sie dir über den Weg.«

Erst einmal wurde es allerdings Herbst, die Jacken länger und die Getränke heißer.

Tommy wurde schon von einer ausgewachsenen Winterdepression heimgesucht, da fiel ihm seine Traumfrau zwischen den Ruder- und den Konditionsgeräten buchstäblich vor die Füße – und zwar, als sie sich mit einem Knopfdruck regelrecht vom Laufband katapultierte.

»Da waren diese ganzen Buchstaben, die haben mich verwirrt«, sagte die zarte blonde Schönheit mit dem Namen Vanessa und hielt sich den Eisbeutel an die Schläfe, den Tommy ihr gebracht hatte.

»Das sind echt viele«, murmelte Tommy mitfühlend, während er ihr einen Proteinshake reichte. Auf den Stress musste sie ihren Energiehaushalt ausgleichen. Außerdem hatte er das Bedürfnis, sie zu umsorgen, und mehr als Proteinshakes, Proteinriegel und Proteincracker kam ihm auf die Schnelle nicht in den Sinn.

Einige Minuten schlürften sie beide schweigend ihre Shakes. Seine Augen wanderten immer wieder von ihren Schultern über die weichen Rundungen ihrer Hüften bis zu ... Schnell blickte er ihr ins Gesicht.

»Vielleicht hast du ja mal Lust ... wir könnten am Bärensee laufen gehen. Wenn du möchtest ...«, stotterte Tommy.

Für einen kurzen Augenblick leuchteten ihre Augen auf, dann brüllte jemand am Empfangstresen: »Vanessa!«

Tommy runzelte die Stirn, Vanessa schien in sich zusammenzufallen. »Das wäre wirklich schön«, sagte sie schließlich zu seinem Vorschlag. Dann nickte sie mit dem Kopf in Richtung Tresen, wo sich ein Typ in Achselshirt und mit blondgefärbter Stachelfrisur gerade mit Brock anlegte. »Aber mein Freund würde das nicht mögen.«

Ihr Freund. Natürlich hatte so eine wunderbar schöne Frau, die ihre wertvolle Zeit nicht mit Nachdenken verschwendete, einen Freund. Tommy hätte die Arme in die Luft reißen und das Schicksal verfluchen können.

Stattdessen spendierte er ihr nur einen Proteinriegel und hoffte, sie würde dennoch weiterhin in sein Fitnessstudio kommen – was sie mit nun wieder leuchtenden Augen fest versprach, bevor sie mit ihrem Platinblonden verschwand.

Tommy blieb zurück, im Hintergrund das Surren eines einsamen Kunden auf dem Standfahrrad. Als Gesellschaft blieben ihm Brock, an die hundert Proteinriegel und sieben Hochglanzfotos von Bodybuildern an der Wand.

*

Es dauerte tatsächlich nur drei Tage, da kam Vanessa erneut herein.

Vor Aufregung stolperte Tommy über eine Rundhantel, dann fuhr er sich schnell durch die gegelten Haare.

»Hey, Vanessa!« Sein Lächeln gefror, als er ihr Gesicht sah. Zu dem blauen Fleck an ihrer rechten Schläfe, der vom Laufband-Unfall stammte, hatte sich ein blaues Auge auf der linken Seite hinzugesellt. »Was ist passiert?«

»Ich bin gegen eine Tür gelaufen.«

Tommy wollte ihr gerade erzählen, dass ihm das auch öfter passierte, weil er Entfernungen so schlecht einschätzen konnte, da fiel ihm auf, dass sie ihm nicht in die Augen blickte. Und wenn Tommy eins war, dann ein Gentleman. Sein Unterkiefer schob sich nach vorn.

»Das war dein Freund, oder?«

Ein kleiner Schluchzer entfuhr Vanessa, Tommy hätte am liebsten die Rundhantel genommen und ihrem Macker den Schädel damit eingeschlagen. Erschrocken über die eigenen Gewaltfantasien, er war immer ein friedliebender Mensch gewesen, streichelte er Vanessa sanft über die bebende Schulter.

»Es ist auch meine Schuld«, sagte sie und blickte ihm endlich in die Augen. »Ich habe die Mikrowelle viel zu hoch eingestellt. Alles ist explodiert und angebrannt, ich hab zwei Stunden putzen müssen.«

»Solche Dinge passieren.« Tommy hatte einmal Kartoffeln ohne Wasser gekocht.

Sie zuckte unglücklich mit den Schultern. »Ich bin manchmal ein bisschen dumm.«

Das mag ich doch so sehr an dir!, wollte Tommy rufen, biss sich aber noch rechtzeitig auf die Lippen.

*

Dafür nahm er kein Blatt vor den Mund, als er Brock zwei Stunden später die Geschichte erzählte.

»So, und dreimal darfst du raten, was ich jetzt mache«, sagte er, als er am Ende angelangt war. »Ich werde dieser elenden Laus so richtig die Fresse polieren.«

Die begeisterte Zustimmung, die er von Brock erhofft hatte, blieb aus.

»Soll ich Vanessa etwa leiden lassen?«, fragte Tommy aufgebracht.

»Natürlich nicht.« Brock drehte sich auf seinem Barhocker am Tresen der Fitnessbar zu ihm herum. »Aber was passiert danach?«

»Er braucht einen Strohhalm zum Essen.«

»Auch, klar. Und dann?«

»Er lässt sich krankschreiben.«

»Und weiter?«

»Er kann nicht arbeiten gehen. Er kommt ins Krankenhaus. Oh. Wer soll das alles bezahlen? Und ich bin schuld.«

»Wie? Was?« Brock seufzte. »Er ist sauer und verbietet Vanessa, nochmal herzukommen. Oder er zeigt dich gleich an. Nein, nein, was du willst, ist eine endgültige Lösung des Problems.«

Das hörte sich gut an. »Du meinst, ihn endgültig aus Vanessas Leben zu befördern?«

Brock zog bedeutungsvoll die Augenbrauen hoch. Was genau das bedeuten sollte, konnte Tommy allerdings nicht so recht sagen.

»Wie soll das gehen?«, fragte er.

Brock fuhr sich mit dem Daumen ganz langsam am Hals entlang.

»Ich soll ihn umbringen? Du bist doch verrückt.«

»Hast du eine bessere Idee?«

Hatte Tommy nicht, aber das war kein Wunder, er hatte nie bessere Ideen, er war immer derjenige mit den schlechten Ideen gewesen. Oder ganz ohne Ideen.

»Ich wünschte, meine Mutter würde noch leben.« Die hatte in Notlagen immer gewusst, was zu tun war.

»Ja, Mann, Mütter.« Brock nickte. »Okay. Was glaubst du denn, würde sie dir jetzt raten?«

Tommy dachte nach. Das dauerte eine ganze Weile. Schließlich musste er an den Tag denken, an dem sein Vater starb. Seine Mutter hatte extra Kokosmakronen gebacken, die liebte die ganze Familie. Aber Tommy hatte unerklärlicherweise keine davon essen dürfen. Eine halbe Stunde später hatte der Vater angefangen zu würgen und war dann vom Stuhl gerutscht.

Tommy nickte langsam. »Ich glaube, sie würde mir raten, Kokosmakronen zu backen.«

*

Vanessas Freund die Kokosmakronen unterzujubeln, war nicht schwer.

Seit Vanessa mit leuchtenden Augen aus dem Fitnessstudio gekommen war, hatte Mario Verdacht geschöpft. Beim Friseur hatte er seine Stacheln frisch blondiert, aber auch, als er die Muskeln in seinem Achselshirt hatte spielen lassen, war keine Bewunderung in Vanessas Augen zu sehen gewesen. Mario wurde zunehmend frustrierter, die Faust saß ihm lockerer, was nicht nur Vanessa spürte, sondern auch der Nerd, der ihn in der Disco auf der Theo angerempelt hatte. Seit Tagen kreisten seine Gedanken nur um eins: Vanessa würde ihn doch wohl nicht betrügen?

Aus diesem Grund ließ er sie nicht mehr aus den Augen, brachte sie zum Fitnessstudio – denn ja, die Notwendigkeit regelmäßigen Trainings sah er ein, wollte er doch, dass Vanessa ihre straffen Schenkel und diesen unglaublichen Hintern behielt. Er holte sie auch ab und blieb manchmal sogar während ihres Trainings dabei, um Tommy feindselige Blicke zuzuwerfen und Brock anzupöbeln. Der Trainer Brock war zwar muskulös, aber nichts, wovor der sehnige Mario Angst hatte. Der große Fitnessstudiobesitzer hingegen … Mario wusste vor einer Schlägerei gern, dass die Chancen für einen Sieg mindestens 80 Prozent betrugen.

Die schlechte Laune des Blondgestachelten wiederum ließ Tommys Brust anschwellen. Wenn Vanessas Freund eifersüchtig war, gab es dann nicht vielleicht sogar einen Grund dafür?

Das glückselige Grinsen wich Tommy erst aus dem Gesicht, als er eine Woche später die blaugefärbten Fingerabdrücke auf Vanessas Arm sah.

Tommy hatte keine Ahnung, ob das, was er als »hochwirksames Gift« von einem Straßendealer in einer Nacht- und-Nebel-Aktion bekommen hatte, tatsächlich tödlich sein würde. Aber Versuch macht kluch, hatte seine Mutter immer gesagt, und so holte er ihr fleckiges altes Kochbuch hervor und begann zu backen. Kokosmakronen waren natürlich für einen Sportler insofern unpraktisch, als dass das Eiweiß verbacken wurde und nur das Eigelb übrigblieb, das man nicht gebrauchen konnte.

Abgesehen davon brauchte Tommy vier Versuche, weil er beim ersten das Mehl vergaß, beim zweiten Mal die Makronen komplett verbrannten und er beim dritten nicht mehr wusste, in welcher Makrone das Gift war.

Aber schließlich stellte er sich mit seinem Werk am Eingang des Studios auf.

»Einen wundervollen ersten Advent!«, rief er seinen Kunden und Kundinnen zu.

Als Vanessa mit ihrem Mario durch die Tür spazierte, war noch genau eine, *die* Kokosmakrone, übrig.

»Schönen ersten Advent. Makrone?« Mit einem Lächeln hielt Tommy sie seinem Rivalen hin, der ihn finster anblickte.

»Hey, Mann«, sagte Brock in dem Moment hinter ihm und schnappte sich die Makrone. »Ich bin am Verhungern.«

»Brock!« Tommy ließ seinen hübsch dekorierten Teller fallen und wollte Brock die Makrone aus der Hand reißen, doch es war schon zu spät.

Manchmal verfluchte Tommy den Umstand seines mangelnden Intellekts. Denn die meisten seiner Freunde waren ebenfalls nicht die Hellsten.

Brock, dem sein Geiz, keine 80 Cent für einen Proteinriegel auszugeben, nun zum Verhängnis wurde, hatte das Gespräch über Vanessas Freund schon längst vergessen.

Immerhin stellte Tommy bei dieser Gelegenheit fest, dass der schmierige Straßendealer keine leeren Versprechungen gegeben und Brock tatsächlich mit Anabolika gehandelt hatte – welche die Rechtsmedizin auch für seinen Tod verantwortlich machte.

Tommy kam glimpflich davon und hielt eine bewegende Rede am Grab seines Fitnesstrainers.

Vanessa hatte Tränen in den Augen.

Und einen neuen blauen Fleck.

*

In Tommys Adern brodelte es. Was zu viel war, war zu viel, entschied er noch auf dem Heimweg von der Beerdigung.

Brocks Auto stand vor dem Fitnessstudio, der Schlüssel lag in seinem Spind.

Ohne nachzudenken, eine Tätigkeit, auf die Tommy generell recht gern verzichtete, die in diesem Augenblick aber äußerste Aufmerksamkeit und Willenskraft verlangt hätte, schnappte er sich das dunkelblaue Muscle-Car, das Brocks Liebe zu den USA geschuldet war.

Wo Vanessa wohnte, wusste er, und auch wenn er dreimal durch die theoretische Fahrprüfung gefallen war und immer noch keinen Führerschein besaß, so hatte er bis zu diesem Zeitpunkt doch fünf Praxisstunden absolviert. Und zum Glück steuerte man amerikanische Autos automatisch.

Es war stockfinster, und um nicht wiedererkannt zu werden, zog Tommy sich die Kapuze seines Anoraks tief ins Gesicht, wickelte einen Schal um die untere Mundpartie und nahm Brocks Piloten-Sonnenbrille aus dem Handschuhfach.

Die Kälte, vermischt mit seinem Atem, tat ein Übriges, und so war Tommy tatsächlich für niemanden zu erkennen. Umgekehrt war es für ihn mindestens genauso so schwierig, nach draußen zu sehen. Doch irgendwann bog Vanessas blonder Schopf um die Ecke. Auf der gegenüberliegenden Seite ein Mann, groß und dunkelhaarig.

Tommy parkte aus. Dann ließ er den Motor des hellblauen Chevys aufheulen, der Typ überquerte gerade die Straße.

Tommys Schal verhedderte sich in seiner Sonnenbrille, die Kapuze rutschte immer tiefer, doch tapfer gab er weiter Gas. Der Aufprall riss seinen Kopf zurück. Er hörte einen lauten Aufschrei. Mit zitternden Händen suchte er nach dem Rückwärtsgang, obwohl er doch nichts lieber getan hätte, als Vanessa zu trösten.

Aber es ging nicht anders. Er musste unerkannt vom Tatort fliehen.

Gefährlicherweise hatte Tommy nicht daran gedacht, das Nummernschild des Chevys abzudecken. S – EX 69 war recht prägnant.

Der Unfall war am nächsten Tag in aller Munde. Schließlich geschah ein Attentat auf stadtbekannte Prominenz nur selten. Und dann war der alternde Comedy-Star Hartmut Busch, besser bekannt als *Der schwätzende Schwabe*, auch noch dabei gestorben. Böse Zungen behaupteten, der Unfallfahrer müsse ein Kulturjournalist der Stuttgarter Zeitung gewesen sein.

Die Polizei bot alle Kräfte auf, um ihrem prominenten Opfer zu Gerechtigkeit zu verhelfen. Doch trotz eingerichteter Sonderkommission und Hilfe durch das LKA blieb das Unfallauto, das ihnen von der einzigen Zeugin Vanessa Stein, einer Nachbarin des Toten, beschrieben wurde, wie vom Erdboden verschluckt.

Erst im darauffolgenden Sommer gaben es die hartnäckigsten der Spezialisten schließlich auf, den alten Mercedes mit dem Kennzeichen S – XY 70 ausfindig zu machen.

*

»Nimm's nicht so schwer.« Die Yogatrainerin Janine, die Tommys Verzweiflung über den Tod des Stuttgarter Comedians leid tat, legte ihm eine Hand auf die Schulter. »Wir gehen demnächst in die Rosenau. Da findest du in Nullkommanichts einen anderen, über den du lachen kannst.«

Tommy nuckelte an seinem Proteinshake und schwieg.

»Und wenn dich das alles nicht aufmuntert: So oft wie die Blonde da drüben zu dir herschaut, scheint sie auf dich zu stehen.«

Er blickte nicht einmal auf. »Die Blonde da drüben hat einen gewalttätigen Freund.«

Als ein paar Minuten lang Schweigen herrschte, dachte er schon, dass Janine mitsamt ihrer Yogamatte abgezogen war. Aber dann hörte er sie hervorpressen: »Das kann man ja ändern.«

Nicht schon wieder. Tommy hatte die Nase voll von Gewalt, gestrichen voll.

Auf dem Weg zur Rudermaschine musste er an Vanessa vorbei, die in ihrem knappen pinkfarbenen Top zum Anbeißen aussah und ihm ein strahlendes Lächeln schenkte.

Etwas tief in seinem Inneren zog. Zog und schmerzte, und als er sah, wie Mario eine halbe Stunde später besitzergreifend den Arm um Vanessa legte, ließ er den Griff am Kabelzugturm abrupt los, sodass er mit einem Klirren gegen das Gestänge prallte.

Janine, die sich zunehmend Sorgen um ihren Chef machte, schleppte ihn zur Ablenkung auf den Weihnachtsmarkt.

»Ein bisschen Glühwein wird dir guttun.«

Tommy versuchte, nicht die Kalorien des süßen Getränks zu zählen und erst recht nicht daran zu denken, was der Alkohol mit seiner Kondition anstellte.

»Ach guck mal«, sagte Janine düster.

Es war, als hätte sich das Schicksal gegen Tommy verschworen. Sie waren mit ihrem zweiten Glühwein vom Rathaus zum Schlossplatz gewandert, weil Janine sich dort die Eislaufbahn ansehen wollte.

Und wer fuhr dort elfengleich eine Pirouette nach der anderen? Seine Traumfrau, die Liebe seines Lebens.

Janine neben ihm wandte sich einem dunkelhaarigen Mann zu und Tommy beschloss, seinen Kummer und sein Singledasein in einem dritten Glühwein zu ertränken.

Gerade als der Glühwein und Vanessas Anblick seinen Magen wieder wohlig warm hatten werden lassen, tauchte er auf. Mario. Eifersüchtig, brüllend wie ein Stier, verlangte er von der blonden Schönheit, augenblicklich vom Eis herunterzukommen.

»Es reicht.« Mit Wucht stellte Tommy seine Glühweintasse ab. Dann marschierte er schnurstracks auf Mario zu. Oder besser: Wollte marschieren.

Es waren nur zweieinhalb Glühwein gewesen, die angesichts Tommys Körpermasse keinerlei Wirkung hätten zeigen dürfen. Aber der Abstinenzler war Alkohol nicht gewöhnt, und so tanzten kleine Punkte vor seinen Augen.

Er war jedoch nicht der Einzige, der Anstoß nahm an Marios Geschrei: Mittlerweile raunzten andere Weihnachtsmarktbesucher ihn an, in der seligsten aller Jahreszeiten nicht solch eine ungute Stimmung zu verbreiten. Liebe und Frieden wollte man haben, nicht Zwietracht und Gebrüll.

Das wiederum forderte Marios Freunde in tiefhängenden Hosen, Basecaps und mit bunten Daunenjacken auf den Plan: Ein Dicker, der noch breitbeiniger als Tommy ging, obwohl er nicht die Hälfte seiner Muskeln besaß, hielt wortlos nach links und rechts seine Mittelfinger in die Höhe, während zwei kleine Schmächtige nach allen Seiten hin beleidigten.

Es dauerte keine Minute, bis der erste Weihnachtspazifist mit seiner Faust ausholte.

»Der gehört mir!«, zischte Tommy, als ein anderer Mario ein Knie in die Magengrube rammte.

Mit Anlauf raste Tommy auf die beiden zu, rutschte auf einer vereisten Pfütze jedoch aus – und nun kam besagte Körpermasse ins Spiel: Er schlidderte, ruderte mit den Armen und prallte schließlich gegen einen der Schläger, den er wie ein Rammbock regelrecht in die hölzerne Wand der Eislaufbahn hineinstampfte. Erst als er Blut sah, bemerkte Tommy, dass der Mann Schlittschuhe um den Hals getragen hatte.

*

Tommy schob sich einen Protein-Brownie in den Mund, sein einziger Trost in diesen dunklen Zeiten. Vanessa musste er vergessen, es hatte schon zu viele Tote gegeben.

Die Polizei hatte viele Verdächtige und beschuldigte jeden, den sie mit einem blauen Auge auf dem Weihnachtsmarkt festgenommen hatte. Doch bisher war die Suche fruchtlos geblieben, niemand hatte gesehen, wer nun genau geschubst und gerammt hatte. Die Staatsanwaltschaft beschloss, in alphabetischer Reihenfolge anzuklagen.

Nein, dachte Tommy, es nützte nix. Vanessa blieb besser bei ihrem Freund und er selbst, ja, er blieb allein bis an sein Lebensende. Das entweder recht bald über einen Zucker- und Proteinschock kommen würde, wenn man die zerknüllten Schokoladen-Papiere neben ihm betrachtete, oder sich ohnehin nicht anders gestalten ließ, falls sich doch noch jemand an den Rammbock erinnern sollte.

Tödliche Schlägerei auf dem Weihnachtsmarkt, titelte der Regionalteil der Bildzeitung, die Tommy in einem Anflug von Masochismus beim Bäcker gekauft hatte.

Er wickelte einen weiteren Protein-Brownie aus. Brock, Hartmut Busch und nun »Andreas G.«. Leichen pflasterten seinen Weg.

»Tommy«, erklang in diesem Augenblick die schönste aller Stimmen in seinem Rücken.

»Vanessa.«

»Ich ...« Sie knetete nervös die Hände. »Steht das Angebot noch, mal gemeinsam am Bärensee laufen zu gehen? Das ist doch jetzt sicher besonders hübsch, mit dem ganzen Eis und Schnee drumherum.«

Vor Aufregung verschluckte sich Tommy beinahe an seinem letzten Brownie-Stück. »Natürlich«, konnte er nicht schnell genug herausbringen. »Aber ... aber dein Freund?«

Vanessa sah zu Boden. Dann straffte sie die Schultern. »Ich bin ausgezogen.«

»Du bist ...«

»Er ist wieder mal in eine Schlägerei geraten.« Sie presste die Lippen aufeinander, dann sprach sie weiter: »Weißt du, in all der Zeit habe ich mich nie getraut. Ich hatte nie den Mut. Und dann ... bin ich manchmal so ungeschickt und vergesse so viel.«

»Du bist wunderbar!«

Ganz vorsichtig griff sie nach seiner Hand. Schmetterlinge flatterten in Tommys Magen. Er hoffte zumindest, dass es Schmetterlinge und nicht die Brownies waren. Zärtlich blickte er sie an.

»Ich verdiene es nicht, dass er mich so behandelt«, sagte Vanessa leise, aber bestimmt. »Ich bin so froh, dass ich dich kennengelernt habe. Einen guten Mann. Einen, der niemals Gewalt anwenden würde.«

Dann hauchte sie ihm einen Kuss auf die Wange, und alles, was Tommy durch den Kopf gegangen war – zugegeben, das waren hauptsächlich Brownies, aber auch ein schlechtes Gewissen gewesen –, verschwand in einem weihnachtlich-glückseligen Glockengeläut.

Kokosmakronen
Das Grundrezept ohne Arsen

4 Eiweiß
250 g Zucker
1 Päckchen Vanillezucker
1 Prise Salz
300 g Kokosraspeln
evtl. Oblaten

Das Eiweiß sehr steif schlagen, nach und nach Zucker,
Vanillezucker und Salz zufügen, zuletzt die Kokosraspeln unterheben.
Mit zwei Teelöffeln Makronen formen und auf die Oblaten legen oder auch ohne Oblaten auf ein mit Backpapier ausgelegtes Backblech. 30 bis 35 Minuten bei
140 bis 160 Grad backen.

Anita Konstandin

Der Trick

Stuttgart-Bad Cannstatt

Beim Backen sollte man nebenher keine Krimi-Hör-bücher hören. Gertrud musste diesen Fehler mit zwei Eiern, Zucker, Fett und sieben Esslöffeln selbstgemach-tem Heidelbeergelee bezahlen. Unkonzentriert wie sie war, stäubte sie die fertigen Ochsenaugen komplett mit Puderzucker ein, wo doch die Pupillen aus dem Gsälz frei bleiben müssen. Sie sollen ja schwarz und klar und wie lebendig aus dem Gebäck herausglänzen. Und jetzt sehen ihre Ochsenaugen aus, als hätten sie den grauen Star.

Sie regt sich gerade noch ein bisschen über die ver-hunzten Gutsle auf, als es klingelt. Sie öffnet die Tür und vor ihr steht ein attraktiver Polizist, der sie, wie er verkündet, in einer heiklen Sache persönlich beraten möchte. Aber Gertrud hat keine Zeit, sich mit ihm ins Wohnzimmer oder sonst wohin zu setzen. Sie will heute mit ihrer Weihnachtsbäckerei fertig werden, und wenn schon die Ochsenaugen kränkeln, dann müssen we-nigstens die Butter-S was werden!

»Wenn man backt, muss man dranbleiben«, erklärt sie. Der Backofen ist schon wieder voll aufgeheizt und sie steht am Tisch und dreht den Mürbeteig durch den Wolf. Nach jeder Umdrehung nimmt sie mit der freien Hand fingerdicke Teigstreifen in Empfang und schlän-gelt sie in S-Form auf das Blech.

Zwischendurch wendet sie den Kopf nach dem Poli-zisten, der nach wie vor im Türrahmen steht und über den Flur ins Wohnzimmer linst. Er ist groß und schlank und trägt zivil. Aber auch ohne Uniform spürt Gertrud sehr deutlich, dass er eine Menge mit Kriminalität zu tun hat. Er strahlt es geradezu aus.

»Setzen Sie sich auf die Eckbank, wenn das Gespräch nicht Zeit bis morgen hat.«

Sie schiebt das Gitter mit den erkalteten Ochsenaugen auf dem Tisch ein wenig zur Seite.

»Möchten Sie ein Glas Sprudel?« Sie weiß, dass man Beamten im Dienst einen Schnaps erst gar nicht anzubieten braucht.

Für Eckbänke ist der Mann offenbar zu sperrig, er muss sich den Tisch erst einmal vorruckeln, um für seine langen Beine Platz zu schaffen. Gertrud blickt zu ihm hinüber. Jetzt klemmt er wie gefangen in der engen Eckbank, aber schließlich sagt er: »Folgendes.« Dann informiert er sie über den hinterhältigen Enkeltrick und dass sie mit ihrem »etwas aus der Mode gekommenen« Vornamen sozusagen jederzeit dran sein könnte.

Gertrud wartet seit Jahren darauf.

»Der Trickser will an Ihr Geld, Sie haben doch welches?«

Gertrud überlegt. »Ich würde jetzt gern meine Butter-S in den Ofen schieben.«

»Sekunde.« Er tippt an sein Kinn. »Der Gangster will natürlich einen größeren Betrag, und so viel Geld haben Sie vielleicht nicht im Haus, oder doch?«

Gertrud steht mit dem belegten Blech in den Händen vor ihm. »Ich zähl's nimmer. Es wird ja vom Zählen nicht mehr, stimmt's?«

»Da haben Sie auffallend recht.« Jetzt lacht er. »Wenn Sie das Geld nicht dahaben, holen Sie es bei der Bank. Mit zehn- bis zwanzigtausend müssen Sie rechnen. Es wäre das Beste, wenn Sie es parat liegen hätten.«

Seine raue dunkle Stimme lässt Gertrud dahinschmelzen, auch wenn ihr Fünfundachtzigster nicht mehr weit ist.

»Ich werde bald fünfundachtzig!«

Er haut sich auf den Oberschenkel. »Donnerwetter, hätte Sie glatt dreißig Jahre jünger geschätzt.«

Und wie schön er lügen kann.

Sie klappt die Backofentür auf und schiebt das Blech mit den Butter-S rein. Gleich darauf stopft sie wieder neuen Teig in den Wolf. »Mögen Sie Weihnachtsgebäck? Nehmen Sie sich eins.« Sie deutet auf die missratenen Ochsenaugen.

»Sekunde.« Er greift in seine Brusttasche und reicht ihr eine Visitenkarte, auf der fett gedruckt »Oberkriminalinspektor Frank Wiesle« steht.

»Sie können Franky zu mir sagen, ich war lange beim FBI in Amerika.« Er isst eins von den Ochsenaugen und macht »mmh« und nochmal »mmh«. Dann geht er weiter ins Detail: »Wenn der Enkeltrickser Sie anruft, meldet er sich ein paar Minuten später noch einmal. Er will Sie zeitlich unter Druck setzen.«

»Glauben Sie, Herr Oberkriminalinspektor?« Gertrud steht am Wolf und dreht einen neuen Schwung Butter-S heraus.

»Der Schurke wird Ihnen sagen, dass er im Moment nicht kommen kann. Er könne dort, wo er gerade ist, nicht weg, aber er würde eine Botin schicken.«

»Für so viel Geld«, unterbricht ihn Gertrud, »könnte er aber schon selber vorbeikommen.«

»Das dürfen Sie nicht persönlich nehmen.«

Franky isst noch ein Ochsenauge und kommt dann zum Kern: »Wenn Sie mit dem Betrüger telefonieren, tun Sie bitte so, als würden Sie ihm helfen wollen. Sagen Sie, ja, ich habe das Geld abholbereit bei mir liegen. Nach dem Gespräch rufen Sie umgehend mich auf dem Revier an.« Er schleckt sich den Puderzucker von den Fingern und versichert: »Während Sie die Summe für die – natürlich nur gespielte – Übergabe bereitstellen, regeln ich und meine Kollegen im Hintergrund alles Erforderliche für die Festnahme.«

»In Ordnung, Herr Oberkriminalinspektor.«

Er nickt ihr zu. »Geben Sie der Botin das Geld in einer undurchsichtigen Einkaufstasche oder in einem Baumwollbeutel, Sie haben doch so etwas, oder nicht?«

»Ich nehm immer meinen Trolley, wenn ich schwer zu schleifen hab.«

In Gedanken versunken lässt sie jetzt dünnere Teigstreifen aus dem Wolf und legt immer zwei der Länge nach über die S.

Franky streckt sich über den Tisch und macht Stielaugen. »Sie fabrizieren ja lauter Dollarzeichen, ist das jetzt Mode, oder was?«

Jetzt muss Gertrud lachen.

Nach einer Weile sagt sie: »Die Dame kann aber nicht zu mir herein, Sie sehen ja selber, wie es bei mir aussieht, die ganze Küche steht voller Schüsseln und Kuchenbleche und Gitter.«

»Gitter?« Seine Stimme war verrutscht.

»Zum Abkühlen.«

»Ach so.«

»Und in mein Wohnzimmer lass ich niemand Fremdes.«

»Das sollen Sie auch nicht! Viel zu gefährlich!« Er reibt sich die Nase. »Sie gehn nur kurz an Ihre Haustür und –«

»Und übergebe meine Ersparnisse.«

»Genau.«

»Und Sie nehmen die Botin bei mir fest?«

»Auf jeden Fall.«

»Und ich soll sie nicht wenigstens in den Flur hereinbitten?«

Er schüttelt langsam den Kopf.

»Soll ich ihr ein paar Gutsle anbieten?«

»Die will keine Gutsle. Die will nur die Tasche.«

»Jawohl, Herr Oberkriminalinspektor!«

Er macht »pscht!« und hebt den Zeigefinger. »Kein Wort zu irgendjemandem! Sie dürfen die Ermittlungen nicht behindern. Die Polizei muss sich einhundert Prozent auf Sie verlassen können.« Er krabbelt aus der Eckbank und wirft nochmal einen Blick auf die Butter-Dollarzeichen, die Gertrud jetzt energisch in den Ofen schiebt.

Bevor Franky geht, füllt sie ihm schnell noch eine Plastiktüte mit den verkorksten Ochsenaugen. »Die heißen übrigens Schwäbische *Bullen*augen, haben Sie das gewusst?«

Vierundzwanzig Stunden nach seinem Besuch kommt der Anruf. Gertrud hält den Hörer ans Ohr.

»Hallo?«

–

»Hallihallo? Wer ist denn da?«

–

»Bist du das, Enkele?«

»Ja.«

»Wie schön, dass du mal deine Oma anrufst. Nach so langer Zeit ...«

»Oma?«

»Ja?«

»Ich hab grad kurzfristig ein Problem ...«

»Ja sowas! Gestern hab ich schöne Butter-S gebacken und dabei ganz fest an dich gedacht. Du hast die Gutsle doch immer so gern mögen?«

»Schon, Oma. Aber ich ruf wegen was anderem an. Ich brauche kurzfristig Geld für die Anzahlung einer günstigen Wohnung, hier in Stuttgart, Oma. Und wenn ich das nicht umgehend beibringe, geht sie mir durch die Lappen. Mein Sparbrief wird aber erst morgen fällig. Oma, kannst du mir helfen?«

»Aber ...?«

»Oma, wenn ich die Wohnung nicht anzahle, ist die weg.«

»Da hast du recht, in Stuttgart ist eine bezahlbare Wohnung wie ein Sechser im Lotto.«

»Es sind nur fünfzehntausend Euro, und morgen komm ich gleich zu dir und bring sie zurück mit einem schönen Strauß Blumen dazu.«

»Mit Blumen?«

»Oma, du hilfst mir doch, oder?«

Selbstverständlich kommt Gertrud die Stimme bekannt vor, obwohl sie stark verstellt ist. Als wenn jemand normalerweise rau und dunkel spricht und nun übertrieben hohe Töne anschlägt.

»Freilich helf ich dir, wozu sonst hat man eine Oma?«

»Ich bin grad beim Makler und kann nicht weg, sonst gibt er die Wohnung einem anderen, aber in fünf Minuten ist eine Mitarbeiterin von der Immobilienfirma bei dir, Oma. Sie heißt Frau Kaiser und ist sehr nett. Und morgen – sagen wir um zehn Uhr – bekommst du das Geld wieder.«

»Um zehne muss ich zum Doktor.«

»Dann komme ich, bevor du aus dem Haus gehst. Ich will dir das Geld so schnell wie möglich zurückgeben.«

»Enkele?«

»Ja, Oma?«

»Bei mir klingelt's grad an der Tür, ich muss jetzt auflegen.«

Sie drückt das Gespräch weg und wählt – umgehend – eine Nummer. Sie ist jetzt ganz auf Abenteuer gebürstet. Mehrmals sagt sie: »Ja, ja« und: »Hoffentlich klappt's« und einmal: »Den gesamten Betrag?« und dann: »Sie geben mir also ein Zeichen. Was für eins denn? Ach, wie originell.« Sie hört ein paar Sekunden lang zu. Fast ein bisschen hysterisch meint sie: »Aber so schnell können Sie doch gar nicht bei mir sein, wenn Sie jetzt noch in Ihrem Kommissariat sitzen und mit mir sprechen. Ach so, Sie telefonieren mit dem Handy und sind schon unterwegs? Klasse! Und so ein Haftbefehl ist rosa, sind Sie sicher?«

Dann legt sie auf und richtet den Beutebeutel.

Schon ruft das Enkele wieder an. »Oma, hast du das Geld parat?«

»Welches Geld?«

Darauf das Enkele mit zornigem Unterton: »Die Wohnung, Oma!«

»Ach so. Ja, die 15.000 Euro liegen parat.«

»Frau Kaiser steht schon fast vor deiner Tür, Oma.«

»Ist sie deine Freundin? Willst du sie heiraten?«

»Nein, Oma. Sie ist von der Immobilienfirma. Und ich kann nicht weg, weil ...«

»Ja, das weiß ich ja schon.«

Sie legt auf und wählt eine weitere Nummer. Dieses Gespräch dauert aber nicht länger als eine einzige Sekunde.

Jetzt klingelt es wirklich. Gertrud geht mit dem prall gefüllten Beutel zur Haustür und öffnet sie langsam. Frau Kaiser lächelt: »Haben Sie das Geld für Ihren Enkel?« Sie streckt die Hand nach dem Beutel aus. Der grauweiß melierte Businessmantel und die schwarzen Stiefel stehen ihr gut.

»Ich möchte Ihnen noch etwas für meinen Enkelsohn mitgeben, einen Augenblick.«

Gertrud zieht sich in den Flur zurück, die Geldbotin folgt ihr nicht. Sie bleibt draußen und tritt von einem Fuß auf den anderen. »Es eilt wirklich sehr!«, ruft sie in den Flur hinein.

Gertrud kommt mit einem Gutslepäckle mit dem Rest der blinden Ochsenaugen wieder an die Tür. Hinter ihrem großen Buchsbaumbusch erspäht sie das verabredete Zeichen, den rosaroten Haftbefehl. Franky lässt ihn seitlich aus dem Gesträuch hervorspicken, und das bedeutet: Alles roger! Übergabe jetzt!

Sie streckt den Arm aus und reicht der Schurkin den Beutel. »Wiedersehen macht Freude«, sagt sie im Omaton und äugt noch einmal heimlich zum Busch hinüber, wo das rosa Papier auf und nieder tanzt, als wäre man im Kasperletheater.

Frau Kaiser reißt den Beutel an sich und wetzt durch den Vorgarten und durchs Törle hinaus. Auch Franky ist nicht mehr auf seinem Posten hinterm Busch. Und dann weiß Gertrud gar nicht mehr, wohin sie zuerst schauen soll, so viel ist in ihrem Vorgarten los. Ihr wird ganz blümerant, und so hält sie sich an ihrer schweren Haustür fest, die wie so oft eigenmächtig zufallen will. Es wäre nicht das erste Mal, dass die Tür sie ausgeschlossen hätte. Kräftig drückt sie dagegen, und als sie wieder auf die Straße schaut, ist alles schon vorbei.

Die Polizei hat die beiden Trickser bereits festgenommen – ohne jedes Geschrei. Dabei hätte sich Gertrud für 15.000 Euro ein paar Schüsse und wildes Gestrampel gewünscht.

Kriminalhauptkommissar Lothar Bart kommt über den Plattenweg zu ihr.

»Sie haben saumäßig gut mitgespielt!« Er legt ihr die Hand auf die Schulter wie Old Shatterhand bei Winnetou. »Mit Ihrer Hilfe konnten wir alle beide fassen, den Drahtzieher und die Gehilfin. Das ist selten.« Er lacht sie freundlich an. »Ich seh schon die Überschrift in der Zeitung: Oma schnappt Enkeltrickser-Pärle!«

Seine Kollegen haben Frau Kaiser und Franky Handschellen angelegt und sie getrennt voneinander in zwei Streifenwagen gesetzt. Und wie im TV-Krimi haben sie ihnen beim Einsteigen die Hand auf den Scheitel gelegt.

»Wieso macht man das so?«, fragt Gertrud.

»Weil man rücklings gefesselt nicht einsteigen kann, ohne sich den Kopf ganz bös anzuschlagen.« Der Polizist reicht ihr die Hand zum Abschied.

Gertrud fällt etwas ein. »Ich hab noch was für Sie und Ihr Team!« Sie läuft geschwind in die Küche und füllt eine große weihnachtliche Plätzchendose bis obenhin mit Butter-Dollarzeichen.

»Die besten Dinge im Leben sind nicht die, die man für Geld bekommt.« Sie reicht dem Kommissar ihr Präsent.

Feierlich nimmt er die Blechbüchse in Empfang. »Den Spruch hab ich schon mal gehört.«

»Albert Einstein.« Gertrud schmunzelt. »Als kleiner Bub ist er hier in Bad Cannstatt herumgesprungen.«

Hauptkommissar Bart muss nun seinerseits springen, an der Straße wartet schon ein halbes Dutzend Kolleginnen und Kollegen. Vorne am Tor dreht er sich noch einmal um, und wie auf Kommando rufen ihr alle »Frohe Weihnachten!« zu.

Gertrud winkt und lacht und geht zurück ins Haus.

Schwäbische Butter-S

250 g Butter (Süßrahmbutter!)
250 g Zucker
3 Eigelb
500 g Mehl
abgeriebene Schale von einer Zitrone
1 Päckchen Vanillezucker
1 Prise Salz
1 TL Backpulver
1-2 EL Milch

Butter in einer Schüssel schaumig rühren, dann Zucker und Eigelbe nach und nach zugeben. Zum Schluss Mehl, Zitronenschale, Vanillezucker und die restlichen Zutaten hinzufügen. Am besten mit den Händen rasch den Teig zusammenkneten und für mindestens eine Stunde in den Kühlschrank legen.

Den Teig portionsweise durch den Wolf drehen (gewünschte Tülle aufstecken) und die acht bis zehn Zentimeter langen Teigwürstle als S auf das mit Backpapier ausgelegte Backblech legen. Bei 180 Grad 12 bis 15 Minuten backen, bis sie goldgelb sind.

Die Butter-S auf dem Blech etwas abkühlen lassen, dann vorsichtig auf ein Gitter heben. Dort müssen sie vollständig auskühlen.

Ein Weihnachtsgutsle-Klassiker, der allen schmeckt!

Ochsenaugen mit Mohn

1 Vanilleschote
350 g Butter (weich)
150 g Puderzucker
1 Ei
1 Prise Salz
abgeriebene Schale von 1 Orange
400 g Mehl
150 g gemahlener Mohn

Füllung:
1 Glas dunkles Gelee (Heidelbeere, Holunder, schwarze Johannisbeere)
1-2 EL Puderzucker zum Bestäuben

Vanilleschote aufschneiden und das Mark herauskratzen. Mit den Knethaken des Handrührers die weiche Butter mit den Zutaten verrühren, am Ende Mehl und Mohn nach und nach zugeben. Den glatten Teig über Nacht (mindestens zwei bis drei Stunden) in Folie gewickelt in den Kühlschrank legen.

Den Teig vierteln und auf bemehlter Fläche mit den Händen zu vier Rollen formen. Diese in Scheiben schneiden (einen Zentimeter dick) und zu kleinen Kugeln rollen. Diese auf Backpapier aufs Blech legen. Etwas flach und mittig eine runde Vertiefung drücken (da kommt später das Gsälz hinein). Eine halbe Stunde kalt stellen. Dann bei 160 Grad auf dem zweiten Einschubgitter von unten 12 bis 15 Minuten backen.

Die erkalteten Gutsle mit Puderzucker bestäuben. Das Gelee erwärmen und mit einem Teelöffel in die Vertiefung in der Mitte füllen.

Mareike Fröhlich

Begierde

Großraum Stuttgart

Sie blickte über die Schulter, bestimmt zum zwanzigsten Mal. Doch die Straße lag genauso verlassen da wie vor fünf Sekunden. Nicht mal die räudigen Kater der Nachbarn gaben ihre furchtbaren Laute von sich, die klangen, als würde man ein Kind quälen. Nur die eine oder andere weihnachtliche Beleuchtung an den Balkonen oder in den Gärten brannte noch. Aber die würde bald ausgehen. Schließlich war ihr Haushalt nicht der einzige, der durch die Verwendung von Zeitschaltuhren Strom sparte.

Eng an die Hauswand gepresst, schlich sie zur Haustür. Am Fenster machte sie halt, stellte sich auf die Zehenspitzen und lugte hinein. Sie blickte in die dunkle Küche. Aber auch sonst konnte sie kein Licht im Haus ausmachen. Nicht verwunderlich um diese Zeit. Das Ehepaar ging um zweiundzwanzig Uhr zu Bett. Tagesschau, Fernsehfilm bis einundzwanzig fünfundvierzig, Bad, Bett. Und das schon seit Jahren.

Natürlich war es ein riskanter Plan einzubrechen, während die Bewohner zu Hause waren. Aber die Gerstenmaiers schlossen nachts nie die Haustür ab. Das taten sie nur, wenn sie ihr Haus verließen. So lautete zumindest das Ergebnis ihrer wochenlangen Überwachung.

Nicht abzuschließen war ein fataler Fehler – das wusste jeder. Und die Familie Gerstenmaier würde das in ein paar Stunden sicher auch bemerken.

Elfriede holte den Gefrierbeutel aus ihrer Jackentasche und entnahm ihm die Punktesammelkarte des örtlichen Supermarktes. Die perfekte Einbruchskarte. Das

Plastik war etwas dünner als das der EC- oder Kredit-
karten. Daher verbog sie sich etwas mehr, wenn man
sie zwischen Tür und Gummilippe des Rahmens steckte, und so konnte man die Türfalle perfekt aufschieben.
Zudem hatte Elfriede die Karte noch mit Butter einge-
rieben, damit flutschte es besser.

Nun war es Zeit, an die Arbeit zu gehen. Nicht nur,
weil alles ruhig war, sondern auch, weil sie inzwischen
eiskalte Füße hatte. Gymnastikschläppchen wärmten
nun mal nicht, dafür machten sie ihre Schritte praktisch
lautlos. Einen Tod musste man sterben.

Elfriede atmete noch einmal durch, dann schob sie
die Karte in Höhe des Türschlosses in den Schlitz zwischen Holz und Gummi. Doch nichts passierte. Sie
zog die Karte zurück und setzte ein Stück höher an. Es
machte nicht einmal ein Geräusch, als sich die Tür ein
kleines Stückchen auftat. Fast war Elfriede enttäuscht.
Sie hätte sich schon ein wenig mehr Gegenwehr erhofft,
etwas mehr Adrenalin, aber ihre Mission war noch
nicht zu Ende.

Sie steckte die Karte in den Gefrierbeutel zurück und
diesen in die Tasche ihres schwarzen Blousons. Schwarz
war eigentlich überhaupt nicht ihre Farbe, denn sie
machte schrecklich blass. Aber, und das war hier der
entscheidende Aspekt, in Schwarz verschmolz sie mit
der Nacht und die Jacke war bei C&A auf neunund-
zwanzig Euro heruntergesetzt gewesen. Damit konnte
man ja nichts falsch machen.

Sie drückte die Tür ein Stück weiter auf und schob
sich ins Haus hinein. Alles war still. Kein Schnarchen,
kein Knarren des Lattenrosts, kein Pups – also wirklich gar nichts. Was, wenn die Gerstenmaiers tot in ihren Betten lagen? An Herzinfarkt gestorben. Elfriede
schüttelte den Kopf, um ihre wirren Gedanken zu ver-
treiben.

Behutsam schloss sie die Haustür und setzte dann langsam einen Fuß vor den anderen. Schließlich kannte sie diese alten Dielenböden, die bei jeder Belastung knarzten. Das galt es zu vermeiden.

Sie schlich an der Küche vorbei, weiter durch den Rundbogen ins Wohnzimmer. Da war es! Das Objekt ihrer Begierde stand im antiken Buffetschrank. Natürlich hinter Glas, schließlich war Staub Gift. Hautschuppen, tote und lebende Hausstaubmilben, Haare, Fasern und Fusseln, Pflanzenteilchen, Bakterien, Viren, Schimmelpilze, mit all dem durfte es niemals in Berührung kommen. Gut, dass die Gerstenmaiers keine Haustiere hatten. Einmal wegen der Haare und dann, weil ein Hund, eine Katze oder Vögel unruhig geworden wären und Elfriede hätten verraten können.

Ehrfürchtig bewegte sie sich auf den Buffetschrank zu, drehte den Schlüssel der Glastür, die sich mit einem Knarren öffnete. Elfriede hielt den Atem an.

Sie streckte die Hände aus, die ein klein wenig zitterten. Als sie sich um das Stück legten, entfuhr ihr ein Seufzer. Sie musste von hier verschwinden und zwar schnell, sonst würde sie sich vergessen vor Freude.

Den schwarzen Rucksack – auch ein Angebot, von wem, wusste sie nicht, Tchibo? – nahm sie vom Rücken und packte ihren Schatz hinein. Dann schloss sie die Glastür wieder.

So, wie sie Hannelore und Karl kannte, würde es etwas dauern, bevor die überhaupt bemerkten, dass etwas fehlte. Ganz frisch waren die beiden schließlich nicht mehr im Kopf.

Der Weg zur Haustür war deutlich schwerer zu beschreiten, denn am liebsten wäre sie gerannt. Sie öffnete die Haustüre, schlüpfte durch den Spalt und zog sie behutsam ins Schloss. Und dann rannte sie.

Die kalte Luft schmerzte in ihrer Lunge und ihre Beine brannten wie die Hölle. Egal, weiter. Das Gewicht des Rucksacks schlug schwer gegen ihren Rücken. Sie biss die Zähne zusammen und war schließlich am Ende der Straße angelangt. Da musste sie aufgeben, zu mehr reichte der Atem nicht. Und die Knie auch nicht.

Sie schaute sich um. Alles war ruhig. Bis auf ihren Atem.

Schnaufend ging sie weiter, immer darauf bedacht, dem Licht der Laterne auszuweichen, um im Dunkel der Nacht unsichtbar zu bleiben.

Sie schlich um ihr eigenes Haus, als würde sie auch dort einbrechen. Na ja, das tat sie ja eigentlich auch. Erst war sie ausgebrochen und nun brach sie wieder ein. Zurück praktisch.

Wenn Herbert sie jetzt erwischte, würde er sie mit Fragen löchern. Egal! Die Antworten darauf hatte sie sich schon bereitgelegt. Aber Herbert schlief. Sie hörte deutlich sein Schnarchen.

Den Rucksack steckte sie ins Backrohr ihres Herdes. Niemals würde er in den Ofen schauen, da war sie sich absolut sicher. Und anschalten würde er ihn schon dreimal nicht.

Elfriede ging ins Bad, zog die Jacke aus. Als sie in ihr Flanellnachthemd schlüpfen wollte, meinte sie ein Geräusch zu hören. Sie unterdrückte den Impuls nachzusehen und zerrte stattdessen schnell das Nachthemd über den Kopf. Gerade wollte sie die Jogginghose ausziehen, da wurde die Tür aufgerissen und Herbert stolperte herein.

»Elfriede? Mei Frieda, isch elles in Ordnung? Geht's dir guad?«

»Herrgott, Herbert. Hasch du mi verschreckt!«

Herbert starrte Elfriede an, sein Blick glitt dabei vom Scheitel bis zu den Fußspitzen. Besser gesagt, den Spitzen der Ballettschläppchen. Die trug sie nämlich immer noch.

»Ha, i hab dacht, dir wär ebbes passiert«, stammelte er vor sich hin, ohne den Blick von den Schläppchen zu nehmen. Ja, sie waren glitzerrosa. Die schwarzen hätten acht Euro mehr gekostet und das hatte Elfriede gar nicht eingesehen.

»Was hätt denn passiert sei solle?«

»I hab dacht, du wärsch vielleicht umg'falle. Wenn man nachts auf den Topf muss, isch der Kreislauf ja net grad auf der Höh. Vielleicht bekommet dir die Tablette net.«

Nun war es Elfriede, die Herbert anstarrte. »Welche Tablette?«

»Na, die mit dem Kürbiszeugs. Diese Granu-dingsbums. Du weisch scho, wenn d' immer raus musch.«

Elli stöhnte. »Die hab i für dich kauft. Bis du aufg'stande bisch, isch eh älles z'spät.«

»I hab nach dir g'rufe, aber du hasch nix g'sagt. Du soddsch a Hörgerät trage.«

»Mit 78 lohnt sich des nimmer.«

»Der Arzt hat ebbes anderes g'sagt.«

»Davon hab i aber nix mitbekomme.«

Herbert schnaufte. »Ha, des wundert mi net.«

»Warum bisch du überhaupt wach?«

»I dacht, i hab ebbes g'hört. Und als i aufg'stande bin, da hab i drauße jemand rumschleiche g'sehen. Dacht i zumindest. Hasch du ebbes g'hört? Blöde Frage, bisch ja schwerhörig, aber hasch du vielleicht jemand g'sehen?«

»Noi«, sagte sie.

Er nickte und dabei veränderte sich sein Blick. Nun lag etwas Weiches und Liebevolles darin. »I hab mir Sorge g'macht.«

Es rührte Elfriede, dass sich Herbert auch nach 56 Jahren Ehe noch solche Gedanken um sie machte. »Ich konnt net schlofe. Drum hab i mir en Tee g'macht. La-vendel-Baldrian«, erklärte sie. »Aber jetzt soddet wir wieder nach oben gange, sonscht sind wir morge ganz durch den Wind.«

So viel stand fest: Herbert war jetzt schon ganz durch den Wind. Sie genau genommen auch. Schließlich schwirrten bestimmt noch Unmengen von Adrenalin in ihrem Körper herum. Herbert machte keine Anstalten, nach oben zu gehen. Eine Bewegung fand nur in seinem Gesicht statt, als er die Stirn in Falten zog. Elfriede sah die Fragen praktisch, bevor er sie stellte.

»Warum hasch denn die Hos von dem Samtteil an? Und ...« Er schaute noch einmal auf ihre Füße. »Und Schläpple?«

Er nannte es immer Samtteil. Dabei war er es gewesen, der ihr den Homeanzug zum 72. Geburtstag geschenkt hatte.

»Weil's Nacht isch. Es isch kalt.«

»Warum hasch dann net die warme Pantoffle a'zoge, sondern solche Glitzerdinger?«

»So halt, Herbert.« Sie hakte sich bei ihm unter und zog ihn sanft mit sich. »Lass uns schlofe gange. Ich glaub, der Tee wirkt, ich bin saumäßig müd.«

»Willsch net vorsichtshalber noch mal aufs Klo?«, fragte er.

Elfriede seufzte. »Noi, Herbert, möcht i net.«

Herbert merkte wohl, dass es besser war, nichts mehr zu sagen, denn er folgte ihr schweigend die Treppe in den ersten Stock hinauf.

Im Schlafzimmer zog Elfriede nun endlich die Schläppchen und die Jogginghose aus und legte sich ins Bett. Dass Menschen freiwillig Gymnastikschläpp-chen trugen, war ihr rätselhaft. Die Dinger wärmten nicht ein Stück und trotzdem bekam man Schweißfü-ße.

Nachdem Herbert sich aufs Bett gesetzt, sich seitlich fallen gelassen und unter Stöhnen ein Bein nach dem anderen unter die Bettdecke gezogen hatte, begann Elfriede zu zählen. Bis tausend. Dann begann sie leise zu schnarchen. Inzwischen gelang ihr das ganz gut, aber es hatte einiges an Übung abverlangt, damit es glaubwürdig klang. Viel schlimmer fand sie das Warten. Auf den Schlaf oder notfalls den nächsten Morgen.

Als Herbert neben ihr anfing zu sägen – schnarchen konnte man es ganz sicher nicht mehr nennen – entspannte sie sich. Allerdings kamen mit der Entspannung Gedanken. Und zwar solche, an die sie nicht denken wollte, wie beispielsweise, dass es keine Altersgrenze für Haftstrafen gab. Vielleicht konnte sie gesundheitliche Probleme trainieren wie das Schnarchen und so dem Knast entgehen? Ob sie Alzheimer vortäuschen konnte?

Elfriede versuchte, die Gedanken an sich vorbeifließen zu lassen, sie nicht zu fassen. Es gelang ihr mehr schlecht als recht. Sie musste ständig an das Ding im Backofen denken.

Aber es half ja nichts, sie musste warten. Sie starrte auf die rot-leuchtenden Zahlen des Weckers, die sich so gar nicht verändern wollten. Es fühlte sich wie eine Ewigkeit an, bis das erste Licht durch die Ritzen der Jalousie drang und Herbert sich neben ihr zu regen begann.

Ein paar Minuten später lehnte er sich zu ihr hinüber, sein Gesicht war keine zehn Zentimeter von ihrem entfernt. Das machte er immer. Mit geöffnetem Mund, damit auch der Morgenatem auf jeden Fall in ihr Gesicht traf. Und das, nur um zu sehen, ob sie auch wirklich noch schlief. Es fiel ihr schwer, den Impuls des Anschnauzens zu unterdrücken.

Herbert entschloss sich – Gott sei Dank – aufzustehen. Elfriede hätte es auch nicht länger ausgehalten.

Sie hörte, dass er ins Bad ging, hörte, wie er seine Dritten putzte, wie er sich rasierte. Und das, obwohl sie ja scheinbar schwerhörig war. Dabei hörte sie doch alles. Auch, dass Herbert in die Küche ging und lautstark sein Frühstück machte. Dabei behielt sie immer die rotleuchtenden Zahlen des Weckers im Auge. Schließlich war Sonntag und da ging Herbert immer zum Frühschoppen. Sie hoffte nur, dass er sie schlafen ließ, also nicht merkte, dass sie gar nicht schlief.

Als sie das inzwischen altbekannte Geräusch hörte, Rollator gegen Holztürrahmen, schlug sie die Decke zurück und setzte sich auf. Es würde zwar noch etwas an Zeit brauchen, bevor Herbert das Haus endgültig verlassen hatte, aber das würde sie ebenfalls hören. Dieser Rollator war eine blöde Idee gewesen. Zwar war Herbert damit viel schneller, aber nur, wenn er es mit dem Ding aus dem Haus schaffte.

Das kostete Nerven – Elfriedes Nerven. Von den Macken ganz zu schweigen. Noch schlimmer war allerdings das Auto. Herbert rutschte der Rollator regelmäßig aus den Händen, wenn er versuchte, die Haustür hinter sich zu schließen. Und da das Auto immer vor und nicht in der Garage stand, knallte der Rollator ständig gegen das rechte Heck. Wie oft hatte sie ihm schon gesagt, er solle die Bremsen feststellen, aber da war die Leitung zwischen Ohr und Hirn wohl gestört.

Die erste Beule hatte Herbert sofort richten lassen. Danach hatten Elfriede und er die Abmachung, quartalsmäßig zu sammeln. Sonst hätten sie der Werkstatt ja gleich unbeschränkten Zugriff auf ihr Konto gewähren können.

Als die Tür geschlossen wurde, stand Elfriede auf, schlüpfte in die Lammfellpantoffeln und ging langsam ins Erdgeschoss hinab.

In der Küche verharrte sie mit der Hand am Backofen und atmete noch einmal tief ein. Sie öffnete die

Tür und holte den Rucksack heraus. Und die Einkaufstasche, die sie dort schon vor Tagen deponiert hatte.

Die Zutaten breitete sie auf dem Küchentisch aus
und betrachtete sie einen Moment. Sie sahen so banal
aus. Alltäglich. Aber das waren sie nicht. Es war so viel
mehr. Ein Stück Geschichte. Es hatte schon fast etwas
von einem Heiligtum an sich. Nur sahen das die Leute
heute nicht mehr. Ja, die Gesellschaft war unachtsam
geworden, hatte keinen Blick mehr für die kleinen,
wichtigen Details.

Bevor Elfriede den Rucksack öffnete, zog sie die
weißen Baumwollhandschuhe an. Schließlich war ein
Kochbuch von 1746 empfindlich. Langsam blätterte sie
durch die alten Seiten. Sie hielt sich nicht damit auf, die
krakelige Schrift zu entziffern, sondern drehte Blatt für
Blatt um, bis sie das Rezept ihrer Begierde fand. Der
Stern von Bethlehem – der Zimtstern.

Nun setzte sie sich und las, was nicht einfach war.
Diese Menschen im 18. Jahrhundert hatten eine schöne Schrift gehabt, geschwungen, schnörkelig und verdammt schlecht zu lesen.

Aber mit der Zeit gewöhnte man sich daran. Und
dieses Rezept war so einfach. Eiweiß, Zucker, Zimt,
Mandeln und Haselnüsse und ein kleiner Schuss Zitronensaft.

Es hieß, dass die Zimtsterne Anfang des 16. Jahrhunderts erfunden wurden. Erwähnt wurden sie das erste
Mal, als 1536 Kardinal Lorenzo Campeggio sie dem
deutschen Kaiser Karl V. servieren ließ. Doch es dauerte
noch an die 200 Jahre, bis es das Rezept in ein deut-
sches Kochbuch schaffte. Dieses Kochbuch, Hannelo-
res Kochbuch, ein Familienerbstück. Ihre Familie, die
Lehmanns, war zu jener Zeit reich gewesen. Schließlich
war Zimt nur etwas für die Superreichen. So wie Pfeffer
eben auch. Und Hannelore wurde es nicht leid, es im-

mer und immer wieder zu erwähnen. Das hätte sie nicht tun sollen. Sie war praktisch selber schuld daran, dass Elfriede das Buch stehlen musste. Das erste Rezept der Zimtsterne in Deutschland war im Grunde genommen so, wie sie es kannte. Trotz der vielen Veränderungen auf der Welt war der Zimtstern eben der Zimtstern geblieben.

Elfriede legte das Buch zur Seite, deckte es mit einer auseinandergeschnittenen Klarsichthülle ab, sodass auch kein Spritzer es verschandeln konnte.

Ja, sie war aufgeregt. Schließlich begab sie sich in das Jahr 1746 zurück, zumindest gedanklich. Jeden Handgriff, den sie tat, tat sie bewusst, nahm alles in sich auf. Das Brechen der Schale, als sie die Eier aufschlug, um sie zu trennen. Die Veränderung des gelblichen Eiklars in einen weißen Schaum, in den sie Bourbon-Vanillezucker und etwas Salz rieseln ließ. Dann noch der kleine Schuss Zitronensaft. Für die Zutaten hatte sie keine Kosten und Mühen gescheut. Der Zimt stammte vom Gewürzhändler in der Markthalle; sie hatte die Reise von den Fildern nach Stuttgart in Kauf genommen, obwohl sie wusste, dass der Händler einem das Geld aus der Tasche zog. Aber er hatte eine hervorragende Qualität. Achtzig Gramm Ceylon-Zimt hatten sie stolze zehn Euro gekostet. Doch genau das war der Punkt. Die Qualität. Verwendete man Billigprodukte, dann schmeckte es eben billig.

Nachdem die Masse halb steif geschlagen war, gab sie nach und nach den Zucker dazu und schlug den Eischnee weiter, bis er steif war. Sie entnahm einige Löffel der Masse, die sie in eine kleine Schüssel gab und zugedeckt in den Kühlschrank stellte. Dann hob sie die gemahlenen Nüsse und den restlichen Zucker unter den verbliebenen Eischnee. Ein klebriger Teig entstand. Sie konnte nicht anders, sie musste einfach ihren Finger hineinstecken.

Das hatte sie schon als Kind getan, wenn keiner hingeschaut hatte, weil es sich so wundervoll und ganz leicht anfühlte.

Elfriede wickelte den Teig in Frischhaltefolie und deponierte ihn ebenfalls im Kühlschrank.

Kaum hatte sie die Tür geschlossen, klingelte das Telefon. Elfriede wusch sich schnell die Hände und ging ran. Es war Herbert.

»Elfriede, i komm später«, erklärte er. »Wir müsset unbedingt no ein zweites Viertele schlotze. Weil, stell dir vor, bei der Hannelore isch eibroche worde.«

Dann waren die beiden doch frischer als vermutet.

»Ach du liebes bissle«, stieß sie hervor. »Isch ihne ebbes passiert?«

»Noi, noi. Aber des glaubsch mir jetzt net. Die sind eibroche, während die Hannelore und der Karl in ihre Bette g'schlofe hen.«

»Wer tut denn so ebbes? Was wär passiert, wenn die aufg'wacht wäret und die Einbrecher ertappt hättet?«

»Lass uns da lieber net drüber nachdenke. Die Polizei hat g'sagt, dass es ein ganz brutales Pack war, des da eibroche isch, und die machet vor nix halt.«

»Woher weisch denn des älles?« Elfriede konnte sich kaum vorstellen, dass der Einbruch so früh schon zum Stadtgespräch geworden war.

»Die Hannelore war so aufg'regt, als die Polizei kam, dass der Karl se zum Frühschoppe g'schickt hat.«

Das war nun wiederum tatsächlich außergewöhnlich, denn der Sonntagsfrühschoppen vom Liederkranz war eigentlich reine Männersache.

»Sie sollt erscht mol runterkomme, hat er zu ihr g'sagt«, plapperte Herbert weiter. »Die Hannelore isch nämlich ganz aus 'm Häusle, weil die des Kochbuch g'stohle habet.«

»Des Kochbuch?«, stieß Elfriede gekonnt erstaunt hervor. »Was wollet Einbrecher denn mit em Kochbuch?« Ihr Blick wanderte zu den beschriebenen Seiten. Sie fuhr mit den Fingerspitzen unter die Folie und streichelte zärtlich über das Papier.

»Des weiß i doch net. Des Buch isch wertvoll. Vermutlich wollet se des auf dem Schwarzmarkt verkaufe.«

So etwas würde Elfriede nie tun. Schließlich ging es hier nicht um Geld, hier ging es um Ehrerbietung. Und darum, dass jedes Stück seinen wahren Besitzer finden musste. Es war weithin bekannt, dass Hannelore weder backen noch kochen konnte. Beim Maultaschenwettbewerb belegte sie immer einen der hinteren Plätze.

»Elfriede«, schrie Herbert in den Hörer. Vor Schreck hätte sie beinahe das Telefon fallen gelassen.

»Herrgott, Herbert, was brüllsch denn so?«

»Ha, du hörsch mir gar net zu!«

»Doch, natürlich. Du kommsch später hoim«, sagte Elfriede und hoffte, dass das auch der Wahrheit entsprach. So konnte sie in Ruhe ...

»Wir habet uns älle ebbes zum Esse b'schtellt. Auf den Schock brauchet wir eine guade Grundlag für die nächschte Viertele.«

Das konnte sich Elfriede gut vorstellen. Sie sah es praktisch vor ihrem inneren Auge. Alte Männer und eine total überdrehte Hannelore, die Trollinger schlotzten und über einen Einbruch debattierten. Über die Sicherheit, die zu bröckeln begann und über die Dreistigkeit der Verbrecher heutzutage. Ja, diese Verbrecher, die mit glitzernden Ballettschläppchen für 9,99 Euro und einer mit Butter eingeschmierten Punkte-Sammelkarte vom Supermarkt einbrachen.

Elfriede kicherte bei diesem Gedanken.

»Da gibt's nix zum Lache. Die Sache isch sehr ernscht. In unserem Wohngebiet isch ja jetzt koiner mehr sicher. Die könnet auch zu uns komme. Mitte in d'r Nacht, während wir schlofet.«

Elfriede biss die Zähne zusammen, um ihm nicht zu sagen, dass die Einbrecher auch noch neben ihm im Ehebett schliefen.

»I hab der Hannelore glei verzählt, dass i heut Nacht einen Kerl hab rumschleiche g'sehe. Und die Hannelore hat glei den Karl ang'rufe und der hat's der Polizei verzählt. I bin ein wichtiger Zeuge.«

Elfriede verdrehte die Augen.

»Die Polizei wird älle Anwohner befrage.« Er stockte. »Und du hasch wirklich nix g'sehe? Oder ebbes g'hört?«

»Noi. Ich hab die *Frau im Spiegel* g'lese. Da isch übrigens ein guter Artikel über die Ursachen des Schnarchens drin. Es ...«

»I schnarch net. Du schnarchst!«

Natürlich nicht. Es gab Dinge, die konnte man auch nach 56 Ehejahren nicht diskutieren.

»Kommsch?«, fragte Herbert.

»Wohin?«

»Ha, in d' Wirtschaft. Zum Esse.«

»Ich hab grad ang'fange, Gutsle zu backe. Schließlich isch bald der erschte Advent. Da sollet wir scho a bissle Gebäck habe. Oder möchtesch dieses Jahr koins?«

Das zog immer. Egal mit welchen seltsamen Ideen der Beschäftigung er auch immer kam.

»Noi, noi. Back du nur. Ganz in Ruhe. I woiß halt net, wann i hoim komm. I bin dir also gar keine große Hilfe.«

Als ob Herbert schon einmal beim Backen geholfen hätte. Das würde sie auch gar nicht zulassen. Denn dann würden die Plätzchen aussehen wie Hasenköttel und Elfriede hatte nun mal Ansprüche.

»Mach du nur. Und wenn du hoim kommsch, könnet wir sicher scho von de Gutsle probiere.«

»Zimtsternle?«, fragte er.

»Was sonscht!«

Herbert verabschiedete sich. Wie viel Zeit würde ihr bleiben, bevor die Polizei kam? Genug, denn die Gesetzesvertreter waren ja nicht immer die Schnellsten. Da war noch Zeit für einen Tee. Muntermacher, nicht Lavendel-Baldrian.

Der Tee zog und Elfriede räumte so lange schon mal die Backutensilien in die Spülmaschine, um Platz für den Teig zu schaffen. Dann war Geduld gefragt. Es war so schwer zu warten, aber sie zwang sich dazu. Schließlich wusste sie, dass gutes Backwerk seine Zeit brauchte. Also nahm sie wieder die *Frau im Spiegel* und las den Artikel über das Schnarchen durch, der auf der Titelseite angegeben war. Wenn Herbert etwas dazu wissen wollte, dann musste sie ihm ja auch etwas sagen können. Sonst wäre das ein klein wenig auffällig. Und auffallen wollte sie auf keinen Fall.

Ob sie Herbert die beschriebene OP vorschlagen sollte? Wenn sie allerdings mit Beseitigung von erschlafften Gewebe anfing, würde Herbert sofort dichtmachen. Vielleicht doch eher eine Atemmaske. Aber das brummte bestimmt und das konnte Elfriede ja gar nicht gebrauchen.

Als sie von der Zeitung aufsah, bemerkte sie, dass die nötige Kühlzeit bereits überschritten war. OP und Maske waren unwichtig, was zählte, war der Teig. Elfriede holte ihn aus dem Kühlschrank. Jetzt kam der knifflige Teil der Zeremonie – das Ausrollen und Ausstechen. Aber Elfriede war eine erfahrene Zimtstern-Bäckerin und wusste, welche Tricks es gab, damit nichts kleben blieb.

Stern um Stern landete auf dem Backblech. Nun fehlt noch der Eischnee – die Krönung.

Das Geheimnis war, den Zucker-Eischnee auf den Zimtsternen nicht glatt zu streichen. Das taten die meisten, da sie meinten, es würde schick-akkurat aussehen. Vielleicht tat es das, aber dann glänzte der Guss später eben nicht.

Elfriede gab die Plätzchen für 15 Minuten bei 150 Grad in den Backofen. Sie blieb die gesamte Zeit vor dem Ofen stehen und schaute den Sternen beim Backen zu, bis sie fertig waren. Kaum hatte sie die Bleche aus dem Ofen genommen und auf die Terrasse gestellt, klingelte es an der Tür.

Es war die Polizei und hinter den Beamten tauchte Herbert mit seinem Rollator auf. Er rannte. Herbert rannte tatsächlich. »I hab einen von denen g'sehen«, rief er, bevor er die Polizisten überhaupt erreicht hatte. »Ganz schwarz war der anzoge.«

Wenn er jetzt noch sagte, dass der Einbrecher Glitzer-Gymnastikschläppchen trug, würden sie Herbert für verrückt halten und abholen lassen.

»Kommet Sie doch erscht mal rein«, sagte Elfriede zu den Beamten und führte sie in die Küche. Herbert brauchte etwas länger. Er musste erst neue Schrammen in den Türrahmen fahren. Aber er war ja strikt dagegen, seinen Rollator draußen abzustellen. Er könne gestohlen werden, meinte er. Und nach dem Einbruch bei Hannelore würde sie ihn sicher nicht mehr davon überzeugen können, dass niemand seine Gehhilfe stehlen würde. Vielleicht hätte sie nicht dazusagen sollen, dass dieses Modell der Porsche unter den Rollatoren war.

»Bitte wartet Sie einen Moment«, sagte Elfriede und ließ die beiden mit Herbert, der nun endlich ebenfalls auf der Küchenbank Platz nahm, allein, um die Zimtsterne von der Terrasse zu holen.

Als sie mit dem Blech zurückkehrte, hörte sie Herbert noch einmal seine Geschichte vom Einbrecher erzählen.

»... aber wir habet älles gut abg'schlosse. Wisset Sie, i mach jeden Abend noch einen Rundgang, um mich zu verg'wissre, dass auch älles zu und abg'schlossen isch.«

»Das ist auch sehr wichtig«, sagte der Jüngere der beiden Beamten. »Eine nicht abgeschlossene Tür ist von einem Profi binnen Sekunden geöffnet.«

Das »Ja, genau« konnte Elfriede gerade noch unterdrücken. Dass sie etwas aufrechter wurde und sich ihr Brustkorb vor Stolz wölbte, konnte sie nicht verhindern.

»Möchtet Sie einen Zimtstern?«, fragte sie und hielt den Beamten das Blech entgegen. »Die sind grade fertig g'worde.«

»Vielen Dank, da sagen wir nicht nein. Ich habe es schon gerochen, als Sie die Tür öffneten. Es duftet bei Ihnen so weihnachtlich.« Die beiden Polizeibeamten nahmen je einen Zimtstern. Herbert griff sich drei.

Es folgte ein kurzer Moment der Stille. Dann konnte Herbert nicht mehr an sich halten. »Elfriede, ja heiden-ei, sind die Dinger heut guad g'worde!«

Die Beamten nickten zustimmend. »Solche guten Zimtsterne habe ich noch nie gegessen«, sagte der ältere Beamte und streichelte über seinen stattlichen Bauch. »Und ich habe, weiß Gott, schon viele probiert.«

»Ein altes Familienrezept«, sagte Elfriede lächelnd.

»Darauf müssen Sie aber gut aufpassen«, sagte der Jüngere. »Der Familie Gerstenmaier sind nämlich heute Nacht ihre Familienrezepte gestohlen worden.«

»In unsrer Familie wurdet die Rezept scho immer mündlich weiter gegeben. I hab älles im Kopf und den kann mir koiner stehle.« Nun nahm sich auch Elfriede einen dieser gerstenmaierischen Zimtsterne und biss hinein. Sie ließ das Backwerk kurz auf ihrer Zunge liegen, ließ ihren Geschmacksnerven die Zeit, die Zutaten zu erspüren. Die Süße des Zucker-Eischnees, die nussige

Komponente und schließlich den herben Geschmack des Zimts. Ja, sie waren verdammt gut und Elfriede hatte Mühe, den wohligen Seufzer für sich zu behalten.

»Wurde denn sonscht noch ebbes g'stohle? Es wird doch niemand nur wegen eines Kochbuchs einbreche.«

»Darüber darf ich keine Auskunft geben. Wir gehen allerdings davon aus, dass es sich um einen Auftrags- diebstahl handelt. Niemand, der sich nicht damit aus- kennt, würde ein Kochbuch stehlen. Allerdings sollten Sie in nächster Zeit achtgeben. Sie wohnen in einem Wohngebiet, das für Einbrecher lohnend ist. Und die Bande ist flink und äußerst geschickt.«

Und sie weiß, was sie will, diese Bande, dachte El- friede und nahm sich noch einen Zimtstern. Lohnend also. Ihr Viertel war lohnend. Wenn sie so recht darüber nachdachte ... Die Margot hatte ja eine Cym Kiwi Mid- night, eine verdammt teure und seltene Orchidee. Und dieses arme Ding hatte Botrytis. Das hatte Elfriede so- fort bemerkt. Dieser Pilz war für Menschen mit einem grünen Daumen nicht zu übersehen.

Weihnachten war doch das Fest der Nächstenliebe. Außerdem waren der Blouson und die Schläppchen schon gekauft und bezahlt. Es wäre doch schade, wenn dieses arme Ding eingehen würde. Oder?

Gerstenmaierische Zimtsterne

2 Eiweiß
125 g Zucker
1 Päckchen Vanillezucker (Bourbon)
2 TL Ceylon-Zimt
1 EL Puderzucker
100 g gemahlene Haselnüsse
125 g gemahlene Mandeln
1 Schuss Zitronensaft

Das Eiweiß mit einer Prise Salz und dem Zitronensaft aufschlagen. Sobald es etwa halb steif ist, geben Sie nach und nach den Zucker dazu. Ist der Eierschaum steif, einige Löffel davon in eine Tasse geben und in den Kühlschrank stellen.

Unter den Rest des Eiweißes Vanillezucker, gemahlene Nüsse und Mandeln heben. Die Masse zwei bis drei Stunden in den Kühlschrank stellen. Anschließend den Teig dick ausrollen und Sterne ausstechen.

Das beiseitegestellte Eiweiß mit dem Puderzucker vermengen und auf die Zimtsterne verteilen. Achtung: Zucker-Eischnee nicht komplett glatt rühren, sonst glänzen die Plätzchen später nicht.

Zimtsterne für 15 Minuten bei 150 Grad in den vorgeheizten Backofen.

Gudrun Weitbrecht

Viel Rot, Lametta und Lichterglanz

Stuttgart

Viel Rot, Lametta und Lichterglanz, so stellte sich Kiki immer Weihnachten vor. Sie träumte von einer Feier mit Freunden, gar mit einer Familie in ihrer aufgeräumten, geputzten Wohnung unter einem riesengroßen, festlich geschmückten Tannenbaum, bestückt mit wärmenden Wachskerzen. Es würde Leckereien und vor allen Dingen einen Gabentisch mit vielen Geschenken geben.

Aber die Wirklichkeit holte sie spätestens an Heiligabend ein.

»Ich glaube, jetzt spinnt sie total«, bemerkte Basti trocken, als wir aus dem Auto stiegen und auf Kikis Haus zugingen. Es war mit abertausenden Lämpchen versehen, die wie eine defekte Ampelanlage in rot, orange und grün blinkten. Auf einem kleinen Rasenstück, der mit Kunstschnee bedeckt war, stand ein großer, mit Lichterketten umkränzter Nikolaus – samt Rentierschlitten. Ein Schneemann aus Plastik hielt ein Schild in der Hand mit der Aufschrift: Merry Christmas.

»Fehlen nur noch die Gartenzwerge, ach nee, Wichtel«, höhnte Basti.

»Mensch, Basti, reiß dich diesmal zusammen«, sagte Nele, wie immer auf Harmoniekurs programmiert.

Kiki bewohnte erst seit Kurzem ihr kleines Haus, das eher wie ein putziges Hexenhäuschen wirkte. Sie hatte uns zum Julklapp eingeladen und am Telefon erklärt: »Schwäbische Weihnachten war gestern.«

Aha, dachten wir. Also, schwäbisches Weihnachten ist out.

Kiki arbeitete in der Werbebranche, besaß also schon von Berufs wegen ein Händchen für Trendiges, Angesagtes. Ob es sich um eine neue Disco, ein neues Restaurant, eine Coffeebar, ein smartes, viel kleineres Handy oder um Klamotten handelte: Kiki war die Erste, die es herausfand, ausprobierte, kaufte oder trug. »Das ist so was von mega in«, war ihr Lieblingsspruch.

Wir waren seit dem Abitur Freunde. Mischa, Nele, Basti und ich. Und natürlich Kiki. Sie hatte keine Familie, jedenfalls hatten wir ihre Eltern noch nie gesehen, noch hatte Kiki sie jemals erwähnt. Warum, wussten wir nicht, aber dafür waren wir sozusagen ihre Familie. Wir mochten unsere Freundin, auch wenn sie uns manchmal auf die Nerven ging.

»Hoffentlich müssen wir nicht wieder singen«, maulte Mischa, denn Chorgesang hielt er wie vieles andere, zum Beispiel Männer in weißen Ripp-Unterhemden oder Socken in Sandalen, für oberspießig.

Wir kicherten. Letztes Jahr – die Nikolausfeier war uns noch in guter Erinnerung – hatten wir von Kiki Notenblätter mit Weihnachtsliedern in die Hand gedrückt bekommen. Mischa hatte daraufhin aus Protest besonders falsch gesungen.

»Schaut mal, ein Mistelzweig. Wie geil ist das denn?«, rief Nele verzückt, als wir an der Haustür klingelten und nach oben sahen. »Jemand muss mich küssen!« Sie blickte auffordernd in die Runde.

»So ein Schrott«, murmelte Mischa. »Wer ist denn so abergläubisch?« Aber dann machte er gute Miene zu bösem Spiel und küsste Nele schnell auf den Mund.

»Das ist ein Julbock«, erklärte Kiki, während sie uns die Tür öffnete. Voller Stolz wies sie auf einen mächtigen Elch aus gebundenem Stroh. »Kommt rein. Hat jeder von euch sein Wichtelgeschenk dabei? In den Sack dort legen.« Sie zeigte hektisch auf einen Jutesack, der im Flur neben der Eingangstür stand.

Kikis Gesicht glich einer roten Tomate. Ihre Augen glänzten und waren weit – fast schon schreckhaft weit – geöffnet. Wir sahen ihr die Angst an, dass ihr sorgsam vorbereitetes Fest mal wieder in die Hose gehen könnte.

Vor sechs Wochen, zu ihrem Halloweenfest, hätten wir uns als Kürbisse verkleiden sollen. Basti hatte Kiki angemotzt, er finde das so was von blöd, jede Mode mitzumachen, die von den Amis zu uns rüberschwappte. Um einer weiteren Diskussion zu entgehen, ließ er sich volllaufen und wurde am Schluss Kiki gegenüber richtig eklig. Nur mit Mühe konnten wir ihn beruhigen. Wir legten ihn auf ein Sofa, damit er seinen Rausch ausschlafen konnte. Alle blieben dann über Nacht. Wir tranken zu viel, was zur Folge hatte, dass wir am nächsten Morgen mit einem Kater aufwachten. Beim Frühstück stichelte Kiki dauernd gegen Basti. Endlos lange warf sie ihm von einigen schon längst vergessene Missetaten vor. Aber nur die kleinen, den einen großen Vorfall kannte sie nicht. Den hatten wir vor ihr geheim gehalten, da galt zwischen uns anderen ein einvernehmliches Stillschweigen.

»Wer soll sich denn an alles erinnern?«, fragte Basti maulend.

Ich konnte es, schließlich war es noch nicht so lange her, sagte aber dann nichts.

Es war vor fast genau einem Jahr und gegen Morgen zwischen vier und fünf Uhr gewesen, es dämmerte bereits. Wir waren auf der Rückfahrt von Kikis Nikolausfest. Außer uns schien kein Mensch auf der Straße zu sein. Basti hatte zu viel getrunken und war müde, und wie immer fuhr er schnell, zu schnell. Ich saß auf dem Beifahrersitz. Im Tal zwischen Botnang und Feuerbach passierte es dann. Es tat einen großen Knall, Basti kam ins Schleudern, fing aber gekonnt seinen Wagen rasch wieder ab. Zuerst dachte ich, es wäre ein Reh, das Basti gestreift hätte. Nach ein paar Schocksekunden stiegen wir aus, fanden aber nichts.

»Wird ein Stein oder Baumstumpf gewesen sein«, brummte Basti, als wir weiterfuhren.

In der Zeitung stand nachher, Jogger hätten einen Fahrradfahrer tödlich verletzt im Feld gefunden. Die Polizei suche nach dem Lenker des Autos wegen Unfallflucht.

»Hast du etwa das Fahrrad gesehen?«, fragte mich Basti. »Wenn da eins war, dann ohne Beleuchtung, und außerdem, was tut der nachts auf der Straße!«

Ich weiß nicht, warum ich geschwiegen habe – auch die anderen hielten zu Basti und sagten nichts.

Wir hatten uns außerdem geeinigt, dass wir in Zukunft immer zusammen in einem Auto mit Mischa und Nele zu Kiki fahren würden. Den Fahrer für hinterher wollten wir auslosen, damit die anderen trinken konnten.

Und nun waren wir wieder bei Kiki. Während wir ihr in ihr Wohnzimmer folgten, fiel uns auf, dass sie einen weißen Kaftan mit einem Band aus rotem Samt trug.

»Geht schon mal vor«, sagte Kiki und verschwand in der Küche.

»Ich ahne Schreckliches«, murmelte Basti. »Scheiße, heute ist ja der 13. Dezember, der Lucia-Tag.«

Und tatsächlich: Basti hatte richtig vermutet. Als Kiki zurückkam, trug sie auf dem Kopf einen Kranz aus Plastik-Preiselbeeren, bestückt mit brennenden Kerzen.

Sie drückte uns Zettel in die Hand. Diesmal mit Julklapp-Reimen. »Wenn ihr wollt, könnt ihr aber auch was Eigenes dichten, bevor wir die Geschenke verteilen«, sagte sie.

»Gibt es was zu trinken?«, fragte ich, bemüht, dem Ganzen zu entkommen.

»Klar, bedient euch, da ist Punsch – Glögg.« Kiki zeigte auf ein Bowlengefäß auf der Anrichte. »Probiert auch meinen selbst gebackenen Safrankranz.«

»Du hast dir mal wieder viel zu viel Arbeit gemacht«, lobte Nele sie.

Wir anderen murmelten so etwas Ähnliches, bevor wir uns auf den Punsch stürzten. Kiki wehrte das Lob mit dem Satz ab: »Das tue ich doch gerne für meine Freunde.«

Es wurde dann ziemlich lustig. Mischa versuchte sich im Reimen. Auch diesmal sang er falsch, als er Bing Crosby nachahmte. Basti hielt sich mit spitzen Bemerkungen zurück. Nele erzählte von einer Tradition im Schwabenland, dem Springerlebacken. Später zogen wir unsere Wichtelgeschenke aus dem Julklappsack.

Zu vorgerückter Stunde, wir lümmelten uns gerade gemütlich auf der Couchlandschaft, fragte uns Kiki: »Ach ja, was macht ihr an Heiligabend, über Weihnachten?«

Es herrschte peinliches Schweigen. Nele schaute verlegen zu Boden. Basti brach das Schweigen, indem er brummte: »Ich hab's nicht so mit Weihnachten. Mischa und ich sind zum Skifahren in den Alpen.«

Nele erzählte eine lange Geschichte über eine schrullige Erbtante, die sie gemeinsam mit ihrem Bruder besuchen musste.

Ich murmelte: »Ich muss zu meinen Eltern fahren. Glaubt mir, das ist total ätzend. Aber die sind echt beleidigt, wenn ich bei ihnen nicht antanze.«

Kiki sagte daraufhin nichts. Aber dann lief sie aus dem Zimmer mit den Worten: »Ich glaube, mir ist da ein Fussel in die Augen geraten. Entschuldigt mich.«

Nach einer Weile kam sie mit einem neuen Topf Punsch aus der Küche. Wir tranken schweigend.

Ich überspielte die Situation mit der Frage: »Sag mal, hast du diesmal den Kandis vergessen? Puh, schmeckt ja total bitter!«

Kiki reichte mir die Zuckerdose. In ihren Augen vermeinte ich etwas Lauerndes, Unheimliches zu sehen.

Mich schüttelte es mit einem Mal, so als ob etwas Eisiges über mich kroch. Ach was, da ist nichts, dachte ich, sie ist nur sauer, das legt sich wieder.

Ab da war die Luft raus aus der Lucia-Feier. Bald darauf verabschiedeten wir uns und gingen hinaus in die Nacht. In eine Nacht, in der der Sage nach böse Mächte, der Teufel und Trolle ihr Unwesen trieben.

Rotweinpunsch

Für 4-6 Personen

Schale und Saft von jeweils 1/2 Orange und Zitrone
250 g weißer Kandiszucker
1 1/2 l trockener Rotwein
2 Nelken
1/8 l Rum, Arrak oder Cognac

Safrankranz

500 g Mehl
25 g Hefe
1/8 l Milch
100 g Zucker
1 Ei
125 g Butter
1/2 Teelöffel Safran, gemahlen, oder Fäden fein mörsern
etwas geriebene Zitronenschale
100 g gemahlene Mandeln
Puderzucker
Zitronensaft
Kandierte Früchte

Mehl in eine Schüssel geben. Den Zucker, die geriebene Zitronenschale, den Safran und die Mandeln daruntermischen. Hefe zerbröckeln und mit der lauwarmen Milch und einem Esslöffel Zucker 15 Minuten gehen lassen. Mit dem Mehl und den Zutaten verkneten. Zum Schluss das Ei und die geschmolzene, abgekühlte Butter darunterkneten. Den Hefeteig zugedeckt 15 Minuten gehen lassen.
Eine Kranzform mit Butter ausfetten, den Teig hineingeben und noch etwa 10 Minuten gehen lassen. Anschließend im Backofen etwa 50 Minuten backen.
Den Kranz herausnehmen und auskühlen lassen. Puderzucker mit etwas Zitronensaft anrühren, den Kranz einstreichen und mit den kandierten Früchten belegen.

RUTH EDELMANN-AMRHEIN

Tod in der Tanzschule

Stuttgart

Feuchte Wärme schlug Rosemarie entgegen, als sich die Türen der S-Bahn Linie 1 in Richtung Stadtmitte öffneten. Es war Freitagabend, eine ereignislose Arbeitswoche im Chemischen Labor der Universität Stuttgart lag hinter ihr. Wie immer um diese Zeit war die Bahn überfüllt. Auf der Suche nach einem Sitzplatz zwängte sich Rosemarie weiter ins Innere des Abteils. Zwei nasse, zottelige Hunde verströmten einen scharfen Geruch. Aus einem Kinderwagen brüllte ihr ein Winzling entgegen. Eine junge Frau mit grauem Kopftuch biss in einen Döner, aus dem dicke Zwiebelringe quollen.

»Typisch«, murmelte Rosemarie und warf ihr einen missbilligenden Blick zu.

»Wollen Sie?« Ein junger Mann mit dunkler Hautfarbe war aufgestanden und wies auf seinen Sitzplatz.

So weit war es also inzwischen gekommen, man bot ihr einen Platz an, aber so alt fand sie sich mit ihren 64 noch nicht. Mit einem mürrischen »danke« ließ sich Rosemarie nieder. Den Kopf zur Seite gewandt, starrte sie hinaus in das Dunkel des Tunnelschachts. So musste sie den Anblick von drei jungen Kerlen auf der Bank gegenüber nicht ertragen, die sich mit ihren Nikolausmützen besonders originell vorzukommen schienen. Albern war das, wie sie sich mit ihren Bierdosen gegenseitig zuprosteten. Der Junge in der Mitte erinnerte sie an Manfred. Was wohl aus ihm geworden war? Sie war siebzehn, er fünfundzwanzig, als sie sich in der Buchhandlung ungewollt angerempelt hatten. Darauf folgte die schönste Zeit ihres Lebens, die ein jähes Ende fand,

73

als Mutter dahintergekommen war. Ein Junge, der als Küchenhilfe arbeitete, sei nicht standesgemäß, meinte sie. Manfred verschwand aus ihrem Leben, ebenso, etwas später dann, Richard und Bernd. Danach kam niemand mehr, und Mutter war zufrieden, erst recht, als Vater gestorben war. Da war Rosemarie dreiunddreißig. Sie blieb in der Wohnung am Rosenbergplatz, bei Mutter.

An den Wochenenden besuchten sie gemeinsam Konzerte in der nahegelegenen Liederhalle. Mutter bevorzugte Liederabende, doch Rosemarie setzte sich durch. So wurden regelmäßige Besuche der Konzerte der Stuttgarter Philharmoniker daraus, in deren ersten Bratscher sich Rosemarie hoffnungslos verliebte. Die Art, wie er sein Instrument in den Händen hielt, kam einer Liebkosung gleich. Sie begann von seinen langen, zartgliedrigen Fingern zu träumen, stellte sich vor, es wären die seinen, wenn sie sich nachts in ihrem Bett selbst berührte. Mutter und der Bratscher ahnten zum Glück nichts davon.

Auch für den Stuttgarter Sternekoch Vincent Klink hegte Rosemarie eine tiefe Sympathie, doch war es ihr lediglich vergönnt, ihn am Bildschirm zu bewundern. Einen Besuch in seinem Restaurant »Wielandshöhe« erlaubte ihr Geldbeutel nicht. Wenn er, was er immer tat, zuerst ein halbes Pfund Butter in die Pfanne warf, war ihr, als könne sie die Röstaromen bis in ihr Wohnzimmer riechen, und sie schmolz gemeinsam mit der Butter dahin.

Nach Mutters Tod war sie in kein Konzert mehr gegangen, und der Bratscher war aus ihrem Leben verschwunden. Nicht so Vincent Klink und seine Kochbücher. Durch ihn hatte sie zu ihrer einzigen heimlichen Leidenschaft gefunden, dem Kochen. Leider hatte ihr diese Obsession inzwischen eine Konfektionsgröße von

50/52 beschert, was sich bei einer Körpergröße von nur 1,58 Meter unvorteilhaft ausnahm. Bemerkungen ihrer Kolleginnen wie: »Rosemarie, hast du schon mal von der Low Carb Diät gehört? Also ich habe damit in drei Wochen acht Kilo abgenommen, es ist ganz einfach, keine Kohlenhydrate mehr nach sechzehn Uhr!«, oder: »Sag Rosemarie, woher beziehst du denn deine Klamotten, ich stelle mir das ja ziemlich schwierig vor, bei deiner Größe«, waren an der Tagesordnung.

»Nächster Halt: Schwabstraße« verkündete eine gesichtslose Stimme und riss Rosemarie aus ihren Gedanken. Mit einem letzten Blick auf die drei jungen Nikoläuse wurde sie von einem gepiercten Mädchen unsanft aus dem Abteil geschoben. In wenigen Minuten würde sie zuhause sein, ein ereignisloses Wochenende erwartete sie.

Beim Öffnen der Haustür fiel ihr ein Brief auf, der aus dem Kasten ragte. Sie zog den Umschlag hervor. Er war an sie adressiert, was ungewöhnlich war, da sie fast nie Post erhielt. Wer sollte ihr auch schreiben? Die Kontoauszüge holte sie direkt in der Filiale der LBBW auf dem Campus in Stuttgart Vaihingen, und an ihrem Briefkasten hatte sie einen Aufkleber mit dem Hinweis »Keine Werbung bitte« angebracht. Doch nun hielt sie ein an sie adressiertes Kuvert in den Händen. Aufgeregt fächelte sie sich damit zu, während sie nach oben in ihre Wohnung im zweiten Stock eilte. Den Mantel achtlos an den Garderobenhaken gehängt, ging sie in die Küche, holte aus der Schublade eines jener Messer, mit denen sie sich regelmäßig schnitt, wenn sie etwas schnippelte, und ließ sich schließlich auf die Eckbank in Eiche rustikal plumpsen, direkt unter Vaters Hirschgeweih. Mit einem »Ratsch« schlitzte sie den Umschlag auf. Ihre Augen weiteten sich, als sie die Überschrift las.

»Wir gratulieren Ihnen, Sie haben gewonnen!«, stand da. Das musste ein Irrtum sein! Rosemarie hatte noch nie etwas gewonnen, doch da stand es schwarz auf weiß: »Sie haben beim Kreuzworträtsel der Apothekenzeitschrift das richtige Lösungswort gefunden, es lautete HUSTEN. Ihr Gewinn ist eine halbjährige Klubmitgliedschaft in der Tanzschule Moog in Stuttgart Gablenberg. Beigefügt erhalten Sie das Programm. Bewegung hält gesund! Viel Freude beim Tanzen.« Rosemarie starrte auf die Termine. »Heiße Rhythmen in der Karibik! Lassen Sie sich entführen von unserem Ü60-Tanzkreis Latin Lovers am Samstag, den 19. November 2016 ab 20.30 Uhr. Wir freuen uns auf Sie!«

»So ein Blödsinn«, murmelte Rosemarie, »wie können die sich auf mich freuen, die kennen mich doch überhaupt nicht. Tanzen, ich und tanzen, niemals!« Sie nahm den Umschlag, ging hinaus in den Flur und warf ihn in die Altpapierkiste. Den Rückweg machte sie über das Wohnzimmer, vorbei am Wandschrank, ebenfalls in Eiche rustikal. Sie öffnete das mit Jagdmotiven verzierte Klappfach, hinter dem sich ein beachtlicher Vorrat an Spirituosen verbarg, und griff zu einer angebrochen Flasche Eierlikör. Als sie das Fach zuschlug, fiel ihr Blick auf eines der zahlreichen, von Mutter bestickten Leinendeckchen. »Nie hab ich mit meinem Mann Verdruss, nur wenn er Geld hergeben muss«, stand auf diesem Exemplar in roten und blauen Kreuzstichen.

»Welcher Mann?«, flüsterte sie bitter, »meiner bestimmt nicht, dafür hast du schon gesorgt, Mutter.«

Zurück unter Vaters Hirschgeweih schenkte sie sich ein. Durch ein weiteres Gläschen Eierlikör rückte die Vorstellung, den Gewinn anzunehmen, in den Bereich des Möglichen. Der Boden schwankte leicht unter ihren Füßen, als sie hinausging und den Brief aus der Altpapierkiste fischte. Nach einem letzten Gläschen hatte sie sich entschieden. Die Latin Lovers aus Stuttgart Gablenberg würde sie sich nicht entgehen lassen.

»Glotz mi ned so blöd an!« sagte sie zu dem Hirschgeweih. So aufrecht wie möglich schritt Rosemarie hinüber in ihr Schlafzimmer, den einzigen Raum, der nicht in Eiche rustikal gehalten war. Sie fiel in ihr Boxspringbett, hinein in die samtweiche Bettwäsche ihres Lieblingsdesigners Harald Glööckler, und hörte ihn im Traum flüstern: »Jede Frau ist eine Prinzessin.«

Wie immer am Samstag schepperte Rosemaries Wecker um sieben Uhr. Ihr Kopf brummte, doch sie gestatte es sich nicht, sich noch einmal umzudrehen. Das hätte Mutter nicht gefallen. Das Kehrwochenschildchen an ihrer Wohnungstür erinnerte sie an ihre Pflicht. Zur Kür würde der Einkauf auf dem Wochenmarkt am Schillerplatz werden. Während der Kaffee mit leisem Blubbern durch den Filter quaddelte, ging sie hinüber zum Spülbecken, griff nach einer kleinen Gießkanne und machte sich auf den Weg ins Wohnzimmer, um, wie immer samstags, Sissy und den Kleinen Lord zu gießen, eine Königin der Nacht und einen verschrumpelten Kugelkaktus aus Mutters Nachlass. Mit einer Tasse Kaffee nahm sie schließlich auf der Eckbank Platz, breitete die Zeitung vor sich auf dem Küchentisch aus und begrub das Gewinnschreiben darunter.

Ihrer Gewohnheit folgend, wandte sie sich zuerst den Todesanzeigen zu. Meist kannte sie niemanden, doch heute las sie mit Entsetzen den Namen einer ehemaligen Schulkameradin, die, nur einen Monat älter als sie selbst, vor wenigen Tagen verstorben war. Sie hinterließ einen liebenden Gatten, zwei Söhne und drei Enkeltöchter. Während ihre Fingerkuppen über den Namen strichen, fühlte sie das Kuvert, das sich durch die dünne Zeitungsseite zu drücken schien. Just in dem Moment fasste sie ihren Entschluss. Heute war Samstag, der 19. November 2016. Sie, Rosemarie Klämmerle, hatte nur ein Leben und nur noch diese Chance, und sie würde sie nutzen!

Gegen zwanzig Uhr hatte sie sich vor der Tanzschule Moog eingefunden. Sie zögerte. Ganz sicher war sie in ihrer altrosa Schluppenbluse und dem dunkelgrauen Faltenrock nicht richtig gekleidet, das wusste sogar sie, doch ihr Kleiderschrank hatte nicht mehr zu bieten gehabt. Ihre von grauen Fäden durchwobenen Haare schmiegten sich frisch gewaschen um ihren Kopf. Ihr Gesicht war blass, auch das war ihr bewusst, doch dekorative Kosmetik besaß sie keine.

»Geschminkte Frauen sind ordinär!«, hatte Mutter immer gesagt, und recht hatte sie, oder etwa nicht? Doch nun war sie hier, was hatte sie zu verlieren? Aus dem Inneren des Gebäudes drangen Fetzen exotisch klingender Musik nach draußen. Der Türknauf aus Messing fühlte sich kalt an. Sie trat ein. Vor ihren Augen öffnete sich ein Treppenhaus. Die Treppenstufen waren von dunkelblauem Samt überzogen und schluckten jeden Tritt, der sie hinabführte in die Richtung, aus der die Musik kam. Die Wände bestanden aus Spiegelglas, von der Decke schienen abertausend kleine Sterne zu funkeln. Wie eine Schlafwandlerin stieg Rosemarie Stufe für Stufe hinab, der Musik entgegen.

Unten kam ein junger Mann in schwarzem Overall auf sie zu.

»Hallo, ich bin Sascha, ich betreue hier die Latin Lovers«, stellte er sich vor, und während er dies sagte, lachte er. »Sie sind also die Gewinnerin unseres Preisausschreibens. Na dann mal willkommen im Club! Wir haben uns schon gefragt, ob Sie überhaupt erscheinen werden! Die vier Latin Ladies sind schon da.«

Er führte Rosemarie zu einer Sitzgruppe aus rotem Leder. Die Ladies, jede einen bunten Cocktail vor sich, sprachen und gestikulierten angeregt miteinander. Sascha stellte sie der Reihe nach vor: Doris, Elsa, Grete und Fräulein Doktor Hutzenlaub, eine pensionierte Oberstudienrätin, die auch Fräulein genannt werden wollte. Vier Augenpaare glitten über Rosemaries Gesicht, die altrosa Schluppenbluse und den grauen Faltenrock. Rosemarie fühlte einen Druck in der Magengegend. Doris, Elsa und Grete boten einen fröhlichen Anblick in ihren bunten, weitschwingenden Sommerkleidern. Fräulein Doktor Hutzenlaub hatte sich für eine schwarze Chiffonhose im Marlene-Stil entschieden, die sie elegant mit einem roten Oberteil aus Spitze toppte. An ihren langen, dürren Armen klirrten dünne Armreifen aus Gold. Alle Damen trugen ein dezentes, doch gut sichtbares Make-up.

Kurz darauf erschienen die Latin Lovers aus Gablenberg. Bernie, ein Zahnarzt im Ruhestand, huldigte dem karibischen Thema des Abends in Form einer marineblauen Hose, kombiniert mit kanariengelbem Polohemd. Harald dagegen wirkte weniger exotisch in einer flaschengrünen Wollhose mit beigem Pullover. Siegbert erschien klassisch in Schwarz-Weiß. Alle drei warfen lediglich einen gelangweilten Blick auf Rosemarie.

»Da kommt Roberto«, übertönte die Stimme Fräulein Doktor Hutzenlaubs die Rumba-Rhythmen im Hintergrund.

Rosemarie drehte sich um und fand sich unvermittelt einem zur Fülle neigenden, schwarzgelockten Herrn gegenüber, dessen Lächeln eine Reihe weißer Zähne freigab. Die Farbe seiner Haut glich der Bronze der reifen spanischen Aprikosen, die sie sich gelegentlich beim Feinkostladen an der Ecke gönnte. Seinen schwarzen Schnauzbart hatte er an beiden Enden nach oben gezwirbelt, was seinem Gesicht einen spitzbübischen Ausdruck verlieh. Sein tomatenrotes Satinhemd, das er bis zum dritten Knopf geöffnet hatte, ließ kleine grau melierte Brusthaarlocken erkennen. Rosemaries Herz schlug schneller. Nie zuvor in ihrem Leben war sie einem auch nur annähernd so interessanten Mann begegnet. Strahlend, als würden sie sich ewig kennen, ging er auf sie zu und reichte ihr die Hand.

»Klämmerle, Rosemarie!«, sagte sie zaghaft.

»Roberdo«!

»Roberto wie?«

»Oifach Roberdo, mir duzed uns älle, bis uffs Frailein Hutzenlaub, die will au, dass mir Frailein zu ihr saged.«

»Dann sind Sie, dann bist du, wohl nicht von hier, oder?«, stotterte Rosemarie.

»Woisch, i ben an halba Italiener. Mei Vadder war aus Rom, aber den hab ich gar ned kennt, gell, ond mei Mudder, die isch aus Gablaberg. Und du bisch neu hier? Ich hab dich hier noch nie gsehen. Was isch denn dei Lieblingstanz? Also meiner isch Rumba!«

»Oh, wenn ich ehrlich bin, ich kann überhaupt nicht tanzen!« stammelte Rosemarie.

»Ja worom bisch no überhaubt do?«

»Also, begonnen hat es mit dem Husten, ich meine mit dem Kreuzworträtsel, das Lösungswort …«

Unter den Blicken Fräulein Doktor Hutzenlaubs begann Rosemarie zu erzählen.

Später am Abend, nach dem Genuss von drei Cocktails Sex on the Beach gestand sie Roberto ihre Leidenschaft, das Kochen. Roberto sah sie an, schluckte trocken und griff nach ihrer Hand. Wie im Traum hievte sie sich aus dem viel zu tiefen Sessel hoch und folgte ihm auf die Tanzfläche. Auf Rosemaries »Ich kann überhaupt nicht ...«, konterte Roberto: »Der Herr führt« und zog sie an sich.

Seine Nähe war ihr nicht unangenehm. Sie schloss die Augen und schnupperte an seiner Wange, die leicht feucht glänzte und herbsüß duftete. Seine schwarzen Locken kitzelten ihre Schläfen. Ihre Hand rutschte entlang seines Hemdes tiefer in die Gegend seiner Hüften. Auf einer kleinen weichen Speckrolle, die er unter seinem Hemd gut verborgen hielt, blieb sie liegen. Unwillkürlich dachte sie an Marshmallows, die süße, weiche Verführung ihrer Kindheit. Ihre Knie zitterten. Kurz vor Mitternacht, sie hatte ihm gerade von einem neuen Rezept vorgeschwärmt, machte ihr auch Roberto ein Geständnis: Seit Langem träumte er davon, wieder einmal einen Gänsebraten zur Weihnachtszeit zu genießen. Rosemarie zögerte nicht lange und lud ihn für den ersten Advent zu sich nach Hause ein.

Der Duft nach Gänsebraten und Rotkohl war bereits ins Treppenhaus gezogen, als Roberto um achtzehn Uhr mit einem Sträußchen weißer Christrosen an Rosemaries Tür klingelte.

»Oh Heiland, oh Rösle, siesch du heut schee aus«, hatte er strahlend gesagt, als er Rosemarie die Blumen überreichte.

Tatsächlich hatte sie es kaum geschafft, rechtzeitig fertig zu werden. Am Nachmittag hatte sie lange und ausgiebig zu Sissy und dem Kleinen Lord gesprochen, nachdem sie gestern erst gelesen hatte, man solle dies mit Pflanzen tun. Danach hatte sie die neue Bettwäsche von Harald Glööckler aufgezogen, Satin, schwarzgrundig mit leuchtend goldenen Kronen, man konnte ja nie wissen.

Als sie die Gans aus dem Bräter nahm, sie hatte das Geflügel bereits gestern ausgiebig mit Salz und Pfeffer gewürzt, schien diese plötzlich menschliche Züge anzunehmen, ja, sie schien zu frieren. Rosemarie ertappte sich dabei, wie sie begann, das kalte Fleisch zu massieren und zu kneten. Die Haut glitt unter ihren Fingern dahin, das Fleisch war fest und straff, doch es erwärmte sich nicht. Dies änderte sich erst im Ofen, zuvor jedoch hatte sie noch allerhand zu erledigen. Mit Musik im Hintergrund hatte sie Zwiebeln, Speck und Innereien geschnippelt und gebraten, Eier verquirlt, bis goldene Fädchen stoben, das Kraut angesetzt und die Knödel zubereitet. Das einzige Problem hatte sie mit der Gans bekommen. Im Radio sang der Tölzer Knabenchor gerade Mutters Lieblingslied »Es hat sich eröffnet das himmlische Tor«, als sich die Gans nach unten hin öffnete und die Füllung wieder freigab. Im Kochbuch von Vincent Klink hatte ausdrücklich gestanden: »Die Füllung in die Gans geben, die Öffnung zunähen!« Die Rouladenspieße hatte sie nicht gefunden, da waren ihr Mutters Haarnadeln eingefallen. Zurechtgebogen hielten sie nun statt Mutters Dutt das Ende eines Gänsebratens zusammen. Mutter hätte das nicht gefallen, doch Mutter war tot.

Von all dem ahnte der Christrosenkavalier Roberto nichts. Ihrer zaghaften Aufforderung »Komm doch herein ...«, kam er schnuppernd nach. Rosemarie führte ihn durch das Wohnzimmer in die Küche, denn dort, an diesem gemütlichen Ort, würden sie das Festmahl einnehmen.

Am Montag erwachte Rosemarie mit schwerem Kopf. Ein Blick auf das Kissen neben ihr ließ eine zerbeulte Krone erkennen. In der Wohnung roch es nach kaltem Fett. Sie stieg in ihre Lammfell-Pantoffeln und schlurfte in die Küche, in der das abgenagte Geripppe der Gans in Gesellschaft eines halben Knödels auf der Silberplatte lag. Vom köstlichen Rotkraut fand sich nur ein kleiner Rest in der Schüssel. Das Tischtuch mit den gestickten Tannenzweigen war mit Flecken von Sauce und Wein übersät. Eine leere Flasche Burgunder und zahlreiche Likörflaschen rundeten das Stillleben ab.

Langsam setzten sich die Bilder des Abends in Rosemaries Kopf zusammen. Sie hatten gegessen, Roberto hatte immer wieder »Meravigliosamente!« ausgerufen, was so viel bedeutete wie »Wunderbar!«. Ansonsten hatten sie nicht viel geredet, doch sie war glücklich gewesen zu sehen, wie sehr es ihm schmeckte. Später dann hatten sie Diverses zur Verdauung gebraucht. Wie allerdings Robertos Kopfabdruck auf Glööcklers Krone gelangt war, daran konnte sich Rosemarie beim besten Willen nicht mehr erinnern.

»Es ist auch egal!«, sagte sie zu Mutter, die sie aus ihrem versilberten Rahmen heraus vorwurfsvoll anblickte. Dann ging sie zum Telefon, rief im Institut an und meldete sich krank. Das hatte sie noch nie zuvor getan.

Am Dienstag entschied sich Rosemarie, nicht in die Tanzschule zu gehen. Roberto hatte sich nicht gemeldet. Auch war ihr noch immer nicht eingefallen, was es mit der zerbeulten Krone auf ihrem Kopfkissen auf sich hatte.

Am Mittwochabend gegen halb acht erschrak sie, als das sonst schweigsame Telefon klingelte, und nahm freudig den Hörer ab. Das konnte nur Roberto sein!

Doch am Apparat war Fräulein Doktor Hutzenlaub. Unter dem Vorwand, auf der Suche nach einem schwäbischen Plätzchenrezept zu sein, war sie schnell zur Sache gekommen.

»Wissen Sie, Roberto ist bekannt dafür, dass er immer auf der Suche nach einer Frau ist, bei der er sich ins gemachte Nest setzen kann«, säuselte sie, »und bei Ihnen hat er ja ganz eindeutig offene Türen eingerannt.« Fräulein Doktor Hutzenlaub lachte gekünstelt. »Der Besuch bei Ihnen hat in ihm die unterschiedlichsten Gefühle ausgelöst und wir alle haben uns angesichts seines Berichts sehr amüsiert, müssen Sie wissen. Sie sind tatsächlich komplett in Eiche rustikal eingerichtet? Unfassbar, anscheinend haben Sie einen Hang zur Nostalgie, wenn ich nur an Ihre Deckchen denke, wie war das doch gleich? ›Eine kluge Hausfrau kocht mit Fleiß des Ehegatten Lieblingsspeis.‹ Wie herzallerliebst!«

Rosemarie fühlte, wie ihr die Magensäure in den Schlund schoss.

»Und dass ihm Ihr Essen überhaupt nicht geschmeckt hat, das sollten Sie auch wissen«, klärte sie Fräulein Doktor Hutzenlaub auf. »Die ganze Nacht sei ihm der dumme Vogel im Magen quer gelegen, meinte er, was vielleicht auch an dem Kraut gelegen haben könnte, das für seinen Geschmack viel zu wenig durchgegart gewesen sei.«

Rosemarie hielt den Hörer weit von sich. Ihre freie Hand hatte sich geballt, dass das Weiß der Fingerknöchel sichtbar wurde.

»Roberto ist ein Feinschmecker, müssen Sie wissen!«, fuhr Fräulein Doktor Hutzenlaub fort.

Im Geiste sah Rosemarie Roberto vor sich, wie er genüsslich in die Gänsekeule gebissen hatte. Das Fett war ihm an beiden Seiten übers Kinn getroffen und in der weißen Stoffserviette versickert, die er sich, so gar nicht vornehm, um den Hals gewickelt hatte, und gerade das hatte ihr gut gefallen.

»Ach ja, und ihr Schlafzimmer erst.« Ihr Lachen schmerzte in Rosemaries Ohren. »Das muss ja ein exorbitanter Aufenthaltsort sein. Roberto hat sich geradezu weggeschmissen vor Lachen, als er von Ihren

Krönchen berichtete. Wie froh war er doch, Ihnen und diesen Kronen, als Sie schliefen, unbeschadet entkommen zu können. Frau Klämmerle, sind sie noch dran?«

Rosemarie kam erst wieder zu sich, nachdem sie das Telefonkabel aus der Wand gerissen und den Hörer in die Ecke hinter den Kleinen Lord geworfen hatte. Mit triumphierendem Blick glotzte Mutter aus ihrem silbernen Rahmen. »Das hast du nun davon, du dumme Gans«, schien sie zu sagen.

Doch Rosemarie sah ihr trotzig entgegen. Sie hatte da so ein ganz bestimmtes, vor langer Zeit hingebungsvoll in ihrem Mörser zerkleinertes Pulver, allein für Ihre Mutter zubereitet. Doch das mit Mutter hatte sich zum Glück von selbst erledigt, alt genug war sie ja gewesen. Ein Hauch dieses Pulvers, in einer neutralen Flüssigkeit, aufgezogen in einer feinen Spritze, in Robertos Glas gegeben, würde das Ende all seiner Gelüste bedeuten. Nächsten Samstag, bei der Weihnachtsfeier in der Tanzschule!

Eiskristallpfeile landeten in Rosemaries glühendem Gesicht. Der Weg von der Bushaltestelle zur Tanzschule betrug zum Glück nur wenige Meter. Ein kurzer Griff in ihre Tasche, ein winziger Druck auf die Spritze, und die Substanz würde ihren Bestimmungsort finden. Roberto musste sein Glas nur einen Moment aus den Augen lassen. Sie betrat die Tanzschule und stieg die blausamtigen Treppenstufen hinab. Die Discokugel jagte glitzernde Milchstraßen durch den Saal. Auf den Tischen waren üppige Tannengestecke mit lila Glaskugeln und goldenen Bändern drapiert.

Bernie tanzte zur Musik von Last Christmas einen Cha-Cha-Cha mit Doris. Elsa, die Hutzenlaub und die Übrigen saßen in der Sitzgruppe zusammen und unterhielten sich angeregt.

»Ach, Rosemarie, wie gut, dass du kommst.« Sascha hatte sie am Ellenbogen gefasst. »Die Bar ist heute nicht besetzt, Grippezeit, du verstehst, ich muss gleich an den Plattenteller, würdest du das Getränk für Roberto mit rüber nehmen? Er kommt gleich, danke!« Ohne eine Antwort abzuwarten, hatte Sascha ihr das Tablett mit Robertos Cuba Libre in die Hand gedrückt. Das war die Gelegenheit!

Als die Hutzenlaub schrill den Namen »Roberto« ausrief, begannen Rosemaries Knie zu zittern. Sie starrte auf Roberto, der einen Strauß roter Rosen in den Händen hielt. Er lächelte, und auf seiner Stirn glänzten kleine Perlen. Wie in Zeitlupe ging er auf Rosemarie zu.

»I, i, i glaub, i muss mir erscht amol Mut ohtrinka«, sagte er, worauf ihm die Hutzenlaub den Cuba Libre reichte. Er setzte an und leerte das Glas in einem Zug. Ein tiefer Rülpser entwich seiner Brust, sein Atem beschleunigte sich, um seine Lippen legte sich ein bläulicher Schatten. Er öffnete den Mund, versuchte etwas zu sagen. Sein Lächeln erstarb, als er vor Rosemarie zu Boden stürzte und von den roten Rosen begraben wurde.

Der Notarzt konnte nur noch seinen Tod feststellen.

Die Polizei begann, die anwesenden Personen zu befragen.

»Wir wussten alle, dass Roberto schwer herzkrank war«, hörte Rosemarie Sascha wie durch eine Nebelwand sagen. »Er hat bereits zwei Infarkte überstanden. Dass der dritte tödlich sein würde, haben wir alle befürchtet.«

»Unter medizinischen Aspekten hätte er gar nicht tanzen dürfen«, warf Bernie ein, »aber nach dem Tod seiner Frau vor fünf Jahren war er so einsam.«

»Dann dürfte der Fall wohl klar sein«, meinte der Kommissar, »meine Damen, meine Herren, ich darf mich verabschieden. Trotzdem, Ihnen allen frohe Weihnachten.«

»Ach übrigens, Rosemarie ...« Unsicher bewegte sich Bernie auf Rosemarie zu. »Was du unbedingt wissen solltest. Du hast Roberto viel bedeutet. Er hat uns allen von dem Abend bei dir erzählt. Wie geborgen er sich bei dir gefühlt hat. Er war sogar auf deinem Kopfkissen eingeschlafen, in diesem wunderbar bequemen Bett, angesäuselt wie er war, wofür er sich hinterher geschämt hat. Er hat uns von deinen wunderbaren Kochkünsten berichtet, und er nannte dich immer ›mei Rösle‹. Für heute hatte er sich allen Mut zusammengenommen. Er wollte dich fragen, ob du dir eine intensivere Freundschaft mit ihm vorstellen könntest.«

Rosemarie blickte zur Hutzenlaub hinüber, die sich in einem hysterischen Weinkrampf aufgelöst hatte.

»Die Hutzenlaub war seit Jahren hinter Roberto her. Aber der konnte nichts mit ihr anfangen, mit ihrem intellektuellen Getue. Das hat nicht gepasst. Trotzdem hat sie jede ausgeschaltet, die in Robertos Nähe kam. Wie sie das geschafft hat, wissen allein die Götter.«

Gefüllte Gans mit Rotkohl

Für 6 Personen

eine Gans von etwa drei Kilo, samt Innereien
Gemüse (Zwiebel, Karotte, Sellerie)
1 EL Mehl mit Butter, zu gleichen Teilen gemischt
250 ml Rotwein oder Gänsefond

Für die Füllung

1/2 Toastbrot
125 ml Milch
1 Zwiebel
150 g Schinken, gekocht
Herz und Leber der Gans
3 Eier
2 EL Petersilie
1 EL Majoran
Salz, Pfeffer, eine Prise Muskatnuss
1 EL Butter oder Olivenöl

Die Innereien der Gans entfernen, die Gans anschlie-
ßend auswaschen und abtropfen lassen. Mit Salz und
Pfeffer innen und außen würzen und die Füllung (sie-
he unten) in die Gans geben. Die Gans in einen Bräter
legen, etwas Wasser hinzufügen, sodass der Boden des
Bräters etwa einen Zentimeter hoch bedeckt ist. Die
Fettpolster anstechen und die Gans für ca. eineinhalb
Stunden in den Ofen geben, dabei etwa alle fünfzehn
Minuten mit dem austretenden Saft übergießen, even-
tuell drehen. Im Laufe des Bratens die Ofentemperatur
auf 180 Grad reduzieren.

Das Gemüse in Würfel schneiden und nach eineinhalb Stunden dazugeben. Die Gans weitere eineinhalb
Stunden garen, dabei erneut mit dem austretenden Saft
übergießen.

Zum Gartest mit einer Nadel durch die dickste Stelle
der Keule stechen, wenn sich die Nadel leicht ein- und
ausführen lässt, ist die Gans gar. Die Gans aus dem
Topf nehmen, auf eine Platte geben und im geöffneten
Ofen ruhen lassen.

Füllung

Das Toastbrot ohne Rinde in etwa einen Zentimeter
große Würfel schneiden. Die Milch aufkochen und über
die Brotwürfel geben, etwas ziehen lassen.

Zwiebel in Würfel schneiden und mit den fein gewürfelten Innereien mit etwas Fett kurz anbraten. Eier verquirlen, mit der Innereien-Zwiebel-Mischung und dem
Schinken zu den Brotwürfeln geben, ebenso die fein
gehackte Petersilie und den gerebelten Majoran. Alles
gut durchmischen, mit Salz, Pfeffer und Muskatnuss
abschmecken.

Den Boden eines Bräters mit den klein gehackten Stü-
cken von Flügeln und Hals bedecken, etwa einen Zentimeter hoch mit Wasser füllen.

Den Bratensatz durch ein Sieb passieren, in einen kleinen Topf geben, kurz stehen lassen und dann das Gänseschmalz abschöpfen. Den Bratensaft mit etwas Mehl
binden, Rotwein oder Gänsefond dazugeben, aufkochen und mit Pfeffer und Salz abschmecken.

Die Gans tranchieren und die Brüste entlang des Kno-
chens abschälen. Die Füllung mit einem Esslöffel her-
ausstechen und zusammen mit Rotkohl servieren.

Rotkohl

1 Kopf Rotkohl
1 Zwiebel
1-2 EL Gänseschmalz oder Butter
1 Lorbeerblatt
3 EL Apfelessig
1/8 l kräftiger Rotwein
1 TL grüner Pfeffer
1 Wacholderbeere
1 Nelke
1 Messerspitze Piment
Salz
100 g Konfitüre (Preisel- und/oder Johannisbeeren)

Den Kohl vierteln, den Strunk herausschneiden und die Blätter fein schneiden. Die Zwiebel schälen, fein würfeln und in einem Topf mit etwas Gänseschmalz und dem Lorbeerblatt anrösten. Den Kohl, Apfelessig, Rotwein, die Gewürze und etwas Salz zugeben und köcheln lassen, dabei immer wieder umrühren. Nach etwa 15 Minuten die Konfitüre zugeben, 15 Minuten weiterkochen und die Flüssigkeit einkochen. Etwas Butter oder Gänseschmalz zugeben.

Dazu passen Klöße oder Kartoffeln.

HEIDEMARIE KÖHLER

Hausbesuche

Stuttgart und Bieringen

Nebel mal wieder, verdammte Brühe. Kroch da vom
Neckar hoch, hing auf der Straße. Und dann auch noch
die Autoschlange – wenn das zusammenkam, Stau und
Nebel, das konnte nur mal wieder einer dieser ganz be-
scheidenen Tage werden. So schlimm wie heute war es
zum Glück nicht jeden Morgen. Trotzdem zu oft, und
wenn mal wieder nichts voranging, kam es ihm immer
vor, als wäre das der Normalzustand und er stünde in
dieser permanenten Schlange. Selber schuld, er war ja
freiwillig hierher zurückgezogen. Peter Arndt hoffte,
dass er die Fahrerei nun bald überstanden haben würde – sobald er das Haus verkaufen konnte, zu einem
annehmbaren Preis.

Mutter hätte nie zugestimmt, das Haus sollte in der
Familie bleiben. Ein Witz, wer oder was war denn noch
übrig? Er, niemand sonst. Seine Frau bald endgültig die
Ex und Sarah – sie war natürlich auf Verenas Seite und
wollte mit dem Vater nichts mehr zu tun haben. Das
würde sich auswachsen, sie würde vernünftig werden,
bestimmt, oder? Musste sie doch. Aber zurzeit bockte
sie, wollte weder von ihm noch vom Haus seiner Familie etwas wissen. Dort auf dem Kaff besuchen kam sie
ihn schon gar nicht.

Das Wichtigste im Augenblick: der Umzug. Er musste
das Haus loswerden, eine Wohnung in der Stadt konnte
er nur über den Verkauf finanzieren. Eine Dreizimmer-
wohnung, ganz zentral in der Nähe der Praxis, das war
sein Traum. Wenn er endlich wieder in Stuttgart wohnte, bräuchte er keinen Kilometer mehr zu fahren, dann

würde er das Auto wahrscheinlich abschaffen, allein schon wegen der lächerlichen Parksituation.

Aber bis dahin zahlte er seinen Stellplatz und hatte eben jeden Morgen die 60 Kilometer zu fahren. Im günstigsten Fall, ohne Stau, brauchte er eine starke Dreiviertelstunde, abends zurück genauso. Ganz fürchterlich morgens manchmal dieser Abschnitt auf der Strecke bis Obernau, danach auf der A 81 bewegte sich meistens wenigstens was. Kurz vor Schluss wurde es wieder voll – der Tunnel. Schrecklich da drin. Tagtäglich.

Was hatte er sich bloß dabei gedacht, nach Bieringen zurückzuziehen? Aber Mutter war drauf und dran gewesen zu verkaufen, damit sie das teure Pflegeheim finanzieren konnte – ja, damals war sie dazu bereit gewesen. Er selbst hatte sie davon abgebracht, indem er sie überzeugte: Das Heim könne sie sich doch sparen, wenn er kam und sich um sie kümmerte. Das hatte er ihr versprochen und auch, er werde sich mit Verena aussöhnen. Darauf war Mutter sofort angesprungen, sie meinte, es wäre doch schön, wenn Sarah einmal das Haus ihrer Großeltern, sogar ihrer Urgroßeltern erben könnte. Und er dachte, es würde ja nicht ewig dauern. Er würde nach Mutter schauen, solange sie ihn brauchte, es wäre doch Blödsinn, die Mutter in ein Pflegeheim zu geben, wenn der Sohn Arzt war und genau einschätzen konnte, was sie brauchte.

Aber dann die Zeit mit ihr im Haus, so hatte er sich das nicht vorgestellt. Ihre Ungeduld, wenn er nicht sofort auf ihre Forderungen einging. Jede Laune ließ sie an ihm aus, jedes Wehwehchen lastete sie ihm an. Er sei der Arzt, er müsse sich um sie kümmern, dafür sorgen, dass es ihr besser ging. Schon morgens, bevor er losfuhr, da konnte er ihre Stimme erst recht nicht ertragen. Bald stellte er ihr ein Frühstückstablett hin und verließ das Haus, ohne sie zu wecken. Früh genug stand er eh auf, wegen der weiten Strecke. Dann ihre Anrufe in der Praxis. Er hätte ihr niemals die Nummer als Kurzwahl einprogrammieren dürfen, Frau Adriani musste Mutter fast jeden Tag am Telefon abwimmeln. Aber seine Sprechstundenhilfe entwickelte eine freundlich-praktische Routine darin und schien sich nichts daraus zu machen. Ihn hingegen nervten Mutters Anrufe in der Praxis, er erkannte schon an Frau Adrianis Ton, dass sie mit seiner Mutter sprach, mitunter mehrmals täglich. Und trotzdem, kaum hatte er abends zu Hause die Tür aufgeschlossen, stürzte Mutter sich auf ihn. Sie hatte nur darauf gewartet, ihm endlich ihr Leid klagen zu können. Tagtäglich. Kein Ende abzusehen.

Das Ende war dann doch gekommen, ganz plötzlich und trotz Mutters Krankheit überraschend. So war es eben, einerseits rechnete man damit und andererseits war man auch wieder gar nicht vorbereitet und wusste kaum, was zuerst zu tun war. Den Makler allerdings hatte Peter Arndt sofort bestellt, sobald nach Neujahr wieder jemand zu erreichen war.

Bisher hatte sich kein Käufer für das Haus gefunden, trotz Neckarblick. Verständlich, wer wollte eine Bude in so einem Kaff. Es lag ganz hübsch am Fluss, aber das taten andere Orte auch, die mehr zu bieten hatten und trotzdem näher an der Zivilisation dran waren. Ohne Navi war das Dorf für Ortsfremde ja praktisch nicht zu finden, in seinem Autoatlas stand es nicht mal hinten im Verzeichnis. Und dann die anwohnerfreundlich kurvige Durchfahrt, nichts für Raser, nein, im Gegenteil, ein Dorf für Schnecken, Hinterwäldler. Hier war man stolz auf die Wandmalereien in der Kapelle, auf das nahe Naturschutzgebiet an der Starzel. Ja, das … So wie er als Junge mit seinem Vater dort unterwegs gewesen war, so hätte er gern mit seiner Tochter die Kapfhalde erkundet, sie wäre begeistert von den Muschelkalkfelsen gewesen, sie hätte Abdrücke, Versteinerungen suchen können. Aber während seiner Ehe waren die Familienbesuche in Bieringen nie lang genug gewesen für solche Ausflüge, und nun, seit er in diesem Kuhdorf wohnte, hatte er Sarah nicht ein einziges Mal gesehen. Aber er würde hoffentlich bald zurück nach Stuttgart ziehen, und wenn er in Mitte wohnte, wäre er ihr wieder näher. Irgendwann würde, irgendwann musste dieser Immobilienheini es schaffen, das Haus zu verkaufen, er legte sich ja ins Zeug, schon, weil er seine Provision kassieren wollte. Und dann, in Stuttgart – Sarah konnte ihm doch nicht ewig aus dem Weg gehen.

Auf der täglichen Fahrt gab es manchmal Momente, in denen Peter gar nicht bewusst war, ob es nun morgens oder abends war, ob er gerade hin- oder schon wieder zurückfuhr. Besonders im Stau. Anfahren, bremsen. Anhalten, warten. Anfahren ... das war alles so gleichförmig. Seinem Gefühl nach müsste er eigentlich immer auf dem Rückweg sein, müde, wie er war. Aber nein, machte er sich klar, er hatte seinen Arbeitstag noch vor sich. Er sah auf die Uhr – spät dran, zu spät heute. Er hätte hupen mögen, sinnlos laut und lange hupen. Oder am liebsten gleich aufs Gaspedal und vorwärts, drauf, ohne Rücksicht auf Verluste, auf Blechschaden, Schleudertrauma, Versicherungsstress. Völlig irrational, er rief sich zur Ordnung. Er würde ankommen, wie er jeden Morgen ankam, oft gerade eben noch rechtzeitig oder ab und zu auch ein bisschen zu spät. Seine Frau Adriani hatte die Situation im Griff und war sehr solidarisch, sie entschuldigte ihn bei den Patienten und hielt starken Kaffee und Kekse bereit. Frau Adriani war schon jahrelang bei ihm und unbezahlbar. Was täte er ohne sie.

»Was täte ich ohne Sie!«, sagte er, indem er schwungvoll die Tür zur Praxis aufstieß.

»Ja, tatsächlich, ohne mich wäre die Praxis heute früh geschlossen geblieben«, antwortete die Fremde, die an der Rezeption saß. Sie lachte und streckte ihm die Hand entgegen. »Guten Morgen. Dorothee Hintermeier, ich bin eine Freundin von Sabine ... von Frau Adriani. Sie hat mich vorhin in höchster Not angerufen, sie ist krank und bittet um Entschuldigung. Ich vertrete sie – natürlich nur, wenn Sie nichts dagegen haben, Herr Doktor Arndt.«

Warum hatte Frau Adriani nicht bei ihm angerufen und ihm Bescheid gegeben?

Die Fremde konnte anscheinend Gedanken lesen. »Sie konnte Sie nicht mehr erreichen, Sie waren schon aus dem Haus«, erklärte sie.

Er sollte sich endlich eine Freisprechanlage fürs Auto anschaffen. Aber er sperrte sich gegen diese moderne Einstellung, man müsse ständig und überall erreichbar sein, obwohl das in seinem Beruf sicherlich von Vorteil wäre, zumindest manchmal, heute Morgen zum Beispiel. Er hätte gern selbst entschieden, ob er die Vertretung, die Frau Adriani so eigenmächtig für sich bestellt hatte, auch wollte. Aber hatte er denn eine Wahl? Er musste froh sein, dass alles wie am Schnürchen lief. Der Kaffee dampfte, sogar die Kekse standen auf einem Tellerchen diskret am Rand des Schreibtischs im Behandlungszimmer, vor dem schon die erste Patientin auf ihn wartete.

Der Vormittag verlief wie immer. Peter hatte keinen Anlass, Frau Adriani zu vermissen, ihr Ersatz arbeitete zügig und kompetent. Die Frau – wie hieß sie? Irgendwas mit Meier – verließ die Praxis für die Mittagspause, ohne dass er Zeit gehabt hätte, genauer nachzufragen, was denn mit ihrer Freundin sei, und als sie wiederkam, saß bereits ein Patient im Wartezimmer, der sofort nach vorne an die Rezeption kam, um seine Karte abzugeben. Also wieder keine Möglichkeit, ein paar Worte zu wechseln.

Sicher würde Frau Adriani ihn am Abend anrufen, um sich zu entschuldigen und mit ihm zu besprechen, wann sie wiederkäme und wie es denn mit ihrer Vertretung lief.

Mit dem letzten Patienten verließ er das Besprechungszimmer. »Also, Herr ...« Er sah auf das eben ausgestellte Rezept. »... Kern, dreimal am Tag das Pulver, vor den Mahlzeiten in Wasser aufgelöst. Das sollte den Husten lockern. Und versuchen Sie doch wenigstens, das Rauchen einzuschränken, wenn Sie es denn nicht ganz lassen können.«

Er hatte gut reden. Seinen Patienten konnte er Ratschläge erteilen, aber befolgte er sie selbst? Er rauchte nicht, aber es täte ihm sicher gut, weniger zu trinken. Die Streitigkeiten mit Mutter abends, die waren doch heftiger geworden, je leerer seine Weinflasche war. Unerträglich war das oft gewesen.

»R.d.H.«, sagte der Patient.

»Bitte?«

»Rauch die Hälfte, die Zigarettendiät.«

Aha, ein kerniger Spruch von Herrn Kern, der jetzt gurgelnd lachte. Das Lachen ging in Husten über. »Wiedersehen.« Der Husten hallte durchs Treppenhaus.

Die Vertretung fuhr gerade den Computer herunter. »Ich komme dann also morgen wieder«, sagte sie.

»Wenn Frau Adriani nicht ... Wissen Sie denn Genaueres von ihr? Was hat sie überhaupt? Wann kommt sie wieder?«

»Oh, ihr geht es gut. Sie ist auf dem Weg nach Genua, von da aus macht sie eine Kreuzfahrt. Sie meint, Sie werden es ihr nicht übelnehmen, dass sie Sie versetzt. Sie können das sicher verstehen, meint sie. Dass man auch mal nach sich selber guckt. Wo Sie doch Ihre Frau im ...«

Er sah sie scharf an. Was faselte sie da? War diese ... diese Meier-Irgendwas überhaupt von Frau Adriani hergeschickt worden? Seine Frau Adriani würde das doch nicht machen, von einem Tag auf den andern plötzlich wegbleiben. Und dann so eine Beschuldigung. Er habe seine Frau im ... sollte das heißen, im Stich gelassen?

Die Meier-Dingsda lächelte zu ihm hoch. »Frau Adriani ist nach Weihnachten noch eine Weile geblieben, weil sie Sie nicht gleich verlassen wollte, nachdem Sie Ihre Mutter«, sie kräuselte die Lippen, »verloren hatten.«

Was wollte sie damit andeuten? In dem Tonfall? Er hatte nicht übel Lust, diese Unverschämte hochkant rauszuschmeißen. Danke dafür, dass Sie heute ausgeholfen haben, aber nun – tschüs. Leider ging das nicht, wer sollte dann morgen – und übermorgen – wenn Frau Adriani tatsächlich einfach weggefahren war. Was er immer noch nicht glauben konnte. Und wenn sie krank war, aber auch wenn das doch stimmte mit der Kreuzfahrt, dann würde sie ja eines Tages wiederkommen und dann ...

»Sie hat übrigens nicht vor, weiter zu arbeiten. Sie will sich zur Ruhe setzen und sich ihrem Hobby widmen. Dem Gärtnern.«

Ein Hobby. So, Frau Adriani gärtnerte also, aber was hatte das mit ihm zu tun?

»Natürlich braucht sie eine kleine Aufbesserung ihrer Rente. Die allein reicht ja nicht, wenn sie früher in den Ruhestand ...«

»Frau ... Meier ...«

»Hintermeier. Ich heiße Hintermeier.«

»Frau Hintermeier, ich glaube, Sie sind im falschen Film. Jedenfalls haben Sie sich den falschen Partner ausgesucht. Ich weiß nicht, was für ein Spiel Sie spielen, aber ich spiele es nicht mit.« Er war mit sich zufrieden. Da zog er sich doch mit Würde aus der Affäre.

»Ich glaube schon«, sagte Frau Hintermeier ruhig. »Sie sind sich nur noch nicht darüber im Klaren, was Ihr Einsatz ist.«

»Und der wäre?«

Sie schwieg.

Genau wie er es sich gedacht hatte: nur Geschwafel. Frau Adriani wusste nichts und wenn, seine Frau Adriani würde ihm doch keinen Strick daraus drehen. »Wenn ich Sie dann bitten dürfte zu gehen!«, sagte er kalt.

»Sie dürfen. Aber ich würde mir das an Ihrer Stelle noch mal überlegen. Egal wie man es deutet, unterlassene Hilfeleistung oder sogar kaltblütig geplanter Mord, Ihr Ruf ist hin. Sie wollen ja deswegen nicht Ihre Praxis verlieren. Also, dann sind Sie doch so nett und unterstützen Ihre langjährige Mitarbeiterin. Und finanzieren ihr zunächst mal diese Kreuzfahrt.«

Er versuchte, sich seinen Schreck nicht anmerken zu lassen, während er überlegte. Es gab nichts, was ihn belastete, er war ganz sicher. Seine Mutter hatte diese Herzschwäche, seit Jahren schon, das wusste ihr früherer Hausarzt auch. Der war in keiner Weise misstrauisch geworden, als Peter ihn noch in der Nacht angerufen hatte, schon um sich abzusichern. Er als einziger Sohn und Erbe, allein mit der gestorbenen Mutter. Der alte Hausarzt war sofort gekommen, er schien einer zu sein, der tatsächlich noch auf Hausbesuche eingestellt war, sogar zu Weihnachten. Wie traurig, ausgerechnet in der Heiligen Nacht, sagte er und bestätigte Peters Diagnose: Herzstillstand. Na also! Was den ausgelöst hatte, konnte keiner wissen, die hatten nichts gegen ihn in der Hand. Aber diese Hintermeier hatte recht, wenn es je Zweifel gab, wenn überhaupt jemand Fragen stellte, würde etwas an ihm hängen bleiben. Er würde Patienten verlieren, und Sarah würde ihn sicher nie mehr wie-

dersehen wollen. Sein Kind. Sie hatte sowieso das aller-
schlechteste Bild von ihm. Sie hatte es ihm ins Gesicht
geschrien: »Jetzt haust du ab, wo es Mama so schlecht
geht! Ich hasse dich, ich hasse, hasse, hasse dich!«

Umkehren hätte er sollen, als es noch Zeit war, er
hätte Verena um Verzeihung bitten und bleiben sollen.
Aber da war Ines, die ihn erwartete, und nein, er ertrug
Verenas düsteres Gesicht nicht mehr. Deshalb hatte er
sich ja zu Ines geflüchtet, hatte immer häufiger Hausbesuche vorgeschoben, angeblich bei Patienten, damit er
zu Ines gehen und seinen Feierabend mit ihr verbringen
konnte – weil Verena nur noch auf dem Sofa rumhing.
Wo sie den ganzen Tag zu Hause bleiben konnte, während er das Geld verdiente. Sie hatte sich bloß um Sarah
zu kümmern und selbst das kaum noch, das Kind war
vorzeitig vernünftig geworden und sorgte sogar für die
Mutter. Seine Sarah, mit der er früher im Schönbuch
gewandert war, nur sie beide, weil Verena sich ja immer
zu matt fühlte. Schade, hatte er am Anfang gedacht,
aber es mit der Zeit immer mehr genossen, allein mit
seiner Tochter unterwegs zu sein. Sarah, die jedes Blatt
umdrehte, jedes Käferchen aufregend fand. Er hatte
Biologiebücher gewälzt und die Tochter mit Fakten
gefüttert. Ihre Begeisterung hatte ihm den Wald noch
einmal ganz neu erschlossen. Seine Sarah, ob sie nun
allein hinausfuhr? Seine patente Tochter suchte sich bestimmt eine Busverbindung raus, wenn sie unbedingt
wollte. Oder war Verena plötzlich nicht mehr so müde
und lustlos und begleitete sie jetzt? Vielleicht hatte Sarah ja auch einen Freund, mit dem sie hinausging, was
wusste er noch von ihr. Ob sie im Wald jemals an ihn
dachte, sich erinnerte? Im Schaichtal, in der Blockhüt-
te, wo sie einen halben Nachmittag lang den Regenguss
abgewartet hatten? Wie es aufs Dach geprasselt hatte.
Sarah hatte den Kopf nach draußen gestreckt, sich die

dicken Zöpfe nass regnen lassen und gelacht, als er sie vor einer Erkältung warnte.

Ihm war der Wald verleidet, er hatte es probiert. Ohne Sarah ließen die Blätter ihn kalt, die fein zusammengerollten Blattknospen im Frühling, die roten und goldenen Kleckse im Herbst. Er wich nicht mehr aus, wenn ihm ein Käfer über den Weg krabbelte. Von ihm aus sollte es zertrampelt werden, das ganze Gekreuch, könnte der Schönbuch abgeholzt werden, abgefackelt, was kümmerte ihn das.

Er hätte nicht gehen dürfen. Als ihm das klar wurde, als er bei Ines auszog und zurückwollte, sagte Verena nein. Sie schien stärker, selbstbewusster, dachte er erbittert.

Also war er zu Mutter gezogen, ins Elternhaus. Zwei Fliegen mit einer Klappe, hatte er gedacht. Er sparte sich eine Wohnung, Mutter sparte die Kosten fürs Heim – und ja, daran, dass sein Erbe nicht angetastet wurde, hatte er auch gedacht. Sollte das unmoralisch sein? Den gemeinsamen Alltag hatte er sich allerdings nicht ausgemalt. Den hatte er nicht ertragen.

Wie kam Frau Adriani dazu, ihm das vorzuwerfen? Sie konnte nichts wissen, er hatte ja auch nichts getan. Eben nicht. Nach nebenan war er gegangen, hatte Musik angestellt, auf volle Lautstärke. Das Weihnachtsoratorium, das konnte man sich doch anhören, am Heiligabend. Beweise gab es nicht dafür, dass er etwas Falsches getan oder etwas unterlassen hatte. Aber schlimm genug, wenn der Verdacht aufkam. Sarah glaubte sowieso alles Schlechte von ihm.

Frau Adriani. Wie kam sie jetzt auf so was, nach Monaten? Sicher hatte diese Hintermeier sie angestiftet, schöne Freundin! Er hätte Frau Adriani nicht zugetraut, dass sie etwas verlauten lassen würde. Selbst wenn sie etwas wüsste. Und es gab ja nichts zu wissen.

Oder? Hatte Mutter zum Schluss noch einmal in der Praxis angerufen? Aber was hätte sie sagen sollen – dass sie Schmerzen hatte und er ihr nicht zu Hilfe kam? Na und? Man konnte ihn doch nicht darauf verpflichten, ständig auf sie aufzupassen. Er war ja im Haus gewesen, er hatte diesen ganzen Weihnachtszirkus für sie veranstaltet, hatte den Baum mit Lichterkette aufgebaut und mit Lametta, weil sie darauf bestand. Und schließlich hatte er am Tag vorher in aller Hetze nach Feierabend auf den letzten Drücker kurz vor Ladenschluss noch eingekauft, damit er Heiligabend für sie kochen konnte. Sie war doch begeistert gewesen, als er Ente ankündigte. »Wie schön, ach, dass ich die noch mal essen kann, ach, Peterle ...« Ganz sentimental war sie geworden, und sogar er war gerührt und dachte, es könnte mal ein schöner Abend zusammen werden, ganz ohne Nörgeln.

Und dann? Was das sein solle, und er wisse doch genau, wenn sie Ente höre, dann denke sie an ihre Schwäbische Ente, so wie sie sie früher gekocht und wie er sie auch immer gern gegessen habe. Ganz rot im Gesicht war sie geworden, als er ihr den Teller mit dem Stück Entenbrust vorsetzte, und nein, das esse sie nicht, was er sich dabei gedacht habe, dieses eingeschweißte Fabrikzeug und lieblos in der Pfanne mit Rotkohl aus der Dose. Er fragte, wie sie sich das vorgestellt habe, hätte er am Heiligabend noch mal aus dem Haus und einen Feinkostladen leerkaufen sollen, damit sie zufrieden ... Sie ließ ihn gar nicht ausreden, sie war so in Rage. Da hätte sie sich lieber selber an den Herd gestellt, auch wenn es ihr schwerfiel, aber nein – so enttäuscht, also, so enttäuscht habe er sie bisher noch nie. »Noch nie!«, wiederholte sie schreiend, schnappte nach Luft und keuchte, trotzdem fuchtelte sie noch mit ihrem Stock vor ihm herum, als er ihr helfen wollte, und ließ ihn gar nicht an sich heran. Da hatte er wortlos abgeräumt, hatte die Ente, den Kohl, die zugegebenermaßen auch fertig gekauften Knödel in den Müll geschmissen und Mutter sich selbst überlassen. Nebenan, mit ihrer Aufregung, ihrer übertriebenen Wut, ihrer Atemnot.

Und dann legte er den Bach auf, nicht nur wegen Weihnachten, und stellte ihn so laut wie nur möglich. Der blendete alle anderen Geräusche aus, da waren keine Rufe zu hören, falls sie denn rief, er hörte nichts, gar nichts, er wollte nichts von ihr hören, und als er Stunden später, bevor er ins Bett ging, wie üblich noch einmal nach ihr sah, war es zu spät. Die Lichterkette war noch an, die Kerze auf dem Esstisch heruntergebrannt und Mutter in ihrem Armsessel zusammengesackt. Da war er dann doch überrascht gewesen, er hatte es ja nicht drauf angelegt, bloß darauf ankommen lassen, ja, das schon, wenn er ehrlich war, aber er hatte doch nicht damit gerechnet und dass es nun tatsächlich so schnell gegangen war ... Erst konnte er es gar nicht glauben. Neben sich hatte Mutter das Tischchen mit all ihrem Krimskrams, den sie immer in der Nähe haben wollte, Pillen und Wasser, Taschentücher, die andere Brille. Das Telefon! Vielleicht hatte sie tatsächlich noch versucht, die Praxis anzurufen. War sie verwirrt gewesen und hatte vergessen, dass er zu Hause war? Oder hatte sie gar nicht mit ihm sprechen wollen, sondern mit Frau Adriani? Ob sie von dem Streit erzählen wollte? Frau Adriani war natürlich am Heiligabend auch nicht da ...

Der Anrufbeantworter!

Er ging aufs Telefon zu. War da eine Spule drin, eine kleine Disc oder ...

Frau Hintermeier schüttelte den Kopf. »Sie glauben doch nicht, dass wir das Ding da drin gelassen hätten? Unterschätzen Sie Ihre Frau Adriani nicht.« Das »Ihre«

zog sie übertrieben lang. »Also.« Das »Also« klang zufrieden, eine Feststellung, ein Resümee.

»Sie finanzieren ihr zunächst diese Kreuzfahrt«, hatte sie gesagt. Zunächst – und dann?

Er brauchte Zeit, er musste überlegen. Wenn er jetzt bezahlte, die Frauen würden immer mehr verlangen. Die Frauen, zwei. Frau Hintermeier hier. Hintermeier? Frau Hinterfotzig! Er musste sie zum Schweigen bringen. Und dann Frau Adriani. Aber wie – und wo? Auf ihrer Kreuzfahrt? Oder sonst wo. Vor allem – Zeit gewinnen.

»Wollen wir das nicht bei einem Happen besprechen? Im Bistro unten?« Diese Hintermeier, es müsste ihm doch gelingen, sie auszuhorchen. Von ihr würde er erfahren, wo Frau Adriani zu finden war. Und vielleicht, wo sie diese verdammte Spule hatten. Oder die Disc oder was, er wusste nicht einmal, wonach er suchen musste.

»Was wollen Sie besprechen, Herr Doktor Arndt? Frau Adrianis Kreuzfahrt? Oder Ihre Mutter? Ich glaube nicht, dass Sie das in der Öffentlichkeit breittreten wollen. Und ich für meinen Teil ...« – sie grinste und ließ spitze Zähne sehen – »mit Menschen wie Ihnen habe ich privat gar nichts zu tun.«

Es ging so schnell, sie grinste noch, als er ihr mit dem Briefbeschwerer auf den Kopf schlug.

Wieder Stau. Und Nebel im Flusstal. Oder immer noch? Der ganze Tag verschwamm im Nebel, nur ein Bild darin klar und deutlich: eine offene Tür, dahinter die Rezeption – vom Eingang aus war sicher nichts zu sehen, es musste wirken, als wäre niemand da.

Er wusste kaum, wie er nach Hause gekommen war. Er wartete. Wenn jemand die offene Tür der Praxis bemerkte, würden sie schon heute Abend hier sein. Sonst morgen früh, nachdem der erste Patient Alarm geschlagen hatte. Dann wäre er bereits wieder unterwegs, im Stau, er wusste ja von nichts …

Würden sie ihn verdächtigen? Ihn? Er war Arzt! Und man konnte ihm nichts nachweisen, er würde sagen, dass er vor der Frau gegangen war. Er ließ ja sonst auch Frau Adriani abschließen. Der letzte Patient, dieser Raucher, der war doch schon lange außer Hörweite gewesen? Den würden sie bestimmt vernehmen. Und natürlich Frau Adriani. Was sie wohl aussagen würde? Er wählte ihre Privatnummer. Vielleicht war diese Kreuzfahrt bloß vorgeschoben und sie war doch zuhause. Er konnte sich ja wohl erkundigen, wie es seiner Sprechstundenhilfe ging, wenn sie doch angeblich krank war? Er legte wieder auf. Ein Hausbesuch war wohl besser.

Schwäbische Ente

Für 4 Personen

1 Ente, ca. 2.000 g, mit Innereien
Salz und Pfeffer

Für die Füllung
3 Laugenstangen
150 ml Milch
4 Lauchzwiebeln, in kleine Ringe geschnitten
100 g Schwarzwälder Schinken, gewürfelt
2 Eier
20 g Butter

Für die Sauce
2 Becher Sahne

Für die Füllung die Laugenwecken zerbröseln und in Milch einweichen. Lauchzwiebeln mit dem Schinken in Butter anschmälzen. Alles miteinander vermengen, dann mit den Eiern zu einem Teig kneten.
Die Ente gut abspülen, trocken tupfen, innen und außen salzen, pfeffern, mit der Laugenmasse füllen.
Zwei Tassen Wasser in ein Backblech gießen und die Ente zunächst mit dem Bauch nach unten auf einem Rost darüber bei 190 Grad Ober- und Unterhitze (Umluft 170 Grad), für etwa zweieinhalb Stunden in den Ofen geben. Zwischendurch immer wieder das Fett aus der Form über die Ente gießen. Die Ente etwa eine halbe Stunde vor Ende der Bratzeit wenden und den Bauch rösten.
Für die Sauce drei Esslöffel Fett aus der Form in einem Topf erhitzen. Die Innereien der Ente darin scharf anbraten und gut mit Salz und Pfeffer würzen. Nach kur-

zer Zeit mit etwas Wasser ablöschen und aufkochen, Sahne dazugeben und abschmecken. Am Schluss die Innereien heraussieben.

ANGELIKA WESNER

Opfer der Nacht

Schwäbisch Gmünd

Darf i mi vorstellen: I bin der Karle. Zumindest nennt
mi der Chef so, wenn er von mir schwätzt. I bin einer
von dene, ohne die man sich den schwäbischen Alltag
überhaupt net vorstelle kann. Zugegeben: I hab meine b'sonderen Einsatzzeiten. Bin halt net der Kerle, den
man älleweil um sich habe will. Vor allem am Morgen und am Nachmittag lauf i zur Hochform auf. Des
nennt man in der Motivationstheorie die »A-Zeit«. Bei
mir sollt es wohl besser »K-Zeit« heiße, denn mit K wie
Kaffee bin ich erst richtig genießbar.

Nur heut isch älles anders: I bin anders!

Warum des so isch, muss i unbedingt rausfinde.
Wie's scheint, steck i in einem Kriminalfall, in dem
ausg'rechnet i die Hauptroll spiel. I bin nämlich 's Opfer. So viel hab i schon rausg'funde: Die Tatzeit dürft
zwischen viertel zwei und dreiviertel drei liegen. Also
midde in der Nacht, wenn man normalerweise seinen
Schönheitsschlaf pflegt. Für mi isch es jedenfalls eine
verbotene Zeit, denn eigentlich bin i no gar net wirklich
auf dieser Welt. Im beschde Fall bereit i mi vielleicht
grad mental auf den nächsten Tag vor. Die Zutaten sind
dabei immer gleich. Ohne die kann i einfach net sein.
Fehlt die eine, kann's sein, dass i komplett zerbrösel.
Krieg i von der andere z'viel, bleib i für den Rest vom
Tag ganz z'ammadätschd[1].

Und schon sind wir beim Krimi der Woche: Mir isch
nämlich eine von dene wichtige Zutaten g'stohle worde. Eigentlich bloß a Kleinigkeit. Quasi a Bagatell. Für
mei Existenz isch die aber elementar wichtig.

Als es passiert isch, waret genug Nachbarn in der Nähe. Normalerweis müsstet die den Verbrecher g'sehe habe! Aber natürlich isch keinem irgendebbes aufg'falle!

Meine Kollegen brauch i in der Sache gar net erst fragen. Die sind zu arg mit sich selbst b'schäftigt. Lieget in Reih' und Glied nebeneinander und bräglat vor sich na². Dem einen isch's noch z'warm, dem anderen scho z'kalt. Jeder goschad umanandr³. Logisch, dass die koine Ahnung von dem habet, was um sie herum g'schieht.

Mir gegenüber lungert so eine Gruppe kloinerer G'stalte rum. Furchtbar hibbelige⁴ Dinger sind des. Die sind aber net so aufg'regt, weil sie den Dieb, den elende, bemerkt habet … awa⁵! Sondern weil a jeder auf seine Einzelbehandlung wartet. Jeder wird nämlich mit dem Pinsel g'streichelt, rausputzt und verziert. I find, des sind richtige Dagdiab⁶. Die wellet bloß schee und süß sein. Älles andere isch dene unwichtig. Zu ällem Übel glaubet die tatsächlich, sie seiet ebbes Bess'res, bloß weil man sie nur zwischen Mitte November und Anfang Januar kriegt. Vor allem heut, am Niklaustag, habet sie Hochkonjunktur. I wollt mit dene trotzdem net tausche, denn mit mir hat man 's ganze Jahr über sei Freud. Die kloine Guadsla⁷ aber, die kann man spätestens im Januar nimmer sehen, g'schweige denn schmegga⁸.

Interessanterweis sehet sie heute Morgen älle a bissle verrupft aus: Einem Stern fehlt ein Zacken, dem Vanillekipf ein Zipfel und ein paar Schneemänner lieget ohne Kopf rum. I glaub, da war in der Nacht jemand beim Backe a weng »kopflos«, wenn man des so sage will. Irgendwie werd i den Verdacht net los, dass es einen Z'ammahang zwischen mir und dene heeniche⁹ Guadlsa geben muss.

Weil i mir halbe denken kann, dass die ganze Bagaasch¹⁰ sowieso nix weiß, frag i lieber gleich die Roggeweggle[11]. Des sind fei bogglharde[12] Dinger: Außen reesch[13], innen doigig, aber net dädschig[14]. Die sind echt auf Zack! Krieget älles mit, was um sie rum passiert. I bin sicher, dass die wisset, wer schuld dran isch, dass i hier so halbläbig[15] verloddre muss.

Blöd isch natürlich, dass i an die net rankomm. I bin oifach zu weit weg von dene. Ganz am Rand, dort, wo man mi kaum wahrnimmt. Kein Wunder, i gelt heut als Ausschuss. Unverkäuflich. Wahrscheinlich bin i spätestens am Mittag furztrocken. Dann kann man mi höchstens noch im Kaffee eibroggla[16]. Für einen schwäbischen Hefezopf, der ebbes auf sich hält, isch so ein Zustand wirklich a Schand!

I überleg die ganze Zeit, wie i Kontakt mit dene Kerle aufnehme könnt. Ah, da isch ja die Elvira Haberschlächter vom Eckhaus gegenüber! Hat grad einen von dene Roggewegga b'stellt. Des Mädle hinter der Auslag legt den Wegga[17] direkt vor mi na.

»Därf's sonschd no ebbes sei?[18]«, fragt sie mit schriller Stimme. Des isch meine Chance!

»Hey, pscht – du da«, schwätz i den Kerl von der Seite an. »Kannsch du mir sage …«

Bevor i meinen Satz vollständig ausspreche kann, kracht so ein fettes Holzofenbrot zwische uns nei. Total hirnverbrannt liegt's do und zittert a bissle. Hat wahrscheinlich Angst, dass es gleich scheiblesweis in a Plaschdig-Gugg[19] packt wird.

»Sag mal, kannsch du deinem Nachbarn ebbes von mir ausrichte?«, frage ich den Kerle.

»Ja, klar, Ehresach«, antwortet der. Isch vermutlich gar net so ein Dibbl[20], wie ich denkt hab. Aber was er jetzt eiwirft, bringt mi fast um den Verstand: Er hätt's au g'merkt!

»Was hasch du g'sähe?«, ruf i. Bevor i jedoch die für mi so elementare Frage stelle kann, wer's wohl g'wese sei könnt, wickelt des Mädle ihn in ein Papier ein. Ehe man sich's versieht, macht er den Abflug über die Theke direkt in 'd Einkaufstasch von der Elvira Haberschlächter. Das Letzte, was i von ihm hör, isch so ebbes wie »rmpfl schulaf …«

I fang glei zum Brülle an! Da könnt man schier gar aus der Kruste fahre! Zum Glück liegt dort aber noch der Roggewegga. Den hat des Mädle hinter der Auslag wohl vergesse einzupacke. Des isch vielleicht eine Dranfunzl[21]! Die isch z'domm zom Riaba rupfa[22]!

Auf ein paar Mehlbröckele robb i zu dem Wegga hin, erreich ihn mit allerletzter Kraft.

»Wer war's?«, flüster i erwartungsvoll. I bin sicher, der weiß es. Der sieht net so aus, als wär er auf der Mehlsubb daherg'schwomma[23].

»Weeß ick doch nich«, schnauzt der zurück. Ha, so kann man sich täusche! Aber was soll man schon erwarte von dene Neig'schmeggte[24], die wo immer moinet, sie hättet Milch im Hafa, dabei scheint bloß der Mond nei[25]!

Ganz aufg'regt kommt die Elvira Haberschlächter wieder z'rück in den Lade nei. Ob sie net ebbes vergesse hätt, bäffd[26] sie die drialige[27] Verkäuferin an. Die kriegt ganz rote Bagga[28], entschuldigt sich hundertmal und packt den Roggewegga ein.

»Scho Rechd«, brummt die Frau Haberschlächter, auf einmal wieder ganz freundlich. »So kurz vor Weihnachde isch des koi Wunder. Vor lauter Lass-me-au-midd[29] ka des passiere, gell? Erschd recht am Niklausdag!« Sagt's und isch au scho wieder auf und davon.

Langsam werd i fei narrad[30]! So find i nie raus, wer mir middle in der Nacht og'fragt mei Lebensgrundlag entzoge hat!

Plötzlich hör i ein Seufzen. Wenn ich die Stimm hör, krieg i immer a bissle Herzrase. Keine klingt nämlich so nett wie mei Babett. Ganz treuherzig guck i zu ihr rüber. Ach, isch des a feines Mädle! Zum Anbeißen sieht sie heute wieder aus. A blonde Schönheit, schlank und rank steht sie da in ihrem Körble. Eine richtig knuschbrige Grodd halt[31]!

Die Babett und i pfleget eine harmonische Beziehung. Wir ergänzet uns prächtig. Am liebsten teilet wir uns die Morgestunde, wenn wir z'amme im Gräddle[32] lieget. Den Rest vom Tag macht jeder, was er will. Mei Sternstund isch nachmittags zur Kaffeezeit, sie hat ihren großen Auftritt um dreiviertel fünf zum Veschper[33]. Des isch praktisch, weil so kommet wir uns nie ins Gehege. Jetzt seufzt sie wieder.

»Ja, Schätzle, was hasch denn?«, frage i ganz b'sorgt.

»Isch fühle misch gar nischt wohl«, antwortet die Babett.

Des hab i mir au scho denkt: Irgendwie sieht sie heut net so frisch aus wie sonst.

»Je ne sais pas, isch glaube, eute Nacht ist etwas schief gelaufen. Oh là là …«

Wie sie so halber französisch schwätzt! I könnt ihr ewig zuhorche. Nach ihrem letzten Sätzle werd i allerdings hellhörig.

»Was moinsch damit?«, will i von ihr wisse. Mein Blick wandert an ihrem Figürle rauf und runter. Gut, sie wirkt a weng blass. Des könnt freilich am Licht liege. Ansonschte – eiwandfrei eigentlich.

Des will i ihr grad sage, da lupft[34] des Mädle hinter der Theke die Babett aus ihrem Körble raus. Augenblicklich seh i den Salat: Obenrum isch mei Freundin schön wie immer. Ihre Füß dagegen sind rabeschwarz!

»Des Baguette krieget Sie heut ein bissle billiger«, trällert die Tranfunzel den junge Mann vor der Theke an und macht ihm schöne Augen. »Da habet wir heut Nacht wohl ebbes versemmelt.«

111

»Das macht mir nichts aus«, gibt der zurück und zahlt einen glatten Euro weniger. Mei arme Babett wird verscherbelt! Trotzdem geht's ihr noch besser als mir. I bleib wahrscheinlich en Reschtposchde[35]. Auf dem Highway in den Kudderoimer[36].

»Adieu, mon chérie«, ruft mir mei Babett zu, bevor sie mit dem jungen Mann an der Hand aus dem Laden springt. I sink ganz verzweifelt ein Stückle in mi z'samme. Mei Babett isch weg! Dabei wollt sie mir grad noch gschwind verrate, was heut Nacht schief g'laufe isch. Irgendwas muss ja vorg'falle sei. Der Roggewegga war selten so grantig wie an dem Tag. Des will sogar bei em Neig'schmeggte ebbes heiße. Und die Babett hat schwarze Füß … Des sind doch älles knallharte Fakte! Aber wie i des auch rom und nom dreh, i komm ums Verregga auf keine Lösung. I krieg des einfach net gebacke!

Als der Horst Häfele den Laden betritt, fällt mir ebbes ein: Der Horst holt sich jeden Tag um die Zeit sei Butterbrezel. Die wird immer frisch g'schmiert. Des isch mei Chance! Vielleicht mei letzte. Ganz g'spannt hock i da, wart drauf, dass mein vielversprechender Zeuge gleich bei mir sein wird. Endlich legt des Mädle hinter dem Tresen eine von dene verdrehte Laugedinger ganz in mei Nähe. Setzt des Messer an und schneidet den obere Teil wie en Deckel ab.

»Sag mal, mei liebe Nachbarin, du woisch gwies mehr über die letzte Nacht.« Mei Stimme klingt vor Aufregung ganz heiser.

»Was sollt i denn wisse solle?«, fragt die Brezel ganz scheinheilig z'rück.

»Irgend ebbes war net so wie sonst, oder?«, antwort i und muss mi wirklich a bissle bemühe, dass i net glei fuchsdeiflsnarrad[37] werd. Die glaubt wohl, sie wär a b'sonders Schlaule[38].

»I woiß wirklich net, was du moinsch«, stellt sie sich vollends blöd.

»Jetzt b'sinn di endlich mal«, herrsch i sie an.

»Ach, halt doch dei Gosch, i bin scho ganz verschwurbelt von deinem Gschwätz«, mault sie zurück. Des glaub i ihr sogar. Die sieht so aus, als hätt sie jemand in die falsche Richtung dreht. Kein Wunder, dass die sich ganz domelich[39] fühlt!

Das Mädle hat inzwischen die untere Hälfte von der Brezel dick mit Butter vollg'schmiert. Mit einem Ruck klappt sie den Deckel druff.

»Sodele, Herr Häfele, Ihre Budderbrezel, wie immer! Macht oin Euro bidde!«

Der Horst Häfele gruschdelt[40] in seinem Geldbeutel rum und legt endlich a paar Greizerla[41] auf den Tresen. Schließlich zeigt er mit dem Finger auf mi.

»Was koschded der?«

»Den gibt's zum halbe Preis«, antwortet die Verkäuferin. »Der Chef hat in der Nacht ein paar Probleme g'habt.« Au, jetzt wird's spannend! I spitz meine Leffl[42], damit i bloß nix von dem verpass, was da g'schwätzt wird.

Der Horst Häfele isch auf einmal putzmunter. Der isch nämlich so a richtigs Baddschweib[43]. So ebbes gibt's net bloß unter de Weibsleut! Wo man ebbes rombaadscha[44] kann, isch der Horst immer glei dabei. Dadrüber kann i eigentlich ganz froh sei, weil er bestimmt von der Resi glei mehr wisse will.

»Probleme?«, fragt er prompt ganz naseweis. In dem Moment poltert der Chef von hinten aus der Backstub in den Laden nei.

»Ja, Probleme«, brüllt er drauflos und glotzt die Resi so saumäßig bees[45] an, dass mir angst und bang wird. »Jetzt sagsch der Kundschaft lieber glei die ganze Wahrheit!« Des Mädle wird auf einmal ganz klein und guckt gottserbärmlich aus der Wäsch.

»Gell, do verschlägt's dir die Sprach?«, goschd[46] der Chef. Plötzlich steht er direkt vor mir, packt mi mit seiner Pranke und streckt mi dem Mädle entgegen. Jesses, gleich land i bei derra auf der Nas!

»Glotz dir des ganz genau an und dann sagsch mir, was do deiner Meinung nach fehle duad!« Er brüllt wie am Spieß. Es scheint, als wollt des Mädle am liebsten als Mäusle im nächsten Loch verschwinde.

»Des hab i net g'wollt«, piepst sie. »Des war koi Absicht.« Was könnt die damit bloß meine? Hat die Resi vielleicht gestern Abend die Bäckerei net zug'sperrt? Was zur Folge g'habt habe könnt, dass in der Nacht ein Verbrecher ins Haus nei g'schliche wär? Und der hätt dann die Backstub ausg'räubert und meine wichtige Zutat mitg'nomme! Wenn i mir des so recht überleg: Möglich wär des scho. Der Resi tät i älles zutraue. So dabbad[47] wie die isch!

»Fahrlässig isch des! Grob fahrlässig. Gugg amol na, was du ang'richtet hasch!« Der Chef schmeißt mi zurück auf meinen Platz. Des tut mir jetzt fei echt a bissle weh, gell! Was kann i dafür, dass die Resi, die bleda Bronzgugg[48], ebbes falsch g'macht hat? Ob Absicht oder net, isch mir jetzt au voll egal.

»Was isch überhaupt passiert?«, mischt sich der Horst Häfele dazwischen. Der Chef und die Drulla[49] starren ihn an, als wär er der Minischterpräsident von Baden-Württemberg.

»Ganz einfach: Die Resi hat den Zettel mit uns're Bestellunge liegen lassen«, erklärt der Chef. Ein lumbiger Zettel? Um so ebbes macht der so ein Gschiss[50], denk i mir no, da hakt der Horst Häfele zu meinem Glück nach und hilft mir hoffentlich dabei, dass des Verbrechen endlich aufgeklärt wird.

»I hab den net vergesse. Verlore hab i den«, heult die Resi. »Der war einfach fort!« Sie fährt sich mit dem

Handrücke über ihre Nas und zieht den Rotz nauf. Fascht könnt se mir a bissle leid do. Wer woiß, vielleicht hat ihr irgendwer den Zettel ja g'stohle? Aber warum sollt oiner so ebbes mache? Und wer? Vielleicht ein Umweltaktivischt, der wo wisse wollt, ob der Chef irgendwelche illegale Sache in seinem Hefeteig verbäckt. Wenn des so wär, dann tät der Fall ja a ganz arge Wendung nehme!

Der Horst Häfele reißt mi aus meiner Grübelei raus: »Ha, was soll da dran so schlimm sei?«, fragt der und scheint net begreife zu wolle, welche Tragweite die ganze G'schichte hat. Langsam scheint der Chef auch die Geduld zu verliere. Er kriegt einen ganz roten Schädel und verzieht sei Maul. Gleich kriegt er einen Herzkaschper[51], vermut i.

»Deshalb hab i heute Nacht keine Zibebä[52] mehr g'habt. Kannsch du mir sage, Horschd, wie i meinen Hefezopf ohne Zibebä unter d'Leut bringe soll?«, lamendiert er und kratzt sich ganz nervös sei Kabbadach[53].

»Ohne Zibebä?«, fragt der Horst erschüttert, schüttelt sein Meggl[54] und zuckt die Schultern. »So en nackiger Hefezopf? Ha noi, den will bei uns gwies koiner habe!«

»Äba«, nickt der Chef. »Du willsch ihn au net, oder?«

Der Horst winkt ab. Noi, so ein Hefezopf ohne Zibebä sei praktisch ungenießbar. Sagt's, nimmt seine Butterbrezel und macht auf dem Absatz kehrt.

Inzwischen habet also der Chef, die Resi und sogar die Kundschaft den Fall bemerkt. I find, es isch an der Zeit, dass wir dem Täter endlich auf d' Spur kommet!

Der Horst Häfele steht auf einmal wieder im Lade. Er hätt's sich anders überlegt, sagt er.

»I nehm den Denger, halt ohne Zibebä, dafür zum halbe Preis.«

Die Resi lacht. »Des isch fei super, Herr Häfele. Dafür krieget Sie von mir no ein Nikoläusle dazu. Gugget Se, der hat Zibebä als Auga und als Knöpf. Heut isch doch Nikolaustag!«

Auf einmal fällt's mir wie Zuckerbrösel vom Zopf: Weil die Resi vergesse hat, die Zibebä zu b'stelle, habe sie dem Chef in der Backstub g'fehlt. Bloß no ein winzigs Schüssele war no im Vorratsregal, aber des war glei voll leer[55]. Und des ausgerechnet in der Nacht zum Nikolaustag, wenn er, alle Jahre wieder, frische Hefemännle backen möcht. Mit Zibebä für die Augen und die Knöpf.

Weil's aber grundsätzlich net angehen kann, dass die Nikoläusle quasi blind und ohne Kittel verkauft werdet, musst i auf meine Zibebä verzichte. Bis sich der Bäckermeister zu der Entscheidung durchg'runge hat, isch ihm blöderweis die Babett halber im Ofen verbrannt. Und des Holzofenbrot auch schier gar. Deshalb ist er saumäßig narred[56] worde, was zur Folge g'habt hat, dass die Roggewegga ebenfalls ausg'raschded[57] und die Laugenbrezla schief g'wickelt worde sind. Die Lage isch so klar wie Brottrunk! Der Fall isch verkardlt[58].

Am Ende wickelt mi die Resi ganz liebevoll in Papier ein. Den Nikolaus legt sie oben auf mich drauf.

»Lasset Sie sich den Hefezopf schmecke, Herr Häfele. Sie könnet ja dem Nikolaus zwei Knöpfle wegnehme und dazu esse!«

Heidenei, des isch ja fascht a Aufforderung zu oiner Straftat! Dem Nikolaus die Zibebä wegzunehme – des wär fei glatter Diebstahl! Aber wenn i mir des so richtig überleg: Eigentlich gehöret die doch sowieso zu mir … Bevor i intensiver über des Problem nachdenken kann, packt der Horst Häfele den Nikolaus und stopft ihn sich in sein großes Maul nei. Fünfmal beißt er ab, ratzfatz isch der Kerle mitsamt seine Hemmatknöpf[59] und seine Glotzbebbl[60] aufg'veschpert.

I hab meinen großen Auftritt am Nachmittag beim Horst Häfele. Mit dabei isch dem Horst sei Oma, und was die schwätzt, rührt mi fast zu Tränen:

»Des isch aber schee, dass du endlich begriffe hasch, dass i den Hefezopf so am allerliebschte mag: Mit ordentlich Butter und dick Bräschdlingsgsälz[61] druff«, sagt sie zu ihrem Enkel. Dann schiebt sie sich ein großes Stück von mir in den Mund und ergänzt mit voller Gosch, es sei ja doch recht grauslig, wenn man immer die Zibebä aus dem Zopf zupfe müsst.

Auf einmal fühl i mi richtig wertg'schätzt und gar nicht mehr wie ein groddaschlechter[62] Hefezopf zum halben Preis. Von mir aus könnt man mi künftig immer so backe: ganz nackig und ohne Zibebä!

Fußnoten für Nichtschwaben und Neig'schmeggte (zugezogene Nichtschwaben):

1 z'ammadätschd – zusammengedrückt, matschig

2 vor sich na brägla – vor sich hin nörgeln, meckern

3 umanandr goscha – überall seinem Ärger Luft machen

4 hibbelig – aufgeregt, unruhig, umtriebig

5 awa! – wird vielfältig verwendet. In diesem Fall ist es eher abwertend im Sinne von »wo denken Sie hin« gemeint. Sagt der Schwabe hingegen »awa« und deutet dabei eine Frage an, will er damit ausdrücken: »Das hätte ich jetzt nicht gedacht.«

6 Dagdiab (der) – Faulenzer

7 Guadsla (die) – Süßigkeiten, Weihnachtsgebäck

8 schmegga – riechen, schmecken

9 heenich – kaputt

10 Bagaasch (die)– Gesindel, Lumpenpack

11 Roggeweggle (das) – Roggenbrötchen

12 bogglhard – steinhart

13 reesch – knusprig

14 doigig, aber net dädschig – teigig, aber nicht zu weich

15 halbläbig – minderwertig

16 eibroggla – eintunken

17 Wegga (der) – das Brötchen. Man beachte den maskulinen Artikel. Aus unerfindlichen Gründen verwendet der Schwabe für bestimmte Substative die maskuline Form: dr (der) Butter oder dr Klo.

18 Därf's sonschd no ebbes sei? – Darf es sonst noch etwas sein?

19 Plaschdig-Gugg (die) – Plastiktüte

20 Dibbl (der) – Dummkopf

21 Dranfunzl (die) – wörtl.: Tranfunzel, schwäbisch: langsamer Mensch.

22 Die isch z'domm zom Rieba rupfa. – Die ist zu allem zu blöde. – wörtl.: Die ist zu dumm, um Rüben herauszuziehen.

23 Auf der Mehlsubb daherg'schwomma sei – wörtl.: Auf der Mehlsuppe daher geschwommen sein; schwäbisch: ziemlich dumm sein.

24 en Neig'schmeggter – wörtl.: ein Reingeschmeckter; schwäb.: ein zugezogener Nicht-Schwabe.

25 schwäbisches Sprichwort; gemeint ist ein Klugscheißer ohne Substanz.

26 abäffe – beschimpfen, anmeckern

27 drialig – langsam , vor sich hin sabbernd

28 Bagga (der) – Backen (die), Wangen (die)

29 vor lauder Lass-me-au-midd (hochdeutsch: vor lauter lass-mich-auch-mit) – vor lauter Hektik

30 (fei) narrad werda – (sehr) wütend werden

31 a knuschbrige Grodd – ein hübsches Mädchen

32 Gräddle – kleiner Korb, Körbchen

33 Veschper – Brotzeit. Der Schwabe veschpert wahlweise mittags oder abends.

34 lupfen – heben, anheben, hochnehmen

35 Reschdposchde – Restposten

36 Kudderoimer – Mülleimer

37 fuchsdeiflsnarrad – fuchsteufelswild, sehr wütend

38 Schlaule – Schlauberger, listiger Mensch (abwertend)

39 domelich – schwindlig

40 gruschdla – kramen, suchen, herumwühlen

41 Greizerla – Geldstücke

42 Leffl – Ohren

43 Baddschweib (das) – Klatschbase

44 rombaadscha – tratschen

45 bees – wütend, zornig

46 goscha – anschnauzen, schimpfen

47 dabbad – ungeschickt, blöde

48 bleda Bronzgugg – blöde, dämliche Frau (böses Schimpfwort)

49 Drulla (die) – unbeholfene, dämliche Person

50 a Gschiss macha – viel Lärm um nichts machen

51 Herzkaschper – Herzinfarkt

52 Zibebä – Rosinen

53 Kabbadach – Schädeldecke

54 Meggl – Kopf

55 etwas voll leer machen – etwas vollständig leeren. Wird oft während einer Mahlzeit verwendet: »Jetzt trink deinen Becher voll leer!« Oder: »Du kannsch den Topf ruhig voll leer mache.«

56 narred – wütend, böse

57 ausraschda – ausrasten / ausg'raschded – ausgerastet

58 verkardle – aufklären, lösen

59 Hemmatknöpf – Hemdknöpfe

60 Glotzbebbl – Augen

61 Bräschdlingsgsälz – Erdbeermarmelade

62 groddaschlecht – furchtbar schlecht, ungenießbar

Schwäbischer Hefezopf

1 Würfel Hefe (42 g)
1 Esslöffel Zucker
200 ml lauwarme Milch
100 g Korinthen / Rosinen
4 EL Rum oder Wasser
300 g Weizenmehl
350 g Dinkelmehl
75 g Butter
100 g Zucker
1 Ei, 1 Prise Salz
100 g gehackte Haselnüsse
3 EL Milch

Die Hefe mit dem Zucker in 100 Milliliter Milch auflösen und zugedeckt 15 Minuten an einem warmen Ort gehen lassen. Die Korinthen / Rosinen heiß waschen, trocken tupfen und in Rum oder Wasser einweichen. Das Mehl mit dem Hefeansatz und der übrigen Milch verrühren. Die Butter zerlassen und mit dem Zucker, dem Ei, dem Salz, den Haselnüssen, den Korinthen und dem Rum kräftig unter den Teig kneten, bis er sich vom Schüsselrand löst. Den Teig zugedeckt an einem warmen Ort eineinhalb Stunden gehen lassen.

Backblech mit Backpapier auslegen, den Teig erneut durchkneten, in drei jeweils etwa 40 cm lange Rollen teilen und zu einem Zopf flechten. Den Laib zugedeckt weitere 30 Minuten gehen lassen. Den Backofen auf 220 Grad einheizen. Eine feuerfeste Schüssel mit etwas kaltem Wasser auf den Boden des Backofens stellen.

Den Hefezopf mit der Milch bestreichen und auf der mittleren Schiene 25 bis 30 Minuten backen. Nach zehn Minuten Backzeit das Wasser aus dem Ofen nehmen und die Temperatur auf 200 Grad herunterschalten.

Nikoläusle

500 g Mehl
1 Würfel Hefe
knapp 1/4 l lauwarme Milch
100 g Zucker
1 Prise Salz
100 g Butter, 1 Ei
Rosinen für Augen, Mund, Nase, Knöpfe
1 Eigelb, 2 EL Milch, zum Bestreichen

Mehl in eine Schüssel geben und in die Mitte eine Vertiefung drücken. Die Hefe hineinbröckeln und mit etwas warmer Milch und zwei Esslöffeln Zucker zu einem Vorteig verrühren. Zugedeckt 15 Minuten gehen lassen.
Danach die übrige Milch, den restlichen Zucker, das Salz, die weiche Butter und das Ei dazugeben und den Teig so lange kneten, bis er sich vom Schüsselrand löst. Den Teig an einem warmen Ort zugedeckt gehen lassen, bis sich sein Volumen etwa verdoppelt hat.
Danach den Teig nochmals gut durchkneten und in sechs gleich große Teile trennen. Aus jedem Stück nun eine Rolle formen, das eine Ende jeder Rolle zu einer Kugel drehen, oben eine Zipfelmütze formen und am Hals etwas eindrücken. Die Rolle unten der Länge nach für die Beine einschneiden und die Beine zur Grätsche auseinanderbiegen. Rechts und links am Rumpf einen Einschnitt machen und den Teig als Arme zur Seite biegen.
Die Nikoläusle in großem Abstand voneinander auf das mit Backpapier ausgelegte Blech legen. Eigelb und Milch verquirlen und die Figuren damit bestreichen. Rosinen als Augen, Nase und Knöpfe vorsichtig in den Teig drücken. Die Nikoläusle nochmals 20 Minuten gehen lassen und dann im vorgeheizten Ofen bei 220 Grad etwa 20 Minuten backen.

Margarete Buhl

Duft der Vergangenheit

Hüttlingen

Birnen, Zwetschgen, Feigen. Obst in konzentrierter
Form, dazu das dunkle kräftige Aroma des Teigs. Zimt
und Rum. Ein Film aus meiner Kindheit läuft ab. Ich
sehe Papa, wie er mit beiden Händen den Teig des Hut-
zelbrots knetet, in einer Duftwolke aus den Schwaden
des Suds, in dem die Birnen vor dem Verarbeiten aufge-
kocht wurden.

Wie immer, wenn ich an meinen Vater denke, folgt
eine Welle des Schmerzes, die den ersten Eindruck von
Vertrautheit und Liebe überdeckt, sich wandelt in Wut
und die Hilflosigkeit des Zurückgebliebenen, Verlassenen.

Ja, ich fühlte mich verraten. Selbst heute noch, mehr
als 20 Jahre nach seinem plötzlichen Verschwinden,
schafft es nur meine Frau Anne, mich vor Depressionen
zu bewahren. »Es muss einen Grund gegeben haben,
und der warst nicht du.« Wie ein Mantra wiederholt
sie die Sätze, wenn ich wieder einmal unbewegt auf das
Backhaus starre. »Vielleicht ist ihm etwas geschehen,
das er nicht beeinflussen konnte.«

»Was derf's sai?« Die Verkäuferin ruft mich in die
Gegenwart zurück.

»Ein Hutzelbrot bitte.« Erst dann fällt mir ein, wes-
wegen ich in die Bäckerei in Hüttlingen gekommen bin.
»Und ein Baguette und drei Milchbrötchen.«

Mutter besteht auf ihren Baunze. Auch wenn sie
sonst völlig verwirrt ist, sind ihr die Milchbrötchen
heilig. Papa hatte ihr jeden Morgen eines aus der
Backstube mitgebracht. Aus seiner Sicht eine Liebes-

erklärung, aus ihrer ein Statussymbol. Wie oft hat sie mir und meinen Brüdern erklärt, dass sie sich in ihrer Kindheit niemals so ein Brötchen leisten konnte und wie sie sich die Nase an der Scheibe der Bäckerei platt-drückte.

So lernte sie auch Michel kennen, unseren Papa. Er war ein Bäckerssohn und übernahm schon kurz nach der Hochzeit das Geschäft.

Nachdem Papa sich in Luft aufgelöst hatte, mussten wir den Betrieb aufgeben, samt der Reputation für das beste Hutzelbrot in ganz Schwaben.

Mutter wollte nie wieder eines im Haus haben, an-geblich, weil dann der Schmerz sie übermannte.

Soll ich den Kauf rückgängig machen? Quatsch. Ich kann mitbringen, was ich will.

Vielleicht ist es gar keine schlechte Idee, sie über Duft und Geschmack zu einer Gefühlsregung zu bringen. Die Erinnerung an früher, an glückliche Zeiten, könnte die Aggressionen dämpfen, die ihre Demenz begleiten. Leider wissen wir nie genau, was der Auslöser für eine ihrer friedlichen Phasen ist, in denen sie Geschichten aus ihrer Kindheit und Jugend erzählt, als wären sie gestern geschehen.

Anne steht am Spülbecken, den Rücken zu mir. »Hast du das Brot und die Brötchen mitgebracht?«

»Klar, mein Schatz. Wie geht es dir?« Ich stelle Tee-kanne und Brotdose neben die Spüle. Als ich Anne in den Arm nehmen will, dreht sie den Kopf weg. Ich füh-le ihre angespannten Muskeln unter meinen Händen. »Was ist los?«

Ihre Schultern zucken. Für einen winzigen Moment glaube ich, sie lache und hätte beinahe mit eingestimmt. Ein feuchtes Schnauben bringt mich auf die richtige Spur. Genau das Gegenteil. Sie weint.

So sanft wie möglich ziehe ich sie an mich und zwinge mit einem Daumen ihr Kinn nach oben.

»Oh Anne! Liebes!« Mein Blick verschwimmt, als ich ihr angeschwollenes und rötlich verfärbtes, rechtes Auge sehe.

Ich lasse sie eine Weile an meiner Schulter weinen, während ich mich bemühe, meine eigene Wut und Hilflosigkeit niederzukämpfen. Langsam ein- und ausatmen, die Nackenmuskeln lockern und die Fäuste lösen.

Ich brauche nicht zu fragen, was passiert ist. Mutter ist passiert.

Dennis und Tom stürmen in die Küche, schreien aufgedreht herum und umarmen uns so ungeschickt, dass ein Ellbogen in meiner Seite landet. »Lasst uns bitte allein.« Ich werde mich beim Zubettgehen mit ihnen unterhalten, jetzt ist erst einmal meine Frau an der Reihe.

»Anne, jetzt ist Schluss. Du hast genug getan. Schon viel zu viel. Wir suchen nach einem Heim. Und wenn wir bis Stuttgart fahren müssen, dann tun wir das!«

Anne drückt mich ganz fest. Sie weiß, wie schwer mir diese Entscheidung fällt. »Bist du sicher?«

»Genug ist genug! Du hast auch ein Leben! Du hast so viel für sie geopfert, aber irgendwann läuft das Fass über. Wir haben alles getan, um ihrem Wunsch zu entsprechen.«

Mutter will um jeden Preis in diesem Haus sterben. Das Haus, von dem sie als Kind träumte. Eine ehemalige Mühle, an die die Bäckerei angebaut worden war. Auch wenn die Mühle schon länger stillsteht als die Bäckerei, ist noch alles so wie früher. Der Mühlkanal, ein Stichkanal des Kochers, untermalt mit seinem Gemurmel das Knarzen des Gebälks und überflutet in regelmäßigen Abständen den Garten. Seine Uferbefestigung aus riesigen Steinbrocken hatte mir und meinen zwei jüngeren Brüdern während der Jugendzeit als Abenteuerspielplatz gedient wie heute Dennis und Tom.

Mutter sitzt ungerührt am Abendbrottisch und kaut langsam auf ihrem Milchbrötchen. Dabei fixiert sie Anne. »Was hat die Frau da?« Ein stechender Blick zu mir. »Haben Sie sie geschlagen?«

Sie erkennt mich nur noch in lichten Momenten, und diese werden immer seltener.

Ich erinnere mich an das Hutzelbrot. Nein, heute brauchen wir keine Experimente mehr.

Anne hat mir erzählt, was geschehen ist. Als es dunkel geworden war, schloss sie die Tür zum Garten ab. Mutter rüttelte wie eine Besessene daran, deshalb wollte Anne wieder aufschließen. Dabei landete eine Faust auf ihrem Auge. Zufall oder Absicht? Schwer zu sagen, aber leider kommt es immer häufiger zu solchen Zwischenfällen. Die Kinder trauen sich kaum noch in die Nähe der Großmutter.

»Papa, kommst du morgen mit zum Fußball? Wir haben ein Turnier.«

Ich schaue zu meinem Jüngsten. Es tut ihm gut, außer Haus zu sein. Das bringt mich auf eine Idee. »Nein, Dennis. Ich denke, eure Mama freut sich, wenn sie euch mal begleiten darf. Und danach geht ihr ein Eis essen oder macht einen Spaziergang.«

»Echt jetzt?«

Dennis zieht eine Fluppe, also erkläre ich ihm meine Entscheidung. »Mama braucht ein wenig frische Luft. Ich bleibe morgen zu Hause. Es ist noch so viel zu erledigen.« Ich hoffe nur, dass ich zum Arbeiten kommen werde. Die Liste der nötigen Reparaturen wächst rascher, als ich sie abarbeiten kann. Von allen weiterreichenden Plänen habe ich mich verabschiedet. Solange einer von uns Mutter dauerhaft beaufsichtigen muss, ist daran nicht zu denken.

Dennis' Blick zu seiner Oma macht klar, dass auch er jetzt versteht.

Anne fasst sich zwar an ihr verfärbtes Auge, aber sie widerspricht nicht. Sie kann gut mit Make-up umgehen, darum brauche ich mir keine Gedanken zu machen. Viel wichtiger ist, dass sie einen Tag lang Ruhe vor der Mutter haben wird.

Mehr ist über das Wochenende nicht machbar. Am Montag werde ich mir freinehmen und alle Altersheime in der Umgebung abklappern, so wahr mir Gott helfe.

Ich wünsche Dennis und Tom viel Erfolg bei ihren Spielen. Als das Auto den Hof verlässt, wende ich mich meinen Arbeiten zu. Es gilt, jede Minute zu nutzen, in der ich nicht nach Mutter schauen muss.

Heute ist es zum Glück trocken draußen, da stört es nicht, wenn sie ihre Runden im Garten dreht. Schon vor zwei Jahren haben wir auf Anraten einer Beraterin einen Rundweg angelegt. Demente wandern viel, und solange der Weg sie immer im Kreis führt, ist es möglich, diese Wanderung zu lenken.

Immerhin schaffe ich es, das Regal zu befestigen, das Tom sich gewünscht hat, und einen Haken an der Decke über dem Esstisch zu montieren, an dem Anne Weihnachtsdekoration anbringen will. Wir lernen aus den Fehlern der vergangenen Jahre. Mutter nimmt alles auseinander, was Anne so liebevoll zusammenstellt. Wir fanden schon Weihnachtskugeln im Katzenfutter und einen Weihnachtsmann unter Mutters Matratze. Weil er so golden glänzte. Dennis hüpfte eines Morgens schreiend auf einem Bein, weil in seinen Stiefeln Tannenzapfen steckten. Da ist das Aufhängen der Dekoration eine gute Lösung, auf die nur Anne kommen konnte.

»Können Sie mir einen Kaffee machen, junger Mann?«

Mich fröstelt. Nein, denk nicht darüber nach.

Manchmal schaffe ich es, das Ganze mit Humor zu nehmen. Um meines Seelenfriedens willen versuche ich das auch jetzt. »Aber sicher, meine Dame. Tasse oder Kännchen?«

»Servieren Sie denn hier drin auch Kännchen?« Mutter runzelt die Stirn und sieht sich in der Küche um, als wäre sie das erste Mal hier.

»Ja, gnädige Frau.« Das Hutzelbrot fällt mir ein. Wann, wenn nicht jetzt? »Ich bringe Ihnen noch ein Stück Kuchen dazu.«

Ich gieße mir auch einen Kaffee ein und trage das Tablett mit den Tellern und Tassen nach drüben. Es knirscht, als ich es auf dem Tisch abstelle. Ach ja, der Staub vom Bohren. Den muss ich noch entfernen. Anne bemüht sich so, alles sauber zu halten, was dank Mutter nicht immer einfach ist.

Wir sitzen uns gegenüber wie zwei Fremde.

»Probier doch mal den Kuchen.« Mal sehen, wie sie reagieren wird. Sollte sie aggressiv werden, muss zumindest nur ich es ausbaden.

Mutter bricht ein Stück ab, riecht daran und hält inne. Ah, irgendetwas passiert.

Wenn ich nur wüsste, was noch hinter dieser Stirn ist. Ist ihr Gehirn löchrig wie Schweizer Käse? Ich habe viel gelesen über Demenz, aber es gibt so viele Arten, so viele Möglichkeiten. Letztlich ist es unwichtig, nur das Resultat zählt.

Sie beißt in das Hutzelbrot. Schluckt. Beißt noch einmal hinein. Kaut gedankenverloren. Schluckt.

Ich schüttle den Kopf. Wie konnte ich erwarten, dass ein Weihnachtsgebäck sie aufrüttelt, wenn es ein Weihnachtsbaum nicht kann? Letztes Jahr hat sie gefragt, seit wann wir denn so ein Unkraut im Haus wachsen lassen würden. Wir haben alle gelacht. Manchmal geht es nicht anders, auch wenn wir wissen, dass man einen Demenzkranken nicht auslachen sollte.

»Michel.«

Ich schaue hoch. Ah, also doch. Vergleicht sie mich mit Papa? Glaubt sie, ich wäre er?

Ein Kopfschütteln. »Michel seins war besser. Das beste Hutzelbrot in ganz Schwaben. Eine Urkunde hat er bekommen. Die hing in der Backstube. Er wollte sie nicht nach vorne hängen. So bescheiden.«

Das Letzte klingt nicht nach einem Lob, eher abfällig.

Eine Frage kommt mir über die Lippen. Die eine Frage, die mir seit mehr als 20 Jahren im Kopf herumschwirrt und nie gestellt wurde. »Wo ist Michel jetzt?«

Oh nein, das war ein Fehler. Wer weiß, wie sie darauf reagieren wird! Zugleich wird mir klar, dass es vielleicht meine letzte Chance ist, etwas aus Mutter herauszubekommen.

Ich verdächtigte sie immer, mehr zu wissen. Hat sie einen Brief bekommen, von dem sie nichts erzählt hat? Wusste sie von einer Geliebten, mit der der Vater durchgebrannt ist? Hat sie ihn hinausgeekelt?

Mein Herz klopft wie verrückt und mir wird unerträglich warm. Halt, langsam. Erwarte nicht zu viel. Sie weiß nichts, du provozierst sie unnütz. Lass die Vergangenheit ruhen.

Mutter schaut aus dem Fenster auf den Mühlkanal. Seit ihrer Hochzeit und dem Einzug in die Mühle dürfte sich nicht viel verändert haben, den alten Fotos nach zu schließen.

Abrupt steht sie auf. Mit entschlossenem Schritt wendet sie sich im Flur nach links zur Hintertür.

Ich seufze und lasse alle Hoffnung fahren.

Von der Tür her fragt sie: »Was ist, kommst du jetzt?«

Überrascht schaue ich auf. »Wohin?«

»Na, zu deinem Vater.«

Wie immer, wenn sie klar spricht, trifft es mich unerwartet. »Äh, ja ...«

»Auf, mach zua.«

Ich springe auf und stoße mir das Bein am Esstisch. Was auch immer sie mir zeigen will, es muss etwas mit Papa zu tun haben. Da ich nie weiß, wie lange ihre Klarheit anhält, beeile ich mich.

Wie üblich geht sie in ihren Hausschuhen nach draußen. Anne und ich haben lange versucht, sie davon zu überzeugen, dass man im Garten festere Schuhe anziehen muss. Es hat nicht gefruchtet. Wie bei tausend anderen Kleinigkeiten auch gaben wir nach. Genau wie bei der Wahl der Hausschuhe. Keine Schlabba für sie, oh nein. Schicke Schläbbla, dunkelroter Samt, ein wenig Absatz. Zum Hineinschlüpfen, sagt sie. Völlig ungeeignet für den Matsch im Garten.

Ich greife mir die Gummistiefel, die am Hintereingang bereitstehen.

In der Regel bewegt sie sich eher langsam. Mit 72 ist sie keine Greisin, aber sie geht häufig unsicher. Trotzdem sehe ich sie nicht mehr, als ich vor die Tür trete. Wo ist sie hin? Für gewöhnlich dreht sie ihre Runden und weicht keinen Zentimeter davon ab.

Ich finde sie vor dem Gartentor, das in Richtung Mühlkanal führt. Sie steht auf einem umgedrehten Eimer und reicht mit den Fingerspitzen bis an den Haken, an dem der Schlüssel hängt. Oh, oh, keine gute Idee.

»Mach schon auf. Ich laufe dir nicht weg.«

Wieso sie auf einmal Gedanken lesen kann, ist ein weiteres unlösbares Rätsel. Aber ich weiß auch, dass dieser Zustand sich innerhalb einer Sekunde ändern kann. »Wo willst du hin?«

»Mach auf, Buale. Ich will dir was zeigen.«

So hat sie mich früher immer genannt. Also gut. Ich bin erwachsen, stärker als sie, habe ein Handy dabei für alle Fälle. Was soll schon passieren?

Ich nehme den Schlüssel vom Haken, der mit Absicht außer Reichweite angebracht ist, aber anscheinend nicht hoch genug. Ungeduldig schiebt Mutter mich beiseite, als wüsste auch sie, dass ihre Zeit begrenzt ist.

Der Mühlkanal rauscht an uns vorbei. Der Wasserstand ist relativ hoch nach den Regenfällen der letzten Wochen. Wie immer prüfe ich im Vorbeigehen die Uferbefestigung optisch auf Schäden. Die Eltern hatten nach einem massiven Hochwasser das Ufer mit großen Felsbrocken, sogenannten Flusssteinen, befestigen lassen. Seitdem kommt es nicht mehr zu den Auskolkungen, von denen Mutter und die Nachbarn berichten. Der Müller, der vor Jahrhunderten den Kanal angelegt hatte, achtete nicht auf einen möglichst geraden Verlauf und das Wasser nimmt jede sich bietende Gelegenheit wahr, diesen Fehler geradezubiegen.

Mutter schlappt in ihren lächerlichen Schuhen vor mir her, als wüsste sie genau, wo sie hinwill. Was hat das alles mit Vater zu tun? »Mutter, wo willst du denn hin?«

»Du willst doch deinen Babba sehen!« Kein Zögern. Keine Verwirrtheit.

Mir ist unwohl. Ist sie nun verwirrt oder nicht? Was, wenn nicht? Ich weiß nicht, welche Alternative mir lieber ist.

Nach vielleicht 80 Metern bleibt sie stehen. Ich schließe zu ihr auf und drehe mich im Kreis, suche nach einem Zeichen, irgendetwas, das mir sagt, worauf sie hinauswill. Dabei sehe ich nichts anderes als das, was ich immer hier sehe. Die Mühle, unser Wohnhaus, liegt auf einer Insel zwischen dem Mühlkanal und dem Kocher, zugänglich über die Brücke und eine Stichstraße. Jenseits des Kochers abgeerntete Felder, ein Hang, nach Süden ein kleines Wäldchen und weiter entlang des Kanals die Streuobstwiesen. Noch immer stehen dort die jetzt kahlen, alten Birnbäume, deren Früchte Papa für das Hutzelbrot verwendet hatte. Der Geschmack ist auf einmal wieder in meinem Mund, frischer als eben, als ich hineinbiss. Seltsam.

Ein Stein fällt polternd und platscht ins Wasser. Ich fahre herum und erstarre.

Mutter klettert über die Flusssteine hinab zum Kanal. Was soll das? Was hat sie vor? Will sie ihrem Leben ein Ende machen? »Mutter!« Keine Reaktion.

»Mutter!« Ich setze meinen Fuß auf den obersten Stein und halte inne, um die nächsten Schritte zu planen. Mutter schaut zu mir hoch, wendet sich ab und kraxelt weiter Richtung Wasser. Flüchtet sie vor mir? Oh Gott, was soll ich tun? Ich will auf keinen Fall bedrohlich wirken, aber ich sollte sie von ihrem Vorhaben abhalten, welches auch immer das sein mag.

Reden. Ich muss mit ihr reden. »Mutter.« Ganz ruhig. Nicht zu laut. »Mutter, wo willst du denn hin?«

»Weißt du noch?«

Sie bleibt stehen. Mit einer Hand auf einem der Felsblöcke abgestützt schwankt sie unsicher. »Das Hochwasser Weihnachten 93 und dann im April nochmal? Als wir den Kanal befestigen mussten?«

Ich war 14 Jahre alt, als das Wasser nicht nur den Garten, sondern auch das Erdgeschoss einen halben Meter überflutet hatte. Damals fasste Mutter tatkräftig mit an, räumte die nassen Möbel aus, sortierte alles Brauchbare aus und spülte und wusch, was das Zeug hielt.

Vater kümmerte sich um die Bäckerei. Einer der zwei Öfen erwies sich als irreparabel. Nachdem der Schlamm ausgeräumt war, kamen die Bäcker kaum zum Schlafen, da sie mit nur einem Ofen rund um die Uhr backen mussten, um den Betrieb aufrechtzuerhalten.

Wahnsinn, was wir damals alle geleistet hatten.

Im Sommer darauf verschwand Papa.

An einem Tag wie jeder andere löste er sich in Luft auf. Wie immer kam er morgens müde aus der Bäckerei in das Wohnhaus, wo wir uns noch Guten Morgen wünschten, ehe wir Brüder in die Schule gingen und der Vater zu Bett. Niemand ahnte, dass dies der letzte Morgen war, unsere letzte Begegnung überhaupt.

Der Rest ist Spekulation. Womöglich wollte er sich vom Fortgang der Arbeiten an der Uferbefestigung überzeugen. Fiel er ins Wasser? Aber er konnte schwimmen. Ging er ins Wasser? Aber warum? Warum nur?

Oder entschied er sich für ein anderes Leben mit einer anderen Frau und anderen Kindern? Der gewohnte Schmerz im Herzen macht sich bemerkbar.

Reiß dich zusammen! Was nutzt es, der Vergangenheit nachzuhängen oder sie zu verfluchen? Wichtiger ist, wie ich Mutter wieder ins Haus lotsen kann. »Ja, Mutter, ich weiß noch. Das war schlimm. Wir haben alle gearbeitet wie die Verrückten. Wollen wir zurückgehen?«

Mutters Rücken wird gerader, die Haltung bestimmter. Wie früher. Eine stolze Frau. Unbeugsam nannte Vater sie. Dominant sagt man heute. Autoritär, starrsinnig, dickköpfig sage ich. Und verbittert. Sie hatte sich also mehr versprochen von dem Bäckerssohn mit eigenem Betrieb. Mehr Reichtum, mehr Ansehen.

»Er war schwach.« Sie dreht sich zu mir um. Ihr Blick ist nicht abwesend wie sonst, sondern scharf und aufmerksam. »Dein Vater war ein schwacher Mensch. Kein Ehrgeiz. Wollte nichts weiter als kleine Brötchen backen. Dabei hätte er doch so viel mehr erreichen können. Filialen habe ich gesagt. Du musst Filialen aufmachen. Erst in Hüttlingen, dann in Abtsgmünd, Schwäbisch Gmünd, Aalen. Alles kein Problem. Es haben so viele zugemacht damals, die hätte er alle aufkaufen können. Mit seinem Ruf! Für das Hutzelbrot sind sie sogar aus Stuttgart gekommen.« Ihre Stimme klingt kräftiger als je. Laut und abfällig.

Eine Abrechnung? Nie hat sie so gesprochen, sich nie beschwert, zumindest nicht gegenüber uns Kindern.

»Nichts hat er gemacht! Nur seine Brötchen. Ewig die gleichen, nie was Neues ausprobiert. Damals redeten alle von Vollwert, von gesunder Ernährung und Ökologie. Hatten wir alles. Gesundes Obst von unseren Wiesen, ohne Spritzmittel. Biomehl hätte er überall kaufen können. Sein Sauerteigbrot war das beste, das wollte man nur noch pur essen.«

Ihre Worte rufen Erinnerungen hervor an Butterbrote zu einem Glas Milch und lassen mir die Spucke im Mund zusammenlaufen.

Mutter schüttelt den Kopf, dass ihr wie früher eine Strähne ins Gesicht hängt. Nur weiß statt blond. »Nichts hat er getan. Soll so bleiben, hat er gesagt. War immer so, hat er gesagt. Wir haben genug, hat er gesagt.«

Ihre Empörung verleiht ihr neuen Elan. Geschwind geht es weiter über die Felsen, parallel zum Ufer. Ein Fuß rutscht in einen Spalt, doch sie zieht ihn ohne Schwierigkeiten heraus. Wann ist sie das letzte Mal so flott gelaufen?

»Hatten wir aber nicht. Nie genug. Nie was Richtiges. Nur eine verfallene Mühle, mit den Füßen im Wasser. Feuchtes Gemäuer, alte Möbel, nie ein vernünftiges Auto. Nur den Lieferwagen, mit dem er über die Dörfer fahren wollte. Nicht mal das hat er hinbekommen. Gar nichts hat er hinbekommen.« Mit einer Geste wischt sie alle Anstrengungen meines Vaters wie Krümel vom Tisch.

Ich folge ihr auf dem Weg. Verdammt, was soll ich machen? Am besten, ich lasse sie in Ruhe. Anscheinend sitzt ihr das schon lange quer und muss raus. Erstaunlich finde ich nur, dass ihre klare Phase so lange anhält. Ist das überhaupt eine klare Phase? Oder spinnt sie sich das zusammen? Nein, sie klingt zu ernsthaft. Eine Abrechnung mit der Vergangenheit.

Nach all den Jahren lege ich wenig Wert darauf, solche Dinge über Vater zu hören. Trotzdem übt jedes Wort eine gewisse Faszination aus. Endlich Informationen, wenn auch nicht die positiven, die ich mir wünschte. Ja, Papa besaß keinen Ehrgeiz. Nun erfahre ich, dass Mutter dafür so viel mehr gewollt hatte. Warum hat sie nichts geändert nach Vaters Verschwinden?

»Warum bist du hiergeblieben?«

Sie lacht bitter. »Weil ich nirgends hinkonnte. Die Versicherung hat nichts bezahlt. Die Bäckerei hatte keinen Wert und das Haus schon gar nicht. Wer will schon ein Haus, das immer wieder vom Kocher besucht wird? Wer will schon eine Bäckerei, in der mal gerade ein Backofen funktioniert, und der nicht besonders gut. Die Versicherung wollte den alten Ofen ersetzen, aber nicht durch einen neuen. Alles war weg, alles ging den Bach runter.«

»Mutter, lass uns zurückgehen. Wir können uns auch drinnen unterhalten.«

»Du wolltest doch wissen, wo dein Vater ist. Ich werde es dir zeigen. Noch weiß ich es. Ich vergesse so viel.« Ihre Stimme wird immer leiser.

Oh, oh, das war es wohl mit der Erinnerung. »Mutter, komm, wir gehen rein.« So wie sie jetzt klingt, driftet sie gerade wieder in ihre eigene Welt. Es wird Zeit, das Experiment abzubrechen.

»Da liegt er.«

»Wo?«

Sie zeigt zu einem Stein.

Was liegt dort? Ist etwas oder gar jemand angeschwemmt worden? Nichts zu sehen. Ich muss näher ran. Mit zwei Sprüngen stehe ich auf dem Felsbrocken, auf den Mutter zeigt. Nichts.

»Was meinst du Mutter? Was liegt da?«

»Dein Vater.«

Nein. Nein, wie sollte sie das wissen? Ja, die Steine wurden zu der Zeit gelegt, als Vater verschwand. Mein Magen ist schneller als mein Kopf, er krampft schmerzhaft. Aber wie ...?

»Wie soll das gegangen sein?« Meine Beine fühlen sich so wacklig an. Ich muss mich setzen. Auf den Stein, unter dem Vater liegen soll.

»Du bist genauso wie er. Kein Ehrgeiz. Nur deine Arbeit. Nicht mal einen vernünftigen Urlaub gönnst du dir. Machst nichts aus dir.« Mit dem gleichen ätzenden Tonfall beschwert sie sich über Annes Essen.

Reiß dich zusammen. Du musst sie fragen, solange sie noch denken kann. »Mutter, was ist mit Papa? Du meinst, er liegt hier, unter diesem Stein?« Bitte lass sie nicht jetzt abtauchen. Bitte.

»Unter genau diesem. Ich erkenne ihn wieder. Er ist oben so flach, dass man gut auf ihm sitzen kann. Unten war er spitzer. Hat ihn plattgedrückt wie Hefeteig.«

Mir ist kotzübel, ich presse beide Hände auf den Magen. »Aber ... Wie ist das geschehen? Wer hat das getan? Wieso hast du das nie gesagt?« Tausend Fragen schießen mir durch den Kopf. Doch eine schiebt sich vor alle anderen. Woher weiß sie das? Die Antwort schimmert durch die Oberfläche wie ein Gesicht unter Wasser. Nein, das kann, das darf nicht sein!

Mein Herz klopft wie verrückt. Ein Sausen im Ohr, das ich verfluche. Ich befürchte, sie nicht mehr zu verstehen, weil es immer lauter wird. Meine Hände suchen Halt auf den Felsbrocken. Feucht. Kalt. Wie ein Grab.

»Der Spaten. Es ging ganz schnell. Der Bagger stand noch da. Es war gar nicht so einfach, ihn zu bedienen. Ich musste drei dieser Brocken auf ihn draufpacken, bis nichts mehr rausgeguckt hat.«

»Aber ...« Vor meinen Augen blitzen Bilder auf. Der Bagger. Der Fluss. Eine Leiche mit Papas Gesicht. Ein modriger Geruch lässt mich die Nase rümpfen. Hör auf damit! Frag weiter, halte sie am Reden. »Wieso haben die ihn nicht gefunden? Die Arbeiter, meine ich?«

»Es war Freitag. Die kamen erst am Montag wieder, aber da suchten schon alle nach ihm und ich habe gesagt, sie sollten erst weitermachen, wenn er dabei ist. Bis sie wiederkamen, waren drei Wochen vergangen. Da wusste niemand mehr, wie viele Steine sie wohin gelegt hatten.«

Sie klingt so unbeteiligt, als erzählte sie eine der Geschichten aus dem Dorf. Als ginge es nicht um einen, mit dem sie über Jahre hinweg das Bett und das Leben teilte.

»Aber warum? Mutter?« Meine Stimme hört sich fremd an, ganz anders als sonst. Hoch und unnatürlich.

Ich starre auf den Felsen. Wie oft habe ich als Jugendlicher hier gesessen? Mit Freunden, mit Anne, mit Tom und Dennis? Und Papa – im Schlick, Felsen auf der Brust, erschlagen wie eine Bisamratte. Nichts mehr übrig von ihm, bestimmt. Oh Gott. Mir wird schlecht. Nein, ich darf nicht kotzen. Das wäre ein Sakrileg, hier auf dem Grab meines Vaters.

Ein Geräusch lenkt mich ab. Mutter kraxelt schon wieder zurück, den gleichen Weg, den sie gekommen ist. Mit ihren lächerlichen Schuhen über die glitschigen Steine.

Ich springe auf und folge ihr. Das kann nicht alles gewesen sein. Sie muss mir mehr erzählen.

Sie rutscht ab. Wie in Zeitlupe sehe ich ihr Wackeln, den Fuß, der sich unnatürlich abknickt. Wie sie lautlos die Arme hochreißt, wankt, wankt.

Eine Hand greift nach ihr, vertraut und doch fremd. Zieht an ihr. Gibt ihr einen Stoß.

Ich schüttle den Kopf wie ein nasser Hund. Wessen Hand war das? Seine oder meine? Zog sie oder schob sie? War sie halbverwest oder lebendig?

Nein, nein, ich habe mir das eingebildet. Niemand ist hier, nur sie und ich. Eine Frau, die im Fluss liegt, erst am Rand, strampelnd, seltsam keuchend. Dann im Wasser. Jede Drehung, jedes unnötige Umherplatschen treibt sie weg vom Ufer.

Irgendwann herrscht Stille. Ein Stück Stoff treibt dort, wo sie eben noch war.

Langsam gehe ich zurück zum Haus, lasse das Tor offen stehen, stelle die Gummistiefel an ihren Platz.

Setze mich an den Esstisch und schaue auf den Kocher. Immer der gleiche Anblick, nur die Jahreszeiten und die Wasserstände verändern sich.

Sie hatte recht. Das Hutzelbrot schmeckt längst nicht so gut wie früher. Ich erinnere mich an die saftigen Birnen. An Papas Hände, wie sie das Brot kneteten und formten. So, wie sie früher gewesen waren, lebendig.

Ich betrachte meine Hände. Ähnlich, aber nicht gleich. Oder doch? Hände, die bewahren wollen, was da ist, und Neues schaffen wollen.

Aus dem Haus könnte man so viel machen. Ferienwohnungen. Einen Kanuverleih. Schon lange schwirrt mir das durch den Kopf. Aber dafür braucht man vier Hände, nicht nur zwei. Kinder, die erwachsen werden, nicht Erwachsene, die zu Kindern werden.

Ich gehe nach oben. Im Bad muss ich noch das Silikon erneuern, unten an der Dusche ist es ganz grau geworden.

Zeit für Neues. Das Alte vergeht von allein.

Manchmal muss man nur ein wenig nachhelfen.

Schwäbisches Hutzelbrot

Für bis zu 10 kleine oder 4 große Brote

500 g Hutzeln
500 g getrocknete Pflaumen
500 g Feigen
250 g Haselnüsse, ganz
250 g Walnüsse, grob gehackt
250 g Rosinen
1000 g Weizenmehl Typ 1050
200 g Zucker
1 Würfel frische oder 2 Beutel Trockenhefe
reichlich Zimt, mindestens 2 EL
Nelken, Anis, Piment, jeweils 2 Messerspitzen oder
nach Belieben;
stattdessen auch möglich: fertiges Lebkuchengewürz
1 TL Salz

Hutzeln sind kleine Birnen, die im Ganzen getrocknet wurden. Sie sind dunkel und recht fest, daher müssen sie über Nacht eingeweicht werden. Man verwendet hierfür entweder Wasser mit einem guten Schuss Rum oder aber Most, also Apfel- oder Birnenwein.
Nach dem Einweichen die Früchte in der Einweichflüssigkeit aufkochen, dann leicht köcheln lassen, bis sie weich sind (aber nicht matschig). Danach gießt man sie ab, das Einweichwasser wird aufgefangen. Das kleine harte Teil am Ende wird herausgeschnitten, dann die Frucht in Stücke zerteilt.
Die Brühe wird noch warm verwendet, um damit den Teig anzusetzen, ein Hefeteig mit dunklem Mehl. In manchen Rezepten werden die Früchte und Nüsse erst nach dem Gehen des Teigs hinzugefügt, aber schöner wird das Hutzelbrot, wenn man gleich alles zusammen-

mischt und dann den Teig ansetzt. Arbeit macht beides, da sich der Teig nur mit Kraft kneten lässt. Mischt man gleich alles unter, braucht der Teig länger zum Gehen, gerne auch wieder über Nacht. Von der Einweichflüssigkeit muss man nach Gefühl zugeben. Der Teig sollte nicht zu fest, aber auch nicht zu weich werden.

Den fertigen, mindestens zweimal gegangenen und zu Laiben geformten Hefeteig mit der Einweichflüssigkeit bestreichen und bei etwa 200 Grad backen. Große Brote benötigen ungefähr eine Stunde, kleinere sind vielleicht schon nach 30 Minuten fertig. Sie sollten dunkel, aber nicht schwarz werden. Klopft man von unten drauf und sie klingen hohl, sind sie fertig. Gerne noch warm ein weiteres Mal mit der Brühe bestreichen und gut auskühlen lassen, ehe man sie in Folie oder Alufolie einpackt.

Der fertige Kuchen sollte mindestens einige Tage bis zu drei Wochen liegen bleiben, ehe er verspeist wird, ist dann aber etwa drei Monate haltbar. Daher kann man eine größere Menge vorbereiten und viele kleine Brote backen, die man auch gut verschenken kann.

MICHAEL WANNER

Hüttenweihnacht

Herrenberg / Beuron an der Donau

Sie haben drei neue Nachrichten.

Montag, 9 Uhr 27
Hi Franzi! Sandra. Sollen wir morgen nach Stuttgart
ins Theater gehen? Und hinterher chic essen? Komm,
wir müssen das ausnutzen, wenn dein Konrad schon
mal eine ganze Woche in Freiburg ist. Nur weil er sich
langweilt, müssen wir es nicht auch tun! Wo treffen wir
uns? Ruf mich doch kurz an.
Bussi!

Montag, 14 Uhr 19
Hallo, ich bin's. Ich wollte mich nur mal kurz melden. Der Kongress ist im Moment nicht mehr ganz so
spannend. Dafür ist mein Vortrag heute Morgen ziemlich gut angekommen. Glaub ich wenigstens.
Also, bis dann. Ich liebe dich.

Montag, 15 Uhr 32
Guten Tag, Frau Dr. Methner. Hier ist Martin Kast.
Ich rufe wegen unseres Standes beim Herrenberger
Weihnachtsmarkt an. Eigentlich sollte ich morgen mit
Frau Meixner zusammen Glühwein verkaufen. Aber
die liegt seit zwei Tagen mit Fieber im Bett.
Jetzt wollte ich fragen, ob Sie vielleicht einspringen
könnten. Bitte rufen Sie mich doch heute Abend kurz
an. Meine Nummer ist 579332. Vielen Dank.

Sie haben zwei neue Nachrichten.

Dienstag, 12 Uhr 21

Hi. Sandra. Was soll das heißen, du kannst nicht ins Theater, du musst auf den Weihnachtsmarkt?

Bisher ist dir bei deinen Greenpeacelern doch auch immer eine Ausrede eingefallen.

Aber wie man hört, mischt bei euch ja seit Neuestem ein gewisser Martin Kast mit.

Du hältst mich doch auf dem neuesten Stand?!

Bussi!

Dienstag. 14 Uhr 22

Hallo, ich bin's. Wieso bist du nie zu Hause, wenn ich dich anrufe?

Und außerdem hast du vergessen, mir meine Hosenträger einzupacken!

Du musst mir auch noch genau sagen, wann du am Freitag in Beuron ankommst. Bringst du die Zutaten für unseren traditionellen Wurstsalat mit oder soll ich in Freiburg noch schnell einkaufen? Auf jeden Fall warte ich auf dich am Zug. Und dann nichts wie ab auf unsere Waldhütte! Also, bis später. Ich liebe dich.

Sie haben drei neue Nachrichten.

Mittwoch, 10 Uhr 07

Hallo Frau Methner. Martin Kast.

Vielen Dank noch mal, dass Sie gestern mitgeholfen haben. Zurzeit läuft übrigens in der Volkshochschule eine Ausstellung über »Geschichte und Kulturen der Seidenstraße«. Wenn Sie Lust hätten, könnten wir heute vielleicht zusammen hingehen. Wäre Ihnen 19 Uhr recht? Ich warte vor dem Haupteingang, wenn ich bis 18 Uhr 30 nichts von Ihnen höre.

Tschüss, hoffentlich bis heute Abend.

Mittwoch, 14 Uhr 27
Hallo, ich bin's. Ich hab schon bei Sandra angerufen, ob was passiert ist. Aber die war auch nicht zu Hause.

Wir sind hier am Freitag spätestens um die Mittagszeit fertig. Sag mir bloß endlich, wann dein Zug kommt.

Also, bis bald. Ich liebe dich.

Mittwoch 17 Uhr 17
Sandra. Grüß dich!

Na, du bist mir ja vielleicht eine! Woher soll ich wissen, ob du mit diesem »sympathischen jungen Mann« in eine Seidenstraßenausstellung gehen sollst? Mhm, warum eigentlich nicht? Was immer du tust oder lässt, meinen Segen hast du.

Viel Vergnügen, meine Liebe! Du erzählst mir natürlich morgen, wie's war! Bussi!

Sie haben vier neue Nachrichten.

Donnerstag 10 Uhr 48
Hi.

Franzi, Franzi! Was muss ich da hören, es war ein wunderschöner Abend mit Martin!

Wir duzen uns also schon nach dem ersten Abend beim Vietnamesen? So, so!

Im Ernst: Gefällt er dir wirklich? Worüber habt ihr euch unterhalten? Hat er dich nach Hause gebracht? Habt ihr euch geküsst?

Ich brauche unbedingt Details! Zwei Bussis!

Donnerstag, 10 Uhr 56
Einen wunderschönen, guten Morgen, Franziska. Martin.

Wie sieht's aus: Hast du in der kommenden Woche schon etwas vor? Ein paar Freunde und ich fahren in die

Berge. Sankt Moritz. Skifahren, spazieren gehen, zusammen kochen, vor dem Kaminfeuer sitzen. So in der Art. Jedes Jahr organisiert jemand anderes aus der Clique die Tour. Und jedes Mal ist vom Hotel eine besondere Überraschung vorbereitet. Letztes Jahr war es eine Gletscherwanderung mit Fondue von verschiedenen Filets am Schluss!

Hast du Lust? Das wird bestimmt super! Wir treffen uns morgen um 18 Uhr auf dem Parkplatz beim ...

Donnerstag, 10 Uhr 58
Hallo, ich bin's noch mal. Entschuldige, ich bin aus Versehen auf die Beenden-Taste gekommen. Also, wir treffen uns auf dem Parkplatz beim Schickhardt-Gymnasium. 18 Uhr. Bitte, Franziska, komm mit!

Donnerstag, 11 Uhr 14
Hallo. Martin. Ich wollte nur noch sagen: Wenn du keine Ski hast, ist das überhaupt kein Problem. Meine Schwester kann dir welche ausleihen!

Donnerstag, 13 Uhr 16
Sandra. Hi.
Meine Güte! Dieser Martin legt ja ein ordentliches Tempo vor!

Gratuliere! Überraschungswoche in den Bergen mit jugendlichem Liebhaber. Klingt nicht übel. Wer weiß, am Ende wird ja Ernsteres draus. Und du schaffst es vielleicht endlich, Konrad in die Wüste zu schicken.

Ja, meine Liebe, du hast die Wahl! Fondue oder Wurstsalat. Sekt oder Selters.

Aber eins sage ich dir, wenn du nicht mitfährst: Lieg mir nie wieder in den Ohren mit deinem ewigen *Mit meinem Konrad langweile ich mich irgendwann noch einmal zu Tode!*
Bussi.

Donnerstag, 13 Uhr 42
Hallo Franziska.

Martin.

Wieso kommst du denn nicht mit? Ich hatte mich schon so gefreut.

Willst du es dir nicht vielleicht doch noch anders überlegen?

Ich bin auf jeden Fall bis kurz nach sechs auf dem Parkplatz.

Rufst du mich übernächste Woche an, wenn du nicht mitkommst?

Bitte, fahr doch mit! Ich warte auf dich!

Donnerstag, 15 Uhr 12
Hallo, ich bin's.

Weißt du, was ich gerade erfahren habe? Wir sind am zweiten Feiertag eingeladen! Zur Beuroner Krippen-weihnacht! Erst am Knopfmacher Felsen und danach im Hirschen. Die Krippenweihnacht ist normalerweise nur für Einheimische. Aber weil wir ununterbrochen seit 15 Jahren am ersten Feiertag dort zu Mittag essen, machen sie bei uns eine Ausnahme. Hat der Wirt in der Einladung geschrieben. Ich freu mich so! Weihnachten wird wieder toll. Schneewanderung am Heiligen Abend ab drei. Dann ein gemütliches Kaminfeuer in unserer einsamen Hütte. Und zum Abendessen wie immer un-ser Schwäbischer Wurstsalat.

Also, bis morgen. Ich liebe dich.

Donnerstag, 16 Uhr 49
Ich bin's, Sandra. Warum um alles in der Welt brauchst du eine Großpackung Schlaftabletten? Wenn du mit deinem Lover in spe in die Berge fährst, wirst du hoffentlich nicht viel zum Schlafen kommen. Oder bist du wegen Martin schon so nervös, dass du kein

Auge mehr zubekommst? Franzi, Franzi, wo soll das enden?

Vorläufig anstelle von Martin: Bussi.

Sie haben vier neue Nachrichten.

Freitag, 8 Uhr 19

Sandra. Morgen. Du wirst immer sonderlicher! Ob ich in meiner Apotheke Acetonlösung habe? Natürlich habe ich. Aber bisher hast du deine Brille ja auch ohne mich sauber bekommen. Wenn ich eine Diagnose abgeben müsste: Hoffnungslos verliebt.

Ciao Franzi.

Freitag, 9 Uhr 05

Martin hier! Super! Du kommst doch mit! Macht überhaupt nichts, wenn du erst zwei oder drei Tag später anreist! Sobald dein Zug in Moritz ankommt, rufst du mich an. Dann hole ich dich ab. Oder kommst du mit dem Auto? Ich freu mich irrsinnig auf die nächste Woche!

Bis Sonntag dann!

Freitag, 10 Uhr 12

Guten Morgen! Bernhard Kuhn vom Autohaus Metzger. Ich wollte nur sagen, wir haben es geschafft! Ihr A3 ist fertig. Wenn es jemand so dringend braucht wie Sie, machen wir auch mal Überstunden.

Schöne Weihnachten wünsche ich Ihnen!

Freitag, 10 Uhr 19

Hallo, ich bin's. Du schreibst, du kommst erst morgen. Wieso? Der Kongress ist heute nach dem Mittagessen zu Ende. Ich fahr dann auf jeden Fall schon mal zu unserer Hütte. Ich mag nicht mehr im

Hotel übernachten. Morgen bin ich dann pünktlich am Bahnhof.

Also, bis morgen. Ich liebe ... Halt, noch was: Nimm was besonders Hübsches zum Anziehen mit. Für die Trachtenweihnacht.

Wie gesagt: Ich liebe dich.

Sie haben eine neue Nachricht.

Samstag, 14 Uhr 15

Na, du bist mir ja vielleicht ein Früchtchen! Fährst ins Donautal und fackelst die eigene Hütte ab. Mit Konrad drin! Das ist natürlich auch eine Lösung.

In den Regionalnachrichten haben sie gesagt, dein Gatte habe wahrscheinlich im Bett geraucht und sei eingeschlafen. Respekt! Nicht schlecht ausgedacht! Erst Konrad mit Schlaftabletten ins Land der Träume schicken und dann mit Brandbeschleuniger nachhelfen. Aber eins sage ich dir, meine Liebe! Sollte jemals, ich betone: jemals, irgendwer, ich betone: irgendwer, blöde Fragen stellen: Die Schlaftabletten und die Acetonlösung hast du nicht von mir!

Schwäbischer Wurstsalat

Für 4 Personen

350 g Fleischwurst
350 g Schwarzwurst, luftgetrocknet
5 kleine Essiggurken, eingelegt
2 Zwiebeln
1 EL Senf
60 ml Essig (3 EL)
70 ml Öl (3 EL)
50 ml Gurkenwasser (2 EL)
1-2 EL Zucker
Salz und weißer Pfeffer aus der Mühle

Die Zwiebeln enthäuten und in Ringe schneiden. Fleischwurst und Schwarzwurst enthäuten und in grobe Streifen schneiden. Die Gurken in dünne Scheiben schneiden.

In einer hohen Schüssel Essig, Gurkenwasser und Senf mit einem Schneebesen vermischen. Jetzt das Öl erst langsam, dann schneller unter das Dressing mischen und zum Schluss mit Salz, Pfeffer und Zucker abschmecken.

Zwiebelringe, Wurststreifen und Gurkenscheiben mit dem Dressing in der großen Schüssel vermengen. Etwa drei Stunden im Kühlschrank ziehen lassen. Eine Dreiviertelstunde vor dem Servieren aus dem Kühlschrank nehmen und bei Zimmertemperatur weiter ziehen lassen. Mit Schwarzbrot servieren.

TONI FELLER

Das Weihnachtserbe

Hochdorf

Bis zum letzten Tag seines Berufslebens arbeitete Erich
Kesselmann als braver Facharbeiter bei der Firma Hüb-
ner im schwäbischen Hochdorf. Der Betrieb stellte
hauptsächlich Autozubehörteile her. Erich war in der
Qualitätskontrolle tätig. Man sagte ihm nach, dass er
ein besonders strenger Hund gewesen sei, dem nicht
der geringste Fehler durchgegangen war.

In Hochdorf kannten ihn alle als treusorgenden Ehemann von Elfriede, deren Vater früher einmal Bürgermeister war. Doch der 67-jährige Erich Kesselmann
hatte noch ein zweites Gesicht, eines, das ihm keiner
auch nur annähernd zutraute.

Die Kinder, ein Mädchen und ein Junge, waren schon
längst aus dem Haus und gut verheiratet. Thomas
wohnte drüben in Eberdingen und Luzia in Mönsheim.

Der große Knackpunkt in der Ehe von Elfriede und
Erich war Weihnachten. Obwohl ein Fest des Friedens
und der Freude, war jedes Jahr eine mehr oder weniger
heftige Ehekrise vorprogrammiert. Das hatte mit einer
seltsamen Tradition zu tun, die Erich von seinen Vor-
fahren übernommen hatte, die aber mit Elfriedes streng
katholischem Glauben und ihrer bei jeder Gelegenheit
herausgestellten Redlichkeit nie und nimmer in Ein-
klang zu bringen war.

Erich hatte keine Ahnung, wie viele Generationen
vor ihm den seltsamen Brauch gepflegt hatten. Er konnte sich aber noch genau erinnern, wie sein Großvater
in seinem Beisein das erste Mal davon sprach. Richtig
abenteuerlich klang es. Damals noch ein kleiner Jun-

ge, spitzte er die Ohren und hatte somit, ohne dass es ihm bewusst war, das Erbe der Kesselmanns angetreten. Sein Vater war mächtig stolz auf ihn, als er mit gerade mal 16 Jahren in dessen kriminelle Fußstapfen trat.

In panischer Angst um ihren guten Ruf zitterte Elfriede schon am ganzen Körper, wenn sie nur daran dachte. Und sie dachte immer öfter daran, je näher Weihnachten rückte. Mal machte sie Erich eine Szene, mal versuchte sie, es zu ignorieren. Es half nichts. In diesem einen Punkt konnte sie ihn einfach nicht beeinflussen, wenn sie ihn auch sonst immer gut unter der Fuchtel hatte.

Weihnachten kam immer näher. Diesmal war alles ganz anders. Viel schlimmer als in den vergangenen Jahren. Das spürte sie instinktiv. Erich war unruhiger und nervöser als sonst an Weihnachten.

Wie immer wurde im Vorfeld nicht darüber gesprochen. Nur kurz nach der Hochzeit, vor mehr als 40 Jahren, machte Erich den großen Fehler, Elfriede einzuweihen. Seitdem redete er mit keinem Menschen mehr darüber, obwohl er sich liebend gerne jemandem anvertraut hätte.

Da sein Sohn Thomas schon immer an Trägheit und Behäbigkeit nicht zu übertreffen und zudem ein fürchterlicher Angsthase war, verkniff es sich Erich bis heute, ihn in die kriminelle Tradition der Kesselmanns einzuweihen. Der Junge taugte einfach nicht dafür. Hatte keinen Mumm in den Knochen. Ein Wunder, dass er überhaupt eine Frau gefunden hatte.

Vielleicht, so dachte Erich, würde er Thomas den Stab erst auf dem Sterbebett übergeben.

Die Sache, die er diesmal vorhatte, würde er aber ganz sicher mit ins Grab nehmen. Thomas und auch kein anderer Mensch durften jemals etwas davon erfahren. Schon gar nicht Elfriede.

Er musste geschickt vorgehen. Nicht auszudenken, wenn die Geschichte aufflog. Den Vorsatz hierzu fasste er bereits im Sommer bei einer Sitzung des Gemeinderates. Seiner Frau zuliebe war Erich schon über ein Jahrzehnt Gemeinderatsmitglied. Elfriede hätte es am liebsten gehabt, wenn er in die Fußstapfen ihres Vaters getreten und Bürgermeister geworden wäre. Doch diesen Gefallen tat Erich seiner Frau nicht. Er gefiel sich in der Rolle des Biedermannes. Es war die perfekte Tarnung.

Auf der Sitzung ging es heiß her. Weil Erich vor seinem Haus schon zum wiederholten Mal in Hundekot getreten war, hatte er den Antrag gestellt, die Hundesteuer zu verdoppeln. Franz Fischer, sein größter Widersacher, brachte es jedoch wieder einmal fertig, Erichs Vorschlag zunichte zu machen, ihn als völlig lächerlich hinzustellen. Dieser arrogante Schnösel. Erich kochte vor Wut. Das werde ich dir heimzahlen, dachte er.

Spontan kam ihm die Idee, wie er sich an Fischer rächen könnte. Dieses Jahr an Weihnachten würde die Tradition der Kesselmanns wie ein riesiger Felsblock auf Franz Fischer fallen und dessen Hochnäsigkeit auf immer und ewig zermalmen. Die schöne, kerzengerade, etwa zweieinhalb Meter große Nordmanntanne hatte genau die richtige Größe und stand als größte Zierde in Fischers Vorgarten. Sie würde bestens geeignet sein, Fischer einen empfindlichen Schlag zu versetzen, von dem er sich lange nicht erholen würde. Um Fischer aber endgültig den Zahn zu ziehen, musste noch Blut fließen. Erich sah im Geiste eine Szene aus dem Film »Der Pate« vor sich. Genauso würde er sich an Fischer rächen.

Wohl hatte Erich die edle Nordmanntanne schon oft gesehen und auch beachtet, weil es ihm jedes Mal in den Fingern kribbelte und er feuchte Hände bekam. Aber konkrete Gedanken hatte er sich bis zu diesem

Zeitpunkt noch keine gemacht. Hätte Fischer ihn nicht vor aller Augen so blamiert, wäre es sicher dabei geblieben. Der Gedanke, an Fischer furchtbare Rache zu üben, setzte sich seit dieser Gemeinderatssitzung in seinem Kopf fest und fraß sich in jede einzelne Gehirnzelle ein.

In der Nacht vom 19. auf den 20. Dezember war es so weit. Den ganzen Tag über gingen ihm die Erzählungen seines Vaters und Großvaters durch den Kopf. Alle Tricks und Kniffe überdachte er, spielte sie durch. Nichts durfte schiefgehen.

Er erinnerte sich daran, wie sein Großvater einmal fast erwischt worden wäre, weil er nach langer Verfolgung, den keuchenden Atem unterdrückend, in der Dorfgaststätte Unterschlupf suchte und mit Tannenharz an den Händen vom nacheilenden Förster zur Rede gestellt wurde. Letztlich fehlte aber der schlagende, oder besser gesagt, der geschlagene Beweis in Form einer Tanne. Derer konnte sich der Großvater noch rechtzeitig und unbemerkt auf seiner Flucht entledigen.

Auch an den Vater musste er denken, dem einmal im tiefen Schnee fast das Sohlenprofil seiner Stiefel zum Verhängnis geworden war. Zum Glück hatte der Schuster im Ort gleich drei Männern die Stiefel mit der gleichen Sohle besohlt, und so kam auch sein Vater damals mit einem blauen Auge davon.

Aber seit dieser Zeit nannte man die männlichen Mitglieder der Familie hinter vorgehaltener Hand »Christbaumstehler«. Das war kein schlimmes Schimpfwort. In Hochdorf trug nahezu jede Familie einen Uznamen, und es gab viel schlimmere. Die meisten entstammten aus uralten Traditionen oder Geschehnissen, die in Erzählungen nicht selten völlig übertrieben wurden. Und so kam es, dass man vor den Christbaumstehlern großen Respekt hatte, weil die Legende sagte, keiner von den Kesselmanns habe jemals einen Christbaum käuflich erworben und keiner von ihnen sei je beim Christbaumstehlen erwischt worden. Und das sollte so bleiben.

Die Kirchturmuhr schlug gerade drei, als Erich leise aufstand, in den Keller schlich und die bereitgelegte dunkle Kleidung anzog. Darunter lag das in einem Lederlappen eingewickelte Fleischermesser. Erich hatte es tagsüber noch einmal nachgeschärft. Die Erfahrung hatte ihn gelehrt, dass sein Vorhaben nur mit einer rasiermesserscharfen Klinge lautlos zu verwirklichen war. Ein Handkantenschlag und danach die blitzschnell ausgeführte Durchtrennung des Halses. Das Opfer würde nicht den geringsten Laut von sich geben.

Aus dem Werkzeugschrank holte er die Drahtsäge, die zusammengerollt nicht größer als ein Bierdeckel war und beim Sägen so gut wie keine Geräusche verursachte. Dann zog er los.

Drei Straßen weiter befand sich das stattliche Anwesen der Fischers mit dem gepflegten Vorgarten. Auf dem Weg dorthin schlug Erich das Herz bis zum Hals. Hochdorf war wie ausgestorben. Die dünne Mondsichel schien nur spärlich durch die Wolkenfetzen.

Mehrmals kam ihm der Gedanke, wieder umzukehren und seine Rachegedanken lieber zu begraben. Wie all die Jahre zuvor könnte er den Weihnachtsbaum auch im Wald holen. Dort kannte er sich bestens aus. Vielleicht könnte er ihn auch zum ersten Mal in seinem Leben auf einem Markt kaufen. Erich schüttelte energisch den Kopf. Letzteres kam nicht in Frage. Er hatte noch nie einen Christbaum gekauft. Zu tief war das Erbe seiner Ahnen in ihm verwurzelt. Solange er noch gesundheitlich auf der Höhe war, würde er keinen Christbaum kaufen, niemals!

Er empfand es nicht als Unrecht, was er tat. Für ihn war es vielmehr ein Gewohnheitsrecht, von Generation zu Generation überliefert. Nur diesmal sah die Rechtslage etwas anders aus. Diesmal war das Ganze noch mit einer furchtbaren Bluttat verbunden, und Franz Fischers Baum war nicht irgendein Baum in irgendeinem Wald, dessen Eigentümer er nicht kannte.

Eigentlich schade um das schöne Stück. Aber zur Weihnachtszeit wurden so viele Bäume gefällt, dass es auf den einen nicht ankam. Und die Tötung des Opfers? Da verhielt es sich ähnlich wie mit den Christbäumen. Es wurde so viel auf der Welt getötet, oft aus Rache. Und seinen ganz persönlichen Rachedurst an Franz Fischer musste er unbedingt stillen, sonst würde er keine Ruhe mehr finden. Fischer sollte für all die Jahre, in denen er auf Erich im Gemeinderat immer und immer wieder Giftpfeile abgeschossen hatte, mit der absoluten Höchststrafe büßen. Das Blutbad musste sein. Ein richtiges Fanal würde er damit setzen. Und wenn er dafür ins Gefängnis musste. Erich sah schon die riesige Schlagzeile in der Stuttgarter Zeitung vor sich: »Schreckliche Tat in Hochdorf.«

Vor Fischers Haus angekommen, zog er eine schwarze Pudelmütze mit ausgeschnittenen Sehschlitzen tief ins Gesicht. Aus seiner Jackentasche holte er den Dietrich heraus. Das Schloss der Eingangstür zum Nebengebäude war für ihn kein Hindernis. Es dauerte weniger als eine halbe Minute, bis es geknackt war und er leise die Tür öffnen konnte. Im Innern war es stockdunkel. Er verharrte eine Zeit lang, bis sich seine Pupillen so weit geöffnet hatten, dass er erste Umrisse erkennen konnte. Sein Puls pochte an den Schläfen. Lautlos, immer wieder den Atem anhaltend, bewegte er sich Schritt für Schritt vorwärts. Endlich hatte er sein Opfer ausgemacht. Es schlief tief und fest. Erich packte zu. Ein trockener Schlag und blitzschnell der tiefe Halsschnitt. Blut spritzte ihm ins Gesicht. Es fühlte sich warm an und roch süßlich.

So lautlos, wie er eingedrungen war, so lautlos verschwand er auch wieder. Nun begann die zweite Phase seines Rachefeldzuges. Den Vorgarten der Fischers kannte er genau. Er war das Jahr über oft daran vorbeigegangen. Jeder Busch und jeder Strauch, aber insbesondere die herrliche Nordmanntanne hatten sich tief in sein Gedächtnis eingegraben. Zwischen Haus und Baum, sich umschauend wie ein Luchs, kauerte er nieder und wartete eine kleine Weile. Alles war ruhig, fast zu ruhig.

Fest entschlossen holte er die Säge aus der Tasche, bückte sich tief unter den Baum, weil die Äste fast auf den Boden reichten, und fing an zu sägen. Es dauerte nicht lange, bis der Baum wankte. Im Laufe der Jahre hatte Erich den Bogen raus. Er konnte eine Tanne so absägen, dass sie erst im letzten Moment umfiel. Blitzschnell musste er dann die Säge loslassen und den Baum festhalten, wollte er keine unnötigen Geräusche verursachen. Der Rest war Routine.

*

Beim Frühstück saß man schweigend zusammen, bis Erich die Stille unterbrach. »Ach übrigens, ich habe uns einen Christbaum besorgt.«

Elfriede ließ vor Schreck den Teelöffel fallen. Der Bissen blieb ihr im Hals stecken. Sie bekam einen roten Kopf, sprang auf und rannte aus der Küche.

»Na ja, was soll's?«, murmelte Erich. »Das ist mir die Sache wert.« Er schmunzelte.

Bis zum Mittag wusste jeder in der Gemeinde, was passiert war. Viele Dorfbewohner hatten sich aus Neugierde zum Tatort begeben. Dort wo einst Fischers ganzer Stolz gestanden hatte, konnte man nur noch einen kurzen Stumpf aus dem Boden ragen sehen. Hinter vorgehaltener Hand unterhielt man sich über das schreckliche Blutbad, das der Täter im Innern des Nebengebäudes angerichtet hatte.

Die Gerüchteküche brodelte. Alle nur erdenklichen Spekulationen verbreiteten sich wie ein Lauffeuer. Schnell hatte man auch eine passende Bezeichnung für den Übeltäter: »Der Schlächter von Hochdorf.«

Es kam, wie es kommen musste: Ein alter Dorfbewohner erinnerte sich an die Familie der Christbaumstehler. Kaum war es ausgesprochen, stand es auch schon fest. Es war ja ganz offensichtlich, dass derjenige, der die schöne Nordmanntanne gefällt hatte, auch für die Mordtat verantwortlich war. Da Erich Kesselmann der einzige männliche Nachkomme der Christbaumstehler im Ort war, kam nur er als Täter in Frage. Jeder wusste auch, dass sich Franz Fischer und Erich Kesselmann nicht grün waren.

Der schon in aller Frühe auf den Plan gerufene Polizeikommissar wollte dem Verdacht zuerst nicht so recht nachgehen. Da er aber keine anderen Hinweise hatte, war er mehr oder weniger gezwungen, den immer lauter werdenden Rufen der Leute Aufmerksamkeit zu schenken. Mit mulmigem Gefühl im Bauch und mindestens hundert Dorfbewohnern im Schlepptau begab er sich zu Erich Kesselmanns Haus. Nachdem er dreimal geklingelt hatte, öffnete Elfriede die Haustür. Sie war leichenblass, riss die Augen auf und brachte keinen Ton hervor.

»Guten Tag, Frau Kesselmann. Ich bin Polizeikommissar Fuchs. Das ist eine Hausdurchsuchung, jeder Widerstand ist zwecklos.« In tiefer Ehrfurcht vor der grünen Uniform trat Elfriede einen Schritt zur Seite, und schon stand Fuchs im Hausflur. Mit schnellen Schritten riss er eine Tür nach der anderen auf, bis er zum Wohnzimmer kam, in dem Erich sein Mittagsschläfchen hielt.

Durch das Klingeln und durch den Lärm war Erich wach geworden. Er ahnte, was jetzt kommen würde. Gelassen blieb er liegen.

»Aha, da liegt der Beschuldigte«, rief Fuchs mit lauter Bassstimme. »Herr Kesselmann, Sie stehen im Verdacht, auf dem Anwesen des Ihnen bekannten und verhassten Franz Fischer eine Bluttat begangen und darüber hinaus auch noch dessen Nordmanntanne nicht nur gefällt, sondern auch gestohlen zu haben.«

Erich Kesselmann erhob sich langsam und gähnend vom Sofa. »Wie kommen Sie zu dieser absurden Behauptung?«

»Das tut nichts zur Sache. Gestehen Sie und ich werde bei Gericht für Sie ein gutes Wort einlegen!«

»Gestehen?« Erich lachte laut. »Ich denke nicht daran.«

»Na gut, dann werde ich Ihr Haus von oben bis unten auf den Kopf stellen. Und Sie rühren sich hier nicht von der Stelle! Haben Sie mich verstanden?«

»Bitte, bitte, Herr Kommissar, tun sie sich keinen Zwang an, nur zu.« Kesselmann gab sich cool, obwohl seine Nerven bis zum Zerreißen gespannt waren. Er legte sich wieder auf das Sofa. Nicht einen Beweis würde man finden, dessen war er sich absolut sicher. Er hatte alles bestens versteckt und mögliche Spuren beseitigt.

Es vergingen jedoch keine drei Minuten, bis Polizeikommissar Fuchs einen lauten Triumphschrei ausstieß. »Hier ist er«, schrie er so laut, dass es sämtliche Schaulustige, die sich vor Kesselmanns Haus versammelt hatten, hören konnten.

Erich fuhr es durch Mark und Bein. Elfriede, die sich auf einem Stuhl in der Küche niedergekauert hatte, bekreuzigte sich. Ihr Herz blieb sekundenlang stehen. Jetzt war es so weit. Welche Schmach, welches Unglück. Man würde ihren Mann in Handschellen abführen.

Von draußen durch die Terrassentür stürmend, den Tannenbaum hinter sich her zerrend, schritt Fuchs durch die Küche in die Diele bis vor die offene Wohnzimmertür. Erich wusste nicht, wie ihm geschah. Er brachte kein einziges Wort hervor, als Fuchs fragte, was er dazu zu sagen hätte.

»Die Sache ist klar, da gibt es nichts zu deuteln.« Die Stimme des Polizisten überschlug sich. »Wenn Sie nichts zu sagen haben, na bitte. Der Beweis ist gleich erbracht.«

Triumphierend wie ein General, der die größte Schlacht seines Lebens gewonnen hatte, verließ er samt Tanne Kesselmanns Haus. Draußen blieb er kurz stehen, deutete auf den Baum und rief den Schaulustigen zu: »Das ist der Beweis. Damit bringe ich ihn hinter Gitter!«

»Bravo, bravo!«, rief die Menge und applaudierte. Mit der übermannshohen Tanne marschierte Fuchs voller Tatendrang los. Halb Hochdorf im Schlepptau erreichte er Fischers Vorgarten.

Siegesgewiss, längere Zeit wartend, damit jeder es sehen konnte, waltete nun der Polizist seines Amtes. Dies könnte ihm eine Beförderung einbringen, dachte er. Er bat einen der Umstehenden, ihm nun bei der Überführung des Täters Hilfe zu leisten.

»Bitte halten Sie mal den Baum und wenn ich es Ihnen sage, stellen Sie ihn langsam auf den abgesägten Stumpf! Verstanden?«

»Jawoll!« Der frisch ernannte Hilfspolizist nickte ebenso stolz wie eifrig. Fuchs trat ein paar Schritte zurück. Nachdem er sich der Aufmerksamkeit aller vergewissert hatte, stemmte er seine Fäuste in die Hüften. »Jetzt!«, rief er laut. Er war sicher, jeder würde sehen können, dass Stumpf und Stiel zusammenpassten. Aber was war das? Er rieb sich die Augen. Brauchte er jetzt doch eine Brille, schoss es ihm ganz heiß durch den Kopf.

Unheil ahnend begab er sich zu dem Baum. Synchron mit einem beträchtlichen Teil der Schaulustigen kniete er sich tief hinunter, um sich die Sache genauer anzusehen.

Jetzt hatte er Gewissheit. Der in der Erde steckende Stumpf war zweifelsfrei dünner als das untere Ende des abgesägten Baumes. Es konnte sich somit nie um Fischers Baum handeln, den er gut versteckt in Kesselmanns Schuppen gefunden hatte.

Mit hochrotem Kopf, ächzend wie eine alte Eiche im Wind, erhob sich Fuchs. Er platzte fast vor Wut. Das war die größte Blamage, die er je erlebt hatte.

»Das ist nicht Franz Fischers Baum«, schrie er außer sich. »Bringen sie das Ding sofort wieder zurück!«

»Wer, ich?« Der eben noch mit stolzgeschwellter Brust frisch ernannte Hilfspolizist ließ augenblicklich den Baum los, wischte seine Hände am Revers seiner Jacke ab und tauchte diskret in der Menge unter.

Polizeikommissar Fuchs blieb nichts anderes übrig, als selbst die Nordmanntanne zurückzubringen. Wie ein geprügelter Hund stand er vor Kesselmanns Haustür. Erich, der alles nur noch wie im Traum wahrgenommen hatte, war zwischenzeitlich ans Fenster gegangen und hatte Fuchs kommen sehen. Schicksalsergeben öffnete er die Haustür.

»Entschuldigen Sie bitte, bitte vielmals um Entschuldigung, lieber Herr Kesselmann«, stammelte der Ordnungshüter. »Es war ein fürchterliches Versehen. Ich bringe Ihnen Ihren Baum zurück. Entschuldigen Sie bitte meine Verdächtigung. Es wird nicht wieder vorkommen.«

Der Polizist machte eine tiefe Verbeugung vor Erich und übergab ihm die Nordmanntanne. Danach trat er schleunigst den Rückzug an.

Erich verstand die Welt nicht mehr. Sich hinter dem Ohr kratzend und an seinem Verstand zweifelnd, ging er ins Haus zurück, setzte sich in einen Sessel und grübelte vor sich hin, bis das Telefon schrillte.

»Hallo Papa, bist du's?« Erichs Sohn war am anderen Ende der Leitung. »Und, hast du schon die wunderschöne Tanne gesehen, die ich heute Nacht im Hochdorfer Wald für euch geschlagen habe? Ich habe sie im Schuppen versteckt.«

»Du hast was?«

»Tu nicht so. Denkst du, ich habe als Kind nicht mitbekommen, wie du immer unsere Weihnachtsbäume besorgt hast? Es hat mir jetzt selbst so viel Spaß gemacht, dass ich gleich zwei Bäume mitgenommen habe, einen für mich und einen für euch.«

Erich legte den Hörer auf und fiel fassungslos, aber zufrieden in den Sessel zurück. »Das Weihnachtserbe ist weitergegeben«, murmelte er schmunzelnd und schloss voller Zufriedenheit seine Augen.

Dieser Fuchs hatte seinem Namen keine Ehre gemacht, dachte Erich. Er war nicht schlau genug gewesen, um die geheime und bestens getarnte Falltür im Schuppen zu finden. Aber was soll ich jetzt mit zwei Bäumen? Franz Fischers Baum werde ich auf jeden Fall im Wohnzimmer aufstellen. An dem möchte ich am Heiligen Abend meine Freude haben. Erichs Mund umspielte ein Lächeln.

Und den überaus wertvollen kapitalen Zuchthasen Fischers werde ich höchstpersönlich nach dem alten Rezept meiner Mutter zubereiten. Nur schade, dass ich Fischers Gesicht nicht sehen konnte, als er im Stall den abgetrennten Kopf seines Lieblingstieres fand.

Elfriede würde keinen Bissen hinunterkriegen. Aber was soll's. Am ersten Weihnachtsfeiertag werde ich meine Kinder mit ihren Angeheirateten einladen und ihnen den köstlichsten Hasenbraten servieren, den die Welt je gesehen hat.

Stallhase in Rotweinsauce

Für 4 Personen

1 junger Stallhase (ca. 1.600 g)
Salz und Pfeffer
3-4 EL Mehl
3-4 EL Öl
2 Zwiebeln
2 mittelgroße Möhren
1 Knoblauchzehe
1 Lauchstange
2 Lorbeerblätter
6 Wacholderbeeren
1 Stängel frischer Thymian
etwa 10 frische Rosmarinnadeln
1/2 l dunkler Rotwein
Wasser oder Brühe nach Bedarf
1 EL Tomatenmark
250 g frische Champignons
1-2 TL Speisestärke
2 TL Worcestersauce
nach Bedarf etwas Essig oder Balsamessig
Petersilie zum Bestreuen

Nach Großmutters Rezept wird ein zerkleinerter Stall-hase mit reichlich Gemüse, Gewürzen sowie einem kräftigen Rotwein langsam in einem Bratentopf mit Deckel geschmort. Wobei der Geschmack von diesem Gericht von der verwendeten Rotweinsorte bestimmt wird.

Regina Schleheck

Ofenschlupfer

Aalen

In meinem Alter fällt einem manches nicht mehr ganz leicht. Da ist es gut, wenn man Nachbarn hat. Bei uns in Aalen achtet man aufeinander. Als die Vogels hierhergezogen sind, war das nicht anders. Natürlich werden die Neuen erst einmal in Augenschein genommen. Von mir zumindest. Man will ja schon wissen. Zumal dieser Miso Vogel etwa mein Alter hatte. Dem Vornamen nach ein Slowake oder so. Der Nachname sprach für einen Juden. Aber ich habe es ihn nicht spüren lassen, ihn und seine Frau. Meine Frau auch nicht.

Wir hatten in diesem Jahr Schnittlauchhochzeit. Da kennt man sich. Obwohl es immer noch Dinge gibt, die wir gar nicht wissen wollen voneinander. Sie kam wie ich aus Kretinga. Das genügte, dass man sich aneinander festhielt in der Fremde. Displaced Persons. Sie war ruckzuck schwanger. Da haben wir geheiratet. Vor bald 67 Jahren! Als die Tochter fünf war, kam der Sohn. Der war drei, da sind wir in die USA. Chicago. Wir haben uns aneinander festgehalten. Ich war ja Bäcker. Hab ihr immer die Gerichte aus Litauen gekocht. In Amerika zumindest. Die haben da ja keine Esskultur.

Hier in Schwaben ist das etwas anderes. Da gibt es eine bodenständige Küche. Aber vielfältig. Kartoffeln, Teigtaschen, vieles ähnlich wie in Litauen. Ein paar Gerichte liebe ich ganz besonders. Nichts Ausgefallenes. Nichts Raffiniertes oder Überkandideltes. Nahrhaft, schmackhaft, traditionell. Das gibt es auch zu hohen Festen. Wie die Ofenschlupfer zu Weihnachten. Die

Kinder haben es geliebt. Meine Frau sowieso. »Scheiterhaufen« hieß das Gericht in der Heimat.

Ich hab die neuen Nachbarn auf der Straße gegrüßt.
Er zog ein Bein nach. Zerknautschtes Gesicht. Hab sie
eingeladen. Er hat geguckt.

»Kennen wir uns?«, hat er gefragt.

»Zumindest stehen wir uns nahe«, habe ich gesagt.
Gelacht. Meine Frau hat übernommen. Kaffee gekocht.
Ich hab einen Krupnik auf den Tisch gestellt. Er hat
mich beobachtet. So aus den Augenwinkeln. Aber da
war ich ja drauf gefasst. Hab mein Glas gehoben, auf
gute Nachbarschaft angestoßen und sie ein wenig aus-
gefragt. Alle beide. Natürlich hat er nicht die Karten
auf den Tisch gelegt. Aber man konnte sich das meis-
te zusammenreimen. Es passte. Ich hatte keinen Zweifel. Diese Leute sind so dumm. Sie wähnen sich auf der
richtigen Seite. Das lässt sie vergessen, wie schnell sich
alles wieder ändern kann.

Er war ein Ofenschlupfer.

Am Wochenende darauf sind wir mit Brot und Salz
vorbeigekommen. Sie haben sich angenehm überrascht
gegeben und ich hab mich umgeguckt. Ich war davon
ausgegangen, dass sie etwas geändert hätten, umge-
stellt, renoviert, saniert. Aber es war alles genau wie
bei den Vorbesitzern. Solche Leute haben keine Mittel
für einen Umbau. Die sind froh, wenn sie die Raten bezahlen können. Kohleofen, Kamin, die alten Leitungen,
teils über der Tapete und auf dem Außenputz verlegt,
gesprungene Dachfenster, unter dem Anbau der Holz-
stapel mit der morschen Leiter. Ich hab den Schornsteinfeger oft genug beobachtet. Wie vorsichtig er sie
erklomm. Im Herbst war er noch dagewesen. Hatte
gefragt, was mit dem Nachbarhaus sei. Jetzt, wo die
Heizperiode beginne, sei es höchste Zeit. Ich hab die
Achseln gezuckt, gesagt: »Wer weiß, wann die einen

Käufer oder Nachmieter finden.« Ich hab ihm versprechen müssen, dass ich Bescheid gebe, wenn sich etwas ändert.

Warum sollte ich?

Er war auf unserem Dach und hat ein Vogelnest aus dem Kamin geholt. Es war verlassen. Ein kaputtes Ei, sonst nichts. Hat es mir ausgehändigt. »Da haben Sie aber Glück gehabt, dass ich rechtzeitig vorbeigekommen bin.« Ich hab mich bedankt. Nicht auszudenken, was hätte passieren können, wenn der Abzug verstopft gewesen wäre. Meine Frau hat das Nest zwischen die Blumentöpfe auf die Fensterbank gestellt. Sie liebt Nippes. Spitzenvorhänge, Untersetzer, Vasen. Wenn es nach mir ginge, genügten Jalousien. Man muss nicht alles zeigen. Man muss nicht alles sehen.

Da hing noch kein Namensschild an der Tür, als der Briefträger klingelte. Sie waren anscheinend unterwegs. Der klapprige Lada stand nicht vor dem Haus. Ein dicker Umschlag mit Absenderaufdruck in hebräischer Schrift. Ob ich wüsste, ob da wieder jemand eingezogen wäre. Wenn ich gesagt hätte, ich nehme die Post an, wäre er misstrauisch geworden. Ich habe sie aus dem Briefkasten gefischt und anschließend wieder zugeklebt. Wie kann man so blöd sein!

Wir haben uns angefreundet. Man ist ja aufeinander angewiesen. Und keiner hier hat es wirklich dicke. Der eine kann dies, der andere das. Werkzeug borgen, mal ein Ei ausleihen, wenn man spontan einen Kuchen backen will. Obwohl. Juristisch ist das kein Leihen. Es ist ein Sachdarlehensvertrag. Das Ei ist ja weg. Man kriegt ein anderes zurück. Mit rechtlichen Dingen kenne ich mich aus. Zwangsläufig. Man zahlt es einander heim.

Im Guten wie im Schlechten.

Für den Ofenschlupfer genügen zwei Eier. Zur Not eins, das kann man strecken. Es ist eigentlich ein Resteessen zur Verwertung von altem Brot oder Brötchen. Wichtig sind Äpfel und Rosinen. Milch, Zucker, Zimt, Butter. Das Sahnehäubchen ist die Vanillesauce. Sahne geht auch, klar. Mandelblättchen hatten wir nicht immer oder konnten wir uns nicht immer leisten. Aber die geben dem Ganzen neben der Kruste den Biss.

In Aalen hackt keiner dem anderen ein Auge aus. Wer sollte uns schon was wollen? Bis die Vogels hierher zogen. In der Nachbarschaft wohnen vor allem Alte. Die schon immer hier gelebt haben. Die schon da waren, als es losging. Am Anfang war man ja eher skeptisch. Aber durch die Umstrukturierungen hat der Ort an Bedeutung gewonnen. Unterrombach war am Ende komplett eingegliedert. Na, fast. Bis auf Forst. Die haben schon was bewegt damals. 1934 die braune Messe, zwei Jahre später die Stationierung der Reit- und Fahrschule des Wehrkreises, die Errichtung des Heeresverpflegungsamts des Nebenzeugamts und die Unterbringung der Nebenmunitionsanstalt. Im städtischen Krankenhaus konnten die Diakonissen ihre Häubchen nehmen. Zugunsten der Schwestern der Nationalsozialistischen Volkswohlfahrt. Hygiene heißt nun mal nicht nur, dass man Hände in Unschuld wäscht. Sterilisation ist Drecksarbeit im Sinne der deutschen Volksgesundheit. Wer will sich damit schon abgeben? Heute werden wieder alle durchgefüttert und verbreiten minderwertiges Erbgut wie die Karnickel. Wenn Krankheiten im Keim erstickt werden, ist viel gewonnen.

Ich weiß, wovon ich rede. Es ist nicht schön, was wir durchmachen mussten. Aber welche Wahl hatten wir? Wer hätte das alles schon freiwillig auf sich genommen?

Im Lager Wiesendorf in Wasseralfingen kamen die Zwangsarbeiter unter. Die haben die Hüttenwerke und die Maschinenfabrik Alfing Keßler vorangebracht. Alles für die Rüstungsindustrie. Von Wiesendorf sind nur noch Fundamente erhalten. In der Moltkestraße. Natürlich will niemand mehr davon was wissen. Aber zu vorgerückter Stunde, wenn genügend Löwenbräu geflossen ist, erzählt man sich das eine oder andere. Es war nicht alles schlecht. Nestbeschmutzer machen es doch nicht besser. Schräge Vögel. *Miso.* Wie das schon klingt. *Miesmacher.* Man muss auch mal gut sein lassen. Wer hat denn nicht gelitten? Als wenn wir es leicht gehabt hätten. Litauendeutsches Handelsgut bei den Bevölkerungsaustausch-Verhandlungen zwischen der UdSSR und dem Dritten Reich. Wir hätten genauso gut auf der anderen Seite landen können. Aber die Sowjets wollten uns doch erst recht nicht haben. In der Heimat besaßen wir ein Bauerngut. In Ordnung, nur ein kleines. Aber mein Vater war ein freier Mann. Am Ende musste er in Pommern als Knecht arbeiten, um die Familie durchzubringen. Dabei hieß es ursprünglich, wir würden in Polen einen eigenen Hof bekommen. Auch wenn wir die Sprache nicht beherrschten, galten wir 1941 schließlich als Heimkehrer. Immerhin evangelisch. Getraut haben uns die Deutschen trotzdem nicht mit ihrer Heidenangst vor kommunistischen Spionen. Da haben sie aus den Umsiedlern flugs Ansiedler gemacht. Ich war groß und kräftig und habe mich vor keiner Drecksarbeit gescheut. Deswegen haben sie mich genommen. Das ist es doch letzten Endes, was zählt. Wir können uns nicht hinterm Ofen verkriechen. Die Natur kennt auch keine Gnade. Da wird selektiert. Bei uns hieß es: Ab in den Ofen! Die Schornsteine mussten rauchen. Tag und Nacht. Wer entschlupfen wollte, musste mit anpacken. Es war der einzige Weg zu überleben. In Amerika nennen sie es *survival of the fittest.*

Heute reden wir von Globalisierung. Was ist denn das anderes? Nur dass sie die Welt jetzt mit Kapital erobern statt mit Kalaschnikows. Die ganzen Wirtschaftsflüchtlinge sind doch der Beweis. Wem es gelingt, sich bis nach Deutschland durchzuschlagen, der hat zumindest gezeigt, dass er was aushält. Alte, Kranke, Schwache, wer nicht schwimmen kann ... Letzten Endes schaffen das nur die jungen Burschen. Die hier keiner haben will. Die heutige Gesellschaft ist vollkommen degeneriert. Da kann man mit Kulleraugen und Krückstock punkten. Babys, Behinderte, Greise werden mit offenen Armen aufgenommen. Die Starken mit Misstrauen beäugt, weil sie Frauen und Arbeitsplätze wegnehmen. Dabei: So verweichlicht, wie unsere Leute sind, kann Konkurrenz überhaupt nicht schaden. Schuften ist den jungen Männern genauso ein Fremdwort wie den Mädchen das Kinderkriegen. Das mit der Überfremdung ist letzten Endes nur ein Vorwand, wenn es darum geht, den Kuchen zu verteilen. Der ist nun mal endlich. Dann schafft man halt Kriterien. Blond, blauäugig, Blut und Boden. Nachdem ich mein ganzes Leben nirgendwo hingehört hab, aber immer durchgekommen bin, in Russland, Deutschland und Amerika, kann mir keiner mehr was vormachen. Alles Ideologien, mit denen man die verscheißert, die zu blöd oder zu schwach sind, es in die Hand zu nehmen. Auf die Macher kommt es an, nicht auf die Maulhelden. Wer sich einfindet, die Sprache lernt, schafft, sich bescheidet und die Zähne zusammenbeißt so wie ich – warum sollte der keine Chance kriegen?

Natürlich war es angenehmer in der Lagerküche. Wie gesagt, Mandeln gab es nicht immer. Zeitweise war sogar altes Brot Mangelware. Die haben da geklaut wie die Raben. Die Ofenschlupfer waren die Schlimmsten. Wer dem Tod so gerade noch von der Schüppe gesprungen war, wusste ja, dass es nichts mehr zu verlieren gab, weil eh alles verloren war. An einen Miso erinnere ich mich nicht. Aber wie sollte man die auseinanderhalten?

Die sahen alle aus wie auf dem Gemälde von diesem norwegischen Maler, »Der Schrei« heißt es, glaube ich, wo ein Mensch sich mit beiden Händen an den Kopf fasst und Mund und Augen aufreißt, Totenschädel-Gesicht, gekrümmter Körper, stummes Entsetzen vor purpurnem Hintergrund. Die Schlote sprühten Funken, rund um die Uhr. In der Küchenbaracke hatten sie nicht ganz so viel zu tun, weil es an allem mangelte. Wir waren hoffnungslos überbelegt. Die kamen einfach nicht schnell genug nach, ehe der Nachschub wieder da war.

Ich hab mich nie versteckt. Man muss nicht jedem alles auf die Nase binden. Zum Hochzeitstag habe ich meiner Frau einen Bund Schnittlauch aus dem Garten auf den Frühstückstisch gestellt. Was gab es dem noch hinzuzufügen? Reden ist Silber, Schweigen Gold. Gute Staatsbürger, Mitarbeiter, Nachbarn, Eheleute, Eltern kennen das. Das war vor dem Krieg nicht anders und wird auch nie anders sein. 66 2/3 Jahre. Nie habe ich die Hand gegen meine Frau erhoben. Ich bin ein friedlicher Mensch.

Sie springt auf, als ich die Küche betrete und mich mit einer sauberen Hose zum Frühstücken hinsetze. Greift die Kanne, kommt um den Tisch, beugt sich über meine Schulter, fasst nach der Tasse und schenkt mir ein. Dabei fällt ihr das Aufstehen schwer. Die knotigen Finger passen nur noch mit der Kuppe in den Henkel. Unter den Geruch von frischem Kaffee mischt sich säuerlicher Atem. Wo ich gewesen sei, fragt sie.

Während ich draußen nach dem Rechten gesehen habe, ist sie gleich nach dem Aufwachen in die Küche geschlurft, wo sie in der alten Handmühle braune Bohnen gemahlen hat. Das schätze ich an ihr. Es geht nicht um Gewohnheiten. Die Haltung zählt. Man darf sich nicht von den Mühlen des Lebens klein machen lassen.

»Was hast du auf der Leiter gemacht?«, hakt sie nach. Natürlich hat sie die Hose in der Wäschekammer gesehen. Die Grünspan-Spuren. Sie fragt nur selten. Sie spürt es. Sie sorgt sich. Die Sprossen sind glitschig. Man kann tief fallen. Ich weiß, dass sie nichts weiß. Ahne, dass sie ahnt, dass es nicht um meine Knochen geht. Um Kopf und Kragen.

»Die Regenrinne«, sage ich. »Höchste Zeit.« Sie wirft einen Blick durch das Küchenfenster. Der Komposthaufen ist voller nasser Blätterklumpen. Sie fixiert die Lücke zwischen den Blumentöpfen.

»Du warst bei den Vogels?«

»Wo ich schon mal dabei war«, sage ich.

Misos Gestalt taucht im Fenster auf. Er winkt. Hinkt näher. Gottseibeiuns! Als er in unserer Küche steht, knetet er den Hut in der Hand. Weicht meinem Blick aus. Stammelt. Spricht von Überraschung am frühen Morgen. Bedankt sich. Er sei nun mal nicht mehr so gut zurecht. Die morsche Leiter. Ich sage etwas von Weihnachten und Nächstenliebe. Er sagt, sie feierten das Lichterfest. Erzählt was von Chanukka- und Sabbat-Kerzen.

Ich sage, das Wichtigste sei doch, dass das Feuer im Ofen immer brenne. Da lädt er uns zum Essen ein. Sie würden einen Gänsebraten besorgen. Als gemeinsamen kulinarischen Feiertagsbrauch. Ich erzähle ihm von dem Ofenschlupfer. Wir einigen uns, dass ich ihm heute Nachmittag eine Auflaufform vorbeibringe. Wenn er sie abends in den Ofen schiebe, sei sie anderntags genau richtig. Unser Beitrag zum Festtagsdinner. Der Nachtisch.

Wir verbringen einen ruhigen Heiligabend. Einen Tannenbaum gibt es bei uns nicht mehr, seit die Kinder aus dem Haus sind. Auf dem Fensterbrett steht jetzt eine Kerze. Das genügt. Nebenan flackern viele Lichter. Erst spät verlöschen sie.

Im Hellen sieht alles aus wie immer. Als es dämmert, bleibt es dunkel. Zur verabredeten Uhrzeit klopfen wir an der Tür. Nichts. Der Lada steht vor dem Haus.

Eine Stunde später. Meine Frau sieht mich von der Seite an. Ich zucke die Schultern. Sie telefoniert mit der Wache. Erzählt. Man beruhigt sie, wünscht uns ein frohes Fest, verspricht, dem Streifenwagen Bescheid zu geben.

Wieder eine Stunde später klingeln zwei Beamte bei den Vogels. Gehen ums Haus. Versuchen es wieder. Dann kommen sie zu uns. Plaudern mit meiner Frau über Ofengerichte. Mutmaßen, was den Nachbarn dazwischengekommen sein könnte. Mir fällt ein, dass ich versäumt hatte, dem Schornsteinfeger Bescheid zu geben. Meine Frau erzählt von dem Nest. Die beiden wirken alarmiert. Gehen noch einmal ums Vogelhaus. Mit Taschenlampen. Leuchten die Fenster aus. Gestikulieren. Telefonieren. Der eine zückt eine Karte. Die Tür öffnet sich. Sie stoßen sie weit auf, bleiben draußen stehen, richten den Lichtstrahl ins Innere, zögern. Einer hält sich etwas vor den Mund, geht rein, das Parterrefenster wird von innen aufgestoßen, er kommt wieder raus. Der andere telefoniert immer noch. Gleiche Aktion, das andere Fenster. Ein Feuerwehrwagen fährt vor. Männer mit Atemschutzmasken betreten das Haus. Zwei Unfall- und ein Notarztwagen. Es ist bereits stockdunkel, als zwei schwarze Limousinen dazukommen.

Wir haben den Beamten alle Fragen beantwortet. Was hätte man mir vorwerfen können?

In den Zeitungen steht allerhand über einen der letzten Überlebenden des Holocaust. Über Entkommen, Schicksal und Tod.

Früher oder später holt es einen halt ein.

Heute stand der Streifenwagen wieder vor der Tür. Vor unserer. Mit einem Haftbefehl. Ausgestellt gegen

Hans Lipschis, geboren 1919 als Antanas Lipsys. Das Verrückte: Es hat rein gar nichts mit dem Ableben der Vogels zu tun. Mit dem Zehntausender anderer. Nach 68 Jahren wollen sie mir wegen der Auschwitz-Sache an den Karren fahren. Nachdem sie den Demjanjuk 2011 für Beihilfe zum Mord rangekriegt hatten, bin ich auf der Liste der zehn meistgesuchten NS-Verbrecher des Simon-Wiesenthal-Zentrums auf Platz Nummer vier gerutscht. Hallo? Sobibor ist nicht Auschwitz! Und das Urteil gegen Demjanjuk ist nie rechtskräftig geworden, taugt daher nicht als Präzedenzfall. Er hat noch während der Revision den Löffel abgegeben. Mit rechtlichen Dingen kenne ich mich aus. Alles andere habe ich vergessen. Beginnende Demenz. Meine Frau kann es bezeugen.

»Noch nicht mal an unseren Hochzeitstag hat er sich erinnert!«, klagt sie. Tränen in den Augen. »Kein Wort hat er dazu verloren!«

Sie hat keine Ahnung. Aber Haltung. Das schätze ich an ihr.

Ofenschlupfer

Schwäbischer süßer Mehlspeisen-Auflauf, in der Regel aus altbackenen Brötchen hergestellt. In Altbayern, Österreich, Tschechien, Slowakei, Litauen als »Scheiterhaufen« bekannt.

6 Brötchen
4 Äpfel, alternativ Kirschen
100 g Rosinen, ggf. vorher in Rum einweichen
1/2 l Milch
2 Eier
4 EL Zucker, alternativ Honig
Butter
Mandelblättchen, Vanillezucker, Zimt, Semmelbrösel, Quark, eine Prise Salz.
Vanillesauce und / oder Sahne.

Eier mit Milch verquirlen und Brötchen darin aufweichen. Zucker / Honig und Salz hinzufügen, eine Auflaufform mit Butter ausfetten und schichten: Zuunterst die Teigmasse in der Form verteilen, gestiftelte oder in Scheibchen geschnittene Äpfel oder Kirschen hineindrücken, Rosinen, Quark, Mandeln, Zimt, Vanillezucker darüber verteilen, dann wieder Teigmasse bzw. Quark schichten, zuletzt Mandeln, Semmelbrösel, Butterflöckchen für eine knusprige Kruste.
Im Ofen bei mittlerer Hitze etwa eine halbe Stunde goldgelb backen. Spezialisten überbacken das Ganze noch einmal mit einer Schneehaube aus geschlagenem Eiweiß und Zucker.
Am besten warm servieren, dazu Vanillesauce und/oder geschlagene Sahne reichen.

RUTH EDELMANN-AMRHEIN

Die Tote vom Rosenstrauch

Aichtal

An einem verschneiten Freitagmorgen im November ging eine große, hagere Frau an einem Stock über den Friedhof in Aichtal. Ihr graues Haar, das sie zu einem festen Knoten straff aus dem Gesicht frisiert hatte, lugte unter ihrem schwarzen Filzhut hervor. Bei jedem Schritt stieß sie ihren Stock unsanft in den Boden. Adele Sandstein, so ihr Name, war wütend. Vor wenigen Wochen war ihr Mann, Hugo Sandstein, Oberstudienrat in Pension, völlig unerwartet verstorben. Er stürzte aus dem Fenster. Genau genommen hatte er sich im wahrsten Sinne des Wortes wieder einmal zu weit aus demselben gelehnt, als er die junge Frau von gegenüber beobachtete. Dies tat er seit Monaten, doch an diesem Tag mit tödlichem Ausgang. Unglückseligerweise verlor er das Gleichgewicht und stürzte in die Tiefe. Er hatte merkwürdig ausgesehen, wie sie ihn so von oben betrachtete. Wie ein Käfer lag er auf dem Rücken und streckte alle Viere von sich. Sie hatte einige Minuten gewartet, bis sie den Notarzt rief, schließlich wollte sie sicher sein, dass Hugo auch tatsächlich tot war. Es wäre doch ein Jammer gewesen, hätte er überlebt. Mehr als ein rollstuhlgefesselter Pflegefall wäre er nicht mehr gewesen, und das konnte sie weder Hugo noch den Mitarbeitern der Senioreninsel Aichtal zumuten, von sich selbst ganz zu schweigen.

Als der Notarzt aus der nahegelegenen Filderklinik eintraf, fand er eine vor Entsetzen und Trauer aufgelöste alte Dame vor, die, noch bevor Hugo vom Bestatter abgeholt wurde und in die Kühlung kam, eine Beruhigungsspritze benötigte. Für die Beamten der Polizei war es offenkundig, dass der Sturz Hugos auf dessen Kreislaufprobleme zurückzuführen war. Um eine Obduktion war Hugo dennoch nicht herumgekommen, bevor man ihn, nach einem ergreifend gestalteten Gottesdienst, auf dem Friedhof in Aichtal beisetzte. Adele hatte Hugo nichts davon gesagt, dass sie diese Grabstätte schon vor Jahren gekauft hatte. Man konnte ja nie wissen, und der Platz an der mit Wildrosen bewachsenen Friedhofsmauer hätte ihm bestimmt gefallen.

In den ersten Tagen nach Hugos Tod konnte man Adele täglich auf dem Friedhof begegnen, in den letzten drei Wochen war sie jedoch offenkundig auffällig geworden, wie der gestrige Bridgeabend mit den Damen Schrecknig und Fröschle bewies.

»Meine Liebe, nun verraten Sie uns doch bitte, weshalb Sie Ihren Hugo schon so lange nicht mehr besucht haben, dort draußen, auf dem Friedhof«, hatte Herlinde Schrecknig geflötet. Normalerweise war es ihr Mann, der den Leuten berufsbedingt auf den Zahn fühlte, doch wenn es um Klatsch und Tratsch ging, stand ihm seine Frau darin nicht nach.

Adele hatte tief Luft geholt. Bevor sie etwas entgegnen konnte, fuhr Marianne Fröschle fort:

»Wissed se, mir henn des säha kenna, dass Sie scho so lang nemme do gwäsa sennd. Erschdens ischs Laub uff dem Grab von Ihrem Hugo ned ronder kehrt gwäsa ond zweitends isch Dodasonndich¹ gwäsa, ond koi Grabgschdeck isch uffs Grab komma. Ja Frau Sandstein, was isch denn mit Ihne los? Dees hot Ihr Hugo doch edd verdient!«

Adele hatte sich schnell gefangen und diese sträfliche Vernachlässigung mit einer schweren fiebrigen Bronchitis entschuldigt, von der sie erst vor Kurzem genesen sei. Tatsächlich war das einzige Fieber, das sie erfasst hatte, das Reisefieber gewesen. Kurz nach Hugos Tod war sie ins Grötzinger Reisebüro gegangen, um sich mit einer Vielzahl an Prospekten einzudecken. Diese hatten sie in ihrer Fantasie durch ganz Europa geführt. Unglaublich, welche Möglichkeiten sich nach Hugos tragischem Tod für sie eröffneten! Doch nun war es an der Zeit, ihrer Pflicht als trauernde Witwe erneut nachzukommen. Zunächst hatte sie in der Bücherscheune bei Julia Klingel einen koffeinfreien Kaffee getrunken und ein frisches Croissant genossen. Dort, in der stets gut besuchten Buchhandlung mit angeschlossenem Café, konnte sie sicher sein, gesehen zu werden. Danach hatte sie sich auf den Weg zum Friedhof gemacht. Nur noch wenige Meter trennten sie von der letzten Ruhestätte des Verblichenen. Doch was war das? Was lag da auf dem Erdhügel? Was war das, mitten auf Hugos Grab?

»Herrjeh, ich brauche doch eine neue Brille«, murmelte Adele und beschleunigte ihre Schritte. Zwei nackte Fußsohlen waren das Erste, was sie wahrnahm. Entsetzt blieb sie stehen. Ein Mädchen, ganz offensichtlich tot, lag würdevoll aufgebahrt auf der feuchten, schweren Erde, die Hugo bedeckte. Ihre langen, schwarz glänzenden Haare umkränzten ihr totenbleiches Gesicht. Die vollen Lippen hatten die Farbe von Blaubeeren angenommen. Das Mädchen trug ein rotes, langes Gewand, das bis zu ihren Füßen reichte. Wohl ein Nachthemd, dachte sich Adele. Die Hände der Toten lagen friedlich gefaltet auf ihrem Bauch, darin hielt sie eine verblühte Rose.

»Wie Schneewittchen«, murmelte Adele. Sie, die junge Mädchen aus verständlichen Gründen wenig schätzte, war berührt vom Anblick dieser Toten. Ein Rabe flog krächzend aus dem nahegelegenen Gebüsch und riss Adele aus ihren Gedanken. Sie musste Pfarrer Michelsen informieren, derartige Tote hatten auf seinem Friedhof nichts verloren.

»Einen Moment bitte«, rief der Pfarrer, dem es gerade noch gelang, die Cognacflasche in seiner historischen Dürer-Bibel im Holzeinband verschwinden zu lassen, als Adele auch schon in seinem Büro stand. Nach Atem ringend berichtete sie von der Toten, die sich das Grab mit Hugo teilte.

»Wir müssen die Polizei verständigen«, sagte der Pfarrer, und sein rechtes Augenlid begann zu zucken. Dies geschah immer dann, wenn er emotional zutiefst betroffen war. Seit ihrer frühesten Zeit als Pfarramtssekretärin wusste Adele, dass ihn dies ärgerte. Offensichtlich hatte er diesen Spiegel seiner Seele noch immer nicht in den Griff bekommen.

»Ja. Auf dem Friedhof in Aich, Grötzinger Straße, bis nachher, Herr Kommissar«, hörte Adele ihn sagen und wunderte sich über den unbekannten Klang in seiner Stimme.

»Wir gehen, und Sie kommen mit!«, herrschte er Adele an. So kannte sie ihn!

»Wohin?«

»Na, wohin wohl? Zurück auf den Friedhof, was denken Sie denn? Schließlich waren Sie es doch, die die Tote gefunden hat!«

Er eilte zu seinem Schreibtisch, griff das Gebetbuch und hastete hinaus. Seine für Adeles Geschmack viel zu langen dunkelbraunen Locken standen ihm wirr vom Kopf.

»Wir nehmen das Auto, der Fußmarsch ist zu lang. Ich will noch ein Gebet für die Tote sprechen, bevor die Polizei kommt.«

Fünf Minuten später trafen Adele und der Pfarrer auf dem nahegelegenen Friedhof ein. Gott sei Dank, die Polizei war noch nicht vor Ort. Auch sonst war weit und breit niemand zu sehen. Unaufhaltsam fiel der Schnee aus grauem Himmel, als der Pfarrer Hugos Grab erreichte. Adele, die ihm so schnell nicht folgen konnte, verlangsamte ihre Schritte und beobachtete ihn aus der Ferne. Zunächst ging er einige Male um die Tote herum, dann blieb er lange reglos stehen. Seine Lippen bebten, als er leise zu beten begann. Er schlug gerade das Kreuz, als laute Stimmen hinter Adele die feierliche Ruhe störten.

»Ja Herrgottsack, bei dem Scheißwetter jagschd doch koin Hond uff d Stroß!«

»Also, Kommissar Häberle, ich bitte Sie, das geht doch nicht!«

»Worom, Karle? Wäga dem Hond? Ha, es isch doch so!«

»Nein, Herr Häberle, nicht wegen dem Hund, wegen dem Herrgottsa..., nein, ich kann es nicht aussprechen. Wir sind auf dem Friedhof, Chef, auf dem Friedhof!«

»Ach so, ja guat, aber wie hoists? Der Herr vergibt älle Sünda, au mei Gschwätz, moinschd edd, Karle?«

»Guda Morga«, grüßte Kommissar Häberle Adele, die wie angewurzelt auf dem Weg stand, und den beiden laut diskutierenden Herren entgegengesehen hatte.

»Kennded mir vielleicht amol vorbei? Dort vorna gibt's nämlich a Leich!«

»Ja natürlich«, stammelte Adele. »Im Übrigen bin ich es, die die Tote gefunden hat. Sandstein, Adele Sandstein.«

»Ah, no kommed Se glei mit, gell. Häberle mein Name, Kommissar Häberle und des isch mein Nachfolger, Kommissar Karl Specht. Wissed Se, eigentlich ben ich scho so guat wie im Ruheschdand, gell, no oi Woch, no ischs rom. Eigentlich häd i edd denkt, dass mir do nomol an Fall drzwischa kommd, sozusaga Häberles letschder Fall, aber der Mensch denkt ond Gott lenkt, gell.«

»Respekt, Chef«, sagte Specht kleinlaut und schritt in angemessenem Abstand hinter Kommissar Häberle und Adele zur Toten unterm Rosenstrauch.

»Saublöd, wirklich saublöd«, schimpfte Rossnagel, der Chef der Spusi.

»Worom«, fragte Häberle und schnippte die Asche von seiner Zigarette. Der Pfarrer und die komische Alte mit ihrem nassen Filzhut hatten inzwischen den Friedhof verlassen. Auch die beiden Jungs von der Nürtinger Kreiszeitung, die noch schnell ein Foto von der unbekannten Toten geschossen hatten, waren inzwischen wieder in die warmen Räume der Redaktion geflüchtet.

»Häberle! Dass ich Ihnen das noch sagen muss auf Ihre alten Tage. Der Pfarrer ist mindestens fünf Mal um die Tote herumgegangen. Die Fußspuren, die er dabei hinterlassen hat, haben alles niedergetrampelt, was vorher dagewesen sein muss.«

»Ach so.«

»Ha ja! Ach so, Sie sind gut. Was meinen Sie denn, wie die Tote auf den Erdhügel gekommen ist? Sie wird sich ja wohl kaum von allein dorthin schlafen gelegt haben. Irgendjemand hat sie dort hingelegt.«

»Des glaub i ned. Des isch a klassischer Selbschdmord aus Liebeskummer.«

»Und ich glaube, unser Schneewittchen wurde umgebracht. Wir werden das Ergebnis der Obduktion abwarten, dann sehen wir weiter.«

»Die kenn ich doch!«, kreischte Herlinde Schrecknig, als sie am nächsten Morgen die Nürtinger Zeitung aufschlug.

»Wer kennt dieses Mädchen? Einen grausigen Fund machte eine Besucherin am gestrigen Vormittag auf dem Friedhof in Aich …«, stand da fett gedruckt im Lokalteil. Darunter befand sich ein Foto der schönen Unbekannten.

»Die kenn ich. Ich muss sofort die Sandstein anrufen!«

»Sandstein.«

»Herlinde Schrecknig am Apparat, guten Morgen liebe Adele.«

Adele schluckte trocken. Ihr schwante nichts Gutes.

»Adele, hast du heute schon die Zeitung gelesen?« Ohne Adeles Antwort abzuwarten, fuhr Herlinde fort. »Also Adele, die Tote, ich glaube, ich kenne sie. Weißt du, ich hatte dir nichts davon gesagt, weil, na ja, wir wissen ja alle, wie Hugo gewesen ist. Jetzt nach seinem Tod muss ich doch keine Rücksicht mehr nehmen, oder? Also, vor ein paar Wochen war ich in der Bibliothek in Grötzingen, und rate mal, wer dort gesessen hat?«

»Du wirst es mir sicher gleich sagen«, antwortete Adele schroff.

»Hugo! Hugo saß da, zusammen mit einem Mädchen. Sie hatten die englische Ausgabe eines Shakespeare-Bands vor sich liegen. Daher habe ich angenommen, dass es wieder einmal eine seiner vielen jungen Nachhilfeschülerinnen ist, denen er ja immer so gerne und so günstig unter die Arme gegriffen hat. Adele, bist du noch dran?«

Adele dämmerte es. Warum war sie nicht längst selbst darauf gekommen? Dieses Mädchen. Auch sie hatte es gesehen. Nur ein einziges Mal. Sie war früher als sonst von ihrem Bridgeabend nach Hause gekommen, da war sie ihr im Treppenhaus begegnet, allerdings trug sie ihre Haare damals blond.

»Herlinde, du irrst dich!«, sagte Adele mit fester Stimme, die keinen Widerspruch zuließ. »Hugo hat schon lange mit seinen Nachhilfestunden abgeschlossen. Gott weiß, wen du da in der Bibliothek gesehen haben willst. Vielleicht hat es sich um eine ehemalige Schülerin gehandelt, er war ja schließlich lange genug Lehrer. Pass auf, was du sagst, es ist schnell ein falscher Verdacht unter die Leute gebracht. Das könnte auch dem guten Ruf der Praxis deines Mannes schaden. Toten soll man ihre Ruhe gönnen. Auf Wiederhören, Herlinde.«

Adele legte auf. Herlinde hatte außer einem empörten Schnauben nichts mehr von sich gegeben.

Nachdem sich Adele einen Melissentee aufgebrüht hatte, setzte sie sich an ihren Küchentisch und begann in den Reiseprospekten zu blättern. Portugal, was für ein schönes Ziel. Doch ihre Gedanken machten sich auf den Weg zu dem toten Mädchen, dessen Gesicht sie vor sich sah und das sie, spät am Abend, mit in einen unruhigen Schlaf nahm.

Die Tage vergingen, doch Adele fand keine Ruhe. Das blonde Mädchen und »Schneewittchen«, war es ein und dieselbe Person? Unruhig ging sie durch die Wohnung. In Gedanken versunken nahm sie schließlich an Hugos Sekretär Platz und stieß sich prompt an dem Schubladenschlüssel. Sie versuchte, ihn herauszuziehen, doch er steckte fest. Stattdessen ging die Schublade auf.

Das Erste, was Adele sah, war ein altes Tintenfass mit vertrocknetem Inhalt. Daneben lagen einige Stabilo-Stifte in Rot aus einer anderen Zeit. Ein paar halb verrostete Büroklammern und eine vergilbte Tesafilm-Rolle rundeten den Schubladen-Nachlass des Herrn Oberstudienrates ab. Irgendwann würde sie diesen Müll entsorgen

müssen! Beim Versuch, die sperrige Schublade zu schließen, rüttelte sie daran. Die Stifte und das Tintenfass kul-
lerten durcheinander. Ein gelber Briefumschlag kam zum
Vorschein. Adeles Herzschlag beschleunigte sich. Sie zog
den Brief hervor und begann zu lesen:

»Lieber Herr Sandstein, ich danke ihnen für alles, wass
sie mir geholfen haben. Sie wiesen, ich habe es im Leben
immer schwer gehabd, und nun soll es noch schlimmer
kommen, ich halte daß nicht aus, ich mus mich ihnen
anvertrauen ...«

Adele las den Brief zu Ende, dann ließ sie die Hände in den Schoß sinken. Was sie gelesen hatte, konnte
nicht wahr sein. Sie las den Brief noch ein weiteres Mal.
Unterzeichnet war er mit Britta Eklund. Eine Schwedin also. Eine blonde Schwedin, das Mädchen aus dem
Treppenhaus, »Schneewittchen« und Pfarrer Michelsen. Der Kreis hatte sich geschlossen. Sie steckte den
Brief in ihre Tasche, zog ihren Mantel an und machte
sich auf den Weg ins Pfarrhaus.

Ohne sein Herein abzuwarten, stürmte Adele ins Pfarr-
büro. Der Pfarrer saß am Schreibtisch und stopfte gerade seine Pfeife, als Adele unaufgefordert Platz nahm.

»Frau Sandstein, ich grüße Sie, nehmen Sie doch
Platz«, sagte er. Die Art und Weise, wie sie ihren Rü-
cken durchdrückte, ließ ihn nichts Gutes ahnen. Pfarrer
Michelsens rechtes Augenlid begann zu zucken.

»Haben Sie schon gehört Frau Sandstein, die Polizei
hat die Ermittlungen eingestellt. Das junge Mädchen
hat wohl Selbstmord begangen. Bei der Obduktion
konnte man Spuren von Blausäure nachweisen. Der
klassische Fall von Selbsttötung aus Liebeskummer,
meinte Kommissar Häberle, der jetzt übrigens endlich
seinen wohlverdienten Ruhestand angetreten hat.«

»Das Mädchen? Herr Pfarrer, das Mädchen hatte einen Namen! Sie hieß Britta. Britta Eklund, und Sie, Herr Pfarrer, Sie wissen das ganz genau!«

»Wo …, woher …?« stammelte der Pfarrer und sprang aus seinem Sessel.

»Woher? Hier! Ich will es Ihnen zeigen.«

Adele zog den Brief aus ihrer Tasche und wedelte dem Pfarrer damit vor der Nase herum.

»Hier drin steht alles, restlos alles. Sie haben sich an dem Mädchen vergangen, sie Schuft!«

»Vergangen? Was heißt hier vergangen? Ich habe sie geliebt.«

»Geliebt? Dass ich nicht lache. Eine schöne Liebe ist das, wenn ein alter Bock wie Sie, dazu noch ein Pfarrer, einem so jungen Mädchen ein Kind macht und es dann auch noch zwingt abzutreiben. Unfassbar. Ist es das, was der Herr gepredigt hat? Warum haben Sie ihr nicht geholfen? Stattdessen haben Sie sie umgebracht!«

»Umgebracht? Wie kommen Sie denn darauf?«

»Das kann ich Ihnen sagen, Herr Pfarrer. Das Mädchen starb an einer Überdosis Blausäure, das haben Sie mir vorhin selbst gesagt. Haben Sie nicht zum Schutz der Rosen gelegentlich einen Pflanzenschutzcocktail gemixt, in dem auch Blausäure enthalten war?«

»So eine Schnapsidee! Woher wollen Sie denn das wissen?«

»Oh, ich weiß noch viel mehr, Herr Pfarrer. Ich war schließlich nicht umsonst jahrzehntelang Pfarramtssekretärin. Apropos Schnaps, Sie können im Übrigen ruhig Ihre Dürer-Bibel aus dem Regal hervorholen, ich weiß, dass Sie die Heilige Schrift daraus entfernt haben und darin einen anderen Geist aufbewahren. Was ist es denn heute? Ein Himbeergeist, eine Williams-Christ-Birne oder gar ein Cognac? Und, noch eine Frage, vergnügen Sie sich noch immer an den Heften mit den jungen, nackten Dingern? Fragen Sie nicht wieder, woher ich das weiß. Ich kenne Ihre Geheimnisse schon lange. Es blieb mir auch nicht verborgen, dass Sie auch sonst ein Genussmensch sind. Dass Sie gerne gut essen und auch gut kochen.«

Adele rang nach Luft. Das Gesicht des Pfarrers wurde fahl. Er ahnte, was nun kam. Mit zittriger Hand griff er in seine Hosentasche und zog ein frisches Stofftaschentuch hervor. Damit wischte er sich die nasse Stirn ab.

Ungerührt fuhr Adele fort: »Waren Sie nicht neulich abends erst dabei, Bratäpfel zuzubereiten? Sie erinnern sich? Ich suchte Sie auf, um mit Ihnen über die Adventsgottesdienste zu sprechen. Bratäpfel, Marzipan, Blausäure! Dämmert es Ihnen, Herr Pfarrer?«

»Was wollen Sie damit andeuten?«

»Das wissen Sie genau. Sie haben das Mädchen, Sie haben Britta vergiftet!«

»Was wissen Sie schon, Sie alte Hexe! Britta war schwanger, ja! Sie wollte das Kind, ja! Und ich wollte es nicht! Wissen Sie denn, was auf das Kind zugekommen wäre? Welches Leben es hätte führen können? Britta war siebzehn, eine Waise, so wie ich. Sie hatte keinen Schulabschluss, nichts. Keine Zukunft. Das Kind sollte nicht dasselbe Schicksal erleiden wie ich, so war es. Wissen Sie, wie es sich anfühlt, wenn man in ein Kloster abgeschoben wird, so wie ich es wurde? Wissen Sie, wie ich leben musste? Als Knabe von fünf Jahren hatte ich in den Nächten Totenwache bei den verstorbenen Nonnen zu halten, aufgebahrt, mit gefalteten, kalten Händen, darin ein karges Holzkreuz, ich mit ihnen allein in der Gruft.«

»Und genauso haben Sie Britta nun aufgebahrt, nur dass Sie ihr eine Rose in die Hände gaben, die letzte Rose dieses Sommers.«

Der Pfarrer schwieg. Dann sagte er mit tonloser Stimme: »Und jetzt, Frau Sandstein, was gedenken Sie zu tun?«

»Ich werde natürlich zur Polizei gehen und eine Aussage machen, was sonst?«

»Gut, dann gehen wir gemeinsam«, sagte Pfarrer Michelsen.

»Wissen Sie, an jenem Nachmittag, als Ihr Hugo aus dem Fenster fiel, war ich bei Britta. Sie wohnte genau gegenüber, unter der jungen Frau, die Ihr verblichener Gatte so gerne mit dem Fernglas beobachtete, wenn Sie, Frau Sandstein, bei ihrem Bridgeabend waren.«

»Was wollen Sie damit sagen?«

Nun war es Adele, die die Gesichtsfarbe verlor.

»Nun ja, ich will damit sagen, dass ich gesehen habe, was an jenem Nachmittag geschah. Ich habe Sie gesehen, liebe Adele, hinter ihrem Hugo. Am Fenster. Unmittelbar bevor er hinausfiel. Ich habe auf die Uhr gesehen, es hat wirklich lange gedauert, bis Sie den Notarzt verständigt haben.«

»Wie wollen Sie mir das beweisen?«, flüsterte Adele heiser.

»Wie wollen Sie mir etwas beweisen?«, antwortete der Pfarrer entschlossen.

Adele stand auf, ging zu Dürers Bibel, öffnete den Holzdeckel und zog eine Flasche Schnaps hervor. Sie schraubte den Deckel ab und nahm einen kräftigen Schluck direkt aus der Flasche.

»Christ!«, stieß sie keuchend hervor. »Williams CHRIST, wenigstens das passt!«

»Lassen wir die Toten ruhen«, meinte der Pfarrer und brachte Adele zur Tür.

Eine Woche später fand sich die Gemeinde wie gewohnt zum Adventsgottesdienst in der Aichtaler Kirche ein. Am Ende des Gottesdienstes sang die Gemeinde:

Ich bete an die Macht der Liebe,
die sich in Jesus offenbart;
Ich geb mich hin dem freien Triebe,
wodurch ich Wurm geliebet ward;
Ich will, anstatt an mich zu denken,
ins Meer der Liebe mich versenken.

Als Adele dem Blick von Pfarrer Michelsen begegnete, zuckte sein rechtes Augenlid.

Epilog:
Am sechsten Januar des Folgejahres nahm sich Pfarrer Michelsen im Rahmen einer Mahlzeit, die aus Bratäpfeln bestand, mit einer tödlichen Dosis Blausäure das Leben. Er hinterließ keinen Abschiedsbrief.

Am 14. Mai des Folgejahres kam Adele Sandstein bei einem Busanfall an der Amalfi-Küste ums Leben.

[1] Totensonntag

Bratäpfel nach Pfarrer Michelsen

50 g Mandelblättchen
4 Äpfel, rotbackig, säuerlich (Elstar, Cox Orange oder
Jonagold)
50 g Butter
3 EL Zucker
1/2 TL Zimt, gemahlen
80 g Marzipanrohmasse
150 ml Orangensaft
1 EL Zitronensaft
1 EL Zucker

Die Mandelblättchen in einer Pfanne ohne Fett gold-
braun anrösten, auf einen Teller geben und abkühlen
lassen. Die Äpfel (jeder etwa 200 Gramm) sehr gründ-
lich waschen und die Deckel abschneiden. Kerngehäuse
aus den Äpfeln großzügig ausstechen. In eine Auflauf-
form (etwa 30 Zentimeter Länge) setzen.
Die Butter, drei Esslöffel Zucker und den Zimt gut ver-
rühren. Abgekühlte Mandelblättchen unterrühren. In
jede Apfelöffnung 20 Gramm Marzipanrohmasse drü-
cken. Die Mandelbutter darauf verteilen.
Den Orangensaft, den Zitronensaft und ein Esslöffel
Zucker aufkochen, über die Äpfel in die Form gießen.
Im heißen Ofen bei 200 Grad (Umluft 180 Grad) in der
Ofenmitte 35 Minuten backen. Nach 25 Minuten den
Äpfeln die Deckel aufsetzen und mitbacken. Schließlich
die Äpfel mit dem Sud aus der Form auf vier Tellern an-
richten und mit je einer Kugel Vanilleeis servieren.

Tanja Roth

Feindliche Übernahme

Pfullingen

Jürgen ahnte ihre Absicht bereits, als er die Haustür aufgeschlossen hatte und in den warmen Flur seines Pfullinger Einfamilienhauses getreten war.

Denn neben dem Schuhabtreter lag ein Schlüpfer. Tine gehörte nicht zu den Frauen, die ihre Schlüpfer im Flur herumliegen ließen. Jürgen lehnte seine Aktentasche gegen die Wand, dann ging er in die Hocke, nahm den Slip zwischen Zeigefinger und Daumen und hielt ihn zur besseren Begutachtung hoch. Es handelte sich nicht um irgendein beliebiges Unterwäscheteil, nein, es handelte es sich um eines aus rotem Samt – genau genommen aus ziemlich wenig rotem Samt. Der Saum, der an dieses Fitzelchen Stoff angenäht war, nahm praktisch die größte Masse ein, er bestand aus einer Art Watte. Ein Weihnachtshöschen, ganz offensichtlich.

Er stellte sich Tines Hintern in diesem Hauch von Nichts vor und seufzte. Sein Blick wanderte zur Treppe. Sorgsam, aber doch wie zufällig, waren die Wäscheteile verteilt. Über dem Geländer hing ein zartgelber Büstenhalter, auf der dritten Stufe ein geblümtes Höschen, auf dem Absatz das transparente ... Jürgen erinnerte sich nicht mehr, wann es zuletzt zum Einsatz gekommen war. Er ging in die Küche und wusch seine Hände.

»Schätz-le ...«, erklang da auch schon Tines lockende Stimme.

Er folgte der Unterwäschespur durchs Obergeschoss, vorbei am Bad und am Arbeitszimmer. Sogar seine Köder, die bereits fürs Weihnachts-Angelwochenende ausgebreitet lagen, hatte sie akkurat und in der ihm wichtigen Ordnung zur Seite gelegt. In Gedanken ging er den Kalender durch. Hochzeitstag war im Mai, Outlook erinnerte ihn immer daran, und Julia besorgte das Geschenk. Praktischerweise feierte Tine zwei Wochen später auch Geburtstag. Aber was hatte er dann vergessen, mitten im Dezember?

»Wo bleibst du de-henn?«, flötete Tine, als er sich schließlich bis zum Schlafzimmer vorgearbeitet hatte. Ein schmaler Slip mit Häschenmotiv baumelte an der Klinke. Jürgen schob die Tür mit dem Ellenbogen auf. Im Bett rekelte sich Tine in einem viel zu eng geschnürten Leibchen, dazu hielt sie eine Champagnerflöte, in der eine einsame Erdbeere trieb. Wo bekam sie die zu dieser Jahreszeit überhaupt her und zu welchem Preis? Er küsste seine Frau auf die Wange und versuchte, ein anerkennendes »Wow« hervorzubringen. Sie zwinkerte und reichte ihm das Glas. Sogar das Bett hatte sie neu bezogen, mit einer geradezu aufdringlich rot-beherzten Decke. Am Rande nahm er wahr, dass Puccinis *Tosca* leise im Hintergrund lief, sie hatte den MP3-Lautsprecher aus der Küche geholt. Für *Tosca*. Er bemühte sich, die Mundwinkel nach oben zu ziehen.

»Setz dich doch zu mir, mein Spätzle«, gurrte Tine und griff nach Jürgens Gürtel, während er sich ihrem Griff möglichst unauffällig zu entziehen versuchte.

»Ich muss noch … ich glaube, mich kratzt's auch im Hals.« Zugegeben, Ausreden waren noch nie sein Ding gewesen – genauso wenig wie die meisterhafte Verführung ihre. »Was gibt es denn zu feiern, mein Schatz?«, fragte er.

»Muss es denn immer einen Grund für Zärtlichkeit geben?« Tine hob die Champagnerflöte und setzte ihren verletzten Blick auf.

Klirrend stießen die Gläser aneinander. Jürgen nuschelte ein Kompliment und nahm mit etwas Sicherheitsabstand neben Tine auf der Matratze Platz, während er in Gedanken nach einer Möglichkeit suchte, der Situation zu entkommen. Schon krabbelten ihre Fingernägel seinen Rücken hoch, und er begann zu schwitzen.

*

»Und dann hat sie ... ich meine, was denkt Tine sich eigentlich? In diesem Teil? So attraktiv ist sie schließlich auch nicht mehr.«

Julias Blick blieb einen Moment zu lang an Jürgens Bauch hängen. So unauffällig wie möglich zog er ihn ein, um das gewünschte Ergebnis zu erzielen: Das Bauchfett zog sich zurück und schob sich in höhere Regionen, was zur Folge hatte, dass seine Brust hervortrat und die Schultern sich strafften.

»Du hast ihr also widerstanden.« Julia schmiegte sich an seine Seite.

»Natürlich, ich habe ja dich, die beste Assistentin der Welt«, hauchte er ihr ins Ohr und hoffte, dass ihr das Zittern in seiner Stimme nicht auffiel. »Ich meine, wir haben schon ewig nicht mehr ... und jetzt kommt sie mir so! Was will sie?«

»Sie liebt dich, Schatz. Wie ich. Und du hast wirklich nicht mit ihr geschlafen?«

»Für wen hältst du mich?« Jürgen tat beleidigt und beschloss, schnell das Thema zu wechseln. »Ich ertrag sie einfach nicht mehr. Das ist zu viel, Tine zuhause, Tine im Büro.«

»Och, Jürgen, nicht schon wieder die alte Leier.«

»Du hast leicht reden, dein Mann ist schließlich immer unterwegs.«

»Trotzdem, für dich würde ich mich sogar scheiden lassen.« Julia drehte ihre Finger durch Jürgens kurze Locken.

»Scheidung? Und dann bekommt Tine die Hälfte meines Vermögens?« Energisch schüttelte er den Kopf.

»Stimmt. Und als Buchhalterin weiß sie viel über die Firma.«

»Du als Assistentin auch.« Jürgen zwinkerte betont lässig. »Was kann's bei einem Automobilzulieferer schon für Auffälligkeiten geben?«

»Dann bliebt eigentlich nur eins …« Julias prüfender Blick ließ ihn frösteln.

»Soll ich sie an der Autobahn aussetzen?«, versuchte er einen ungelenken Witz.

»Du weißt genau, was ich meine. Hat Tine eigentlich eine Lebensversicherung?«

»Ich denke, es kann vielleicht doch alles beim Alten bleiben«, schnappte Jürgen und bemerkte entsetzte, dass er daran dachte, daheim nach dem Vertrag zu suchen.

»Bist du wirklich sicher?« Julia legte den Kopf schief und musterte ihn lange, dann suchten ihre Lippen die seinen, küssten ihn zuerst sanft, dann immer drängender. »Stell dir vor, jeden Tag zusammen, nicht nur im Büro … das wolltest du doch immer. Und ein laaanger gemeinsamer Urlaub. Mit Sex am Strand!«

»Und Gerd?«, keuchte Jürgen, als sie begann, sein Hemd auszuknöpfen.

»Über den reden wir dann.« Damit drehte sich Julia geschickt über die Sofakante weg.

»Bleib doch da.« Er griff nach ihrem Arm und öffnete den Mund, doch ein letzter Rest Vernunft hielt ihn davon ab, ihr von seinem geheimen Zweitkonto zu erzählen. Mit seiner Hilfe wurde aus der Vorstellung des Strandes in Riva del Garda, vor dessen Kulisse sich Julia im Bikini rekelte, einer auf den Seychellen, vielleicht auf einer der *private islands*. »Es muss wie ein Unfall aussehen, sonst zahlt die Lebensversicherung nicht.«

Julia lächelte und ließ sich von ihm zurück aufs Sofa ziehen.

*

Jürgen entschied sich für die *witterungsbeständigen Köder in praktischer Darreichungsform* und bezahlte bar. Viel Auswahl hatte es nicht gegeben; der Verkäufer im Reutlinger Baumarkt meinte, dass die meisten Tiere gegen dieses frei verkäufliche Mittel bereits immun seien, andere Wirkstoffe müsse er über die Apotheke beziehen. Jürgen schüttelte den Kopf. Tine war bestimmt nicht resistent gegen die *Rattenköder-Happen*.

Am Vorabend hatte er noch gezögert, aber nachdem Tine ihn gleich nach dem Aufwachen wieder mit den ach so schlechten Quartalszahlen genervt hatte, wusste Jürgen, dass dies der beste Weg war. Sie als seine Buchhalterin entlassen ging ja schlecht, auch wenn sie alles besser wusste und sich für die fähigere Geschäftsführerin zu halten schien. Er legte die Verpackung auf die Küchentheke. Über sein schlechtes Gewissen half ihm die fies dreinschauende Ratte auf dem Bild hinweg. Was nun? Er schälte die blauen Köder, die an Kaubonbons erinnerten, aus ihrer Verpackung. Gut, dass Tine ihren Steinmörser immer auf der Arbeitsplatte stehen hatte. Er roch nach Knoblauch. Jürgen spülte ihn aus und trocknete ihn gewissenhaft ab, während er hörte, wie das Duschwasser von oben durch das Abflussrohr strömte. Frühestens in einer Viertelstunde würde sie hier unten aufkreuzen. Gemeinsam frühstückten sie schon lange nicht mehr, er, der Frühaufsteher, und sie, die Langschläferin mit der unerträglich schlechten Vor-acht-Uhr-Laune.

Zu Jürgens Erleichterung ließen sich die kleinen Rechtecke problemlos zerstoßen, bis nur noch feines, blaues Pulver übrig blieb. Die Kaffeedose aus dem Schrank geholt und vorsichtig das Gift untergehoben. Seine Zweifel zerstreuten sich schnell, denn der Blaustich fiel im Kaffee viel weniger auf, als es das von ihm ursprünglich gewünschte weiße Pulver vermutlich getan hätte.

Nun musste er sich noch darüber informieren, wie lange es dauern würde, bis das Rattengift seine Wirkung tat, und ob er vielleicht noch einmal nachlegen musste – schließlich war Tine deutlich größer als eine Ratte. Wenn er die Menge hochrechnete … Nun ja, da musste er vielleicht im Internet recherchieren, aber Jürgen schreckte vor den Spuren zurück, die er unweigerlich bei der Suche hinterlassen würde. Hauptsache, es ging schnell, schließlich hasste er Tine ja nicht. Zumindest nicht so sehr, dass er sie unnötig quälen wollte. Legte man darauf bei Ratten eigentlich Wert? Hatte jemand im Tierversuch getestet, ob sie möglichst sanft in den unendlichen Seinszustand geleitet wurden? Ja, so musste es sein. Dem Gift waren wahrscheinlich Beruhigungsmittel und ein Muskelrelaxans beigefügt. Bestimmt. Seine arme Tine. Hätte sie nicht ausziehen und ihren Job in seiner Firma kündigen können, als vor ein paar Jahren, wie sie es formulierte, *die Luft raus* war? Er schob die Packung hinter den Vorhang am Kelleraufgang, die würde er später verräumen. Optimalerweise bekam Tine die Krämpfe erst im Büro, heute wollte sie sich sowieso zurückziehen, um die vorläufigen Jahreszahlen zu übertragen. Jürgen fiel ein, dass er seinen Ordner mit den privaten Transaktionen dringend sichern musste. Nicht auszudenken, wenn sie die Hinweise auf sein privates Konto fand. Doch alles zu seiner Zeit.

Kurz darauf kam Tine in die Küche und gähnte herzhaft. »Was hasch du heute vor, mei Schätzle?« Wie im-

193

mer ging ihr erster Griff zur Schranktür, hinter der die Kaffeedose stand.

Jürgen vergaß einen Moment lang zu atmen, bevor er sich wieder in den Griff bekam. »Ich muss mit den Einkäufern telefonieren, damit wir im Januar gleich losschlagen können. Die Hauptarbeit heute übernimmst ja zum Glück du.« Oder auch nicht mehr.

Tine warf ihm einen ihre Blicke zu, bei denen er sich jedes Mal durchleuchtet fühlte wie ein Schuljunge vor seiner Lehrerin. »Die schlechten Zahlen aus dem letzten Jahr setzen sich fort. Ich hab's dir ja gesagt, stoß das Hauptwerk in Reutlingen nicht ab.«

»Wenn ihr es alle besser könnt, dann übernehmt die Firma halt.« In diesem Punkt stimmte Tine leider mit Julia überein, aber nachdem er die beiden vor der versammelten Belegschaft zurechtgestutzt hatte, schien zumindest seine Assistentin begriffen zu haben. Ganz im Gegensatz zu Tine. Was befähigte die Damen eigentlich, sich in seine Entscheidungen einzumischen? In einer Firma ging es nicht immer nur aufwärts, und wenn der Markt vollends zusammenbrach, hatte zumindest er vorgesorgt. Nun, das Gemotze seiner Frau würde sich bald erledigt haben, und Julia war gescheit genug, ihre Grenzen zu kennen.

Jürgen blätterte den *Reutlinger General-Anzeiger* auf und gab vor zu lesen, während Tine Wasser in die Maschine füllte. Als er merkte, wie stark seine Hände zitterten, legte er das Blatt auf den Tisch zurück.

Tine hielt derweil ihre Nase übers Kaffeepulver und schnupperte. Jetzt kam sie herüber und hielt Jürgen die Dose ins Gesicht. »Da, riech mal. Das stinkt. Ist das Knoblauch? Den Bio-Kaffee kaufen wir nicht mehr.« Damit landete das Pulver im Müll.

Also besorgte Jürgen neuen Kaffee – diesmal kein Bio – und bereitete das Pulver auch nicht mithilfe des

Mörsers vor, sondern mit dem geruchsneutralen, weil aus Edelstahl bestehenden Thermomix.

Die nächsten Tage beobachtete er – nichts. Obwohl Tine jeden Morgen ihren Kaffee trank, während Jürgen sich, vorgeblich des Magens wegen, an Tee hielt, ging es seiner Frau weiterhin erstaunlich gut. Fast meinte er, sie wirke energiegeladener als sonst, aber das musste er sich nun wirklich einbilden. Oder doch nicht? Die vorläufigen Jahreszahlen jedenfalls hatte sie mit noch mehr Elan als sonst seziert. Es wurde Zeit, Stufe zwei einzuleiten.

Also nahm er sich den Samstagnachmittag frei – eine Zeit, in der er sonst gerne in seinem Firmenbüro arbeitete, mit Blick auf die ruhig dahinfließende Echaz und ohne lästiges Telefonklingeln – und widmete sich während Tines Walkingstunde dem Gewächshaus. Diesmal brauchte er etwas Hieb- und Stichfestes. Und so beobachtete Jürgen am nächsten Morgen durchs Fenster, wie seine Frau in den Garten ging, um ihre Ackersalatpflänzchen mit einem feinen Wasserdunst zu benetzen, auf keinen Fall mit der Gießkanne zu ersäufen, nein, diese Pflänzchen brauchten sanfte Hege. Die Glasbausteine des selbst gemauerten Hauses waren nicht mehr die Neuesten, was auch für die Spachtelmasse galt. Jürgen war zuversichtlich; sie hatte schon vor elf Jahren, als sie Haus und Grundstück nebst Gartenhäuschen erworben hatten, bröselig gewirkt.

Einen Augenblick später tat es den erwünschten dumpfen Schlag, und Jürgen meinte zu spüren, wie die Fliesen unter seinen Füßen erzitterten. Zufrieden blickte er über die Sonntagsausgabe des *General-Anzeigers* und blies die drei Kerzen auf dem Adventskranz aus. Konnte er es als gutes Zeichen deuten, dass kein Schrei zu hören gewesen war? Bestimmt hatte es sie gleich richtig erwischt; er wünschte es ihr. Jürgen spürte sein Herz pochen, und so blieb er erst einmal sitzen.

Was hatte sie sich aufgeregt, als er noch im Herbst vorgeschlagen hatte, das Gewächshaus erneuern zu lassen. Sie bräuchte es genau jetzt, und das Ding würde sie noch überleben. Wie recht sie behalten sollte.

Fast war Jürgen versucht, Julia eine SMS zu schicken. Aber was hätte er da hineinschreiben sollen? Lustlos biss er auf das trockene Croissant und las einen langweiligen Artikel über die Umstellung der Stadtverwaltung auf *Fairtrade*-Klopapier, das sogar *recycelt* war.

Sie hatte nicht geschrien. Er musste nachsehen. Andererseits verspürte Jürgen nicht die geringste Lust, Tine unter ihren Glasbausteinen einen finalen Besuch abzustatten. Sollte er gleich den Bestatter rufen? Nein, zuerst musste der Hausarzt benachrichtigt werden. Am besten nicht ihrer, dieser pedantische Jüngling Doktor Sontheim, der noch den winzigsten Leberfleck einer ausgiebigen Prüfung unterzog, sondern sein Arzt, Dr. Haberkorn, ein gutmütiger Mann, stark fehlsichtig und dazu kurz vor der Verrentung stehend.

Doch als Allererstes musste er selbst ihren Leichnam inspizieren, zumindest kurz. Sonst konnte er ja keine Frage beantworten, und das würde ihn verdächtig erscheinen lassen. In diesem Moment spürte er einen Luftzug.

»Häsle, haben wir noch Silikon?«

»Tine!«, kreischte Jürgen und ließ sein Croissant auf den Tisch fallen.

»Alles in Ordnung mit dir?« Tine schaute ihn fragend an, und nichts in ihrem Gesicht oder an der Form ihres Kopfes deutete darauf hin, dass sie eben von etwa zehn jeweils drei Kilo schweren Glasbausteinen getroffen worden war. Nicht mal von einem, im Gegenteil, ihre Wangen leuchteten absolut verletzungsfrei in diesem äußerst gesunden Rotton, der wiederum vom Kaffee stammen musste.

»Jürgen, ist wirklich alles okay?«

»Wie man's nimmt. Was machst du da draußen? Was hat da so gekracht?«

Tine zuckte mit den Schultern. »Du hast es ja im Herbst schon gesagt. Wir müssen das Gartenhaus dringend sanieren. Geh da am besten nicht mehr rein.«

»Wieso?«, stellte er sich so dumm, wie es ihm möglich war.

»Als ich die Tür geöffnet habe, sind mir die Glasbausteine direkt vor die Füße gefallen.«

»Verdammt.«

»Lieb, dass du dich sorgst. Ich habe die Öffnung mit Gartenfolie geklebt, sonst geht mir bei den Temperaturen der Oleander ein.«

*

Jürgen entschloss sich spontan zu einem außerplanmäßigen Arbeitseinsatz in seinem friedlichen, leeren Büro. Als er am Sonntagabend heimkehrte, umschmeichelten würzige Gerüche seine Nase. Er inhalierte den deftigen Bratenduft und vergaß einen Moment lang, dass er sich eigentlich davonstehlen wollte, um sich mit Julia zu treffen, deren Mann schon die Koffer ins Auto geladen hatte, um zu einer dreitägigen Geschäftsreise aufzubrechen. Vielleicht konnte er ja nach dem Braten ... Wenn Tine den *Tatort* guckte, fiel ihr eh nicht auf, dass er verschwunden war und nicht im Keller Köder sortierte und Schnüre erneuerte.

»Was ist denn das für ein Rezept?«, fragte er.

»Schweinebraten mit Honigkruste«, erklärte Tine und öffnete die Röhre, um den Braten erneut mit der goldgelben Masse einzustreichen. »Hab ich von Julia, das Rezept.«

»Von Julia?«, fragte Jürgen staunend. Julia hatte viele Fähigkeiten, aber dass Kochen auch dazugehörte, war ihm noch nicht aufgefallen. Warum bekochte sie ihn eigentlich nicht? Er musste den Missstand später gleich aufklären. Schließlich war sie seine persönliche Assistentin.

Jürgen öffnete die Vitrine, um zwei Bordeauxkelche herauszunehmen. »Auch ein *Grand cru*, Schatz?« Ein Glas würde nicht schaden, und Julia wohnte fußläufig entfernt. Er musste nach dem Essen nur schnell genug davonkommen, nicht, dass Tine den Braten als Vorwand nahm, ihn wieder zu verführen.

Nach dem Mahl, das er selbstverständlich begeistert lobte, zog Jürgen mit düsterer Miene sein Handy aus der Hosentasche, murmelte: »Schon wieder der Server ausgefallen«, packte Schal, Jacke und Schlüssel, schlüpfte in seine Schuhe und zog schnell die Tür hinter sich zu.

Tines trauriger Blick verfolgte ihn, als er durch die dunklen und leeren Straßen der Nachbarschaft zu Julia stapfte. Wehleidig schaute er durch erleuchtete, mit Sternen und Lämpchen dekorierte Fenster, erhaschte den einen oder anderen Blick auf glückliche Paare oder Familien, die im Warmen saßen, während er hier draußen auf der glatten Straße aufpassen musste, dass er sich nicht die Beine oder gar das Genick brach. Wenn er Tine aus dem Weg geräumt hatte, musste er mit Julia über Gerd sprechen. So konnte es nicht ewig weitergehen.

*

Er sah überhaupt nicht gut aus. Jürgen musterte sich in Julias Flurspiegel, durchgefroren und geschüttelt vom

Selbstmitleid, erschrocken über seine bleiche Haut und die dunklen Flecken unter den Augen. Der Stress in der Firma zeigte langsam Wirkung. Morgen beim Jahresend-Meeting stand ihm wieder die leidige Diskussion um die Ausrichtung bevor – als ob auch nur einer von diesen Vertrieblern seine Strategie verstand. Aber Jürgen war es, der die Janus GmbH von seinem Vater übernommen hatte, er hatte die Verantwortung und damit traf auch niemand anders als er die Entscheidungen. Leidend taperte er Julia ins Schlafzimmer hinterher. Natürlich hatte sie ihm wie immer nichts gekocht – nicht, dass er Hunger gehabt hätte, aber trotzdem. Nach kurzem Zögern erzählte er ihr vom Reinfall mit dem Gewächshaus.

»Schade, ich dachte, das wäre bombensicher …« Julia fuhr mit ihren langen Nägeln an seinem Oberkörper entlang, als sie ihm das T-Shirt über den Kopf zog, und begann, seinen Nacken zu massieren. »Hast du schon einen neuen Plan?«

»Morgen will sie früh los, das Strategiemeeting vorbereiten. Wenn ich nachher nach Hause komme, spanne ich meine 0,5-mm-Angelschnur über die Treppe. Wenn sie so schnell nach unten stürmt wie sonst, stolpert sie und bricht sich das Genick.« Unter der wohltuenden Berührung von Julias Fingern fiel es Jürgen immer schwerer, den leidenden Klang in der Stimme beizubehalten.

»Stell unten auf den Steinboden noch die große Glasvase, dann geht bestimmt nichts schief. Die Treppe ist ja schön steil.«

Das klang alles gut und schön. Und trotzdem grummelte sein Magen. Eigentlich war es unmöglich, dass Tine bisher ungeschoren davongekommen war. »Meinst du, sie hat einen siebten Sinn?«

Julia schüttelte den Kopf. »Tine vertraut dir und wäre außerdem weder vom Wesen noch vom Intellekt her in der Lage, deine Gedanken zu lesen.« Sie senkte ihre Stimme und drückte ihn ins Kissen. »Ich allerdings schon.« Jürgen schloss die Augen. Seine Assistentin wusste genau, wie sie seine Sorgen zerstreuen konnte.

*

Als Jürgen sich am nächsten Morgen schlaftrunken die Augen rieb, fragte er sich, warum er Tine nicht gehört hatte. Hatte er verschlafen? Er schaute aus dem Fenster, ihr Auto stand jedenfalls nicht mehr im Hof. War sie noch beleidigt, dass er am Abend so plötzlich verschwunden war? Er konnte sich nicht erinnern, wann sie jemals so früh am Morgen so fit gewesen war. Jürgens Aufbruch wurde leider ebenfalls ungewollt beschleunigt, da über die zweitoberste Treppenstufe ein dünner Faden gespannt war. Im Fallen erinnerte er sich an seine 0,5-mm-Angelschnur, doch dieser winzige Moment fehlte ihm nun, um sich abzufangen.

In der Zeitlupe, die man nur in Extremsituationen bei vollem Bewusstsein miterlebte, prallte Jürgens Körper gegen die unterschiedlichsten Stellen auf den Stufen. Die Vase! Geistesgegenwärtig drehte er sich im Fallen und kickte dorthin, wo er sie vermutete. Mit lautem Klirren zerschellte das schwere Glasgefäß an der Wand. Weil seine Arme den Kopf umklammert hielten, traf Jürgens linke Schulter auf dem Boden auf, genau dort, wo das Ungetüm bis eben noch gestanden hatte. Benommen blieb er liegen. Als er den Schmerz auf ein erträgliches Maß veratmet hatte, tastete er sich ab. Überall stach und pochte es, doch offensichtlich hatte er keinen Bruch davongetragen. Er stöhnte und drehte den Kopf, die handtellergroßen und messerscharfen Scherben lagen ein gutes Stück entfernt. Zum Glück fand sich das Handy in seiner Hosentasche unversehrt

– doch Jürgen zögerte, die Sanitäter zu rufen. Vielleicht sollte er ihnen die Schnur zeigen und behaupten, das wäre Tines Werk gewesen. Würde man ihm glauben, würden die Beamten lachen? Wollte man ihn womöglich in ein Männerhaus stecken? Der Geschäftsführer der Janus GmbH, ein Opfer häuslicher Gewalt. Nein. Außerdem wären seine Pläne damit gestorben. Gestorben, ganz im Gegensatz zu Tine, die sich immer noch vergnügt in diesem Haus und seiner Firma bewegte und die offensichtlich nicht nur gegen Rattengift, sondern auch gegen Glasbausteine und Angelschnüre immun war.

Mit ungutem Gefühl und pochender Schulter trat Jürgen an diesem Morgen deutlich später als sonst durch die Glastür des flachen Pfullinger Firmenbaus hinter der Echaz. Aus den Fertigungshallen drang der übliche Arbeitslärm, der Kamin rauchte. Hin und wieder erzitterte der Boden, wenn die große Metallpresse bedient wurde. Jürgen machte einen weiten Bogen um Tines Tür. Obwohl er sich vorgenommen hatte, sie mit bester Laune und einer Tasse Kaffee zu begrüßen und ihre Reaktion zu testen, brachte er es einfach nicht über sich, ihr jetzt ins Gesicht zu sehen. Stattdessen verabredete er sich gegen seine sonstige Gewohnheit mit Julia zum Mittagessen im Reutlinger Stadtzentrum.

Doch statt ihn zu bemitleiden, als Jürgen ihr mit vollem Mund vom knapp abgewendeten Tod und seinen fürchterlichen Schmerzen erzählte, lachte sie nur. Dass Tine nicht über die Schnur gestolpert war, überraschte Julia hingegen nicht. »So fit wie deine Frau morgens neuerdings ist, nimmt sie bestimmt nur jede zweite Stufe.«

Jürgen war von dieser Theorie nicht überzeugt. Und auch anderweitig nicht zufrieden mit der Entwicklung der Dinge. Seine sonst so scharfsinnige Julia schätzte die Sache komplett falsch ein. Wenn sie langfristig als neue Frau an seiner Seite und in der Unternehmensführung mitarbeiten wollte, konnte sie sich solche Fehler nicht leisten. Nein, er konnte sich solche Fehler nicht leisten. Er nahm ihr die Dessertkarte weg, schließlich belastete ihr Rinderfilet beim Edelitaliener die Firmenkasse schon genug. Nein, ab jetzt würde Jürgen nicht mehr jammern, er musste Tine mit einer todsicheren Methode um die Ecke bringen, und zwar ohne Julia von seinen Plänen zu erzählen.

*

Jürgen schreckte hoch. Wo war er? Er ertastete seine Decke, sein T-Shirt klebte schweißnass am Körper. War er doch eingeschlafen? 1:58 Uhr zeigte der Wecker in giftgrün leuchtenden Zittern. Neben ihm schnarchte Tine. Ruhiges Einatmen ging in ein kurzes Grunzen über, beim Ausatmen pfiff sie wie ein undichter Schlauch. Die Erinnerung kam langsam zurück. Hatte er einen Durst. Den Rest dieses Schweinebratens musste Tine noch einmal nachgewürzt haben, er hatte salziger geschmeckt als am Vortag. Jürgen griff nach dem Wasser, setzte an und trank gierig. Mit einem Mal spürte er den bitteren Geschmack überall. Die Glasflasche fiel aus seiner Hand auf die Fliesen und splitterte, Jürgen griff sich an den Hals und würgte. Durch die Scherben suchten seine Füße den Weg zum Klo, wo er sich die Hand in den Hals steckte und ohne auf den brennenden Schmerz zu achten in die Schüssel erbrach. Sein Hals brannte wie Feuer, wie eine einzige offene Wunde. Dazu dieser unerträgliche Geschmack. Er wankte hinüber zum Waschbecken. Die Scherben in seinen Sohlen kratzten über die Badfliesen. Er schaute nach unten. Rote Schlieren zogen sich über den Boden, Jürgens Füße klebten vom Blut. Tines Schreie drangen an sein Ohr, es klang nach einem Kampf. Doch sein Magen krampfte sich schon wieder zusammen. Er würgte, kotzte, sog frisches Wasser ein, bis hinunter in seinen Bauch brannte es. Der bittere Geschmack mischte sich mit dem von Blut, dazu dieser Gestank nach Erbrochenem.

Das Klingeln an der Tür und die Stimmen nahm er nur am Rande wahr, die Krämpfe beschäftigten so ziemlich alles an ihm.

»Beruhige dich doch!«, schrie eine bekannte Stimme. Julia! Gottseidank.

»Hilf mir!«, krächzte er.

»Jürgen ist verrückt geworden!«, heulte Tine in einer Lautstärke, die überhaupt nicht nötig war. Diese Schmerzen. Er stützte sich ab. Jetzt meldete sich auch noch seine verdammte Schulter.

Wieder klingelte es und zu den hysterischen Frauenstimmen gesellten sich ein Bariton und ein Tenor. Schritte auf der Treppe, doch Jürgen arbeitet sich gerade an einer erneuten Übelkeitswelle ab.

»Er will mich umbringen«, hörte Jürgen Tines aufgelöste Stimme direkt hinter sich und drehte sich, so gut es ging. Er erblickte seine Frau, wie sie sich hinter einem der Beamten versteckte, die Augen weit aufgerissen, als ob sie ihn zu fürchten hätte. Julia hielt sie umklammert. Der andere Polizist schob sich an Tine und seinem Kollegen vorbei. Er hielt eine Walther vor sich und musterte Jürgen wie einen Verbrecher. »Nicht bewegen.«

Als Jürgen die Hand hob, durchzuckte seine linke Seite der Schmerz. »Wie soll ich mich denn beweg...« Erst jetzt fiel ihm auf, wie Tine aussah. Gerade hatte sie noch friedlich geschnarcht, nun zierte ihr Gesicht ein blutunterlaufenes Auge. Dazu hing ein Stück des Gartenseils um ihren Hals, dicke blutrote Striemen kamen unter dem zerrissenen Hemdchen zum Vorschein. Jürgen versuchte sich aufzurichten.

»Keinen Schritt weiter!«, grollte der Bariton, ein breit gebauter Beamter mit dunklem Schnauzbart.

Julia hielt eine Verpackung in die Höhe; durch den Schleier vor seinen Augen erkannte Jürgen das Rattengift. »Er hat versucht, sie zu vergiften!«

»Und ich dachte, die Glasbausteine im Gartenhaus hätten sich zufällig gelöst«, jammerte Tine, als der Schnauzbart Jürgen unsanft drehte und seine Arme auf den Rücken riss.

Er stöhnte auf. Als sich das Schwarz vor seinen Augen langsam auflöste, hatte der zweite Beamte der zitternden Tine eine Decke umgelegt und redete mit beruhigender Stimme auf sie ein. Sie sei in Sicherheit und der Arzt komme ja gleich. Jürgens Magen krampfte und drückte wieder Galle und dieses verdammte bittere Zeug hoch, von dem eigentlich gar nichts mehr in seinem Magen sein konnte. Wenn hier einer einen Arzt brauchte, dann er. »Ich … ich glaube, sie hat mir das Rattengift …«

»Das können Sie den Kollegen vom Protokoll erzählen! Frauen schlagen, pah!« Die Scherben drückten sich tiefer in seine Fußsohlen, als der Beamte ihn rüde Richtung Treppe stieß.

»Er hat eben etwas geschluckt, als ich meine Freundin angerufen habe und wir ihn zur Rede stellen wollten …«, schniefte Tine. »Wahrscheinlich, um von sich abzulenken.«

»Du kommst dann wohl erst mal nicht mehr ins Büro«, rief ihm Julia durch Tines aufgesetztes Schluchzen hinterher. »Mach dir keine Sorgen, um die Firmenleitung und deinen Ordner kümmern wir uns.«

Um seinen Ordner. Woher wusste sie …? Jürgens Knie gaben nach. Er hörte noch, wie der eine Beamte zu seinem Kollegen sagte: »Wenn das wirklich stimmt, kommt der Notarzt unter Umständen zu spät.«

Das Rattengift wirkte ganz offensichtlich doch.

Schweinebraten mit Honig-Thymian-Kruste

Für 4 Personen

1.000 g gepökelter Krustenbraten vom schwäbisch-häl-
lischen Freilandschwein
3 EL Rapsöl
3 Bund Suppengemüse
2 Zwiebeln (à 80 g)
3 EL Tomatenmark
3 EL Mehl
500 ml Malzbier
500 ml Brühe
4 Wacholderbeeren, 8 Pfefferkörner, 3 Lorbeerblätter
4 EL Honig
4 Thymianzweige, Salz, Pfeffer

Mit dem Messer Karos in die Haut des Krustenbratens
schneiden, mit Pfeffer und Salz würzen. Suppengemüse
waschen, grob zerteilen, Zwiebeln vierteln. Honig mit
gereibeltem Thymian verrühren. Krustenbraten auf allen
Seiten in Öl anbraten, herausnehmen. Suppengemüse
und Zwiebeln in die Pfanne geben, anrösten, Tomaten-
mark und Mehl zugeben, andicken lassen und mit Malz-
bier und Brühe aufgießen, kurz köcheln lassen. Lorbeer-
blätter, Pfefferkörner und Wacholderbeeren zugeben.
Das Fleisch im vorgeheizten Backofen zugedeckt bei
180 Grad 60 bis 70 Minuten garen. Den Braten auf
der Oberseite mit der Honigmischung bestreichen und
ohne Deckel etwa zehn Minuten kross werden lassen.
Braten herausnehmen, die Sauce passieren, mit Salz
und Pfeffer abschmecken. Krustenbraten in Scheiben
aufschneiden und mit schlonzigem Kartoffelsalat ser-
vieren.
Vorbereitung: 20 Minuten, Zubereitung: 80 Minuten

Uschi Kurz

Die Gräte oder White wine with the fish

Achalm

Kurz hatte sie sogar überlegt, einen Arzt zu rufen. Zugegeben, nur ganz kurz. Dann hatte sie beschlossen, dem Schicksal nicht ins Handwerk zu pfuschen. Schließlich war es nicht ihre Schuld, dass sich Alfredo so grässlich an der Gräte verschluckt hatte. War es nicht sein ausgesprochener Wunsch gewesen, als Silvestermenü Fisch zu speisen? Wo er doch genau wusste, dass sie viel lieber Raclette gemacht hätte. Nein, Fisch musste es sein, weil der Herr mal wieder auf Diät war und sich *low carb* und eiweißreich ernähren wollte. Ausgerechnet an Silvester!

Wenigstens bei der Vorspeise hatte Sophie sich durchgesetzt: *Tarte surprise* mit herrlich frischem fettem Ziegenkäse. Die echte Überraschung hatte es erst bei der Hauptspeise gegeben. Sie hatte sich für eine schöne Goldbrasse entschieden. Eine Dorade Royale. Und Goldbrassen zählten nun einmal zu den grätenreichsten Fischarten. Aber eben auch zu den schmackhaftesten.

Nun, sie hatte also nicht den Arzt gerufen, als Alfredo sich plötzlich an den Hals griff, die Augen immer weiter aufriss und zu keuchen anfing. Es war alles recht schnell gegangen. Er hatte sie hilfesuchend angeschaut. Nein, geglotzt, denn binnen Kurzem waren seine Augäpfel so weit hervorgetreten, dass sie befürchtet hatte, sie würden platzen. Das war wirklich kein schöner Anblick. Glücklicherweise war er vom Stuhl unter den Tisch gekippt und aus ihrem Gesichtsfeld verschwunden. Aber dann war sein Geröchel immer aufdringlicher geworden. So laut, dass sie beschlossen hatte, das Zimmer zu verlassen.

Draußen vor der Tür hatte sie gewartet, bis in ihrem Salon wieder feiertägliche Ruhe einkehrte. Jetzt war es schon einige Minuten still. Gespenstisch still. Noch hatte sie den Mut nicht aufgebracht, in ihr Wohnzimmer zurückzukehren. Wenn Alfredo sich wider Erwarten doch erholt hätte, wäre er wahrscheinlich nicht besonders gut auf sie zu sprechen. Womöglich stünde er hinter der Tür mit einem Messer in der Hand, um ihr die unterlassene Hilfeleistung aufs Böswilligste heimzuzahlen. Andererseits konnte sie nicht ewig hier stehen. Sie nahm ihren ganzen Mut zusammen und öffnete mit einem Ruck die Flügeltür.

Alfredo hatte seine Position unter dem Tisch nicht verlassen. Er lag an Ort und Stelle, etwas gekrümmter als zuvor und offensichtlich mausetot. Sein Gesicht hatte eine ungesunde bläuliche Farbe angenommen, wodurch die dünnen Äderchen, die seine Nase bevölkerten – Folge eines bisweilen unmäßigen Alkoholgenusses – recht unvorteilhaft zur Geltung kamen. Ohnehin erinnerte nicht mehr viel an den stattlichen jungen Gärtner, den sie vor zwei Jahren eingestellt hatte. Als Rosenkavalier hatte er sich vom Gärtnerhaus auf ihrem großzügigen Anwesen unter der Achalm ins Haupthaus vorgearbeitet, wo er nun schon seit einigen Monaten Tisch und Bett mit ihr teilte. Ein Arrangement, das ihr in den vergangenen Wochen zunehmend missfallen hatte.

Zugegeben. Alfredo hatte auch seine Vorteile. Unbestritten. Er hatte einen grünen Daumen und herrlich zärtliche Hände. Aber damit sie in deren Genuss kam, hatte sie in letzter Zeit immer häufiger kräftig nachhelfen müssen. Zuletzt an Weihnachten, als sie ihm einen schmucken kleinen Sportwagen schenkte. Mit dem Erfolg, dass er noch am Heiligen Abend nicht mit ihr, sondern mit einem blonden Gift auf Probefahrt ging. Angeblich seine Schwester Angela. Haha, für wie blöd hielt der sie eigentlich. Immerhin hatte sie einen Sport-flitzer gewählt, der ihr selbst auch gefiel. Einen BMW Z4. Man gönnt sich ja sonst nichts. Und noch war das Auto auf sie angemeldet. Jetzt könnte er ohnehin nichts mehr mit ihm anfangen, dachte sie mit leichtem Bedau-ern, als sie auf Alfredo hinunterblickte.

Eigentlich müsste sie jetzt endlich den Arzt holen. Aber das ging leider nicht. Selbst wenn der ihr abneh-men würde, dass sie von dem schrecklichen Unfall gar nichts mitbekommen hatte, weil sie gerade zufällig für längere Zeit im Bad war. Doch wenn der Arzt eine Ob-duktion des Toten anordnete, und davon musste sie ausgehen, dann würden sie bestimmt Spuren des Arsens entdecken, das sie Alfredo seit einigen Wochen in ho-möopathischen Dosen unter das Essen gemischt hatte.

Angefangen hatte alles, nachdem sie entdeckt hatte, dass Alfredo heimlich ihre Unterschrift übte. Und sie schon ziemlich gut beherrschte. Diesem Treiben musste sie ein Ende bereiten. Wer weiß, vielleicht war sie ihm auch nur zuvorgekommen. Hatte Alfredo nicht in ih-rem Garten jede Menge giftige Stauden angepflanzt?

Sophie hatte auf ein Mittel zurückgegriffen, mit dem sie sich besser auskannte. Als Mäusebutter war diese Therapie einst bekannt. Sie hatte sich für eine elegante-re Variante entschieden und einfach die Zuckerdose mit einer kräftigen Portion Arsen angereichert. Die hatte sie noch übrig von ihrem verstorbenen Mann. Gott sei sei-ner armen Seele gnädig. Er hatte sie damals verlassen wollen und sie hatte seinen Wunsch prompt erfüllt.

Seit ihr Gatte so urplötzlich an multiplem Organver-sagen verstorben war, trank Sophie ihren Kaffee nur noch schwarz. Da Arsen leicht süßlich schmeckte, war Alfredo nichts aufgefallen.

Ein wenig Arsen zum Frühstück, eine Prise in den Espresso und ein Löffelchen zum Kaffee am Nachmittag. Welch eine Verschwendung angesichts des durchschlagenden Erfolgs, den die kleine Dorade für sich verzeichnen konnte. Und sie saß jetzt mit einem kontaminierten Leichnam da und wusste nicht, wie sie ihn entsorgen sollte.

Nun, zunächst würde sie einmal in aller Ruhe *Dinner for one* anschauen. Ein Ritual, das für sie einfach zur Silvesternacht gehörte. Nicht nur, weil Miss Sophie ihre Namensvetterin war. Alfredo hatte ihre Begeisterung leider nicht geteilt. Wie er überhaupt selten mit der Filmauswahl ihrer Fernsehabende einverstanden war. Noch ein Vorteil: Künftig könnte sie wieder anschauen, was sie wollte.

Mit einem erleichterten Seufzer ließ sie sich in ihren komfortablen Fernsehsessel fallen und brachte ihn per Knopfdruck in eine bequeme Liegeposition. Dann drückte sie die Fernbedienung. Im ersten Programm lief gerade der Abspann von *Dinner for one*, doch als sie sich durch die dritten Programme zappte, fand sie rasch einen Sender, bei dem der Diener gerade die Suppe servierte. Na ja, besser als nichts. Schon nach wenigen Minuten spürte sie, wie die Anspannung von ihr abfiel, und bei der Szene, in der James über das Tigerfell stolperte, lachte sie unbeschwert lauthals los.

Als Miss Sophie »I think, we'll have white wine with the fish«, sagte, fiel Sophies Blick unwillkürlich auf ihren festlich gedeckten Tisch, auf dem immer noch die Kerzen brannten. Und auf die traurigen Reste der Goldbrasse auf den beiden Tellern. Welch eine Verschwendung, dachte sie wieder.

Unterdessen hatte James bereits das Huhn abgetragen und schwungvoll in die Kulisse geworfen. Wegwerfen, dachte Sophie unwillkürlich, wenn das nur so einfach wäre. Ihr fiel das Weihnachtsgedicht von Loriot ein, in dem die Förstersfrau ihren Gatten umbringt und waidgerecht zerlegt. Am Ende gibt sie die in Geschenkpapier gepackten Stücke Knecht Ruprecht als Spende mit.

»The same procedure as every year?«, hörte sie James fragen. Und Miss Sophie antwortete: »The same procedure as every year, James.« Da waren die beiden schon auf der Treppe angelangt.

So ein Ärger, jetzt hatte sie die Hälfte verpasst. Aber nun musste sie sich mit Alfredos sterblichen Überresten beschäftigen, bevor die Leichenstarre eintrat und sie ihn nicht mehr würde bewegen können.

Die Variante mit dem Zerlegen und dem Geschenkpapier kam ja wohl nicht infrage. Sie bräuchte eine bessere Verpackung. Eine, die den ganzen Mann verbarg. Möglichst dauerhaft. Ein Gedanke schoss ihr durch den Kopf, den sie sofort wieder verwarf. Es wäre einfach zu schade um den schönen Flitzer.

Andererseits hatte sie Alfredo das Auto ja geschenkt. Und ein wenig großzügig könnte sie sich schon zeigen, jetzt, da der arme Kerl tot war. Sie hatte auch schon eine Ahnung, wie sie Alfredo mit Hilfe des Wagens loswerden könnte. Aber jetzt musste sie ihn erst einmal in den Kofferraum befördern. Glücklicherweise führte von ihrer Doppelgarage ein direkter Zugang ins Haus. Wenn sie ein Brett auf die kleine Treppe legen würde, könnte sie mit dem Schubkarren bequem hinauf und in die Wohnung fahren. Die Tür, die zur Garage führte, war breit genug. Alfredo hatte das im Herbst einmal so gemacht, als er Holz für den Kaminofen hereingeholt hatte. Ja, praktisch veranlagt war er schon gewesen, das musste man ihm lassen. Wehmütig dachte sie daran, dass sie bei manchen Dingen nun wieder auf sich allein gestellt wäre. Denn so schnell würde sie sich keinen Angestellten mehr ins Haus holen. Dass man davon nur Scherereien bekam, hatte sie ja zur Genüge erfahren.

Bevor sie den Schubkarren holte, musste sie das Auto wenden und rückwärts so dicht wie möglich an die Treppe heranfahren. Mit etwas Glück könnte sie die Leiche dann vom Schubkarren aus mit einem kräftigen Schubs direkt in den Kofferraum befördern. Glücklicherweise hatte der Z4 einen Kofferraum, in dem man problemlos drei Sprudelkisten verstauen konnte, und Alfredo war ja nun wirklich ein recht kleiner Italiener.

Mittlerweile war es fast 22 Uhr. Draußen knallten die ersten Silvesterböller. Sophie schaltete die Überwachungskamera aus – für das, was sie nun vorhatte, brauchte sie keinen Zeugen. Dann holte sie Alfredos Schlüsselbund aus dessen Daunenjacke, die im Flur hing, und zog sich selbst einen warmen Anorak an. Anschließend ging sie hinaus und öffnete mit der Fernbedienung das Rolltor ihrer geräumigen Doppelgarage, in der neben ihrem metallicfarbenen Mercedes-Cabrio der schwarze BMW stand. Die Auffahrt vor der Garage war so groß und breit, dass sie für ihr kleines Manöver gar nicht auf die Straße fahren musste. Sie wollte unter allen Umständen verhindern, dass sie von den Nachbarn bemerkt wurde. Vor allem Hilde, die links von ihrem Haus, ebenfalls alleinstehend, ein noch größeres Anwesen bewohnte, war fürchterlich neugierig. Hildes Mann hatte sie wegen einer Jüngeren verlassen. Das war Sophie ja erspart geblieben, weil sie rechtzeitig vorgesorgt hatte. Sie kicherte. Hilde hatte ihr Schicksal leider nicht selbst in die Hand genommen. Sie war immer noch verbittert über die Trennung und missgönnte Sophie jede Neuanschaffung. Den jungen knackigen Gärtner eingeschlossen. Gut, dass Hilde über Silvester bei ihrer Tochter zu Besuch war. Sie würde noch früh genug feststellen, dass das schöne neue Auto ihrer

Nachbarin und mit ihm Alfredo für immer verschwunden waren.

Wenig später hatte sie den Z4 nach draußen gefahren und umgedreht. Beim Rückwärtsrangieren schlug sie absichtlich ein wenig zu stark ein, sodass der rechte Kotflügel ganz leicht die Mauer touchierte. Ein hässliches Knirschen, und bei dem nagelneuen Wagen handelte es sich um ein Unfallfahrzeug. Nachdem sie das Garagentor wieder geschlossen hatte, begutachtete sie zufrieden den Schaden. Kratzer und Beulen im Blech, und das Glas am Scheinwerfer war zersprungen. Licht und Blinker funktionierten aber noch.

Sie öffnete den Kofferraum des Wagens, dessen Rückfront sich nun direkt auf Höhe ihres Hauseingangs befand. Jetzt kam der schwierigere Teil. Sie legte ein breites Brett auf die Treppe, dann holte sie den Schubkarren aus dem Werkzeugschuppen und bugsierte ihn ohne größere Schwierigkeit in die Wohnung, wo sie ihn erst einmal in der Diele stehen ließ. Ob sie Alfredo, dessen Aussehen sich mittlerweile nicht zum Positiven verändert hatte, in ein Leintuch wickeln sollte? Sie entschied sich dagegen. Derart verschnürt könnte sie ihn noch schlechter hochheben. Stattdessen drehte sie den Leichnam auf den Rücken, bis er einigermaßen gerade zu liegen kam.

Sophie schlug den schweren Orientteppich zur Seite, dann holte sie den Schubkarren ins Wohnzimmer, wobei sie missmutig die dreckigen Spuren registrierte, die das Gefährt auf dem glänzenden Parkett hinterließ. Aber wie hieß es so schön, wo gehobelt wird, da fallen Späne! Sie schob den Karren so nah wie möglich an die Leiche heran, dann kippte sie ihn mit der Ladefläche nach vorn. Nun stellte sich Sophie breitbeinig über Alfredo und fasst ihn fest unter den Achseln. Sie holte tief Luft und versuchte, ihn mit dem Oberkörper auf die

Ladefläche des Schubkarrens zu hieven. Ein schwieriges Unterfangen. Doch nach mehreren Versuchen war es ihr so weit gelungen, dass er mit dem Rücken an der Ladefläche lehnte. Nun umfasste sie die hölzernen Griffe des Schubkarrens und versuchte vorsichtig, ihn in die waagrechte Position zurück zu kippen. Langsam, Zentimeter für Zentimeter, damit Alfredo nicht erneut auf den Boden rutschte. Als sie es fast geschafft hatte, ging ein Ruck durch den Toten und einen Moment dachte sie, alles sei umsonst. Vor Schreck ließ sie die Griffe los, die Stützen krachten aufs Parkett und nun geschah etwas ganz und gar Unheimliches: Alfredo ließ sich mit einem Seufzer, der tief aus seinen Eingeweiden zu kommen schien, in dem Schubkarren nieder.

Obwohl Sophie schon einmal gehört hatte, dass frisch Verstorbene noch Geräusche von sich geben konnten, zitterte sie wie Espenlaub.

Sie brauchte einen doppelten Cognac, um sich etwas zu beruhigen. Dann erst wagte sie wieder einen Blick auf den Karren. Alfredo saß friedlich in dem Gefährt, fast so, als freue er sich auf die Fahrt. Das Bild erinnerte Sophie an ihre eigene Jugend, als sie von ihrem Vater im Schubkarren über den Rasen geschoben worden war. Quietschend vor Glück. Nun, quietschen würde Alfredo hoffentlich nicht mehr.

Sophie stellte ihren leeren Cognacschwenker auf den Tisch.

Sie ging zum Schubkarren, hob ihn sanft an und schob ihn Richtung Flur. Alfredo war schwerer, als sie gedacht hatte. Das Gefährt geriet gefährlich ins Schwanken. Doch schließlich hatte sie ihre Fracht so ausbalanciert, dass sie problemlos geradeaus fahren konnte. An der Tür zur Garage hielt sie kurz inne und richtete den Schubkarren so aus, dass sie ihn nur noch auf das Brett schieben musste. Dann würde er automatisch nach unten auf den geöffneten Kofferraum zu rollen. Aber das war einfacher gesagt als getan. Wieder geriet der Karren ins Schwanken, dann endlich überwand der Gummireifen den Widerstand zwischen der obersten Stufe und dem dicken Brett. Plötzlich ging alles ganz schnell. Der Wagen nahm Fahrt auf und Sophie gelang es gerade noch, ihm im letzten Moment den richtigen Stoß zu geben. Schon hob sich Alfredo aus seinem Transportmittel in die Luft, um sofort danach mit dem Oberkörper im Kofferraum zu landen. Sophie konnte nicht verhindern, dass der Schubkarren mit Schwung auf die Oberschenkel des Gärtners krachte, denn die Beine ragten über den Kofferraum hinaus. Der menschliche Puffer hatte freilich den positiven Effekt, dass der Aufprall abgefedert wurde und der hintere Kotflügel nicht auch noch hässliche Schrammen abbekam.

Sophie atmete tief durch, dann zog sie den Karren zur Seite. Sie beugte sich über den Kofferraum und drehte Alfredos Oberkörper auf die Seite, um ihn so weit wie möglich hineinzuschieben, dann nahm sie ihre ganze Kraft zusammen, packte seine Beine und winkelte sie an. Sodann schob sie die Beine in Richtung Oberkörper. Mit Gewalt drückte sie so lange, bis Alfredo komplett im Kofferraum verschwunden war. Er lag jetzt zusammengekauert wie ein Embryo da. Ein Anblick, der sie rührte, und so wollte sie rasch den Kofferraumdeckel über der Leiche zuschlagen. Was erst beim dritten Versuch gelang, weil seine linke Schulter etwas zu weit nach oben ragte. Mit der Fernbedienung verschloss sie den Kofferraum, dann holte sie aus der immer noch gut bestückten Werkstatt ihres Mannes eine kleine Tube Sekundenkleber, die über eine besonders dünne Spitze verfügte. Sie öffnete die Klebstofftube und führte die Spitze so tief wie möglich in das Schloss des Kofferraums ein. Dann drückte sie vorsichtig eine geringe Menge des Klebstoffes in die Öffnung, wobei sie die Tülle Millimeter um Millimeter zurückzog, bis sie wieder ganz an der Oberfläche war. Ein winziger klarer Tropfen an der Öffnung des Schlosses signalisierte, dass sie ganze Arbeit geleistet hatte. Binnen Sekunden wäre der Kleber ausgehärtet, und dann würde so schnell keiner mehr den Kofferraum öffnen können, zumindest nicht mit dem Autoschlüssel, dachte sie zufrieden.

Eine Kakophonie dumpfer Schläge signalisierte, dass Mitternacht nicht mehr fern war. Zu dumm, heute Nacht würde sie ihr Vorhaben nicht mehr zu Ende bringen können. Sie ließ das Garagentor einen halben Meter nach oben fahren. Sofort strömte kalte Winterluft herein. Draußen herrschten Minusgrade, Alfredo würde also schön frisch bleiben.

Mit der Beseitigung der Leiche allein war es leider nicht getan. Sophie würde in dieser Nacht wahrscheinlich ohnehin nicht schlafen können. Deshalb beschloss sie, unverzüglich an die Arbeit zu gehen. Sie holte einige Abfalltüten aus der Küche und ging in den Garten zum ehemaligen Domizil ihres Gärtners.

Seit Alfredo bei ihr eingezogen war, hatte sie das kleine Häuschen nicht mehr betreten. Alfredo hatte sich aber immer wieder dorthin zurückgezogen, um in Ruhe seine Fachzeitschriften zu studieren. Als sie die Tür aufschloss, verspürte sie ein leichtes Unbehagen – er hatte nie gewollt, dass sie sein kleines Reich, wie er es nannte, betrat. Das Unbehagen schlug rasch in tiefen Zorn um, als sie sah, mit welchen Studien sich Alfredo beschäftigt hatte. An den Wänden des Raumes hingen große Plakate, die ausschließlich Giftpflanzen zeigten: Goldregen, Eisenhut, Fingerhut – alles Pflanzen, die in ihrem Garten wunderbar gediehen.

Auf einem Plakat war ein Wunderbaum abgebildet, *Ricinius communis*, aus dessen Samenschalen Rizin gewonnen werden konnte, ein äußerst giftiges Protein, gegen das es angeblich kein Gegenmittel gab. Das hatte sie erst kürzlich aus einem *Tatort* erfahren und Alfredo sogar noch gefragt, ob das stimme. Grinsend hatte er gemeint, das stimme schon, aber es gebe wesentlich effektivere Mittel, um jemanden um die Ecke zu bringen. Auf seinem Schreibtisch fand sie eine Tabelle, in die er fein säuberlich eingetragen hatte, wie viel von welchem Gift man einem Menschen, der 60 Kilogramm wog, verabreichen musste, um dessen sicheres Ableben zu gewährleisten, Sophie wog 62 Kilo. Sie schäumte vor Wut. Na warte, dachte sie, das wirst du mir büßen! Erst da fiel ihr ein, dass er das bereits tat. Immerhin brauchte sie sich nun keinerlei Gewissensbisse mehr zu machen. Entschieden fing sie an, Alfredos Habseligkeiten zusammenzupacken. Nach zwei Stunden war das Gartenhäuschen jungfräulich leer. Der gesamte Inhalt steckte in sechs Mülltüten, die sie nun nach und nach mit ihrem Hausmüll zu entsorgen gedachte.

Die körperliche Arbeit hatte Sophie so gutgetan, dass sie danach sogar einige Stunden erholsamen Schlaf fand.

Am Neujahrsmorgen kochte sie sich als Erstes einen starken Kaffee, danach suchte sie die Adresse des jungen Mannes heraus, der vor einigen Wochen versucht hatte, bei ihr einzubrechen. Im Nachhinein war sie immer noch verblüfft darüber, wie cool und überlegen sie damals reagiert hatte. Es war an einem Mittwochabend gewesen. Er musste zuvor ihre Gewohnheiten ausspioniert haben. Normalerweise war Alfredo mittwochs im Fitness-Studio, und sie ging jeden Mittwoch zu einer Freundin zum Bridge-Spielen. Doch an diesem Abend war sie zu Hause geblieben, weil sie sich nicht wohlfühlte. Sie hatte das Licht gelöscht und es sich mit einem Tee auf ihrem Fernsehsessel gemütlich gemacht,

um sich aus der Mediathek einen jener herrlich kit-
schigen Filme herauszusuchen, die Alfredo nie mit ihr
anschauen wollte. Sie schwankte zwischen *Harry and
Sally* und *Pretty Woman*. *Brücken am Fluss* konnte sie
leider nicht mehr anschauen, seit sie wusste, dass Clint
Eastwood ein Trump-Unterstützer war.

Sie hatte sich gerade für *Pretty Woman* entschieden, als sie ein Geräusch hörte, das aus ihrer Garage
zu kommen schien. Zunächst hatte sie gedacht, Alfredo sei überraschend zurückgekommen, doch ein Blick
auf ihre Überwachungskamera hatte sie eines Besseren belehrt: In der Garage machte sich ein junger
Mann an ihrem Mercedes zu schaffen. Sie hatte ohne
groß nachzudenken die Schrotflinte ihres verstorbenen
Mannes geschnappt und den Knaben auf frischer Tat
überrascht. Der war so erschrocken gewesen, dass er
sich fast in die Hose gemacht hatte. Sie hatte seinen
Namen notiert und ihn dann laufen lassen, nicht ohne
ihm einzuschärfen, dass, sollte jemals bei ihr oder in der
Nachbarschaft eingebrochen werden, sie mit der Vi-
deoaufzeichnung, die sie nun von ihm hatte, zur Polizei
gehen würde. Dabei hatte sie es freilich nicht bewenden
lassen, denn sie war dem jungen Mann unauffällig ge-
folgt, sodass sie nun genau wusste, wo Pawel Beksinski wohnte. Natürlich hatte sie nicht gedacht, dass sie
diesen Kontakt zur Reutlinger Unterwelt jemals würde
brauchen können. Aber jetzt war es so weit.

Der Knabe war doch so scharf auf ihr Cabrio gewesen und würde bestimmt auch gegen einen Z4 nichts
einzuwenden haben. Einem geschenkten Gaul schaute
man bekanntlich nicht ins Maul respektive in den Kofferraum. Was ja ohnehin nicht ging. Sophie nahm einen
Schluck Kaffee und kicherte zufrieden. Wenn er überhaupt bemerken würde, dass sich der Kofferraum mit
dem Schlüssel nicht öffnen ließ, so würde sie einfach

behaupten, das Schloss sei vereist. Und wenn er wissen wollte, warum sie das Auto unbedingt loshaben wollte, so würde sie ihm den verbeulten Kotflügel zeigen. Ein kleiner Unfall, von dem niemand etwas erfahren durfte, weil dabei leider der Labrador des Nachbarn zu Schaden gekommen war. Sophie war es völlig schnuppe, ob der junge Mann ihr diese Geschichte abnehmen würde oder nicht. Hauptsache, er würde den Wagen irgendwo über die Grenze bringen, und dass er das machen würde, davon war sie felsenfest überzeugt. Schließlich hatte sie die Gier in seinen Augen gesehen.

Wenn dann irgendwo in Polen oder in einem anderen östlichen Land ein Hehler, der gut an der Autoschieberei verdient hatte, den armen blinden Passagier entdecken würde, hätte er sicher etwas Besseres zu tun, als diesen Fund den Behörden zu melden. Sophie machte sich ausgehfein, schnappte sich Schlüssel und Ersatzschlüssel von Alfredos letztem Fortbewegungsmittel und fuhr los.

Zwei Stunden später kam sie zurück. Sie hatte keine große Überredungskunst anwenden müssen, um Beksinski zu überzeugen. Sein Angebot, sie nach Hause zu fahren, hatte sie dankend abgelehnt. Der kleine Spaziergang in der Kälte hatte ihr gutgetan. Ihre Wangen glühten und sie war rundum zufrieden. Als spätes Mittagessen verspeiste Sophie die Reste der Tarte surprise, die auch aufgewärmt wunderbar schmeckte. Danach holte sie sich das schwäbische Tiramisu aus dem Kühlschrank, das Alfredo am Abend zuvor extra für sie zubereitet hatte. Das Rezept hatte er einmal ausprobiert, als sie noch frisch verliebt waren. Schwaben und Italien aufs Köstlichste vereint, hatte er damals gemeint. Nun war es sein Beitrag zum Silvestermenü gewesen. Quasi sein Abschiedsgeschenk. Sophie wischte sich eine Träne der Rührung aus dem Augenwinkel. Gestern hatte sie verständlicherweise kein Verlangen mehr auf einen Nachtisch gehabt. Aber heute langte sie kräftig zu. Auch die Kochkünste des kleinen Italieners würde sie schmerzlich vermissen. Das schwäbische Tiramisu war wie immer ein Traum. Zu schade, dass Alfredo seine Kreation nicht mehr probieren konnte. Andererseits hätte er ohnehin verzichtet, weil es nicht in seinen Low-carb-Ernährungsplan passte.

Zu dem Tiramisu machte sich Sophie einen extra-starken Espresso, den sie ausnahmsweise mit viel Zucker süßte. Mit reinem weißen unschuldigen Zucker. Und weil der Kaffee so wunderbar süß schmeckte, fiel es Sophie gar nicht auf, dass das Tiramisu heute eine Spur bitterer war als sonst.

Schwäbisches Tiramisu mit Wibele

Für 4 Personen

400 g Mascarpone
80 ml Holunderblütensirup
2 Eigelb
3 Eiweiß
40 g Zucker
160 g Wibele (schwäbische Keks-Spezialität)
etwas Kaffee oder Espresso, kalt
2 EL Kakaopulver
Minze, zur Dekoration

Den Mascarpone mit Holunderblütensirup und den Eigelben verrühren. Die Eiweiße mit Zucker steif schlagen und unter die Mascarponecreme ziehen.
Die Wibele kurz in Kaffee oder Espresso einweichen und abwechselnd mit der Mascarponecreme in Gläser schichten, dabei mit Mascarponecreme abschließen.
Das Tiramisu etwa drei Stunden im Kühlschrank durchziehen lassen. Kurz vor dem Servieren mit Kakaopulver bestäuben und mit einigen Minzblättchen garnieren.

PETRA NAUNDORF

Christmas Wonderland mit Hund

Schlat am Albtrauf

Eugen steckte den Stecker in den Steckdoseneinsatz der Kabeltrommel, die er als Verlängerung für den Garten nutzte, und die Weihnachtsillumination erstrahlte in der ersten Dämmerung des Winterabends.

Das Haus war mit zahllosen Lichterketten einge-fasst und vom Giebel rannen hellblaue Lichttropfen die Fassade herab. In den Fenstern prangten weiße Sterne, goldene Engel und rote Weihnachtsmänner, die Bäu-me des Gartens waren über und über mit filigranen Lichtschläuchen behangen. Sechs lebensgroße Ren-tiere, die einen bunten Schlitten mit einem winkenden Santa Claus zogen, bevölkerten den Vorgarten, und im schneebedeckten Rasen steckten zahllose neue LED-Sterne. Es blitzte, blinkte und funkelte auf dem ganzen Grundstück. Selbst der kleine Geräteschuppen in der hintersten Ecke strahlte gülden. Beim Schmücken der vier Meter hohen Blautanne - Eugen hatte extra einen Kranwagen bestellt - war ihm zu Giselas Leidwesen die Spitze abgebrochen. Um dennoch die perfekte Optik zu erhalten, klebte Eugen sie kurzerhand mit einer Rolle Isolierband wieder am Stamm an. Aber in ein paar Wo-chen würde die Spitzenprothese braun und der Makel für alle sichtbar werden. Missbilligend starrte sie auf den verstümmelten Nadelbaum. Sie hatte ihn selbst ge-pflanzt und war sehr stolz auf seinen geraden Wuchs und die dichte Krone gewesen. Mühsam schluckte sie ihren Ärger hinunter. Eugen dagegen ließ seinen Blick stolz über das Lichtermeer schweifen. Er nickte Gisela zufrieden zu. Sie lächelte gequält zurück.

Jedes Jahr installierte Eugen mehr Leuchtkram, und jedes Jahr flog die Sicherung früher raus. Im ersten Jahr hatte sie sich noch nichts dabei gedacht, als es schlagartig dunkel wurde, nachdem sie Spülmaschine, Wäschetrockner und Mikrowelle gleichzeitig in Betrieb genommen hatte. Aber letztes Jahr genügten schon die Mikrowelle und das Elektromesser. Gisela war gespannt, wann es dieses Jahr knallen würde.

Eugen zupfte die Geschirre der Rentiere zurecht, während Brutus, sein Rottweiler, im Schnee stöberte und interessiert an den Figuren schnüffelte. Gisela beobachtete die beiden und eine steile Falte grub sich zwischen ihre Augenbrauen. Dieser Hund - allein schon der Name: *Brutus der III. von Schillingsleben auf der hohen Warte.* Ein Koloss von Hund. 55 Kilo. Damit wog er mehr als ihr fünfzehnjähriges Patenkind! Nach dem Tod ihres kleinen Lumpi hatte sie wieder für einen Rauhaardackel plädiert, aber die Zeiten, in denen sie gegen Eugens Leidenschaft für große Hunde angekommen war, waren längst vorbei. Vom ersten Tag an hatte sie sich vor dem gedrungenen, schwarzen Rüden gefürchtet. Zum Glück war Brutus immer in Eugens Nähe und ließ sie in Ruhe. Doch was machte er jetzt da? Bevor Eugen eingreifen konnte, hob er sein Hinterbein und pinkelte an Santas Schlitten. Ein Knall, sie schrie, und der Hund sprang erschrocken davon. Schimpfend, mit hocherhobener Faust, nahm Eugen die Verfolgung auf.

Gisela blieb zurück und starrte auf die Drahtfiguren, die sich vor dem dämmerigen Winterhimmel wie schwarze Skelette abhoben. Sie fröstelte. So früh hatte sie den ersten Kurzschluss der Weihnachtssaison nicht erwartet.

Eugen war besessen von Weihnachtsglitzer und gab von Jahr zu Jahr mehr Geld dafür aus. Schon im letzten Jahr hatte er ihr gemeinsames Weihnachtsbudget gesprengt und Gisela hatte auf den wunderbaren Trollinger vom Weingut »Gaumenhimmel« zum Gänsebraten verzichten müssen. Seit Jahr und Tag gab es bei ihr an Weihnachten Gans. Am Heiligen Abend Gänsebrust mit Trollinger-Sößle, Apfelrotkraut und Spätzle, und es verstand sich von selbst, dass sie dazu ein Viertele des besagten Spitzen-Trollingers kredenzte. Am ersten Feiertag zauberte sie Gänsekeule mit Spekulatius-Soße und reichte dazu das restliche Rotkraut sowie die Spätzle vom Vorabend, die sie in der Pfanne rösch anbriet. Am zweiten Weihnachtstag pulte sie dann die letzten Fleischfetzen von der Karkasse und verarbeitete sie mit reichlich Sahne zu einem köstlichen Gänseragout, das sie wieder mit frisch gemachten Spätzle servierte. In ihrem Elternhaus hatte es am Heiligen Abend immer nur den obligatorischen Kartoffelsalat und Saitenwürstle gegeben. »Damit d' Muddr nedd d'r ganze Obad in d'r Kich verbrenga muas«, hatte der Vater gesagt und ihrer Mutter zugelächelt. Was aber war mit ihren, Giselas Wünschen? Damals, als kleines Mädchen, hatte sie sich geschworen, jeden Festtag angemessen mit liebevoll gekochten Speisen zu begehen.

Letztes Weihnachten hatte sie wegen Eugens Kaufsucht schon mit einem »Semsagräbbslr«, einem billigen, sauren Wein vom Discounter als Tischwein vorlieb nehmen müssen. Sie hatte einen Löffel Zucker hineingerührt, aber Semsagräbbslr blieb Semsagräbbslr. Und in diesem Jahr sollte nun auch noch die Gans ausfallen und damit die Menüs für alle drei Weihnachtstage! Dabei wusste Eugen, wie gerne sie kochte. Da sie fast keine Freunde hatten, ergaben sich zu ihrem Bedauern nicht viele Gelegenheiten für besondere Gerichte. Und in einem ordentlichen schwäbischen Haushalt war im Alltag kein Platz für so »an Häggmägg«, wie Eugen betonte. So blieben ihr nur die hohen kirchlichen Feiertage Ostern, Pfingsten und eben Weihnachten. Und jetzt machte Eugen alles kaputt! Nicht genug, dass es nun auch bei ihr am Heiligen Abend Kartoffelsalat und Saitenwürstle geben musste, nein, sie würden an den zwei weiteren Festtagen Bauernbrot mit Butter und Schwarzwurst essen müssen. Es war ein Kreuz mit diesem Mann. Sie schniefte.

Ein wenig Genugtuung verschaffte ihr nur der Umstand, dass Eugens Weihnachtsglück ebenfalls getrübt war. Zum ersten Mal leuchtete ihr Haus nicht mehr nachts. Von 22 Uhr abends bis sechs Uhr morgens glomm nur ein einziger, einsamer Stern zartgolden über ihrer Eingangstür. Obwohl doch in der Schwärze der Nacht die Wirkung der Illumination am schönsten gewesen wäre, wie Eugen nicht müde wurde zu lamentieren. Schuld an der nächtlichen Weihnachts-Notbeleuchtung waren ihre Nachbarn von gegenüber. Die Brändles hatten es in letzter Instanz geschafft, dass Eugen die Vollbeleuchtung nachts ausschalten musste.

Sie seufzte. Niemals hätte sie es laut gesagt, denn schließlich war sie mit ihrem Eugen schon fast vierzig Jahre verheiratet und da hielt man zusammen, so war das halt auf dem Land, aber im Stillen dachte sie: »Dem Herrgott sei Dank!« Seit dem Gerichtsurteil kam auch sie in der Adventszeit wieder zu einem erholsamen Nachtschlaf, ohne dass sie aufgrund der bunten Nachtschatten an den Schlafzimmerwänden aufschreckte. Außerdem war ihr das stetige Brummen der Trafos ziemlich auf den Wecker gegangen.

Eugen war in den Baumarkt gefahren, um Ersatz für die verpinkelte Lichterkette zu besorgen. Gisela kontrollierte den Kartoffelsalat und schnupperte in die Schüssel. Es duftete nach herzhafter Brühe, mildem Essig und

Zwiebeln - einfach köstlich. Mit dem Holzlöffel rührte sie den Salat kräftig durch und stellte fest, dass noch Brühe fehlte. Sie hantierte mit dem Stieltopf und drehte die schwarze Elektroplatte an. Das letzte Geheimnis für einen perfekten schwäbischen Kartoffelsalat hatte ihr die Schwiegermutter noch kurz vor ihrem Tod anvertraut: »Du machsch an rechd ordentlicha Grombiere-Salad,« hatte sie auf dem Sterbebett gekrächzt »aber der brauchd noh a glois Schbitzerle Maggi – noh isch'r perfekt.«

Ihr heutiger Kartoffelsalat würde noch perfekter als perfekt sein. Hoch konzentriert tröpfelte sie drei Tropfen Maggi in die heiße Brühe, bevor sie das Gemisch über die gerädelten Kartoffeln goss. Kraftvoll rührte sie ein letztes Mal, bis sie die typischen schmatzenden Geräusche vernahm.

»No also, etzt schwätzt 'r!« Es war ein besonders schlonziger Kartoffelsalat geworden, darauf war sie stolz. Feierlich schob sie eine kleine Portion in den Mund, kaute genüsslich und brummte versonnen ... da fiel ihr Blick auf – Brutus! Er stand etwa eineinhalb Meter vor ihr und starrte sie an. Scharf sog sie Luft ein. Ihr Blutdruck schoss schlagartig in die Höhe, das Herz schlug wild und pochte in ihren Ohren. Hastig schluckte sie den letzten Rest Kartoffelsalat hinunter.

»Eugen?« rief sie. Sie rief leise, weil ihre Angst groß war, Brutus zu verärgern. Noch nie war sie mit dem Kampfhund alleine gewesen. Aber Eugen war im Baumarkt.

»Gang weg!«, flüsterte sie. Aber Brutus ging nicht, vielmehr tappte er auf sie zu, sie hörte das Tacken seiner Krallen auf den Fliesen. Gisela wich zurück. Er, Brutus, das Ungetüm, kam weiter auf sie zu und weiter ... jetzt stand er direkt vor ihr und hechelte zu ihr hoch. Bah, was für ein fieser Mundgeruch! Sie traute sich nicht, den Gestank mit der Hand wegzuwedeln, und versuchte, irgendwie das Würgen zu unterdrücken.

»Gang weg!«, wiederholte sie, immer noch zaghaft, aber doch etwas lauter. Brutus' »Wuff« ließ sie augenblicklich verstummen. Gisela drückte sich flach an die Küchenwand. Wer oder was konnte sie jetzt noch retten?

Ganz ruhig, denk nach, befahl sie sich.

Ihr Blick flatterte durch den Raum und blieb an der geblümten Leckerli-Dose auf der Anrichte hängen. Das war die Lösung! Na ja, jedenfalls war es ihre einzige und vielleicht auch ihre letzte Chance. Langsam, ganz langsam, um Brutus nicht zu reizen, tastete sie sich an der Wand entlang bis zur Arbeitsplatte, dann weiter zur Dose. Brutus Blicke verfolgten sie aufmerksam, seine Augenbrauen zuckten abwechselnd links und rechts auf und nieder. Dass er jetzt kräftig mit dem Schwanz wedelte, beruhigte sie keineswegs. Sie verdrehte den Körper, um nach der Dose zu greifen und gleichzeitig den Hund im Auge zu behalten. Langsam schraubte sie den Deckel ab. In der Dose fand sie etwas, das sich anfühlte wie kleine Plastikteller. Plastiktellerchen mit Löchern drin: getrocknete Schweinenasen. Sie griff tief in die Dose.

Ohne Vorwarnung sprang Brutus an ihr hoch. Seine Vorderpfoten links und rechts neben ihrem Körper, hoch aufgerichtet, sein Oberköper berührte den ihren, drückte er sie gegen die Kante der Arbeitsplatte. Das Maul, sein fauliges Hecheln direkt neben ihrem Kopf ... ihr schlotterten die Knie. Laut schnappte er neben ihrem linken Ohr in die Höhe. Die Arme hochgerissen, die Schweinenasen fest in der Hand, hörte sie sich selbst schreien. Aber Brutus war stärker und vor allem schneller und entriss ihr die Leckerlis mit dem zweiten Happs.

Nachdem er hatte, was er wollte, stieß er sich ab und trottete quer durch die Küche zurück zur Tür. Grunzend ließ er sich im Türrahmen nieder und versperrte ihr so den Fluchtweg in den Flur. Die Beute zwischen den Vorderpfoten abgelegt, zerkaute er schmatzend eine Schweinenase nach der anderen. Für Gisela hatte er keinen Blick mehr. Sie lehnte noch immer schreckensbleich an der Anrichte und bemühte sich, ihren pfeifenden Atem unter Kontrolle zu bringen.

Die Leckerle waren schnell verspeist, und Brutus sah erneut, wie sie fand, erwartungsvoll zu ihr hoch. Sie hatte sich etwas beruhigt und dachte nach. Er hatte sie nicht gebissen, es noch nicht einmal versucht. Seine ganze Aktion hatte ausschließlich den Leckereien gegolten. Ein kurzer Blick auf die Uhr. Sechs. Normalerweise bereitete Eugen immer um halb sechs das Futter, kurz vor dem Abendbrot. Vielleicht hatte der Hund einfach nur Hunger? Sie war inzwischen fast sicher, dass Brutus sie nicht angreifen würde, also ging sie zur Speisekammer – gemessenen Schrittes natürlich, sicher war sicher –, holte den Napf sowie eine große Dose Futter, öffnete sie, rümpfte die Nase, löffelte eine große Portion in den Blechnapf, stellte ihn vor sich auf den Boden und schob ihn mit dem linken Fuß quietschend über die Fliesen in Richtung Brutus. Das Futter stank fürchterlich, fand sie, aber der Hund versenkte sofort seine Schnauze tief im Napf. Sie beobachtete ihn, wie er schmatzend seine Mahlzeit verschlang. Das hier war auch nur ein Hund, dachte sie, wie ihr Lumpi sällamol, also damals. Und, dass er so hieß wie er hieß, dafür konnte er nun wirklich nichts. Brutus - der Vatermörder. Aber das hier war kein Mörder, das hier war nur ein hungriger Hund. Zugegeben, ein sehr großer hungriger Hund. Gleich würde er jedoch ein satter Hund sein und damit noch weniger Grund haben, sie zu beißen. Und irgendwie erinnerte sie sein Schmatzen an das Schmatzen ihres Kartoffelsalats. »Schlonzi!«, schoss es ihr durch den Kopf. Sie freute sich über ihren Einfall, ja, das passte.

Als Schlonzi kurze Zeit später vor der Haustür winselte, nahm sie ihren ganzen Mut zusammen, leinte ihn an und ging mit ihm vor die Tür, damit er sein Geschäft verrichten konnte.

Eugen kehrte erst nach acht zurück. Müde und irgendwie zufrieden setzte er sich wortlos an den Esstisch. »Bisch lang weg gwäh, d' Fleischkiachle send jeddz nadierlich kald«, bruddelte sie, als sie die Schüssel mit den Frikadellen auf den Tisch knallte. Wackelig balancierte sie auch die volle Schüssel Kartoffelsalat ins Esszimmer. Mit besorgtem Blick folgte er ihren Bewegungen, dann brach er sein Schweigen. »Sei bloß vorsichtig! Ned, dass dem Grombiere-Salad ebbes bassierd.« Sie stutzte, starrte ihn ungläubig an, wollte schon etwas Harsches entgegnen. Dann schwieg sie, des lieben Friedens willen. Eugens Ton war neu. Nicht einmal dem Hund gegenüber schlug er diesen Ton an.

In der folgenden Zeit verließ Eugen häufiger das Haus. Meist murmelte er etwas von »Baumarkt« und »no a Birnle fir d' Weihnachtsdeko kaufa«. Manchmal verschwand er auch kommentarlos. Zu Anfang rollte sie mit den Augen, dachte sich aber nichts weiter dabei. Aber irgendwann waren Eugens häufige Ausflüge nicht mehr mit »Birnle-Käufen« zu erklären. Vielmehr vermutete sie inzwischen irgendeine Weihnachtsüberraschung, die er heimlich für sie vorbereitete. Nicht aus Liebe, sie war ja nicht blöd, das war längst vorbei, aber als Kompensation für das versaute Weihnachtsessen. Etwas anderes konnte sie sich nicht vorstellen. Sicher raubte er keine Banken aus, um ihr Finanzloch zu stopfen. Zumindest hatte sie nichts dergleichen in der Zeitung gelesen.

Wenn Eugen verschwand, suchte der Hund immer häufiger Giselas Nähe. Schlonzi entpuppte sich als begeisterter Gassigänger und sie genoss die Spaziergänge mit ihm. Ihre Runden wurden größer und ihre Schritte federnder. Mit Freude bemerkte sie, dass ihr auch das Treppensteigen leichter fiel und sie ihren Gürtel ein Loch enger schnallen konnte. Innerhalb von nur zwei Wochen fühlte sie sich zehn Jahre jünger.

Auch rührte es sie, wenn der Hund nach dem Füttern ihre Hand leckte. Selbst an den fauligen Atem hatte sie sich einigermaßen gewöhnt. Er wich nicht von ihrer Seite - bis der Schlüssel im Schloss rasselte und Eugen zurückkehrte. Zu Giselas großem Bedauern galt Brutus' Loyalität dann wieder vollkommen seinem Herrn.

Während einer TV-Sendung mit Martin Rütter, dem Hundetrainer, die Gisela mit Begeisterung verfolgte, fasste sie den Entschluss, auch mit ihrem Schlonzi einige Kunststückchen einzustudieren. Das korrespondierende Buch sowie je eine Großration Kauknochen, Fleischsticks und Hundekuchen besorgte sie beim Kaufmann im benachbarten Ursenwang. Die Stunde Fußmarsch hin und zurück machte ihr nichts mehr aus. Wobei der Rückweg über die Felder mit dem übervollen Rucksack schon etwas beschwerlich gewesen war.

Schlonzi war ein aufmerksamer, gelehriger Schüler und gehorchte ihr bereits nach wenigen Tagen aufs Wort. Besonderen Gefallen fand er am »Criss-Cross-Training«, einer Art Slalom für Hunde. Beim Kommando »Criss« musste er scharf rechts um ein Hindernis herum abbiegen, bei »Cross« links. Das Ergebnis war ein schneller, schlangenartiger Richtungswechsel-Lauf. Die Übung war anspruchsvoll und machte Schlonzi sichtlich Spaß. Sie übten jeden Tag. Zuerst auf einem Parcours im Garten, den Gisela mit Bambusstöcken abgesteckt hatte, und, als es wieder zu schneien begann, im Hause auf der Treppe zum Obergeschoss. Dort bot sie selbst das Hindernis, um das der Hund herumschlängelte. Natürlich durften die Belohnungen nicht fehlen und Gisela belohnte reichlich. Der bisher so schlanke Rottweiler setzte etwas Fett an.

»Du verwöhnschd des Dier zu arg«, maulte Eugen, als sie am Abend den Hundekorb auf ihre Seite des Ehebettes stellte. »Ond du kümmersch dich ned om dein Hond!«, tadelte sie. »I han halt au amol ebbes zom do«, antwortete er. »Ah ja? Ond was, wenn i froga derf?« »Derfsch ned«, sagte er und schwieg. Geschenkvorbereitungen, konstatierte sie, ganz klar.

Am vierten Advent kehrten Schlonzi und sie von einem wunderbaren langen Spaziergang zurück. Nach einem steilen Aufstieg, den sie inzwischen problemlos bewältigte, waren sie bis zum Wasserberghaus mit seiner zauberhaften Weitsicht über das tief verschneite Filstal gewandert. Jetzt hatte Schlonzi genug vom Laufen und war hungrig. Lustlos trottete er neben ihr her und drängte an jeder Kreuzung in Richtung Heim und Fressnapf. Immer nachdrücklicher zog der Hund in Richtung Haus – da sah sie ihn! Die Entfernung war noch ziemlich groß, aber sie erkannte Eugen unschwer am leicht vorgeneigten Oberkörper, der karierten Schirmmütze und dem grünen Anorak. Er stand vor dem Haus der Anna Hämmerle – die Anna, die erst vor einem halben Jahr ihren Heinz beerdigt hatte – und war ganz offensichtlich zu abgelenkt, um Gisela und den Hund zu bemerken. Auch Anna hatte nur Augen für Eugen. Gisela blieb stehen, um die beiden zu beobachten. Schlonzi schnüffelte neben ihr in gelbem Schnee.

Die Szene sah nach Abschied aus, da ... *ein Kuss*. Gisela hielt unwillkürlich die Luft an und starrte ungläubig auf diesen sehr langen, sehr leidenschaftlichen Kuss, bevor sie mit einem Zischen wieder ausatmete. Wut kochte in ihr hoch. Wie konnte er ihr das antun? Nach fast vierzig Ehejahren! Schlimm genug, dass er sie betrog, aber hier auf offener Straße herumzuknutschen wie ein Backfisch, das schlug dem Fass den Boden aus! Und Anna, das Luder, war noch im Trauerjahr und poussierte schon mit dem Nächsten! Da hatten die Nachbarn ja ordentlich was zu tratschen.

Wie konnte Eugen sie nur so demütigen. Fast wäre sie losgestürmt, um ihn zur Rede zu stellen, besann sich aber anders. Nein, dachte sie, diese Blöße würde sie sich nicht geben. Den Weg zurück bis zu letzten Kreuzung schlich sie mit hängendem Kopf, den Rottweiler dicht an ihrer Seite. Sie nahm einen kleinen Umweg in Kauf, um auf keinen Fall mit Eugen zusammenzutreffen. Er sollte nicht sehen, wie sie weinte.

In dieser Nacht schlief der Hund das erste Mal im Ehebett. Im Gräbele zu Giselas und Eugens Füßen.

»An Hond hat im Bett nix verlora!« protestierte Eugen lautstark und zog seine Beine an.

»Du muasch grad bruddla! Der mog mi wenigschdens«, fauchte sie zurück.

Er widersprach nicht und fügte sich leise murrend.

Als er sich zum obligatorischen Gute-Nacht-Kuss zu Gisela hinüberlehnen wollte, und noch bevor sie ihn abwehren konnte, knurrte der Rottweiler leise.

Am Montagmorgen klingelte das Telefon bereits um acht in der Früh. Sie fasste neben sich, Eugens Seite war leer. Verschlafen schälte sie sich aus der Bettdecke und hastete in den Flur. »I komm ja scho!«, rief sie ins Leere, tappte zum Anschluss und nahm den Hörer mit der altmodisch gedrehten Kordel des grünen Tastentelefons ab.

»Schmälzle«, meldete sie sich.

»Hallo Frau Schmälzle, hier ist Rechtsanwalt Höger aus Göppingen. Entschuldigen Sie die frühe Störung, aber um neun habe ich bereits den ersten Gerichtstermin. Alles etwas gedrängt so kurz vor Weihnachten. Erinnern Sie sich an mich?«

»Ja«, sagte sie und grübelte, was der jetzt von ihr wollte.

»Ist ihr Mann da? Nein? Könnten Sie ihm bitte etwas ausrichten. Ich möchte hiermit den Termin mit unserem Nachlass-Spezialisten bestätigen. Rechtsanwalt May ist tatsächlich zwischen den Jahren da. Passt ihnen der 28. Dezember? Um 14 Uhr? Ihr Mann wollte unbedingt noch vor dem Jahreswechsel einen Termin. Sie kommen doch mit, oder? Besonders, wenn an einem gemeinsamen Testament etwas geändert werden soll, macht das schon Sinn. Und, um was für eine Änderung handelt es sich denn überhaupt? Ich frage nur, damit der Kollege May sich schon einmal vorbereiten kann.«

Mit einem Schlag war sie hellwach und starrte auf den Hörer. Was für eine Änderung? Sie wusste nichts davon, was sollte sie also sagen? Dass sie keine Ahnung hatte, wovon er sprach?

»Ach, das ist aber schön, dass sie anrufen«, log sie und überlegte fieberhaft »Am achtundzwanzigsten um 14 Uhr? Das passt uns prima! Da kommen wir gerne. Sagen sie doch bitte ihrem Kollegen, ... äh ... dass wir unser Patenkind mit in unser Testament aufnehmen wollen.« Was zur Hölle ging hier vor?

Der letzte Tag bis zum Fest floss zäh dahin. Die tief hängenden Lichterketten im Haus und die blinkende

Gartenbeleuchtung schienen sie zu verhöhnen. Zu gerne hätte sie alles abgerissen und kurz und klein getreten, aber sie hatte eine bessere Idee und pfiff nach dem Hund, um zu trainieren.

Morgens um neun am Heiligen Abend hörte Gisela Eugen oben in seinem Arbeitszimmer rumoren, der Hund war bei ihm. Er hantierte wohl mit der Christbaumbeleuchtung. Die deckenhohe Nordmanntanne im Wohnzimmer wartete in ihrem historischen Christbaumständer schon darauf, geschmückt zu werden. Unschlüssig stand sie am Treppenabsatz, hielt sich am Handlauf, blickte nach oben. Sollte sie wirklich? An Weihnachten? Es muss sein, dachte sie, und es muss jetzt sofort sein!

Tief sog sie die Luft in ihre Lungen und kreischte los »Eugen! In d' Küch, in d' Küch, komm schnell, es hott an Kurza gäh! D'r Herd brennt!« Es rumpelte. »I komm!« schallte es von oben. Sie sah Eugen heranhasten, den Rottweiler dicht an seiner Seite. Schon trampelte er die ersten Treppenstufen hinunter, der Hund klebte an seinem Bein. Sie zögerte nur kurz, bevor sie laut »Cross!« rief. Brutus kreuzte augenblicklich den Weg seines Herrn.

Mitten im Lauf trat Eugen mit voller Wucht gegen den massigen Körper des Hundes, der winselnd davonsprang. Erschrocken schrie er auf, strauchelte, griff am Handlauf vorbei, für einen Moment stand er still auf Zehenspitzen an der äußersten Kante der Treppenstufe, dann neigte er sich wie in Zeitlupe nach vorn, ruderte wild mit den Armen, riss dabei die Lichterkette ab, die im Treppenaufgang hing. Gisela erhaschte einen kurzen Blick auf sein entsetztes Gesicht, bevor er kopfüber die Treppe hinabstürzte. Sein Körper polterte hinunter, Stufe um Stufe. Sie kniff die Augen zu und hielt den Atem an. Es schien endlos zu dauern. Dann war es still. Nur das Ticken der Küchenuhr drang in ihr Bewusstsein. Tick-tack, tick-tack, tick-tack. Sie öffnete vorsichtig die Augen und atmete geräuschvoll aus.

Eugen lag am Treppenabsatz, regungslos und seltsam verdreht. Die Lichterkette war um seinen Oberkörper gewickelt. Sie kniete sich neben ihn und fühlte nach dem Puls. Zuerst am Handgelenk, dann am Hals. Nichts.

»Hilfe«, sagte sie leise, und ein klitzekleines Lächeln schlich sich um ihre Mundwinkel. »Hilfe, es ist etwas Schreckliches passiert.«

Sie wandte sich dem Hund zu, der fiepend zwischen ihr und Eugen hin- und her mäanderte, tastete seine Rippen ab, die in Ordnung schienen, und klopfte ihn dann ausgiebig. »Bisch mein Beschdr, Brutus!«, lobte sie.

Erst dann rief sie den Rettungswagen.

Im Garten blühten bereits weiße und rote Tulpen und, im Beet neben der Tanne ohne Spitze, die gelben Osterglocken. Oben im Haus, in Eugens ehemaligem Arbeitszimmer, dekorierte Gisela liebevoll einen üppigen Osterstrauß und rückte ein fliederfarbenes Osterei in den Palmkätzchenzweigen zurecht. Sie trat einen Schritt zurück und betrachtete ihr Werk. Nein. Das war zu viel. Sie pflückte das Plastik-Ei wieder heraus und schwenkte es vor Schlonzis Nase, der sofort versuchte, danach zu schnappen. »Noi, Schlonzerle, des isch meins«, lachte sie und tätschelte liebevoll die Flanke des schwanzwedelnden Hundes.

Ihr Binokel-Abend würde heute hier stattfinden, in dem großen, hellen, frisch renovierten Raum unterm Dach des neu eingerichteten Hauses. Nichts erinnerte mehr an den Mief und die spießige Enge, die noch vor vier Monaten hier geherrscht hatten. Versonnen strich

234

sie sich eine vorwitzige kupferfarbene Locke ihrer neuen Frisur hinters Ohr und zupfte das taubenblaue Taftkleid glatt.

Nach Eugens Tod hatte Gisela das Trauerjahr auf drei Monate verkürzt, denn Schwarz stand ihr überhaupt nicht und was die Anna konnte, konnte sie schon lange. Zügig hatte sie das gesamte Weihnachts-Klimbim und die Märklin-Eisenbahnanlage verkauft, dann Eugens Briefmarken- und die Münzsammlung. Mit dem Erlös hatte sie einen erklecklichen Betrag eingestrichen, der ihr schon vor der Auszahlung der Lebensversicherung die ersten Renovierungsarbeiten im Haus und an sich selbst ermöglichte. Zuallererst hatte sie die Erneuerung des Schlafzimmers in Angriff genommen. Die Wände strahlten jetzt in einem frischen Mint, und der neue Schwebetüren-Kleiderschrank glänzte in weißem Lack. Die ebenfalls weißen Gardinen wallten bis auf den Boden, und der schmutzig-beige Teppichboden war einem pflegeleichten Nussbaumlaminat mit Flokati-Läufern gewichen. Das alte Ehebett hatte sie durch ein schickes Boxspringbett ersetzt, in dem sie und Brutus bequem Platz fanden. Nach der Umgestaltung des Schlafzimmers widmete sie sich ihrer eigenen Renovierung, und nach einer großen Shopping-Tour füllten sich die Kleider- und Schuhschränke zügig mit diversen Designer-Stücken. Die sündhaft teure Strubbelfrisur, die sie sich bei einem Stuttgarter Edel-Coiffeur gegönnt hatte, machte sie zehn Jahre jünger, so fand sie. Das bestätigten auch ihre Freundinnen Heidi und Maria.

Nach der Auszahlung von Eugens Lebensversicherung würde sie noch das alte, moosgrüne Bad aus den 80er-Jahren des letzten Jahrhunderts und die Landhausküche aus Schwiegermutters Jugendzeit ersetzen. Sie freute sich schon sehr darauf, »des alde Glomp« herauszureißen. Etliche Ausgaben der Magazine »Nice At Home«, »Daheim und schön« und »Bad, Dusche, Küche« lagen in ihrem ebenfalls neu gestalteten Wohnzimmer zu ihrer Inspiration bereit.

Das Telefon dudelte den Song »Ich bin frei« von Franziska Wiese, und Gisela angelte nach dem schnurlosen Hörer ihrer nagelneuen Telefonanlage. »Ja, bidde – oh, hallole Maria!«, flötete sie in den Hörer. Das violette Ei am Seidenband, das sie hatte wegräumen wollen, baumelte weiter am Zeigefinger ihrer linken Hand. Sie lauschte »Hm, ja des Broblem hann i au scho khedd beim Gruschdabroda. Hm, hm. Noi, so wird des nix.« Ihr Blick streifte gedankenverloren die rosa lackierten Fußnägel, die aus ihren fellbesetzten Pantöffelchen herausragten. »I hann a prima Lösung fir di«, sagte sie und tippelte in Richtung Treppe. Brutus erhob sich und wich keinen Millimeter von ihrer Seite. Mit der einen Hand presste sie den Hörer fest ans Ohr, mit der anderen gestikulierte sie in großen Kreisen, das Osterei hüpfte am Zeigefinger, während sie die ersten Stufen hinuntertänzelte. »Des isch ganz oifach,« sagte sie. »Du stellschd Tembradur zom Schluss nuff uff zwoihondertzwanzig Grad. Wenn's bollahoiß isch, no übergieschd du d'r Broda mit Eiswirfelwasser – so wird 'r wunderbar *kross*.« Brutus III. von Schillingsleben auf der hohen Warte alias Schlonzi gehorchte sofort.

Wenn es Schwierigkeiten beim Verständnis des Schwäbischen gibt, hilft es, den Satz laut zu sprechen. Falls es dennoch nicht klappt, hier eine hilfreiche Übersetzungsseite: www.schwaebisch-schwaetza.de/schwaebisch_woerterbuch.html#a

Schwäbischer Kartoffelsalat

Ein echter schwäbischer Kartoffelsalat wird nur mit Zwiebeln, warmer Fleischbrühe sowie Essig und Öl angemacht und mit Salz und weißem Pfeffer abgeschmeckt. Das Gerücht mit „dem Drepfle Maggi" hält sich hartnäckig, ist aber wirklich nur ein Gerücht.

1.000 g Kartoffeln, festkochend (Salatkartoffeln)
1 Zwiebel
250 ml Fleischbrühe (Gemüsebrühe geht zur Not auch)
2-4 EL Apfelessig mild, oder 4-5 EL Apfel-Balsamico-Essig (ist milder!)
Salz nach Geschmack
weißer Pfeffer nach Geschmack
2-4 EL Sonnenblumenöl oder anderes neutrales Öl-
Schnittlauch nach Geschmack

Kartoffeln kochen, bis sie gar sind. Die lauwarmen Kartoffeln schälen und in dünne (!) Scheiben schneiden, »rädeln« geht auch mit einem Küchenhobel. Fein gewürfelte und leicht gesalzene Zwiebel dazugeben. Alles mit einem Viertelliter echter Rinderbrühe (ersatzweise mit einem guten Brühwürfel-Sud, auch Gemüsebrühe geht) übergießen. 2-4 EL milden Obst- oder Apfelessig langsam zufügen (Geschmack dabei ständig überprüfen, darf nicht zu sauer werden). Noch kein Öl! Masse vorsichtig unterheben und mindestens eine Stunde ziehen lassen.

Mit Salz, Pfeffer und Öl abschmecken und falls notwendig nachwürzen. Ist die Brühe komplett aufgesogen, weitere Brühe zugeben. Wenn der Geschmack von der Brühe ausreicht, kann man etwas Mineralwasser mit Kohlensäure über den Salat geben, dann wird

er glänzend und schön saftig. Vor dem Servieren mit Schnittlauch-Röllchen garnieren.
Echter schwäbischer Kartoffelsalat muss »schlonzig« sein. Er darf eher »soichnass« als »furzdrogga« sein. Am besten schmeckt der Kartoffelsalat an dem Tag, an dem er zubereitet wurde.

Zu einem schwäbischen Kartoffelsalat passen gut Fleischküchle (Frikadellen) oder Saitenwürstle (Wiener Würstchen). Er taugt aber auch trefflich als Beilage für ein paniertes Schnitzel, einen Braten (gmischda Broda) oder Krustenbraten (Gruschda-Broda). Aber hier müssen einem Schwaben selbstverständlich zusätzlich Spätzle mit Soß' gereicht werden.

Fleischküchle
Für 4 Personen

2 Tafelbrötchen oder 4 Scheiben Toastbrot
1 Zwiebel
500 g gemischtes Hackfleisch
2 Eier
1 TL Senf
1/2 TL Paprika edelsüß
Majoran
Knoblauch nach Geschmack
1 Bund glatte Petersilie
Salz und Pfeffer
Öl zum Braten

Die Brötchen in Wasser einweichen und ausdrücken. Die Zwiebel schälen und in Würfel schneiden. Fleisch, Brötchen, Ei, Zwiebel, Senf, Gewürze und die Petersilie in einer Schüssel zu einem Teig verkneten, daraus gleichmäßige Küchle formen.

Öl in einer Pfanne erhitzen und die Fleischküchle von beiden Seiten in je 5 Minuten braun braten, bis sie schön knusprig sind.

Gänsebraten

1 Gans (5-6 Kilo, bratfertig)
1 TL Salz
1 TL edelsüßes Paprikapulver
3-4 säuerliche Äpfel (z.B. Braeburn oder Cox Orange)
3 Stiele Thymian
3 Stiele Majoran
4 Zweige Beifuß
1 Glas Fond, vom Geflügel oder Gemüse, optional
Holz-Zahnstocher
Küchengarn

Die Gans mit Salz und Paprikapulver außen und innen einreiben. Eventuell vorhandene Innereien und den Hals für später aufheben; sie lassen sich in der Sauce verwenden.

Für die Füllung die Äpfel in Würfel schneiden (nicht zu fein). Die Blättchen von Thymian und Majoran zupfen und Beifuß vom Stiel streichen. Äpfel und Kräuter vermischen und die Gans damit prall füllen. Die Öffnung der Bauchhöhle mit Holzspießchen verschließen und Keulen mit Küchengarn locker zusammenbinden. Damit die Beinchen und Flügelspitzen nicht verbrennen ggf. Alufolie um die Enden wickeln.

Den Backofen auf 180 Grad (Gas 2-3, Ober-Unterhitze, keine Umluft) vorheizen. Die Gans mit der Brustseite nach unten darauf in die Saftpfanne legen, 200 ml Wasser angießen, auf der ersten Schiene von unten 45 Minuten garen.

Die Gans wenden und in drei Stunden bei 180 Grad zu Ende garen, dabei immer wieder mit insgesamt 600 Milliliter leicht (!) gesalzenem Wasser begießen. Nach der Hälfte der Garzeit Bratflüssigkeit und ausgetretenes Fett aus der Saftpfanne abgießen und auffangen, damit die Saftpfanne nicht überläuft. Die Bratflüssigkeit in ein Fetttrenn-Kännchen geben (= Bratenfond für die Sauce; Fett für Gänseschmalz). 15 Minuten vor Ende der Garzeit die Ofentemperatur auf 220 Grad (Gas 3-4) erhöhen, damit die Haut knusprig wird. Droht die Gans zu dunkel zu werden, kann sie mit einer locker aufgelegten Alufolie abgedeckt werden.

Für die Sauce

Hals und Innereien aus der Gans oder 500 g Gänseklein
2 EL Öl zum Braten (z.B. Albaöl)
400 g Suppengemüse (Zwiebel, Möhren, Sellerie, Lauch, evtl. Petersilienwurzel)
1 Apfel (z.B. Braeburn oder Cox Orange)
2 TL Tomatenmark
300 ml Rotwein (z.B. Trollinger)
1 Lorbeerblatt (groß)
5 schwarze Pfefferkörner
4 Wacholderbeeren
1/2 TL Zucker
2 TL Speisestärke (in 1/2 Tasse kaltem (!) Wasser oder Sahne anrühren; oder Saucenbinder)

Suppengemüse und Apfel würfeln. Hals und Innereien mit 2 Esslöffel Öl in einem Topf scharf anbraten, dann das Gemüse und den Apfel dazugeben und etwas anziehen. Tomatenmark zugeben und weiterbraten. Zum Schluss den Zucker einstreuen und kurz karamellisieren. Mit Fond aus dem Fetttrenn-Kännchen ablöschen, dabei das Fett zurücklassen (in Tupper in den Kühlschrank = Gänseschmalz für Rotkohl, Grünkohl, Weißkohl oder, wer es mag, als Brotaufstrich). Wenn es zu wenig Flüssigkeit ist, fertigen Gänse- oder Hühnerfond aus dem Glas zugießen. Wein, Lorbeerblatt, Wacholderbeeren, Pfefferkörner zugeben. Aufkochen, dann bei niederer Temperatur köcheln lassen, bis die Sauce um mindestens ein Drittel reduziert ist. Wer möchte, kann das Gemüse, die Kräuter und die Gewürze entfernen und die Sauce durch ein Sieb geben. Ist aber kein Muss, das Gemüse ist lecker! Zum Schluss salzen, pfeffern und mit kalt angerührter Speisestärke binden.

Die Gans tranchieren mit der Sauce servieren. Dazu passen Spätzle (oder auch Kartoffelknödel) und Apfelrotkraut. Gerne auch mal die Äpfel durch Quitten ersetzen, dann aber einen Teelöffel Quittengelee beigeben, sonst wird es zu sauer.

Spekulatius-Sauce

Spekulatius klein mahlen oder zerkrümeln (im Mörser oder mit einem Fleischklopfer in einer Tüte) und in der Sauce mitkochen. Wird die Bindung zu stark, etwas Wasser oder Geflügelfond zugeben.

Gänseragout aus Resten

2 TL Öl (z.B. Albaöl)
200 ml süße Sahne
1-2 Möhren
1/2 Sellerie
1/2 Stange Lauch
1 Zwiebel
1/2 Glas Geflügel- oder Gemüsefond (optional)

Gemüse klein würfeln, Fleischreste von der Karkasse pulen. Gemüse in einem größeren Topf in Öl anbraten. Sahne und Saucenrest zugießen. Fleisch zugeben. Etwa fünf Minuten köcheln, nach Geschmack mit Salz und Pfeffer nachwürzen.

Ursula Schmid-Spreer

Die goldene Kugel

Reutlingen

Der Mann saß still in der Ecke. Die Kneipe in der Wilhelmstraße war gemütlich. Unaufdringlich geschmückt mit adventlichem Dekor. Rote Kerzen in Glasvasen verbreiteten anheimelndes Licht. Tannenzweige mit roten Bändern dekoriert lagen auf den Tischen.

Vor dem Mann stand ein Glas Bier. Er nippte von Zeit zu Zeit daran. Verloren wirkte er in all der lärmenden Menge, Chefs, die zu Weihnachtsfeiern eingeladen hatten.

Der Mann strahlte etwas Unnahbares aus.

Christiane sah ihn und fühlte sich sonderbar zu ihm hingezogen. Entfernt erinnerte sie der Mann an einen früheren Freund. Die Beziehung war gescheitert, weil er so unnahbar gewesen war.

Sie hatte schon mehrmals überlegt, ob sie ihn ansprechen sollte, aber sie traute sich nicht. Seit zwei Monaten ging das nun schon so. Jeden Freitag saß der Mann in seiner Ecke, trank genau ein Bier und stierte vor sich hin.

Christiane kam jeden Freitag in die Kneipe, um sich mit ihrer Mädelsrunde zu treffen. Das Kleeblatt, so nannten sie sich schon seit der Schulzeit. Jede war ihren eigenen Weg gegangen. Obwohl mittlerweile schon dreißig, trafen sie sich beständig. Immer freitags. Immer aßen sie dasselbe. Rote Wurst und schwäbischen Kartoffelsalat. Christiane mochte die gebrühte Bratwurst, aber noch lieber aß sie Kartoffelsalat. Ihr selbst wollte er nie so recht gelingen.

»Du bist unaufmerksam, meine Liebe. Was bewegt dich?«, fragte Julia, die neben ihr saß.

»Hast du Sorgen?«, mischte sich eine andere, Sarah, ins Gespräch.

»Oder hast du Ärger mit deinem Chef?«, fügte Lisa hinzu.

»Nein, nein, ich wundere mich nur über den Mann da hinten. Ich habe ihn genau im Blick. Er sitzt immer allein da, starrt in sein Bierglas, sagt kein Wort. Das habe ich schon seit Wochen beobachtet.«

»Lass ihn doch, mein Typ ist er nicht!«

»Meiner auch nicht. Wenn er so seine Zeit verbringen will …!«

Heute war etwas anders. Christiane brauchte eine Weile, bis sie erkannte, was es war. Der Mann trug ein T-Shirt, kein langärmeliges Hemd wie die letzten Male. Unter dem Ärmel lugte deutlich eine Tätowierung hervor.

»Nur langweilige Weihnachtsfeiern sind heute. Oh Gott, jetzt ertönt auch noch *Jingle Bells*«, sagte Julia. Sie schaute genervt ihre Freundinnen an.

»Und jetzt ziehen sie sich Weihnachtsmützen auf.« Sarah lachte amüsiert.

»Kein interessanter Mann weit und breit. Wo gehen die alle hin?« Lisa zog eine Schnute und trommelte mit den Fingerspitzen auf die Tischplatte.

»Ins Roxy. Die neue Disko in Reutlingen! Sie wird doch heute eröffnet. Wollen wir abtanzen?«, fragte Julia ihre Freundinnen.

Sie bejahten, nur Christiane schüttelte den Kopf.

»Ich bin nicht in Tanzlaune, macht euch allein auf den Weg. Ich trinke noch aus und gehe dann nach Hause. Viel Spaß, Mädels.«

So kam es, dass Christiane allein am Tisch saß und ihr Glas fest umklammerte. Sie schaute hoch, direkt in die Augen des Mannes. Er musterte sie. Sie erschrak leicht und senkte verlegen den Blick. Als sie die Augen wieder hob, sah sie der Mann immer noch an. Langsam stand sie auf, ihre Beine bewegten sich wie von selbst.

Erstaunt hörte sie sich sagen: »Darf ich mich zu Ihnen setzen? Oder störe ich?«

Sie brachte ein schräges Lächeln zustande. Gewappnet war sie, eine schroffe Abfuhr zu erhalten. Der Mann zeigte mit der Hand auf den Stuhl neben sich und sagte knapp: »Bitte!«

Gleichzeitig begannen sie zu sprechen.

»Sind Sie öfter …?«

»Zuerst Sie!«

»Nein, erst Sie!«

Dann schwiegen sie wieder. Christiane spürte förmlich, wie die Zeit verrann. Sie nahm ihren ganzen Mut zusammen, hob ihr Glas und meinte: »Prost. Ich weiß auch nicht, warum ich mich zu Ihnen an den Tisch gesetzt habe.«

»Weil ich so schweigsam bin, immer hier sitze, Kartoffelsalat esse, ein Bier trinke und vor mich hinschaue?«

»Sie vermitteln mir das Gefühl, dass Sie alle Zeit der Welt haben. Von Ihnen geht so etwas Ruhiges, Gemütliches aus.« Christiane stellte ihr Glas vorsichtig auf dem Bierdeckel ab.

»Das täuscht, ich bin ein sehr aufbrausender Mensch. Ich zwinge mich praktisch zur Ruhe. Übrigens, ich heiße Christian.«

»Angenehm, meine Mutter hat mir den Namen Christiane gegeben, nachdem sie wohl insgeheim gehofft hatte, dass sie den Buchstaben e doch nicht an den Namen hängen muss.«

»Haben Sie darunter leiden müssen, dass sie ein Mädchen geworden sind?«, machte Christian Konversation.

»Nein! Ich trug bis zur Einschulung einen Bubikopf, spielte am liebsten Fußball, fand Puppen doof, und in meinem Kleiderschrank hingen nur Hosen. Das änderte sich, als ich in der Schule Freundinnen hatte. Zöpfe, Kleider und albernes Gekicher.« Christiane schmunzelte. Sie wusste selbst nicht, warum sie diesem fremden Mann all dies erzählte. Sicher hätte ihr Vater auch gerne einen Jungen gehabt, welcher Mann will das nicht, aber er hatte sie schon Mädchen sein lassen. Sie war das einzige Kind geblieben.

»Sie sind mutig, Christiane«, meinte Christian und nahm einen Schluck von seinem Bier.

»Weil ich Sie angesprochen und mich zu Ihnen gesetzt habe?«

»Nun ja, ich könnte ein Verbrecher sein!«

»Und, sind Sie einer?«

»Ja!«, war die knappe Antwort.

Christiane schwieg, wusste mit diesem kleinen Wort nichts anzufangen. Am liebsten hätte sie albern gelacht, aber sie verkniff es sich.

»Habe ich Sie geschockt?«

Als Christiane immer noch schwieg, seufzte der Mann und murmelte fast zu sich selbst.

»Ich wollte ehrlich sein, denn ich war nicht immer ehrlich in meinem Leben. Bei Ihnen hatte ich das Gefühl, dass Sie mich verstehen würden.«

Christiane zeigte auf den Oberarm und sagte in leichtem Ton, gerade so, als wenn er nie dieses Geständnis gemacht hätte: »Die Tätowierungen, was bedeuten die?«

»Wollen Sie das wirklich wissen?«

»Sonst hätte ich nicht gefragt!«

»Haben Sie Zeit? Es ist nämlich eine längere Geschichte. Und wenn Sie gleich weg müssen oder wollen, möchte ich sie nicht erzählen.«

Christians Augen faszinierten Christiane. Sie fuhr sich mit den Fingern durch ihr halblanges Haar und spielte mit einer Locke. Später würde sie sich immer wieder an diese Augen erinnern. Nicht nur an die Farbe, sondern auch an den Ausdruck, der in ihnen erschien. Sie nickte. Christian zog den Ärmel des T-Shirts hoch und zeigte drei unterschiedlich eintätowierte Punkte.

»Gefallen Sie Ihnen?«

»Ich kann damit nichts anfangen. Gut, es sind Punkte. Es hat sicher eine Bedeutung.«

Christian blickte auf seine Finger. Dann öffnete er den Verschluss seiner Uhr und legte sie auf dem Tisch ab. Es war eine altmodische Uhr, man hörte das leise Ticken des Sekundenzeigers. Christian begann langsam zu sprechen.

»Ich war schon immer ein ungeduldiger Mensch. Wenn nicht alles gleich nach meinem Willen ging, dann habe ich zugehauen. Ängstigen Sie sich nicht, ich habe mich verändert.« Er lächelte, als er in Christianes erschrecktes Gesicht sah.

»Ich bin keiner Schlägerei aus dem Weg gegangen. Bei mir zählte nur das Recht des Stärkeren. Das können Sie sich gar nicht vorstellen, wenn Sie mich so ansehen, nicht wahr?«

Christiane nickte. Die weihnachtliche Musik klang überlaut in ihren Ohren. Christian wirkte wie der Angestellte in einem Büro, durchschnittlich, mit eher schlanker Figur; er war sehr blass. Ein Schläger sollte doch Muskeln haben.

Als hätte er Christianes Gedanken erraten, grinste er und meinte: »Ich hatte früher mal solche Muskeln.«

Dabei deutete er auf seine Oberarme, winkelte die Arme an, sodass sein Bizeps leicht hervortrat.

»Ich war der Anführer einer Gang. Wirklich, so etwas gibt es hier im braven Reutlingen. Die anständigen

Bürger bekommen davon natürlich nichts mit. Glauben Sie mir, wir sind durch die Stadt gezogen und haben nicht nur andere Gangs verprügelt, wenn uns etwas nicht gepasst hat. Dort, wo einst das Kesselhaus der *Maschinenfabrik zum Bruderhaus* stand, haben wir uns rumgetrieben.«

»Das kenne ich«, sagte Christiane. »Seit Sommer 2016 dampft und sprüht es wieder. Das Wasserspiel vor dem Krankenhäusle gefällt mir immer besonders. Es ist so stimmungsvoll mit den beleuchteten Fontänen.«

Christian nickte, ein kleines Lächeln umspielte seine Lippen.

»Wissen Sie, wenn ich mich provoziert fühlte – und das konnte auch nur ein schräger Blick sein – dann habe ich zugeschlagen. Ich war der Rebell, wollte mit dem Kopf durch die Wand. Einmal hatte ich sogar die Hand gegen meine Mutter erhoben. Ich hatte so viel Wut in mir, die musste ja irgendwo raus.«

»Und jetzt haben Sie keine Wut mehr?«, fragte Christiane neugierig.

»Nein, jetzt ist diese Wut weg. Jetzt tut mir nur noch alles leid, sehr leid. Aber man kann nichts ungeschehen machen.«

Christian schwieg eine ganze Weile und Christiane getraute sich nicht, etwas zu sagen. Sie saß nur da und sah auf das Zifferblatt von Christians Uhr, wie sich der Sekundenzeiger weiterbewegte.

»Es kam natürlich das, was unweigerlich kommen musste«, fuhr Christian fort. »Ich habe meinen Lehrmeister gefunden. Wie ich später erfuhr, war es kein fairer Kampf gewesen. Mein Kontrahent hatte einen Stein in der Hand, der mich sehr unglücklich am Kopf traf, als er zuschlug. Dunkel wurde es um mich. Jetzt kann ich Ihnen die Geschichte nur so weiter erzählen, wie sie mir erzählt worden ist.«

Christiane nickte. Sie hörte ihm gerne zu. Seine Stimme war angenehm.

»Ich lag im Koma. Meine Mutter, mit der ich mich nie richtig verstanden hatte, saß Tag und Nacht an meinem Bett. Meine sogenannten Freunde kamen kein einziges Mal. Aus dem Auge, aus dem Sinn. Jetzt verstehe ich das Sprichwort erst richtig. Meine Mutter hat mich nie aufgegeben und immer zu mir gehalten, obwohl ich ihr sehr weh getan habe. Sie hat mir jeden Tag vorgelesen, immer dieselbe Geschichte. Eine Geschichte, die von Selbstvertrauen und Hoffnung erzählt. Und davon, dass jeder Mensch für sich selbst verantwortlich ist. Jeder bekommt bei der Geburt zwei Schüsseln mit. Immer, wenn wir etwas Gutes tun, kommt eine goldene Kugel in eine, und wenn wir etwas Böses tun, eine schwarze in die andere. Diese Geschichte hat sie mir immer wieder und immer wieder erzählt. Und eines Tages bin ich aufgewacht aus der tiefen Bewusstlosigkeit. Ich bildete mir ein, folgenden Satz gehört zu haben: Deine Uhr ist noch nicht abgelaufen, jetzt wird es Zeit, dass du wieder zurückkommst. Meine körperlichen Wunden waren während des wochenlangen Komas verheilt. Bei der Schlägerei hatte ich ganz schön was abbekommen.«

Christian schwieg jetzt wieder, und Christiane fragte zaghaft: »Und das Tattoo?«

»Das ist die Geschichte, die mir meine Mutter, während ich im Koma lag, erzählt hat. Aber die ganze Story passt nicht auf meinen Arm drauf. Die Punkte sind Braille-Kurzschrift. Wissen Sie, was das ist?«

»Blindenschrift?«, antwortete Christiane.

»Richtig! Blindenschrift. Auch hier gibt es Steno und in diesen paar Punkten ist die ganze Botschaft enthalten.«

»Und der Tannenzweig?«, fragte Christiane.

»Den habe ich stechen lassen, weil es in der Advents-zeit passiert ist. Ich berühre meinen Arm immer wieder und befühle die Punkte.«

»Das ist mir schon aufgefallen«, murmelte Christiane und ihre Augen lächelten.

»Sie sehen, dass die Punkte verschiedene Stellungen haben. Greifen Sie ruhig mal drauf. Der Punkt hier ist etwas erhöht und der ist ganz flach.«

Christiane griff zaghaft auf seinen Oberarm. Sie wollte es sich nicht eingestehen, aber die Geschichte dieses Mannes hatte sie berührt. Sie stützte sich auf den Ellbogen ab, sah ihm direkt in die Augen: »Ja, ich habe es gefühlt.«

»Ich danke Ihnen, dass Sie mir zugehört haben. Nun werde ich mir eine goldene Kugel verdienen und zur Polizei gehen.«

»Warum?«, fragte Christiane achselzuckend. Wie selbstverständlich lag ihre Hand auf der seinen. Christi-an zog sie abrupt zurück.

»Ich habe einen Menschen umgebracht und jetzt werde ich mich stellen.«

Christiane schlug sich mit der Hand auf den Mund.

»Was?«

»Der Weg zurück ins Leben war nicht ganz einfach. Nach und nach hat mein Gehirn alle Neuigkeiten auf-genommen und auch begriffen, was damals passiert ist. Die Schlägerei, meine Freundin ist damals umgekom-men. Und ich kannte nur einen Gedanken: Rache. Ich habe den Typen, der mich ins Koma geprügelt und den Tod meiner Freundin zu verantworten hat, erschossen.«

Christian schwieg nun erschöpft, nur der Sekunden-zeiger der Uhr tickte stetig weiter. Christiane hörte das Ticken der Armbanduhr überlaut.

»Ich danke Ihnen noch einmal, dass Sie mir zuge-hört haben. Seit zwei Monaten komme ich jeden Freitag hierher. Ich beobachte Leute und ich habe auch Sie beobachtet. Von Ihnen geht eine Herzlichkeit aus und ein Verständnis. Aura nennt man das wohl. Aber ich habe mich nicht getraut, Sie anzusprechen. Jeden Tag warte ich auf meine Verhaftung. Ich werde der Polizei zuvorkommen und mich stellen. Das ist mir jetzt während unseres Gespräches klar geworden. Ich hätte meine Zeit anders nutzen sollen, nachdem sie mir neu geschenkt worden ist. Ich danke Ihnen, Christiane.«

Der Mann stand auf und führte Christianes Hand noch einmal über seinen Oberarm.

»Denken Sie an die goldenen Kugeln!«, meinte er lächelnd.

Christian legte einen Geldschein auf den Tisch, nickte seiner Gesprächspartnerin zu und verließ ohne zu zögern das Lokal.

»Ihre Uhr«, wollte Christiane ihm noch nachrufen. Als sie das Schmuckstück aufnahm, sah sie, dass sich der Sekundenzeiger nicht mehr bewegte.

Er war stehen geblieben.

Rote Wurst mit Kartoffelsalat

Für 6 Personen

6 Rote Würste

Die Rote Wurst, *oft auch nur Rote genannt, ist eine ge-brühte Bratwurst. Ihren Namen hat sie von ihrer röt-lich-orangen Haut und ihrem rosa Brät. Die Farbe der Haut verstärkt sich üblicherweise beim Erhitzen noch. Zubereiten kann man sie als Brat-, Siede-, Grill- und Currywurst.*

1.500 g festkochende Kartoffeln
1 Zwiebel
250 ml Brühe
3 EL Essig
1 TL Senf
5 TL Öl
Dill, Salz, Pfeffer

Die Kartoffeln waschen und mit der Schale kochen. Wenn sie weich sind, etwas abkühlen lassen, dann pellen und in Scheiben schneiden. Die Zwiebel in feine Würfel schneiden.
In kochendes Wasser Brühe, Essig, Senf, Salz und Pfeffer geben. Das Dressing über die Kartoffeln geben und mit ihnen vermengen. Gut eineinhalb Stunden ziehen lassen. Ab und zu vorsichtig umrühren.
Zum Schluss Öl und Dill hinzugeben, alles gut vermengen, abschmecken und nach Bedarf mit Salz und Pfeffer nachwürzen.
Der Schwäbische Kartoffelsalat soll kühl gegessen werden. Am besten schmeckt er aus dem Kühlschrank.

Ulrike Wanner

Entführt

Tübingen

Straßenlampen und beleuchtete Fenster bildeten Licht-
inseln im Schneegestöber. Vereinzelte Menschen has-
teten mit eingezogenem Genick und Schirmen wie
Schutzschilden durch Tübingens Altstadt, schenkten
weihnachtlichen Auslagen und Dekorationen keinen
Blick.

Ein Mann mit Stoppelbart eilte durch die Gassen.
Immer wieder sah er über seine Schulter, das Gesicht
halb vom bunt gestreiften Schal verdeckt, versteckte
sich in Hauseingängen, bis ihm die Lage sicher schien,
hastete weiter. In der Unterstadt blieb er vor einem
Fachwerkhaus mit drei Fenstern zur Gasse hin stehen
und klingelte bei der Detektei Völter, wie das Schild am
Eingang verriet. Der Bärtige trat von einem Fuß auf den
anderen, bis ihn eine Stimme aus der Sprechanlage in
den ersten Stock bat.

Eine schattenhafte Gestalt löste sich aus ihrer De-
ckung, wollte dem Schalträger ins Haus folgen. Doch
die Tür wurde vor seiner Nase ins Schloss gedrückt.

Im Obergeschoss fläzte sich Völter in Flanellhemd
und Jeans in einen Armstuhl, den Knöchel auf dem
Oberschenkel des anderen Beines abgelegt. Der An-
kömmling knetete seine Hände im Schoß, hielt den
Oberkörper vorgelehnt. Zwischen den beiden stand
ein zerkratzter Schreibtisch mit Notebook. Ein weiterer
Besucherstuhl, Schränke und Rollcontainer komplet-
tierten die Einrichtung.

Ein Geräusch, als ob jemand ein Steinchen gegen die
Scheibe geworfen hätte, ließ die Köpfe der Männer he-

rumfahren. Eine Blaumeise saß vor einem Vogelhäuschen, das an der Laibung montiert war. Nun pickte sie wieder gegen das Glas. Der Detektiv erhob sich, öffnete strahlend das Fenster. »Na, ist dir so kalt?«, gurrte er. Das Tier besah sich für einen Moment die leeren Schalen der Kürbiskerne ums Vogelhäuschen und hüpfte Völter auf den Finger. Fasziniert von der Zutraulichkeit schloss er das Fenster, streute Körner auf den Schreibtisch. Die Blaumeise flatterte auf die Tischplatte. Seinen Besucher und sich versorgte er mit Whiskey und Gläsern, die er aus einem der Rollcontainer ans Tageslicht befördert hatte. Dann fläzte sich Völter wieder in seinen Stuhl. Die Männer prosteten sich zu.

»Also, noch mal ganz von vorn«, bat der Detektiv. »Was ist passiert und was soll ich für Sie tun, Herr …?«

»Schweighofer. Armin Schweighofer. Sie werden mich für verrückt halten, es ist auch unglaublich, ich hätte mir das nie vorstellen können, wenn ich es nicht selber, mit eigenen Augen, verstehen Sie …« Er nahm einen langen Zug. Gestenreich führte er seine Erlebnisse aus, sprach dem Whiskey zu. Völter tippte dann und wann kurze Sätze ins Notebook, beobachtet von der Blaumeise, die sich mittlerweile auf seine Schulter gesetzt hatte. Als Schweighofer geendet hatte, fuhr sich der Detektiv über seine Halbglatze.

»Wenn ich mal zusammenfassen darf: Sie besuchten vor fünf Tagen im Weltethos-Institut abends einen Vortrag. Als Sie nach Hause wollten, packte Sie eine starke Person von hinten und presste ein mit Chloroform getränktes Tuch gegen Ihre Nase. Das passierte in der Nische zwischen Institut und benachbartem Sanitätsgeschäft. Als Sie zu sich kamen, befanden Sie sich in einem großen Labor. Menschen hielten Sie und andere Menschen wie Versuchstiere in Käfigen. Sie, Herr Schweighofer, trugen eine Kappe zur Ableitung von

Hirnströmen, die anderen besaßen Hirnimplantate, die wie aufgepfropfte Kästchen aussahen.«

»Erinnern Sie sich an die Bilder von Affenversuchen am Max-Planck-Institut? Die gingen wochenlang durch die Presse. Genau so sah das aus.« Schweighofer schlotterte am ganzen Leib.

Völter nickte ungeduldig. »Im Lauf der Tage erfuhren Sie aus Gesprächen mit Ihren Mitgefangenen, dass die Insassen Spezialisten für Volkswirtschaft, Theologie oder Informatik waren und für Intelligenztests verwendet wurden. Sie selbst arbeiten als Sachbearbeiter in einer Spedition.« Völter sah auf. »Und wofür sind Sie Spezialist?«

»Für Zollbestimmungen.«

»Aha. Anfangs sollten Sie verschiedene mathematische Reihen weiterführen, dann einfache Sudokus lösen und absolvierten zuletzt Tests zum Werkzeuggebrauch.«

»Genau.«

»Und was soll ich für Sie tun?« Völter lümmelte sich wieder in den Stuhl.

Schweighofer fummelte an der Brusttasche seiner abgewetzten Kunstlederjacke herum. »Herausfinden, wer mich entführt hat und wo das Labor ist.«

»Das könnte die Polizei ebenso, und es käme Sie billiger.«

»Die würden mir die Story nie glauben. Und schon gar nicht, wenn ich ...« Er brach ab, holte Luft. »Wenn ich sage, dass sich die Entführer verwandeln können. Ich habe es durch den Türspalt gesehen.« Er spielte mit seinem leeren Glas herum. »Draußen waren sie kugelig, ohne Beine und Kopf, dafür mit Armen. Bevor sie in den Raum mit den Käfigen kamen, nahmen sie menschliche Gestalt an.«

»Aha.«

Schweighofer zog Geldscheine aus seiner Brusttasche, aufgerollt und mit Gummiband zusammengehalten. Er stellte die Rolle auf den Tisch. »Als Anzahlung. Im Erfolgsfall bekommen Sie noch einmal das Doppelte.«

Völters Blick haftete auf den Scheinen. »Wie kamen Sie frei?«

»Gestern bin ich da aufgewacht, wo sie mich entführt hatten. Nachts. Kein Mensch auf der Straße. Ich bin zu meiner Wohnung gegangen, in einem der Hochhäuser auf dem Sand. Mein Briefkasten war mit Zeitungen vollgestopft. Da habe ich so richtig kapiert, dass es kein Traum war.« Schweighofer stand auf. »Ich komme in drei Tagen wieder.« Er legte seine Visitenkarte auf den Tisch und verließ das Zimmer.

Die Blaumeise flatterte zum Fenster. Der Detektiv öffnete es.

*

Völter war am Schreibtisch eingeschlafen, hatte den Kopf auf die gekreuzten Arme gebettet. Spät in der Nacht wachte er auf, stieß mit dem Ellbogen gegen die Maus, als er sich aufrichtete. Der Bildschirm wurde hell. Der Detektiv stierte auf die Zusammenfassung von Schweighofers Bericht und seinen Anmerkungen dazu:

S. glaubwürdig? Angegebene Adresse scheint zu stimmen, nimmt möglicherweise Drogen, scheint Alkohol nicht gewohnt zu sein.

Im Dezember verschwanden drei Personen (s. Artikel im Schwäbischen Tagblatt) spurlos: Ein Volkswirtschaftler, ein Theologe, ein Informatiker, alle im Umkreis des Weltethos-Instituts.

Zusammenhang: Entweder abends eine Veranstaltung dort besucht (Zeugenaussagen!) oder das Institut lag auf ihrem Weg. Zweck des Instituts: Moralisches Handeln in der globalen Wirtschaft und Dialog der Kulturen fördern.

Aber: S. liest Tagblatt, ist weder Akademiker noch Experte und tauchte als Einziger wieder auf.

Völter strich sich mit beiden Händen über den Kopf und erhob sich schwerfällig. Er drehte sich um, bemerkte eine Blaumeise beim Vogelhäuschen. Lächelnd fegte er die restlichen Körner vom Tisch. Als er sie auf den Futterplatz streute, strömte eisige Luft ins Zimmer.

*

Am nächsten Morgen ging Völter zielstrebig durch die Gassen, bog abwechselnd nach rechts und links, schenkte weder geschnitzten Balken noch Schwibbögen hinter den Fensterscheiben einen Blick. Windböen trieben Schneegriesel vor sich her, puderten kahle Äste, fegten ihn in Ecken zusammen.

Zwischen Kelternturm und Bäckerei wandte sich Völter nach rechts, passierte das Sanitäts-Geschäft. Den langgestreckten Baukörper und das Weltethos-Institut verband ein Treppenhaus. Aufgeplusterte Spatzen saßen auf den Latten seiner Holzverschalung. Durchgänge zu beiden Seiten führten zu Bushaltestellen an der Rückseite der Gebäude. Die Eingänge zu Geschäft und Institut lagen an den langen Seiten zur Altstadt hin. Völter stellte sich an einen Durchgang, inspizierte die gegenüberliegenden Gebäude. Dann ging er hinüber, studierte deren Klingelschilder. Als er an verschiedenen Wohnungen geläutet, aber niemand geöffnet hatte, kehrte er zu seinem Posten zurück. Er zog sein Handy heraus, diktierte leise:

»Bewohner nochmals aufsuchen. Sie könnten S.' Entführung beobachtet haben.« Dann ging er zu den Bushaltestellen. Sie lagen an einer zweispurigen Verkehrsader, die in gerader Linie zum Alten Botanischen Garten führte. An deren Ende zuckte Blaulicht durchs Schneetreiben. Parallel zur Straße verlief der Ammerkanal. Völter betrachtete an dessen jenseitigem Ufer eine Freikirche und Jugendstilgebäude mit Geschäften im Erdgeschoss und darüber liegenden Wohnungen, diktierte: »S. wurde betäubt. Wer einen 80-Kilo-Mann ungesehen wegbringen will, braucht Helfer und ein Fahrzeug. Das könnte an der Haltestelle geparkt gewesen sein. Nach Zeugen in den Wohnungen um die Kirche herum suchen.« Er schob das Handy in die Tasche, zog seinen Fäustling wieder an. Dann hielt er auf die Blaulichter zu. Vor der Fußgängerbrücke über die Ammer blockierten Einsatzfahrzeuge der Polizei eine Spur, auf der anderen kroch der Berufsverkehr. Entlang des Kanals reckten Schaulustige die Köpfe. Völter schlängelte sich durch die Menge, schnappte Wortfetzen auf: »War besoffen.« – »Ist ins Wasser gefallen.« Am Uferstreifen gingen Beamte in Schutzanzügen ihrer Arbeit nach.

»Wie im Tatort, gell?«, meinte ein stämmiger Rentner mit Schiebermütze. Völter nickte ihm mechanisch zu, starrte auf die Leiche mit Stoppelbart und bunt gestreiftem Schal um den Hals.

»Geht's Ihnen nicht gut?«, fragte der Rentner. »Sie sind so blass.«

Völter machte eine abwehrende Geste. »Er soll betrunken gewesen sein.«

Der Rentner nickte eifrig. »Der hat so nach Whiskey g'stunken, dass die Polizei schwer 's Gsicht verzoga hat.« Er beugte sich vertraulich zu Völter. »Wer springt auch sonst übers G'länder? Ha, dem war so warm, dass er ins Wasser isch.«

»Wo?«

»Da.« Der Rentner deutete auf den Metallzaun, der zwischen Fußweg und Uferböschung angebracht war und sich weit in den Park hineinzog. »Da, zwischen Gitter und Brückengeländer soll er übers G'länder g'sprungen sein. Bei der Landung isch er ausg'rutscht ond dann ins Wasser g'hetzt. Knappe zwei Meter weiter isch er wieder raus und an Land liegen geblieben.« Der Rentner wippte auf den Fußballen. »Des hat die Spurensicherung dem Kommissar g'sagt. Ich hab genau zug'hört. Aber des war sowieso klar. Bevor die alle g'komma sind, waren des die einzigen Spuren im Schnee.«

Nachdenklich wandte sich Völter ab, streifte sich den Schneegries von Kapuze und Ärmeln. Spatzen stoben auf, die zwischen ihm und anderen Schaulustigen nach Brosamen gesucht hatten. Er nickte dem Rentner zu, strebte mit an den Leib gepressten Armen, die Hände in den Taschen versenkt, zurück zum Kelternturm.

Warmes Licht drang durch die beschlagenen Schaufenster der Bäckerei neben der Kelter. Eine Mütterrunde mit Kleinkindern, Schüler und Monteure besetzten die Tische. Völter ging hinein, musterte kurz die Auslagen.

»Guten Morgen«, grüßte ihn die rundliche Verkäuferin mit heller Stimme. »So wie immer?«

Völter grüßte zurück und nestelte seinen Geldbeutel aus der Hosentasche, während die Verkäuferin auf die Cappuccino-Taste drückte und ein kleines Früchtebrot aus der Auslage nahm. Sie packte es aus und schnitt es auf. Er bezahlte, wählte den letzten freien Stehtisch. Dort hielt er sich eine Scheibe des Gebäcks unter die Nase, sog den Duft nach Birnen und Datteln, Nelken und Zimt ein. Er biss ab, kaute genüsslich mit halb geschlossenen Augen Scheibe um Scheibe.

»Das schmeckt, nicht wahr?«

Völter riss die Augen auf. Neben ihm stand ein vierschrötiger Mann mittleren Alters in grauer Jacke und Zimmermannshose. Er tätschelte ein großes, verpacktes Früchtebrot, das er neben sich gelegt hatte.

»Bringe ich mit zur Arbeit. Immer, wenn schlechte Stimmung herrscht, teile ich davon aus. Sofort geht's besser.« Er strahlte. »Ich frage mich, was da drin ist. Aber es wirkt zuverlässig.«

Völter brummelte etwas vor sich hin und rückte ein Stück weg.

Der Vierschrötige schüttelte sich wohlig, nahm einen Schluck Kakao. »Tut gut bei der Kälte. Wissen Sie, was beim Botanischen Garten los ist?«

»Dort soll einer erfroren sein, heißt es.« Völter wandte sich etwas ab und hob seine Tasse an die Lippen. Schweigend trank er aus, stopfte die Reste seines Früchtebrots in seine Jackentasche. Er grüßte die rundliche Verkäuferin mit Handzeichen und verließ die Bäckerei.

Es schneite heftig. Der Detektiv zog seine Kapuze über den Kopf, stapfte durch die Gassen. In einem stillen Winkel packte ihn jemand von hinten und presste ein Tuch auf seinen Mund.

*

Im Eingangsbereich zum Labortrakt stapelten sich metallene Quader verschiedenster Größe. Türen schlugen, Anweisungen und Scherze flogen hin und her.

»Hast du ihn endlich? Wir warten seit Ewigkeiten«, stöhnte a^2. Er hatte heute eine wollige Oberfläche gewählt. Mit zwei Händen kratzte er seinen Bauch, mit der dritten tippte er etwas in den Navigator.

»Was ist los?«, fragte Delta und klopfte sich den Schnee von der Zimmermannshose.

»Wir reisen früher ab als geplant. Unser Flugfenster schließt in einunddreißig Minuten und siebenundzwanzig Sekunden. Vorher muss die restliche Ausrüstung per Shuttle-Gleiter zum Raumschiff gebracht werden.«

Delta wischte sich mit dem Ärmel seiner grauen Jacke den Schweiß ab. Dann schob er die schmale Krankenliege an die Wand, auf der Völter ausgestreckt auf dem Rücken lag, bis aufs Gesicht bedeckt von einem weißen Tuch. »Jetzt erfährt er, was er wissen wollte, aber nicht so, wie er es wollte.«

»Was?«

»Der VM, den ich zurückgebracht habe, hat den Detektiv da auf uns angesetzt. Heute hat er uns nachgeschnüffelt und die Leiche gesehen. Zum Glück hat er der Polizei nichts gesagt.« Delta kicherte. »Wäre auch blöd gewesen. Säufer beauftragt klammen Detektiv mündlich mit abstrusem Fall und zahlt Vorschuss. Kurz darauf ist der Kunde tot.«

a^2 zeigte auf die Liege. »Und er?«

»Betäubt. Obwohl ich mir zuerst Kleider aus dem Container besorgen musste, habe ich ihn erwischt.«

a^2 musterte Delta abschätzig.

»Zum Glück hatte er seinen Futterplatz aufgesucht. Ab da war es ein Kinderspiel.« Auf Völters Bauch hob und senkte sich bei jedem Atemzug ein Laib Früchtebrot. »Habe Nachschub für die Versuchsmenschen mitgebracht.« Delta nahm das Gebäck und wedelte a^2 damit vor den Augen herum.

a^2 griff danach. »So wenig?«

»Ich kann noch etwas holen.«

»Bring ihn erst zu den anderen VMs.«

Delta schob die Liege den Flur hinunter. Die Türen zu den Laboren rechts standen weit offen. Die meisten waren bereits leer geräumt.

Hinter einem Quader tauchte c(v+r) auf. Seine Arme schimmerten wie Opale. »Wie siehst du denn aus?«, fragte er und prustete los.

»Lach nicht so blöd. Habt ihr eine Reisekiste übrig?«

»Wir wissen nicht, wohin mit den VMs, und du bringst noch einen.«

»Er ersetzt den, den ich zurückgebracht habe.«

»Hoffentlich ist der nicht auch so doof.«

»Hör mal!«, protestierte Delta, »meine Erfolgsquote ist wirklich hoch. Wer ins Weltethos-Institut geht, kann denken.«

»Bis auf die, die zufällig vorbei gelatscht sind.«

»Die repräsentieren den Durchschnitt.«

c(v+r) lachte. Er formte sich zu einem Zylinder, bog sich über Völters Gesicht. »Zu welcher Gruppe der gehört, testen wir auf NGC8.«

»Wir fahren gar nicht heim?«

»Nein.«

»Wieso?«, fragte Delta.

c(v+r) schrumpfte zu seiner ursprünglichen Größe, deutete mit seiner Opal-Hand in ein Labor. »Frag Zeta.«

Eine neongrün-getigerte Fellkugel kullerte um die Ecke. »Die haben uns definitiv die Forschungsgelder gestrichen, ausgerechnet jetzt!«, empörte sich Zeta. »Die Ethikkommission musste sich ja unbedingt einmischen. Ich weiß, wer dahintersteckt. Ein paar alternative Fakten dem einen oder anderen Gremium präsentiert und schon sind wir kaltgestellt. Wenn wir nicht sofort heimfliegen, holen sie uns.« Zeta rieb seine sechs Hände. »Aber wir setzen uns in den Aquarius-Sektor ab. Der ist von hier nur 40 Lichtjahre weg. Ein Katzensprung. Auf NGC8 haben wir freie Hand und werden gut bezahlt. Bis wir auf der Erde offiziell weitermachen können, dauert es bestimmt fünf B3UX-Jahre. Bis dahin hat die Konkurrenz ihren Wissensvorsprung end-gültig ausgebaut.«

Delta wiegte den Kopf. »Ich weiß nicht. Die Sonnen-umläufe brauchen auf NGC8 nur zwölf Tage und es herrscht im Vergleich zur Erde ständige Dämmerung. Das wird sich auf die Versuche negativ auswirken.«

»So ein Blödsinn. Was haben kurze Jahre und Däm-merung mit der sogenannten Intelligenz der Menschen zu tun?«

»Die Vorstudien haben eindeutig gezeigt, dass Son-nenlicht ihre Stimmung und damit Denkleistung beein-flusst. Man sollte sie nur in ihrem natürlichen Biotop untersuchen.«

»Wir wollen aber wissen, wie primitive Wesen funk-tionieren und ob wir sie für einfache Tätigkeiten ver-wenden können. Und jetzt halt die Klappe und steck ihn da rein, bevor sie uns von daheim einen Suchtrupp auf den Hals hetzen.« Zeta wies mit dem Daumen auf eine Reisekiste und kullerte davon.

Delta zog Völter seine Kleider aus und steckte ihn in ei-nen Raumanzug. Dann setzte er ihn sachte in den Trans-portbehälter, legte das Früchtebrot dazu. Die verschlos-sene Kiste brachte er nach vorn zu a². Dabei schimpfte er leise vor sich hin. »Dann hätte ich den VM nicht er-tränken brauchen. Wenn ihm außer Völter jemand ge-glaubt hätte, hätte die Polizei oder sonst wer höchstens leere Räume in einer leer stehenden Klinik gefunden. So ein Mist. Dafür schlage ich mir Tage und Nächte um die Ohren. Als Mensch, als Meise, als Spatz und wieder als Mensch. Mit mir kann man's ja machen.«

»Was ist los?«, fragte a².

»Ich habe echt Hunger. Gibt's noch was zu essen?«

»Alles eingetütet. Erst auf NGC8.«

Delta rollte mit den Augen und verließ das Gebäu-de. Außer Sichtweite zog er Völters Kleider an und spazierte zwischen Kliniken und Parkhaus die Treppen hinunter in die Stadt zur Bäckerei am Kelternturm. Die rundliche Verkäuferin mit der hellen Stimme sah ihn überrascht an.

»Wie immer«, sagte Delta. Mit Cappuccino und Früchtebrot setzte er sich an einen Tisch, von dem aus er den Kelternplatz und den Hügel mit der alten Augenklinik sehen konnte. Genießerisch kaute er das Gebäck, lächelte, als er auf die Uhr sah. Das Flugfenster schloss sich.

Früchtebrot

2.500 g Mehl
1.000 g getrocknete Birnen
1.000 g Dörrzwetschgen
1.000 g Feigen
500 g Nüsse (ohne Schalen)
500 g Sultaninen
125 g Zucker
125 g Zitronat
125 g Orangeat
30 g Zimt
10-15 g Anis, 5 g gemahlene Nelken
Schale einer Zitrone
125 g Hefe

Die Birnen und Zwetschgen in leicht gesüßtem Wasser weich kochen, die Brühe abgießen. Dann die Zwetschgen entsteinen und sie und die Birnen grob zerkleinern. Die Feigen in Streifen schneiden, Zitronat und Orangeat fein würfeln. Die Sultaninen waschen und in Wein oder Wasser aufkochen, damit sie aufquellen.
Mit der warmen Brühe einen Vorteig ansetzen und gehen lassen. Nun alle Zutaten zugeben und tüchtig durchkneten. Der Teig muss fest sein, sonst läuft er beim Backen in die Breite. Aus dem gegangenen Teig Laibchen formen und auf gefetteten Blechen gehen lassen. Auf mittlerer Schiene 15 Minuten bei 225 Grad, dann 30 bis 35 Minuten bei 190 bis 200 Grad backen. Die Backdauer hängt von der Größe der Brote ab.

Direkt nach dem Backen die Brote mit Brühe bestreichen. Wer möchte, kann stattdessen das ausgekühlte Gebäck mit Zitronensaft und Puderzucker glasieren.

ANNE GRIESSER

Bei Hempels

Tübingen

Diana Hempel trägt – wie immer – ein todschickes Kleid, als sie an Dagmars Haustür klingelt. Die beiden lächeln sich an. Küsschen links, Küsschen rechts.

Wie nett, sagt Dagmar. Komm doch rein.

Sie sind erst seit ein paar Wochen per Du und noch immer fällt es Dagmar schwer, die vertrauliche Umgangsform anzuwenden. Es ist ihr ein Rätsel, warum die Nachbarin das vorgeschlagen hat, aber sie kann ja schlecht ablehnen.

Ein andermal, verspricht die Hempel. Sie ist total in Eile und will Klaus und Dagmar nur um einen kleinen Gefallen bitten. Unter ihrem feinen Make-up zeichnen sich Augenringe ab.

Geld allein macht eben auch nicht glücklich, denkt Dagmar gehässig, lächelt aber weiterhin freundlich.

Ob Dagmar und Klaus vielleicht über die Feiertage einen Blick auf das Haus der Hempels werfen können? Am Österberg ist doch derzeit eine Einbrecher-Gang unterwegs – und eine Villa mit Neckarblick sollte man auf keinen Fall unbeaufsichtigt lassen.

Dagmars Augen verengen sich zu Schlitzen. Natürlich, sagt sie und ringt innerlich um Fassung. Schließlich wirft sie tagtäglich Hunderte von Blicken auf das Haus der Hempels. Seit dem Umbau der Nachbarn kann sie selbst den Neckar nämlich nicht mehr sehen. Nur noch das neue Dachgeschoss, Glas und Holz.

Diana Hempel wirkt erleichtert. Da fällt mir aber ein Stein vom Herzen, seufzt sie und hält Dagmar den Haustürschlüssel hin. Ihr könnt auch gerne bei uns feiern! Ist ja viel schöner. Schon allein der Blick! Ihr müsst aber gut auf unsere Gemälde aufpassen, da ist Ludwig pingelig. Überhaupt auf die Einrichtung. Und auf den Christbaum. Wir haben nämlich echte Kerzen – den Plastikkram lehnen wir prinzipiell ab.

Dagmar nimmt den Schlüssel entgegen. Warum die Hempel ausgerechnet sie um einen Gefallen bittet? Aber was soll's. Eine gute Gelegenheit ist es allemal. Sie war noch nie in der Villa nebenan.

Wolltet ihr Weihnachten nicht in Tübingen bleiben, fragt sie, als die Stille peinlich wird.

Als habe sie nur auf diese Frage gewartet, sprudelt es aus der Nachbarin heraus: Wollten wir! Aber Ludwigs Vater hatte einen Infarkt. Sie haben ihn in das Herzzentrum der Uniklinik gebracht. Wir haben uns in der Klinik ein Besucherzimmer genommen, damit wir Weihnachten bei ihm sein können. Ach, wir sind ganz aufgelöst!

Dagmar wundert sich. Ludwig Hempel senior ist ein grantiger alter Mann, der bei seinem Sohn im Obergeschoss wohnt und immer nur schimpft – über das Wetter, den Postboten, die Hunde, die in sein Gärtchen scheißen, und die Kinder, die es wagen, in seiner Nähe zu spielen. Auch Gustavchen hat schon mehr als einmal sein Fett abbekommen. Jedenfalls hat Dagmar noch nie beobachtet, dass der Junior oder seine Frau besonders an dem Alten hängen. Und jetzt sind sie plötzlich *ganz aufgelöst*?

Vielen Dank, flötet die Hempel. Toll, wenn man sich auf seine Nachbarn verlassen kann! Schöne Feiertage, dir und Klaus. Und Gustavchen.

Küsschen links, Küsschen rechts, und Diana Hempel rauscht davon.

*

Vier Stunden später versinkt die Sonne hinter dem Dachgeschoss der Hempels und die Heilige Nacht bricht an.

Gustavchen pfeffert seine neue Playstation in die Ecke und schreit: Das ist die alte! Die Falsche! Ihr seid doof. *Doof*!

Dagmar bittet ihn, seine Eltern nicht *doof* zu nennen. Sie spürt, wie ihre Migräne sich meldet. Klaus schweigt. Aus solchen Situationen hält er sich lieber raus.

Dieses Jahr will sich Gustavchen gar nicht mehr beruhigen. Die Bücher, das Fußballtrikot und den Tischkicker würdigt er keines Blickes. Er heult und tobt. Wir haben doch keinen Geldscheißer, brüllt Dagmar, und das bringt sie schließlich auf die rettende Idee: Was haltet ihr davon, wenn wir mal drüben bei Hempels nach dem Rechten sehen?

Die Begeisterung von Klaus und Gustavchen hält sich in Grenzen, aber dann ist die Aussicht auf Abwechslung doch verlockender als das alljährliche Gezänk.

*

Schau mal, Klaus, ein Thermomix!

Mit verkniffenem Mund steht Dagmar vor dem Küchengerät. So einen wünscht sie sich schon lange.

Klaus zeigt sich unbeeindruckt, er ist auf der Suche nach Ludwig Hempels Hobbykeller, von dem er weiß, dass er eine Modelleisenbahn beherbergt, die sich über den gesamten Grundriss des Hauses erstreckt.

Gustav schenkt dem Mixer einen gelangweilten Blick und drückt mit seinen Wurstfingerchen auf eine Taste. Augenblicklich gibt es ein zischendes Geräusch und im Haus gehen alle Lichter aus. Von der Kellertreppe ertönt ein Fluchen.

Der Sicherungskasten, jammert Klaus. Verdammt, macht doch die Sicherung wieder rein! Ich habe mir den Fuß verknackst!

Hilflos tastet sich Dagmar zum Flur vor. Sie hasst es, wenn Klaus diesen Ton anschlägt. So aggressiv. So fordernd. Kein Wunder, dass Gustavchen an den Nägeln kaut! Und woher soll sie auch wissen, wo die Hempels ihren Sicherungskasten haben?

Es ist stockdunkel. Irgendwann fühlt Dagmar etwas an der Wand. Aber es ist nur ein Gemälde.

Ob sich dahinter ein Tresor verbirgt? Wie im Fernsehkrimi?

Dagmar lässt ihre Finger über den Rahmen gleiten. Sie könnte ja mal ... Das Bild ist viel schwerer, als sie gedacht hat. Es rutscht ihr aus der Hand und dahinter ist ... nichts. Gar nichts. Nur nackte Wand. Schade.

Sicherheitshalber fingert sie alles ab, aber wo nichts ist, kann man nichts finden. Eine Lampe beginnt zu flackern, das Licht geht an und sticht ihr hart in die Augen.

Typisch, brummt Klaus, der humpelnd die Treppe hochkommt. Alles muss man selber machen.

Dagmar starrt betreten auf das rote Muster, das sich auf der weißen Tapete abzeichnet. Sie hat sich offenbar, ohne es zu merken, irgendwo geschnitten und an den Blutspuren lässt sich nun deutlich ablesen, wo ihre Finger den Tresor gesucht haben.

Gustavchen, ruft sie. Bring mir mal einen feuchten Lappen!

Das Bild, das ihr aus der Hand gerutscht ist, hat den Schirmständer getroffen. Der schwere Knauf von Ludwig Hempel seniors Gehstock ragt aus der zerfetzten Leinwand.

Klaus folgt ihrem Blick. Hoppla, sagt er. Dann zuckt er die Schultern. Wenn es etwas wert war, ist es hundertpro versichert. Und schön war es auch nicht.

Dagmar nickt, während sie auf der Tapete ihre Blutspuren mit dem Lappen, den Gustavchen gebracht hat, in einen rostfarbenen Klecks verwandelt. Erst beim Auswringen in der Küche merkt sie, dass ihr kleiner Racker wohl versehentlich ein seidenes Nachthemd von Diana Hempel erwischt hat. Oh je, wie soll sie das später nur erklären? Noch sind sie keine halbe Stunde im Nachbarhaus und schon ziehen sie eine Spur der Verwüstung hinter sich her. Aber irgendwie ... will es Dagmar nicht so recht leid tun.

Gustavchen, ruft sie, aber ihr Sohn hat sich längst verdrückt. Sie hört seinen lauten Begeisterungsschrei: Voll krass! Fünfundsechzig Zoll! Sie folgt ihm ins Wohnzimmer, wo er gerade nach der Fernbedienung sucht.

Na schön. Gustavchen darf sich die dritte Staffel von *The Walking Dead* auf dem Großbild-Fernseher anschauen. Klaus hat mittlerweile die Eisenbahn im Keller gefunden und Dagmar will sich sowieso schon lange mal so richtig bei Hempels umsehen.

Bevor sie auf ihre Erkundungstour aufbricht, zündet sie aber noch die Kerzen auf der edel geschmückten Nordmanntanne an. Immerhin ist Heiligabend.

*

Uuups. Die erste Tür im verhassten Obergeschoss ist verschlossen! Eine Frechheit, findet Dagmar. Wenn man seine Nachbarn um einen solchen Gefallen bittet, sollte man ihnen schon bedingungslos vertrauen!

Der Blick durchs Schlüsselloch ergibt auch nichts. In dem verschlossenen Zimmer ist es dunkel. Ein unangenehmer Geruch steigt ihr in die Nase: Schweiß und Altmännerpisse. Wird wohl das Schlafzimmer von Ludwig senior sein. Hämisch grinsend steckt Dagmar die Haarspange wieder ein, die sie schon gezückt hat, um die Tür damit zu öffnen. Wahrscheinlich ist Diana Hempel der Gestank ihres Schwiegervaters vor der Nachbarin peinlich.

Das Schlafzimmer von ihr und Ludwig junior ist jedenfalls unverschlossen.

Wow! Ein Wasserbett!

Dagmar kann nicht widerstehen. Wie im Urlaub! Sie schließt die Augen und lässt sich treiben. Ihr Schlauchboot schaukelt in einer blauen Lagune auf dem warmen Wasser, die Sonne kitzelt ihre Haut, während Klaus – äh, Klaus? – nein, während ein braungebrannter Mann mit glühenden Augen ihr einen Cocktail reicht ...

Ach, das Leben ist so ungerecht! Warum haben solche wie die Hempels alles, und sie, Dagmar, hat nicht einmal mehr einen Neckarblick?

Ja, eine eigene Firma müsste man haben! Die Firma der Hempels hat einen Geschäftsführer, der sich um alles kümmert, und die Ludwigs, alt und jung, streichen nur den Gewinn ein.

Darf man sich an Weihnachten nicht auch einmal etwas wünschen?

Dagmar wünscht sich ein Haus wie das der Hempels. Aber solche Träume gehen ja doch nie in Erfüllung, also wünscht sie sich lieber, dass die Hempels auch nicht mehr haben als sie selbst. Oder noch weniger. Am besten gar nichts.

Ihr Blick fällt auf eine Nagelschere, die ein wenig verloren auf dem Nachttisch liegt.

Pffft.

Dagmars Schlauchboot läuft auf Grund. Sie beobachtet, wie sich ein Tsunami ins Schlafzimmer der Hempels ergießt. Das fühlt sich verdammt gut an.

*

Danach ist sie nicht mehr zu bremsen. Als hätte die Flutwelle aus dem Wasserbett alle Hemmungen weggespült. Heute will sie nur noch Dinge tun, die sie sich schon lange wünscht. Später kann sie immer noch behaupten, da sei jemand eingebrochen und habe den Schaden angerichtet.

Gustavchen, ruft sie. Schau mal, was ich gefunden habe!

Sie präsentiert ihrem Sohn eine Schokoladencremetorte von beträchtlichem Ausmaß. Im Kühlschrank hat sie noch mehr Kuchen entdeckt. Wenn er etwas Süßes sieht, kann Gustavchen nicht widerstehen. Dafür drückt er sogar mal auf die Pausetaste des DVD-Players und friert die Zombies auf dem Bildschirm ein.

Komm, lockt Dagmar. Hol dir ein Stück.

Als Gustav vor ihr steht und seine Wurstfinger ausstreckt, platziert sie das Prachtstück mit einer gezielten Handbewegung mitten in seinem Gesicht. Sahne und Schokocreme tropfen erst auf sein T-Shirt, dann auf den Perserteppich der Hempels. Dagmar kichert.

Ihr Sohn ist so verdattert, dass er ausnahmsweise die Klappe hält. Komm, sagt Dagmar schnell. Es gibt noch mehr davon.

*

Noch nie hat sie so viel Spaß mit Gustavchen gehabt! Nach der Tortenschlacht spielen sie im Wohnzimmer *Geteert und Gefedert*, indem sie mit einem scharfen Messer die Sofakissen aufschlitzen. Die Federn haften hervorragend auf der süßen Schokocreme. Im Hintergrund grunzen die *Walking Dead* und Dagmar lacht herzhaft, weil sie Gustav so ähnlich sehen. Als das langweilig wird, gehen sie zu *Ich höre was, was du nicht hörst* über. Dafür muss sich einer die Augen zuhalten, während der andere einen Gegenstand zertrümmert, den es zu erraten gilt.

Der Fünfundsechzig-Zoll-Bildschirm, kichert Dagmar. Das war einfach!

Es ist wie ein Rausch. Nachdem das Wohnzimmer verwüstet ist, ziehen sie weiter ins Schlafzimmer, wo der nasse Teppichboden bei jedem Schritt ein lustiges Geräusch von sich gibt. Erst nehmen sie sich den Kleiderschrank vor, dann ist Ludwig juniors Arbeitszimmer dran.

Gustavchen hat irgendwann genug von dem Spaß und steht heulend in der Ecke, aber Dagmar kann nicht aufhören.

*

Eine Art Tresor findet sie am Ende auch noch: Den Schreibtisch im Arbeitszimmer von Ludwig senior. Dort stapeln sich jede Menge Papiere und Dagmar kann es sich nicht verkneifen, einen Blick darauf zu werfen, bevor sie den Kaffee darüber auskippt.

Leck mich, entfährt es ihr. Das ist ja ein Hammer! Da steht, dass der Alte der alleinige Eigentümer der Firma ist – ach, deshalb lassen die Hempels ihn bei sich wohnen! Der Junior ist nur ein ganz gewöhnlicher Angestellter bei seinem Vater und nicht mal der Geschäftsführer! Ach nee. Und da liegt auch noch ein Testament! Noch nicht beglaubigt, aber ein Termin beim Notar ist schon im Terminkalender eingetragen. Ach, Ludwig junior hat eine Schwester? Und ihr soll nach dem Ableben des Alten die Firma übertragen werden?

Interessant! Hat die Hempel deshalb seit Wochen so dunkle Ringe unter den Augen?

Fast tut sie Dagmar ein wenig leid, aber für solche Gefühlsregungen bleibt jetzt einfach keine Zeit mehr, denn die Kerzen auf der Nordmanntanne sind mittlerweile heruntergebrannt, haben erst den Baum und nun auch die Vorhänge in Brand gesetzt. Dagmar ist fasziniert, muss aber schnell nach Gustavchen und nach Klaus – ähm, Klaus? – sehen, bevor der Rauch sie alle am rechtzeitigen Verlassen des Hauses hindert.

*

Die Flammen spiegeln sich in den Augen der Menschen rundum wie vorher der Kerzenschein in den Christbaumkugeln. Schön ist das.

Jetzt, da das ganze Haus lichterloh brennt, tummeln sich hier viele Leute: die Feuerwehr, die Polizei, ein Krankenwagen, der Klaus mit schwerer Rauchvergiftung in die Klinik bringt. Und, ja, tatsächlich, da sind auch die Hempels!

Diana gestikuliert wild und redet auf Feuerwehr und Polizei gleichzeitig ein. Dann kommt sie mit zwei Männern auf Dagmar zu.

Die Stimme des Polizisten klingt ernst: Was ist mit Herrn Hempel senior? Wo ist er? Haben Sie sich nicht um ihn gekümmert?

Dagmar stutzt. Der liegt doch mit einem Infarkt im Herzzentrum! Sie blickt hinüber zur Hempel, die ihre Aussage bestätigen soll. Doch die schüttelt den Kopf, mit Tränen in den Augen, gänzlich verzweifelt, wie es scheint.

Ludwigs *Vetter* hatte einen Anfall, sagt sie, nicht sein *Vater*. Der Alte sei putzmunter gewesen, als sie in die Klinik aufgebrochen sind. Freilich gehe er immer früh schlafen – da macht er auch an Heiligabend keine Ausnahme. Oh mein Gott, er ist doch nicht etwa noch im Haus?

Man muss kein Feuerwehrmann sein, um zu erkennen, dass hier jede Hilfe zu spät kommt.

Dagmar fühlt sich plötzlich müde. Wie nach jedem Rausch kommt die Katerstimmung. Das Denken fällt ihr schwer. Unmöglich, dass jemand dort oben hinter der verschlossenen Tür den Lärm überhören konnte, den sie mit Gustavchen veranstaltet hat! Jedenfalls kein Lebender ...

Sie schaut zur Hempel hinüber, aber die hält vor Gram und Kummer den Kopf gesenkt.

Moment mal. Ist da nicht dieser unangenehme Geruch hinter der verschlossenen Tür gewesen? Ein bisschen süßlich?

Dagmar fallen die Papiere ein, auf dem Schreibtisch des Alten. Wären die nicht ein hervorragendes Motiv? Aber – Mist. Die Papiere sind verbrannt.

Wir werden Sie mitnehmen müssen, sagt der Polizist und greift nach Dagmars Arm. Untersuchungshaft. Wegen fahrlässiger Tötung.

Die Hempel stöhnt auf. Wie schrecklich, ruft sie. Wie entsetzlich!

Sie kommt auf Dagmar zu. Aber ich verzeihe dir, flüstert sie ihr ins Ohr. Wir werden dir einen guten Anwalt besorgen.

Dann verabschiedet sie sich, wie sie es immer tut: Küsschen links, Küsschen rechts. Danke, sagen ihre Augen. Du hast meine Hoffnungen nicht enttäuscht, liebe Nachbarin.

Festtags-Schokoladencremetorte mit Sahne

Für den Teig

100 g Mehl
175 g Zucker
4 Eier
100 g Kuvertüre (zartbitter)
1 EL Wasser

Für die Schokoladencreme

400 g Butter
3 Eigelbe
100 g Zucker
125 g Kuvertüre (zartbitter)
ca. 200 ml Wasser

Zum Verzieren

250 ml Schlagsahne
1 Päckchen Vanillezucker
1 Päckchen Sahnesteif
Schokoraspeln

Zuerst wird der Schokoladenbiskuit gebacken: Eier trennen, das Eiweiß steif schlagen und in den Kühlschrank stellen. Die Kuvertüre mit einem Esslöffel Wasser im Wasserbad schmelzen. Die Eigelbe und den Zucker in einer Schüssel schaumig schlagen, bis die Masse hell und dickflüssig ist. Dann nach und nach die Kuvertüre und das Mehl dazugeben, zum Schluss den Eischnee unterheben.
Den Teig in eine hohe, mit Butter eingefettete Springform füllen (18 Zentimeter Durchmesser) und im auf

180 Grad vorgeheizten Backofen (bei Umluft ohne Vorheizen 160 Grad) etwa 30 Minuten backen. Den Biskuitboden etwa fünf Minuten in der Form lassen, dann herausnehmen und auf einem Kuchengitter abkühlen lassen.

In der Zwischenzeit die Schokoladencreme herstellen: Zucker und Wasser in einen Topf geben und langsam erhitzen. Sobald der Sirup dickflüssig wird, vom Herd nehmen und die drei Eigelbe einzeln unterrühren, bis eine helle Creme entsteht. Auskühlen lassen.

In der Zwischenzeit die Kuvertüre mit einem Esslöffel Wasser im Wasserbad schmelzen. Butter schaumig rühren, die Kuvertüre unterziehen und die Masse mit der hellen, abgekühlten Creme verrühren.

Den Biskuitboden zweimal horizontal durchschneiden, beide Schichten mit der Schokocreme bestreichen und die Tortenteile wieder zusammensetzen.

Für die Verzierung die Sahne steif schlagen. Dazu müssen sowohl die Sahne selbst als auch der Behälter, in dem sie geschlagen wird, möglichst kalt sein. Vanillezucker und Sahnesteif in einer Tasse mischen. Die Sahne zunächst mit niedriger Geschwindigkeit rühren, dabei das Zucker-Sahnesteif-Gemisch einrieseln lassen. Dann den Mixer auf mittlere Geschwindigkeit stellen. Sobald die Sahne fest ist und nicht mehr aus dem Behälter fließt, ist sie fertig.

Zwei Drittel der Sahne auf der Tortenoberseite und am Rand verstreichen, den Rest in eine Spritztülle füllen und auf der Oberseite Rosetten formen.

Die Schokoraspeln am Rand und in der Mitte verteilen. Die Torte kühl stellen und – wegen der Sahne – innerhalb von zwei Tagen verzehren.

JUTTA SCHÖNBERG

In der Puppenstube

Tübingen

Leopold machte eine ausholende Geste, als wollte er Frauke den Marktplatz zu Füßen legen. »Siehst du, Kitz, der Tübinger Weihnachtsmarkt ist etwas ganz Besonderes. Er findet nur am dritten Adventswochenende statt. Außerdem präsentieren sich hier ausschließlich Vereine, Schulen, Privatleute und kleine Händler.«

Verzückt betrachtete Frauke die einfachen Waren aus Ton oder Holz, Selbstgestricktes und -eingemachtes. Zum ersten Mal im Leben aß sie Schupfnudeln mit Sauerkraut. Es schmeckte ihr.

Leopold wollte Frauke seinen Eltern vorstellen. Und so hatten sie sich auf den weiten Weg von Berlin nach Tübingen gemacht. Leopold nahm die Gelegenheit wahr, Frauke seine Heimatstadt Tübingen zu zeigen. Stolz präsentierte er die verwinkelten Gassen und die mittelalterlichen Häuser. Frauke fühlte sich sofort wohl und geborgen. Die Stadt kam ihr vor wie eine Puppenstube.

Als sie Leopolds Elternhaus in der Tübinger Südstadt erreichten, fühlte sich Frauke noch mehr an eine Puppenstube erinnert. Es war ein großes altes Bürgerhaus, dessen drei Stockwerke zu Wohnungen umgebaut worden waren. Es war in einem hübschen Ockergelb gestrichen, die Fensterläden waren einen Ton dunkler gehalten. Im Erdgeschoss befand sich eine Steuerberatungsfirma, der erste Stock war vermietet, und im zweiten Stock wohnten Leopolds Eltern.

»Das Haus wurde 1902 erbaut und befindet sich seitdem im Besitz meiner Familie«, erklärte Leopold. Frauke war beeindruckt.

Der Empfang war verhalten freundlich. »Ich bin Grete«, stellte sich die Mutter vor, als Frauke ihr die Geschenke, die sie auf dem Weihnachtsmarkt gekauft hatte, überreichte. Frauke wunderte sich, dass ihr sofort das Du angeboten wurde, denn Gretes Erscheinung wirkte eher konservativ. Sie trug ein dunkelbraunes Strickkleid, eine Perlenkette und eine Bernsteinbrosche. Ihre dauergewellten Haare waren frisiert wie in den 50er-Jahren.

Der Vater Arthur glich Leopold, was Frauke sofort für ihn einnahm. Auch Leopold hatte so eine große, behäbige Gestalt und wirkte gemütlich. Wie ein Teddybär, hatte Frauke gedacht, als sie Leopold kennengelernt hatte. Sie hatte sich sofort zu ihm hingezogen gefühlt. Wie er ihr später gestand, war es ihm ebenso ergangen, nur dass ihn ihre Zartheit gerührt hatte. »Ich bin ein Bär und du bist ein Kitz«, hatte Leopold gesagt.

»Nur dass wir uns besser verstehen als diese beiden Tiere«, hatte Frauke gelacht.

Sogar die Wohnung von Leopolds Eltern sah aus wie eine Puppenstube. Sie war mit altmodischen Möbeln vollgestellt, die Frauke so schienen, als hätten sie schon von Anfang an das Haus bestückt

»Das ist mein Früchtebrot«, bot Grete an. »Selbst gebacken, nach einem alten Familienrezept.«

Schon zum zweiten Mal an diesem Tag aß Frauke eine schwäbische Spezialität, die sie noch nie probiert hatte. Und wieder schmeckte es ihr.

»Frauke – was ist denn das für ein Name?«, erkundigte sich Grete.

»Ein norddeutscher«, sagte Frauke. »Ich stamme aus Hamburg.«

Gretes Gesichtszüge versteiften sich. »Eine Norddeutsche«, rief sie. Dann wendete sie sich zu ihrem

Sohn. »Aber du sagtest doch, deine Freunde in Berlin seien alle aus Schwaben.«

Leopold lachte. »Ich sagte: fast alle. Frauke gehört eben zu den Ausnahmen. Und das gefällt mir.«

Grete fing sich. »Noch einen Kaffee?«, fragte sie.

»Na, das ist doch gut gelaufen«, sagte Leopold zufrieden bei der Rückreise nach Berlin. »Magst du denn meine Eltern?«

»Ich finde sie nett«, antwortete Frauke. »Aber ich glaube, deine Mutter stört, dass ich keine Schwäbin bin.«

Leopold lachte laut auf. »Ach, die fremdelt nur ein bisschen. In ihre Sicht von Schwaben passt eh kaum jemand. Sie denkt nämlich noch in vornapoleonischen Gebieten. Ihrer Ansicht nach sind die Heilbronner eigentlich Franken, die aus Schwäbisch Hall sind hohenlohisch, die Tauberbischofsheimer sind Tauberfranken und die vom Bodensee gehören sowieso nicht dazu.«

Frauke fand das etwas merkwürdig. Weil aber Leopold so herzlich lachte, stimmt sie gerne mit ein.

Die Eltern lehnten sie aber wohl doch nicht ab. Denn schon zu Weihnachten machte ihr Leopold einen Heiratsantrag, den sie gerührt annahm. Beide waren 27 Jahre alt. Ein passendes Alter, um zu heiraten und Kinder zu kriegen, dachte Frauke glücklich. Leopold hatte sogar noch eine Überraschung für sie. Im Tübinger Haus wurde der erste Stock frei, und seine Eltern boten ihnen die Wohnung für einen symbolischen Mietpreis an. Auch der Wechsel der Arbeitsstellen dürfte kein Problem sein. Frauke als Krankenschwester würde rasch einen guten Job in den Tübinger Universitätskliniken finden, und Leopolds früherer Arbeitgeber, ein IT-Unternehmen in Reutlingen, würde ihn mit Kusshand wieder nehmen.

Frauke brauchte nicht lange Bedenkzeit. Sie war in Berlin ohnehin nie so richtig heimisch geworden. Und das beschauliche Tübingen schien ihr eine schöne Alternative zur ach so umtriebigen Hauptstadt zu sein. Außerdem hoffte sie auf eine neue Familie. Ihre Eltern waren bei einem Autounfall ums Leben gekommen. Der Schmerz hatte sie aus Hamburg vertrieben. Sie hatte auf einen radikalen Schnitt und Neuanfang in Berlin gehofft. Aber die Traurigkeit wurde sie erst los, als sie Leopold traf.

Dann ging alles rasend schnell. In Berlin heirateten sie standesamtlich und feierten mit ihren Freunden. Die kirchliche Trauung fand in Tübingen statt, und die Verwandtschaft war zu Gast. Da Leopold und Frauke gut im Organisieren waren, lief der Umzug ohne Probleme.

In ihrer neuen Tübinger Wohnung kam Frauke eines Abends erschöpft von der Arbeit nach Hause. Sie war gerne Krankenschwester, aber die Einarbeitung in die neue Arbeitsstelle schlauchte sie.

Als sie das Wohnzimmer betrat und das Licht anmachte, fuhr sie erschrocken zusammen. Grete hatte sie im Dunkeln erwartet, einen Stapel von Leopolds Socken vor sich. Die Schwiegermutter hielt sich nicht lange mit einer Begrüßung auf. Anklagend hielt sie Frauke ein Paar Socken entgegen: »Hier – du legst die ja völlig falsch zusammen!«

Frauke zuckte zurück. Gretes Stimme klang plötzlich so schrill. Sprachlos sah sie, wie die Schwiegermutter das Paar Socken auseinanderriss.

»So macht man das richtig. Pass gut auf, ich zeige dir, wie es richtig geht.«

Grete legte eine Socke über die andere, rollte sie von der Spitze her auf und zog den Bund darüber. Dann riss sie sämtliche Socken auseinander und warf sie quer durcheinander über den Wohnzimmertisch. »So, das machst du jetzt alles noch mal, und zwar richtig.«

Frauke erkannte zwar, wie unverschämt es von Grete war, einfach hier hereinzuspazieren und in ihren Schubladen zu wühlen, doch sie fürchtete, die Schwiegermutter noch weiter zu verärgern, wenn sie ihr jetzt Vorwürfe machte. So brachte sie nur ein schwaches »Wie bist du hier in die Wohnung gekommen?« heraus.

Grete hob die Brauen und hielt einen Schlüssel hoch. »Natürlich habe ich einen Zweitschlüssel. Den hat mir Leopold extra gegeben, damit ich hier mal nach dem Rechten schauen kann.«

In Fraukes Kopf schossen die Gefühle so sehr hin und her, dass sie nicht eines davon formulieren konnte. So sah sie nur stumm Grete hinterher, als diese hocherhobenen Hauptes und mit durchgedrücktem Rücken die Wohnung verließ.

Seufzend setzte sich Frauke auf das Sofa und legte die Socken wieder zusammen, natürlich so, wie sie es gewohnt war. Sie konnte sich die ganze Szene nicht erklären. Erst im Nachhinein fiel ihr ein, was sie hätte sagen können und fragen müssen. Und etwas trieb sie besonders um: Hatte etwa Leopold tatsächlich seine Mutter gebeten, Frauke auf die Finger zu schauen? Oder hatte er nicht vielmehr gemeint, Grete sollte sich um die Wohnung kümmern, wenn sie mal verreist waren?

Frauke nahm sich vor, ihren Mann danach zu fragen. Doch dann rief er an, um ihr mitzuteilen, dass es heute später würde. In der Firma hatte es einen Notfall gegeben, und er musste helfen. Frauke wollte sich nicht auch noch über seine Mutter beschweren, und so erzählte sie am Telefon nichts von dem Vorfall. Als Leopold schließlich nach Hause kam, schlief sie schon. Am nächsten Morgen dachte sie nicht mehr daran.

Aber wenige Tage später saß Grete wieder in Fraukes Wohnzimmer, vor sich Leopolds Socken und diesmal auch die Unterwäsche.

»Du legst die Socken ja immer noch falsch zusammen«, rief die Schwiegermutter. »Ich habe dir doch gezeigt, wie es richtig geht.«

Frauke wollte keinen Streit. In der Arbeit konnte sie sich durchsetzen, wenn es nötig war, aber im Privaten war sie bedürftig nach Harmonie. Daher sagte sie nur begütigend: »Aber das ist doch egal, wie man die faltet.«

»Egal? Das ist keineswegs egal. So wie du sie faltest, leiern die Socken ja schneller aus.«

Frauke fand das absurd. »Das glaube ich nicht.«

»Doch, so ist es. Lass dir das von einer erfahrenen Hausfrau gesagt sein. Ich meine es nur gut.« Dann wandte sich Grete der Unterwäsche zu. »Und hier. Bügelst du die Wäsche etwa nicht?«

Frauke schüttelte nur verwundert den Kopf. Sie musste wohl doch etwas deutlicher werden. »Ich möchte bitte nicht, dass du meine Schränke durchwühlst.« Selbst in Fraukes Ohren klang ihre Stimme piepsig.

»Was? Aber ich muss doch darauf achten, dass es meinem Jungen gut geht. Der ist ja ganz anderes gewöhnt. Pass bloß auf, dass er dir nicht gleich wieder davonrennt.«

Dabei griff sie die Socken und riss sie wiederum alle auseinander. Zum Schluss warf sie noch die Stapel mit Unterwäsche um und verteilte alles durcheinander auf dem Tisch. »So, und nun mach gefälligst alles ordentlich.« Damit rauschte sie hinaus.

Frauke stiegen die Tränen in die Augen aus Zorn, aber auch aus Enttäuschung. Warum konnte sie sich der Schwiegermutter nicht begreiflich machen? Und so blieb ihr nichts anderes übrig, als Socken und Wäsche wieder neu zu ordnen. Ihren Haushalt würde sie jeden-falls so weiterführen wie bisher. Das sollte ihre Verteidigung gegen Gretes Übergriffe sein, beschloss sie.

Leopold hatte gerade viel Stress in der Arbeit. Daher wollte sie ihn nicht mit ihren häuslichen Problemen behelligen. Erst wollte sie versuchen, den Schikanen der Schwiegermutter selbst etwas entgegenzusetzen.

Das nächste Mal nahm Grete sich zusätzlich noch Leopolds Hemden vor. »Falsch, alles falsch«, sagte sie und warf die Hemden auf den Boden.

»Ich möchte nicht, dass du in unsere Wohnung kommst, wenn niemand da ist«, versuchte es Frauke diesmal energischer.

»Soweit kommt es noch! Ich kann hier hingehen, wo und wann es mir passt. Schließlich ist das noch immer mein Haus! Ich meine es gut, und das ist der Dank! Was kann ich denn dafür, dass ich so Norddeutschen beibringen muss, wie man einen ordentlichen schwäbischen Haushalt führt?«

So blieb Frauke auch diesmal nichts anderes übrig, als alles wieder aufzuklauben. Die Hemden waren so verschmutzt und zerknittert, dass sie sie noch einmal waschen musste.

Das war nicht der letzte Auftritt. Endlich beschloss Frauke, sich doch an Leopold zu wenden.

»Ich muss mit dir über Grete reden«, begann sie. »Ich habe Ärger mit ihr.«

»Ja, ich weiß, Kitz«, sagte Leopold. »Grete hat sich auch schon bei mir beschwert, du seist uneinsichtig und verstockt. Was ist denn da los mit euch beiden? Grete wollte nicht näher darauf eingehen.«

Frauke stockte der Atem. So war Grete ihr bereits zuvorgekommen. Doch wie sollte sie es Leopold erklären? Am besten fing sie am Anfang an.

»Grete meint, dass ich die Socken falsch falte, und ...«

Leopold brach in schallendes Gelächter aus. »Was? Socken? Und das ist alles? Ich hab mir schon sonst was vorgestellt.«

Frauke schloss die Augen.

»Ach, Kitz«, fuhr Leopold fort. »Nimm das Ganze doch mit etwas mehr Humor. Grete meint es ja nur gut.«

Frauke war verzweifelt. Natürlich ging es schon längst nicht mehr um Socken oder Unterwäsche. Aber sie hatte keine Worte dafür, was sich zwischen ihr und Grete abspielte. Bei Leopold fand sie jedenfalls keine Hilfe.

Es war das erste Mal, dass Leopold Frauke enttäuschte. Frauke liebte ihn und war sich sicher, dass auch Leopold sie liebte. Er umsorgte sie zärtlich. Er hörte ihr aufmerksam zu, wenn sie ihm von den schönen oder schlimmen Erlebnissen in ihrem Berufsalltag erzählte, und beriet sie bei Krisen. Umso unverständlicher war es für sie, dass er über ihren Konflikt mit Grete nur lachte. War das vielleicht die Art der Familie, mit Gretes Launen umzugehen?

Aber vielleicht hatte Leopold dennoch mit seiner Mutter geredet. Jedenfalls hatte Frauke einige Zeit Ruhe vor ihr. Doch dann hörte sie wieder den Schlüssel im Schloss ihrer Wohnung, ohne dass sie jemanden erwartete. Wenigstens kam die Schwiegermutter diesmal nicht, wenn Frauke nicht da war. Frauke schöpfte leise Hoffnung.

Grete grüßte sogar. Aber dann nahm sie weiße Handschuhe aus der Tasche und zog sie an. »So, dann will ich mal sehen, ob du wenigstens die Wohnung richtig pflegst.«

Sie fuhr mit den weißen Handschuhen über die Möbel. Frauke frohlockte. Heute Morgen hatte sie frei gehabt und erst überall gründlich Staub gewischt. Verwundert schaute Grete auf die Handschuhe, die weiß geblieben waren. Sie schaute sich um. Dann lächelte sie, bückte sich und fuhr die Bodenleisten entlang bis in die entferntesten Ecken.

»Na bitte«, richtete sie sich auf und zeigte Frauke die schmutzigen Handschuhe. »Du bist wohl zu faul, dich zu bücken, und zu nachlässig, um auch in die Ecken zu gehen.«

Frauke versuchte zu lachen, wie Leopold es ihr geraten hatte.

»Jetzt werd nicht auch noch frech«, fuhr Grete sie daraufhin an. »Ich meine es ja nur gut. Aber du bist so undankbar. Ach, ich wünschte, Birgit wäre meine Schwiegertochter geworden. Mit der hätte ich bestimmt nicht so eine Plage.«

Birgit war Leopolds Sandkastenliebe. Sie hatte ihn verlassen, um in den USA Karriere als Sängerin zu machen. Daraufhin war er nach Berlin geflohen, weil ihn in Tübingen alles an seine verlorene große Liebe erinnerte. Erst mit Frauke hatte er sich zurück gewagt. In Berlin hatten sie überschneidende Freundeskreise gehabt. Diese hatten beschlossen, »unsere beiden Trauerklöße« zu verkuppeln. Und das hatte ja gleich beim Kennenlernen geklappt.

»Aber ich stehe mit Birgit immer noch in Kontakt. Ich habe ihr schon geschrieben, wie unfähig du bist und dass du Leopold nur unglücklich machst. Sie wäre bestimmt schon schwanger. Aber Birgit ist auch eine gestandene Frau, nicht so ein dünnes Handtuch wie du.«

Das war der Moment, in dem Frauke anfing, Krimis zu lesen. Doch sie geriet immer an die mit Psychopathen und Serienkillern. Und Grete quälen und zerstückeln wollte sie nun nicht gerade. Sie sollte nur irgendwie aus dem Weg sein. Mit Insulin oder Digitalis töten konnte man gut, und Frauke würde im Krankenhaus daran kommen. Allerdings ließ sich das leicht nachweisen. Und ein Versehen wäre auszuschließen, da Grete weder Diabetes noch eine Herzschwäche hatte. Sicher würde man bald auf Frauke kommen, und ein Verhör würde sie nie durchstehen.

Dann entdeckte sie im Fernsehen die Sendung »Medical Detectives«. Dort wurden echte Mordfälle und die Arbeit der Forensik beschrieben. Eine Weile war Frauke fasziniert von den Fotos der Opfer, die fröhlich lächelnd, oft im Kreis der Familie, gezeigt wurden, während im Hintergrund der strahlenden, ganz normalen Familie Mord und Totschlag lauerten. Frauke stellte sich vor, wie eines Tages auch ein Foto ihrer Familie auf dem Bildschirm erschiene. Immerhin lernte man bei dieser Sendung, welche Fehler man bei einem Mord vermeiden musste. Aber positive Beispiele gab es natürlich nicht. Und Frauke wollte nicht erwischt werden.

Im Herbst meldete sie sich bei einem Pilzsammelseminar der Volkshochschule an. Dort lernte sie auch, auf giftige Pilze zu achten. Besonders angetan war sie von dem kahlen Krempling. Der war sehr wohlschmeckend, aber gefährlich. Aß man ihn mehrmals, war er tödlich. Da das Opfer aber erst längere Zeit später starb, konnte kein Zusammenhang mehr mit dem Pilzgericht nachgewiesen werden.

Daraufhin ging Frauke eifrig Pilze sammeln. Sie suchte an mehreren verschiedenen Stellen im Wald. Sie umkreiste die Bäume, da der kahle Krempling in Symbiose lebte. Die Nase fast am Boden, kroch sie sogar durchs Unterholz. Aber sie fand den Pilz nicht.

Doch die Mordgedanken taten Frauke gut. Gretes ständige Schnüffeleien und Anwürfe verletzten sie nicht mehr so tief. Sie fühlte sich nicht weiter so klein, wie Grete sie zu machen versuchte.

Als es kälter wurde, verschlechterte sich die Arthritis in Gretes Händen dramatisch.

»Ach, was soll ich nur machen?«, jammerte sie. »Mit den Schmerzen in den Händen kann ich dieses Jahr kein Früchtebrot backen. Wie soll ich denn da die Früchte unter den Teig kneten?«

»Tu ihn doch in die Küchenmaschine«, schlug Frauke vor.

Grete ging hoch wie eine Rakete. »Da sieht man, dass du von nichts eine Ahnung hast. Mit der Küchenmaschine kneten! Das schmeckt doch nicht! Das Früchtebrot wird nur wirklich gut, wenn man es von Hand mischt, und zwar gründlich.«

»Lass dir doch von Frauke helfen«, schlug Leopold vor.

»Das geht nicht. Das ist ein altes Familienrezept.«

»Aber Frauke gehört zur Familie.«

»Was? Ihr seid doch nicht mal ein Jahr verheiratet. Und schwanger ist sie auch noch nicht.«

Frauke hoffte, dass Leopold sich nun für sie einsetzte. Aber der lachte nur wieder hellauf, tätschelte leise lächelnd ihre Hand und flüsterte ihr zwinkernd zu: »Bald.«

Frauke hatte ihm nicht gesagt, dass sie wieder die Pille nahm. Mit einem Kind wäre sie endgültig Gretes Gefangene, und sie konnte sich lebhaft vorstellen, wie der arme kleine Wurm zum weiteren Zankapfel würde.

Aber da kam Frauke die rettende Idee. Wie wäre es, wenn sie Grete auf ihrem Gebiet schlagen könnte?

Der Zufall kam ihr zu Hilfe. Leopold musste auf eine Messe, und Grete und Arthur fuhren ein paar Tage zu Verwandten nach Ulm. So nahm sie den Zweitschlüssel zu Gretes Wohnung, der bei ihnen am Bord hing, und schlich sich hinauf. Sie wusste, wo Grete den Ordner mit der Loseblattsammlung von Hausrezepten aufbewahrte. Rasch fand sie das handschriftliche Rezept für das Früchtebrot und schrieb es ab.

Für die weihnachtliche Köstlichkeit kaufte Frauke nur die besten Zutaten. Sie war zuversichtlich, dass ihr das Brot gelingen würde, denn backen konnte sie gut. So machte sie sich ans Werk, befolgte sogar diesmal Gretes »gutgemeinte Haushalttipps« und knetete den Teig mit der Hand. Das Untermischen der Früchte war anstrengend und dauerte lange. Kein Wunder, dass Grete das mit ihren arthritischen Händen nicht mehr konnte. Frauke formte drei Laibe, jeweils einen großen für Grete und Arthur und für Leopold und sich sowie einen kleinen zum Probieren, und backte sie sorgfältig. Aussehen und riechen taten sie schon mal gut. Frauke versteckte die fertigen Laibe hinter Töpfen und Pfannen in ihrem Küchenschrank, wo sie bis Weihnachten ruhen sollten. Dann würde sie sie als Geschenke triumphierend den beiden Familien präsentieren.

Auch dieses Jahr besuchten Frauke und Leopold wieder den Tübinger Weihnachtsmarkt. Aber was war geschehen? Die Häuser erinnerten Frauke nun nicht mehr an Puppenstuben, sondern an schiefe Hexenhäuser, die ihr bösartige Grimassen schnitten. Die selbstgemachten Waren wirkten stumpf, glanzlos und primitiv. Sie wollte wieder Schupfnudeln mit Sauerkraut essen. Aber erst war das Gericht zu heiß und Frauke verbrannte sich die Zunge, dann trafen sie einen von Leopolds Kollegen und unterhielten sich mit ihm. Danach war das Gericht zu kalt und Frauke warf es angewidert in den Müll. Der Appetit war ihr vergangen. Auch eine Rote Wurst konnte sie nicht mehr locken.

In der letzten Adventswoche kaufte Frauke Glanzpapier und Klebstoff, weil sie Weihnachtssterne basteln wollte. Sie breitete das Material auf dem Wohnzimmertisch aus und zückte die Schere. Da hörte sie ein

Geräusch aus der Küche. Alarmiert sprang sie auf und rannte aus dem Wohnzimmer.

In der Küche stand Grete. Sie hatte die Früchtebrote gefunden. In der Hand hatte sie eines der Brote und biss herzhaft hinein.

»Das schmeckt ja widerlich«, sagte sie mit vollem Mund. »Bestimmt hast du das mit der Küchenmaschine gemacht, du faules Ding.«

Doch diesmal begehrte Frauke auf. »Das ist gar nicht wahr. Ich habe die Hände benutzt. Und die Brote schmecken sehr gut, besser sogar als deine. Ich habe nämlich einen Laib extra gemacht und schon davon probiert.«

»Sei gefälligst nicht so vorlaut!«, schrie Grete zurück. »Was weißt du denn schon!«

Sie griff sich auch den zweiten Laib und biss mitten hinein. Frauke war verzweifelt. Nun waren beide Brote verdorben. Die konnte sie doch so nicht mehr verschenken oder anbieten.

»Aber das hat ja nun bald ein Ende«, sagte die Schwiegermutter weiter kauend. »Ich habe eine Mail von Birgit bekommen. Sie kommt zurück! Natürlich ist sie nun endgültig in den USA gescheitert. Das wäre doch gelacht, wenn da nicht wieder was mit Leopold geht.«

»Aber er ist mein Ehemann«, erwiderte Frauke.

»Und ich prophezeie dir, dass diese Ehe das nächste Jahr nicht übersteht. Du kannst einer gestandenen Schwäbin nie das Wasser reichen.« Wieder nahm Grete einen Riesenbissen von dem Früchtebrot.

Heißer Zorn schoss plötzlich in Frauke hoch. Sie schnappte sich das Nudelholz, das noch vom Plätzchenbacken auf dem Küchentisch lag, und erhob es zum Schlag. Grete atmete erschrocken ein – und verschluckte sich. Sie begann zu husten, bekam das Stück

Früchtebrot aber nicht mehr aus der Kehle. Grete rang nach Luft und fasste mit den Händen an den Hals.

Als Krankenschwester beherrschte Frauke natürlich den Heimlich-Handgriff. In einem ersten Impuls wollte sie auch helfen, aber dann schoss ihr ein Gedanke durch den Kopf: Was war, wenn sie Grete bei der Anwendung des Griffes versehentlich eine Rippe brach? Die würde es vor der Familie und womöglich der Polizei so darstellen, als hätte Frauke sie willkürlich angegriffen und verletzt. Das wäre dann sicher das Ende der Ehe mit Leopold.

Grete streckte flehentlich ihre Hände nach Frauke aus. Doch die drehte sich um. Aus den Augenwinkeln sah sie noch den entsetzten Blick der Schwiegermutter, als sie die Küche verließ und ins Wohnzimmer zu ihrer Bastelarbeit ging.

Kurz darauf hörte Frauke, wie in der Küche ein Körper zu Boden fiel. Sie wartete noch einen Moment, damit Grete mit Sicherheit tot war. Dann stand sie auf, um den Notarzt zu rufen. Dem würde sie erzählen, dass sie die Schwiegermutter schon tot in der Küche gefunden hatte.

Früchtebrot

1.500 g getrocknete Früchte (Ananas, Aprikosen, Feigen, Pflaumen, Kirschen, Datteln)
750 g Mehl
45 g Hefe
1 TL Salz
500 g Sultaninen
500 g Nusskerne, gehackt (Mandeln, Haselnüsse, Walnüsse)
50 g Zitronat
50 g Orangeat
je 1 Prise Zimt und Nelken (man kann auch Lebkuchengewürz verwenden)
viel Kirschwasser
etwas Rum

Die klein geschnittenen Früchte und Nüsse über Nacht in Kirschwasser einweichen. Am nächsten Tag aus Mehl, der zerbröckelten Hefe und lauwarmem Wasser einen Vorteig machen. Nach dem Aufgehen mit Zucker, Salz und etwas Rum einen festen Teig kneten. Dann alle Zutaten untermischen und zugedeckt an einen warmen Ort stellen. Nach dem Ruhen Laibe formen. Je nach Größe der Laibe bei mittlerer Hitze (160 Grad) 60 bis 75 Minuten backen. Die warmen Laibe mit Schnapszuckerguss bestreichen. Die fertigen Früchtebrotlaibe in Frischhaltefolie wickeln und vor dem Verzehr mehrere Tage bis zu zwei Wochen ruhen lassen.

Schupfnudeln mit Sauerkraut

Schupfnudeln (Buabaspitzle)

1.000 g Kartoffeln, mehlig kochend
2 Eier
Mehl
Speisestärke
Salz, weißer Pfeffer, frisch gemahlen
etwas Muskatnuss, frisch gerieben

Die Kartoffeln 20 bis 30 Minuten samt Schale mit ge-
schlossenem Deckel gar kochen (mit dem Messer an-
stechen und testen, ob sie gar sind). Abgießen und an-
schließend zum Ausdampfen 15 bis 20 Minuten in den
leicht vorgeheizten Ofen legen (etwa 120 Grad, nicht
backen!). Kartoffeln pellen.
Auf der Arbeitsplatte Mehl verteilen. Die noch heißen
Kartoffeln über dem Mehl durch eine Kartoffelpresse
drücken. In die Kartoffelmasse mit den Fingern eine
Mulde drücken und zwei Eier, einen halben Teelöffel
Speisestärke, eine gute Prise Salz, etwas weißen Pfeffer
und ein wenig gemahlenen Muskat hineingeben. In den
Teig das Mehl einarbeiten und so lange kneten, bis er
glatt ist (hilfreich: am Anfang mit einer Teigkarte arbei-
ten und dann die Hände gut mit Speisestärke einreiben,
damit der Teig nicht klebt).
Eine Teigrolle formen und in ein Zentimeter dicke Stücke
teilen. Daraus werden längliche Schupfnudeln (Buaba-
spitzle) geformt. In einem großen Topf in siedendem Salz-
wasser garen. Wenn sie gar sind, steigen sie an die Ober-
fläche – das dauert je nach Größe fünf bis zehn Minuten.
Buabaspitzle werden zum Beispiel mit deftigem Filder-
kraut gemischt oder auch zu einem schönen Braten ge-
gessen. Dazu werden sie vorher goldbraun angebraten.

Buabaspitzle lassen sich hervorragend vorbereiten und im Kühlschrank zwischenlagern, zum Beispiel, wenn man ein großes Menü vorbereiten will. Einfrieren ist ebenfalls möglich.

Filderkraut
(deftiges Sauerkraut mit Schinkenwürfeln)

1 große Dose (oder Glas) Sauerkraut, abgetropft, oder 400 g »offenes« Sauerkraut vom Händler (Kraut »von den Fildern« ist stilecht, aber nicht Bedingung)
2 EL Zucker (brauner Zucker ist besonders aromatisch)
2 TL Butterschmalz oder Albaöl (Rapsöl mit Buttergeschmack)
2-3 Zwiebeln (nicht bei Apfel-, Trauben- oder Ananas-Variation)
ca. 100 g Schinkenwürfel
1/8 l Weißwein, Sekt oder Champagner
1/8 l Bouillon (selbstgemacht oder gekörnte Brühe)
1 kleines Lorbeerblatt
3 getrocknete Wacholderbeeren
2 schwarze Pfefferkörner
Kümmel (nicht bei Apfel-, Trauben- oder Ananas-Variation)
Salz, weißer Pfeffer, frisch gemahlen

Das Sauerkraut gut abtropfen und den Saft auffangen. In einem Topf den Zucker sanft goldbraun karamellisieren lassen und Schmalz zugeben.
Die halbierten und in dünne Scheiben geschnittenen Zwiebeln anbraten (nicht bei Apfel-, Trauben- oder Ananas-Variation). Den gewürfelten Schinkenspeck zugeben und mit anbraten (nicht zu dunkel). Das Sauer-

kraut zugeben, unter Rühren leicht anziehen lassen. Mit Wein (oder Sekt oder Champagner) und der Bouillon ablöschen (wenn Kinder mitessen, den Wein weglassen und doppelte Menge Bouillon verwenden). Lorbeerblatt, Wacholderbeeren und Pfefferkörner beigeben.

Dazugegeben werden können zusätzlich kleine halbierte weiße Weintrauben oder Apfelstückchen oder Ananasstücken (gerne auch aus der Dose, etwas Saft aufheben zum Abschmecken).

Das Sauerkraut mindestens eine Stunde schmoren. Wird das Kraut während des Kochens zu trocken, kann Wasser oder Bouillon nachgegossen werden. Zum Schluss mit Salz und Pfeffer abschmecken. Wenn Säure fehlt, etwas vom aufgefangenen Sauerkrautsaft beigeben. Ist es zu sauer, eine Prise Zucker zugeben (bei der Ananasversion auch Saft aus der Dose).

Mitgekocht werden können typischerweise Ripple und/ oder Kasseler, auch Blonsa (Leber- und Blutwurst in einer Kochversion). Die Fleischstücke dürfen gerne 30 bis 40 Minuten sanft mitköcheln. Die Würste erst etwa 15 Minuten vor dem Servieren beigeben und sanft mitgaren, auf keinen Fall bei hoher Temperatur kochen, sie platzen sonst.

Champagner-Apfel-Kraut – tolle Beilage zu Entenbrust Sektkraut mit Trauben – schön zu Rebhuhn oder Perlhuhnbrüstchen
Ananaskraut (mit Wein, Sekt oder Champagner) – passt zu allem

Die Rezepte für Schupfnudeln mit Sauerkraut hat Petra Naundorf beigesteuert. Sie sind auch in der Kriminanthologie „Schwabens Schwarze Seele" enthalten, ebenfalls erschienen im Wellhöfer-Verlag.

SUSANNE KRAFT

Pfitzauf, wie immer

Balingen

Sie beobachtete andächtig, wie die verkrümmten, schwarzen Dochte zum Leben erwachten. Kerze um Kerze entflammte. Der Advent ging zu Ende, das Warten näherte sich der Erfüllung. Endlich. Sie blickte die letzte Kerze an, die größte der vier. Seit sie brannte, war ihr eigenes Warten erträglich geworden, süß sogar. Jetzt waren es nur noch wenige Stunden. Sie blickte auf das Foto und lächelte zurück. Sie liebte das Bild. Er strahlte so voller Lebensfreude, strahlte sie an, als gäbe es niemanden sonst auf der Welt. Ihr Herz tat einen Sprung. Bald würde er wieder bei ihr sein. Ein weiteres Weihnachtsgeschenk brauchte sie nicht. Endlich würde er wieder da sein.

Er zog das Handy aus der Tasche und sah auf die Uhr. 12:34 Uhr. Immer noch eine Stunde bis Mannheim. Aber sie waren pünktlich. Gott sei Dank, er würde den knappen Anschluss bekommen. 12:34 Uhr – er rechnete nach, wann er zuletzt geschrieben hatte. 21 Minuten schon, das war fast eine halbe Stunde. Fast eine Ewigkeit. Er blickte das Foto auf dem Display an und lächelte, ohne es selbst zu merken. Er begann eine Whatsapp, verschickte sie. Das Warten kribbelte. Die Antwort kam. Er lächelte wieder. Die alte Dame, die ihm gegenüber saß, schmunzelte amüsiert. Aber das merkte er nicht. Alte Damen gegenüber existierten nicht, wenn man verliebt war.

Sie hätte gerne etwas Aufwändigeres gekocht. So waren es nur wenige Vorbereitungen gewesen. Aber es sollte ihr Heiligabendessen sein, das war das Wichtigste. Er liebte es. Sie blickte über die Eier, das Mehl und die Milch, sah dann auf das Rezept. Sie musste lächeln bei der Erinnerung. Ob sie schon beginnen sollte? Ob er den Zug in Mannheim erreichen würde? Sie blickte auf ihr Handy. Hoffentlich bekam er den Anschluss. Sie tippte den Code ein. Keine SMS, das Display leer. Es schmerzte. Wie Gift, immer noch. Sie suchte auf dem Tisch. Zwei Mörser. Ein großer mit Zucker darin, für die Extra-Süße obendrauf. Ein kleiner aus Porzellan daneben. Kleine Stückchen darin, weiß wie der Zucker. Alles würde gut. Bald. Ihr Herz schlug wieder frei. Sie öffnete den Fahrplan. Keine Verspätung. Er würde den Anschluss in Mannheim nicht verpassen. Und bald würde alles wieder sein wie immer. Sie lächelte das strahlende Gesicht liebevoll an.

Fast hätte er den Zug nach Stuttgart doch noch verpasst. Vier Minuten Umsteigezeit waren einfach zu knapp. Zum Glück war es ziemlich leer gewesen. Er hatte mit viel mehr Reiseverkehr gerechnet. Aber wahrscheinlich fuhren die meisten nicht erst an Heiligabend. Die waren alle schon längst zu Hause. Es hatte ihm einen kurzen Stich versetzt, als er das gedacht hatte. Aber dann hatte er das Vibrieren seines Handys gespürt, kaum dass er seinen Platz gefunden und sein Gepäck untergebracht hatte. Er hatte die Whatsapp gelesen, gelächelt und zurückgeschrieben. Diesmal war es ein Herr gegenüber gewesen, der geschmunzelt hatte. Aber auch das hatte er nicht bemerkt. Und auch den Stich des schlechten Gewissens hatte er wieder vergessen. Andere Menschen waren nicht wirklich wichtig, wenn man verliebt war.

Als er zwischen Mannheim und Stuttgart sein musste, fing sie an, den Teig zu machen. Viel zu früh eigentlich, aber sie konnte nicht länger warten. Sie blickte auf das Rezept, ein fleckiges Blatt mit einer großen Überschrift. Die Überschrift war dreimal unterstrichen und es waren fünf Ausrufezeichen dahinter. Sie lächelte.

»Wir machen ja Pfitzauf«, sagte sie zu ihm, »und du darfst die Teigschüssel haben.« Er strahlte sie an. »Morgen«, sagte sie, »machen wir dann den Kartoffelsalat und übermorgen die Ente. Aber heute Abend gibt es Pfitzauf, wie immer.« Sie blickte auf den Zucker in dem großen Mörser und auf den kleinen Mörser daneben. Sie lächelte wieder. An den Feiertagen den Kartoffelsalat und die Ente, aber heute den süßen Pfitzauf. Wie immer. Es würde endlich bald alles wieder sein wie immer.

Er hatte Hunger, als er in Stuttgart ausstieg. Hunger auf einen Whopper. Er kämpfte mit sich. Whopper, wenn man zu Heiligabend zu Besuch kommt, das macht man nicht, sagte er sich, es gibt ja gleich was.

Bestimmt diese süßen Teile, die wir immer hatten, dachte er – und hatte Hunger auf einen Whopper. Zu viel Hunger, um zu widerstehen.

Whopper essen, wann immer man will, sagte er zu seinem schlechten Gewissen, als er in den saucetropfenden Burger biss, das ist Freiheit! Er sah auf die Bahnhofsuhr. Das reichte, für den Whopper und noch eine Whatsapp. Die letzte war schon – er rechnete, während er schluckte – 17 Minuten her. Fast eine Ewigkeit. Er angelte das Handy aus seiner Tasche. Er stand ziemlich vielen Leuten im Weg, während er schrieb. Aber das störte ihn nicht, er bemerkte es nicht einmal.

Als er seine Whatsapp geschrieben hatte und im Regionalzug nach Balingen saß, kam der Nachgeschmack. Eklig. Ihm wurde übel. Er blickte in die vorbeiziehende Landschaft. Grau, leer, kein Leben. Nichts jedenfalls, das man so nennen konnte, wenn man aus Berlin kam. Ein erstickender Nebel begann ihn zu umhüllen. Er hatte über nichts wirklich nachgedacht, hatte alles hi-

nausgeschoben. Aber jetzt war er bald da. Mach schon,
dachte er, es ist ja nur bis übermorgen und dann bin ich
wieder weg. Er holte das Handy aus der Tasche. Lä-
chelte. Dann riss er sich zusammen. Er schrieb endlich
die SMS, dass er pünktlich sei, dass er wie vereinbart
abgeholt werden konnte, schrieb, dass er sich freute.
Eigentlich war es jetzt eh zu spät, um noch zu schrei-
ben, aber dann hatte er es wenigstens noch gemacht. Er
blickte hinaus in das Grau. Jetzt kannte er die Gegend.
Eine schaffe ich noch, dachte er, als der Zug langsamer
wurde. Er schrieb „Ciao, bis übermorgen." Er lächelte
noch einmal, als die Antwort kam, nur ein Kuss.

Dann war er da.

Er sah seine Mutter auf dem Bahnsteig, da hatten sie
noch nicht einmal gehalten. Sie bewegte den Kopf su-
chend hin und her und sie schaffte es tatsächlich, ihn
noch im fahrenden Zug zu entdecken.

»Ich habe sie noch nicht in den Ofen gestellt«, sagte sie
auf dem Heimweg im Auto. Es war nicht weit bis zu
ihrem Dorf, aber die Busverbindungen waren unmöglich, da hätte er nach der langen Fahrt noch einmal eine
Stunde gebraucht. Natürlich hatte sie ihn abgeholt. Er
fand es zu warm im Auto.

»Ich habe extra noch gewartet. Du willst ja zusehen,
wie sie pfitzen. Das hast du immer so gerne gesehen. Du
warst kaum wegzubekommen vom Backofen. Sogar
den Weihnachtsbaum und die Geschenke hast du ganz
darüber vergessen, selbst das Fahrrad damals. Deshalb
haben wir ja auch immer den Pfitzauf gemacht. Den
Teig habe ich schon fertig und der Ofen ist auch schon
warm. Du hast ja bestimmt einen Riesenhunger nach
der langen Fahrt.«

»Äh, ja, natürlich«, sagte er und hatte das Gefühl, er
müsse den Geruch des Whoppers aus jeder Pore aus-

dünsten, dass das ganze Auto nach Whopper stank.
»Gibt's Pflaumenkompott oder Apfelbrei dazu?«

»Pflaumenkompott«, sagte sie. »Und Puderzucker. Frisch gemörsert – du weißt ja, dann ist er am süßesten.« Sie lachte. »Du hast so gerne gemörsert, man hatte immer Angst, am Ende wäre der ganze Zucker weggemörsert. Und immer hast du behauptet ...«

Sein Handy brummte. Er nahm es aus der Tasche, las, lächelte. Tippte. Lächelte wieder.

»Tschuldigung, was hattest du gesagt?«, fragte er, als er das Handy wieder einsteckte.

Sie lächelte auch. Seltsam. Aber er sah es nicht. Er war noch zu sehr bei der Whatsapp.

»Nichts Wichtiges«, sagte sie, während sie abbog. Sie waren jetzt beinahe da. »War das deine Lisa?«

»Ja«, sagte er und spürte, wie sein Mund trocken wurde. Der Name hing in der Whopperluft zwischen ihnen. Er hätte es ihr gar nicht sagen sollen. Aber er hatte ja irgendwie erklären müssen, warum er am zweiten Weihnachtsfeiertag schon wieder fuhr. Lisa ... er wollte nicht, dass seine Mutter ihren Namen sagte. Er blickte nach draußen. »Huch, was wird denn hier neu gebaut?«, fragte er, als er die Baustelle am Ortseingang sah.

»Da haben sie doch schon lange angefangen«, sagte seine Mutter, »schon im Herbst – aber du warst ja ewig nicht mehr da.«

Er schwitzte. Wieso heizte sie das Auto für das kurze Stück eigentlich so abartig hoch?

»Na ja«, sagte er, während er auf die Baustelle blickte, »drei Monate sind ja wohl keine Ewigkeit. Und Berlin nun mal nicht um die Ecke.«

Dann fiel ihm nichts mehr zu sagen ein. Seine Mutter redete. Über die Weihnachtsbeleuchtungen der Leute im Dorf, die an den Fassaden hängenden Weihnachts-

männer, was die Mütter seiner ehemaligen Klassenka-
meraden über ihre Söhne erzählten. Er atmete seinen
Whopper-Atem gegen das Fenster und blickte auf sein
Heimatdorf. Er entdeckte keine weiteren Veränderungen. Es war alles wie immer.

Als er die Einfahrt zu ihrem Haus hinabging, hatte er
das Gefühl, sein Leben, Berlin, sein Studium, Lisa, ver-
schwänden aus der Welt. In dem Augenblick, in dem er
seine Taschen im Flur abstellte, schauderte er. Aber als
er drin war, hängte er seine Jacke ohne nachzudenken
an seinen Haken, an den, den er schon als Kind immer
verwendet hatte. Seine Mutter guckte auf die Jacke. Es
war eine neue.

»Komm«, sagte sie dann, »der Pfitzauf muss in den
Ofen. Ich hole nur noch gerade das Pflaumenkompott.
Du hast ja sicher einen Riesenhunger nach der langen
Fahrt.« Sie sagte es so, als hätte sie das nicht schon ein-
mal gesagt.

»Tierisch«, sagte er und ging in die Küche.

Das bleierne Gefühl verschwand ganz plötzlich, als
er das Rezept sah. Jetzt erinnerte er sich an die ganze
Geschichte mit dem Pfitzauf. Er musste lachen. Er war
sogar noch zu der alten Nachbarin gegangen, um nach
den Zutaten zu fragen. Weil seine Mutter behauptet
hatte, sie hätte das Rezept nicht mehr, da könnten sie
ja keinen Pfitzauf machen. Diesmal würde es eben Heiligabend schon den Kartoffelsalat geben. Er war so wütend gewesen. Es hatte immer Pfitzauf zu Heiligabend
gegeben, da konnte sie doch nicht plötzlich schon den
Kartoffelsalat machen. Er hatte nicht gewollt, dass etwas anders war als sonst. Er musste grinsen, als er auf
die Überschrift guckte. Heiligabend gibt es Pfitzauf!!!
Dreimal dick unterstrichen. Und mit den Ausrufezeichen hatte er auch nicht gespart. Dass sie das alte Ding
immer noch hatte. Plötzlich freute er sich auf den Hei-

ligabend, auf den Weihnachtsbaum und alles. Er drehte sich um, um seine Mutter nach dem Baum zu fragen, und erstarrte auf halbem Weg. Er starrte in ein Lächeln. Er hatte es gar nicht gesehen, als er in die Küche gekommen war. Obwohl es groß war. Sein Gesicht hing über dem Gewürzbord und strahlte ihn an. Sein Kindergesicht. Es war vielleicht zehn Jahre alt. Er hatte das Foto ewig nicht gesehen, hatte gar nicht gewusst, dass es das noch gab. Es klebte in einem der alten Alben. So groß hatte er es noch nie gesehen. Ihm wurde kalt, obwohl er den heißen Ofen hinter sich hatte. Er schluckte. Seine Mutter kam in die Küche. Er wandte sich vollends um.

»Entschuldige«, sagte sie, »ich musste noch das Pflaumenkompott suchen. Ich habe zwei Gläser geholt. Weil du den ja so gerne isst.«

Er öffnete den Mund, um zu antworten, aber sie sah ihn gar nicht an. Er folgte dem Blick und starrte wieder in sein strahlendes Kinderlächeln. Er schloss den Mund, ohne zu wissen, was er hatte sagen wollen.

»Machst du ihn auf?«, fragte seine Mutter, »ich krieg die Deckel immer nicht gut auf.«

»Klar«, sagte er und schluckte wieder, »das schaffe ich schon.« Er streckte die Hand aus.

Sein Handy brummte, als er das erste Glas geöffnet hatte. Man hörte es. Nur der Ofen surrte leise im Hintergrund, sonst war es still. Es brummte wieder, seine Nackenhaare stellten sich auf. Dann wieder Stille, bis auf den Ofen, der auf den Pfitzauf wartete. Dann brummte es wieder.

»Oh, geh doch ran«, sagte seine Mutter heiter, »das ist bestimmt deine Lisa. Lass sie nicht warten.« Sie nahm ihm das Pflaumenkompott aus den Händen. »Geh ran! Du kannst ja ins Wohnzimmer gehen, dann kannst du schon mal den Weihnachtsbaum angucken. Es dauert ja noch etwas, bis sie pfitzen.«

Sein Handy brummte.

Es war diesmal ein richtiger Anruf, keine Whatsapp. Er holte das Handy aus der Tasche. Er fühlte, wie seine Mutter hinter ihm zum Ofen ging, und hielt das Handy nach unten, während er aufstand. Als er aus dem Zimmer ging, hörte er, wie sie etwas sagte. Aber dann war die Tür zu.

Lisa. Sie wollte ihn noch wegen der Skisachen fragen, und ihre Eltern sagten, dass sie sich freuten, dass er mitkomme. Es fiel ihm schwer, sich zu konzentrieren, während er auf den Weihnachtsbaum blickte, der aussah wie immer. Goldene Kugeln und Bienenwachskerzen. Unter dem Baum war alles voller Geschenke. Massen von Geschenken. Er drehte sich weg. Der Esstisch war schon halb gedeckt, nur die Teller fehlten. Ein Adventskranz mit roten Kerzen. Sie hatten immer rote Kerzen gehabt.

Sie hatte noch einmal fragen wollen, wann genau er ankomme. Und sie hatte seine Stimme hören wollen. Er ihre auch, sagte er. Er versuchte, sich zu verabschieden. »Ich muss jetzt«, sagte er, aber es dauerte dann doch. »Ich dich auch«, sagte er schließlich. Dann legte er auf. Das Gespräch war länger gewesen, als er gedacht hatte. Der Pfitzauf stand schon auf dem Tisch, als er in die Küche kam.

»Was hast du gesagt?«, fragte er, denn er hatte noch ein Wort mitbekommen, aber nichts mehr verstanden.

»Oh«, sagte seine Mutter. Es wirkte, als hätte er sie gestört. »Ich hatte gefragt, ob du mörsern möchtest. Du weißt doch«, sie zwinkerte, »frisch gemörsert ist der Zucker am süßesten.«

»Na klar«, sagte er und versuchte nett zu klingen, obwohl ihn das mit dem frisch gemörserten Zucker nervte. Er nahm den Mörser mit dem Zucker. Er guckte zu, wie die Kristalle unter dem Druck zerbrachen.

»Reicht das?«, fragte er schließlich und zeigte seine Zuckermenge.

»Oh, mach doch noch etwas. Das ist ja das Wichtigste, die Extra-Süße obendrauf. Das hast du immer geliebt.«

Er zermalmte noch mehr der Kristalle zu Pulver. Er konnte sich daran erinnern, dass er das gerne gemacht hatte, hatte aber keine Ahnung warum. Es war ziemlich langweilig. So viel brauchten sie doch auch gar nicht.

»Soll ich den Zucker mit rübernehmen?«, fragte er, als er noch zwei Portionen gemörsert hatte.

»Oh, lass nur«, sagte sie, »ich tue ihn hier schon darüber. Du schaffst sechs Stück, oder? Du hast immer mindestens sechs geschafft.«

»Mach erstmal drei«, sagte er, während sich der Whopper in seinem Magen in einen Klotz verwandelte, »ich esse nicht mehr so viel wie früher.« Eine Welle von Aggressivität durchflutete ihn. »Und mach auch bitte nicht so viel Zucker auf meine, das wird mir sonst zu süß, ich kann das nicht leiden, wenn es so abartig süß ist.«

Das schlechte Gewissen kam sofort. Aber sie lächelte nur. Und blickte zu dem Bild an der Wand.

»Ich nehme schon mal das Kompott mit rüber«, sagte er. Er hatte plötzlich das unwiderstehliche Bedürfnis, Lisa zu schreiben, noch eine kurze Antwort zu lesen. Er nahm die Schüssel mit dem Kompott. Während er aus der Küche ging, hörte er noch das Mahlen des Mörsers und seine Mutter, die etwas sagte. »Mein Gott, was mörsert sie denn jetzt noch?«, dachte er. Er schaffte seine Whatsapp und die Antwort, bis seine Mutter mit dem Pfitzauf kam.

Auf seinen drei Pfitzen war tatsächlich gar nicht so viel Zucker, es war nur ganz wenig Pulver oben drauf. Aber er schaffte trotzdem nur zwei. Danach war ihm übel. Manchmal während des anschließenden Gesprächs hatte er das Gefühl, sich übergeben zu müssen. Es war ungewöhnlich, dass sie noch so lange am Tisch redeten, das war sonst nicht so gewesen. Aber er war froh darüber, denn er war fast sicher, dass ihm endgültig schlecht werden würde, wenn sie zu dem Weihnachtsbaum und den Geschenken gingen. Da hielt er lieber die Unterhaltung aus. Sie tranken noch Wein. Das hatten sie früher nicht getan. Seine Mutter erzählte etwas von dem Heiligabend, an dem er das Fahrrad bekommen hatte. Aber es verschwamm in seinem Kopf und er musste sich so darauf konzentrieren, dass ihm nicht schlecht wurde. Außerdem war er müde.

Irgendwann brummte sein Handy. Er wollte es aus der Tasche nehmen, aber er schaffte es nicht mehr.

»Komm«, sagte seine Mutter, »ich bringe dich ins Bett. Dir geht es ja gar nicht gut, es ist besser, wenn du dich hinlegst.« Er hatte das Gefühl, dass sie recht hatte, aber er wollte nicht schlafen gehen. Es gab ja auch noch die Geschenke. Und sie mussten den Baum anzünden. Es war ja Heiligabend. Aber er war so müde. Er nahm nicht viel wahr von seinem Zimmer. Es sah auch aus wie immer. Bis auf das große Bild von ihm, das ihn anstrahlte.

Es war gar nicht schwer gewesen, mit dem Kissen zuzudrücken. Er hatte tief geschlafen. Es waren gute Tabletten gewesen. Alte, aus der Zeit, als Tabletten noch richtig wirkten. Aber hart waren sie gewesen, es war nicht einfach gewesen, sie klein zu kriegen. Alles andere dagegen war gar nicht schwer gewesen. Viel einfacher, als sie gedacht hatte, als sie beim Entzünden der letzten Kerze vor dem leeren Handy gesessen hatte. Leer. Keine Antwort, nicht einmal für eine kurze Antwort hatte er Zeit gehabt.

Es würde ihr doch nichts ausmachen, wenn er am zweiten Feiertag schon wieder führe, oder? Sie hatte wie erstarrt vor der Nachricht gesessen. Dann zurückgeschrieben. Drei Monate hatte sie gewartet, dass er endlich wiederkäme, dass es endlich wieder so wäre wie früher. Und nicht einmal für eine Antwort hatte er Zeit gehabt, das Handy war leer geblieben. Da hatte sie gewusst, dass alles in Gefahr war. Es war ja nicht so, dass er nur weg gewesen wäre. Er hätte die ganzen Erinnerungen zerstört, Stück für Stück. Nichts wäre ihr geblieben. Es wäre noch einmal gewesen wie damals. Nichts hatte sie retten können von all der Zeit mit seinem Vater. Erinnerungen konnten nicht überleben, wenn die Gegenwart sie vergiftete. Alles war kaputtgegangen und so würde es wieder sein. Damals hatte sie das ertragen können, denn sie hatte ja ihn gehabt. Er war ein so lieber Junge gewesen, hatte so viel Licht in ihr Leben gebracht. Das durfte nicht in Gefahr geraten. Sie hatte zu dem Bild geblickt und gewusst, dass sie ihn für sich retten musste. Er hatte sie angelächelt und sie hatte zurückgelächelt. Da war es ihr wieder gut gegangen.

Sie blickte von der Bettkante aus auf die reglose Gestalt. Was er da wohl vorher gegessen hatte? Es hatte gestunken. Vor allem im Auto. Und sein Gang war ganz anders gewesen. Es war gar nicht so einfach gewesen, so zu tun, als würde er hierher gehören. Diese komische Jacke, die er aufgehängt hatte. Sie blickte zu dem Bild.

»Der da«, sagte sie, »hätte uns alles zerstört. Aber jetzt ist alles gut.« Er strahlte sie an. Sie lächelte zurück. »Er ist bald weg«, versprach sie. Sein Zimmer, das war ihm heilig. Da durfte keiner rein, wenn er es nicht erlaubte. Aber er hatte es verstanden, es ging ja um sie beide, da war er einverstanden gewesen.

»Ich muss erst kurz noch mal in die Küche«, sagte sie, »aufräumen, den Mörser auswaschen und den letzten Pfitzauf entsorgen. Im Kachelofen vielleicht, was meinst du? Und dieses Handy muss weg.« Sie blickte auf das Handy, in dem inzwischen schon drei Nachrichten warteten. »Aber das dauert nicht lange.« Sie lächelte ihn an.

»Und dann, dann machen wir die Geschenke auf.«

Er strahlte.

»Weißt du noch, wie sehr du dich damals über das Fahrrad gefreut hast?«

Natürlich wusste er das noch.

Sie war glücklich.

Pfitzauf

250 g Mehl
eine Prise Salz
1/2 l Milch
6 Eier
2 EL Puderzucker
80 g Butter
weiteren Puderzucker zum Bestreuen

Zunächst den Backofen auf 220 Grad vorheizen. Für den Teig die Eier und den Puderzucker miteinander verschlagen. Die Butter in einem Topf oder der Mikrowelle schmelzen lassen. In einer zweiten Schüssel Mehl und Milch mit dem Mixer zu einem Teig verrühren. Anschließend die Eier-Puderzucker-Mischung unterrühren. Zum Schluss wird die flüssige, nicht zu heiße Butter untergehoben.
Der relativ flüssige Teig wird in eine Pfitzaufform oder in Tassen gegeben. Die Formen dürfen hierbei nur etwa halb voll mit Teig sein. Dann auf mittlerer Schiene 25 bis 30 Minuten goldbraun backen. Dabei hebt sich der Teig. Den Ofen in dieser Zeit nicht öffnen, da der Teig sonst wieder zusammenfallen kann.
Mit Puderzucker bestreuen und mit Kompott servieren.

Tannenbäume, so viele ihr wollt

Freudenstadt

»Wir haben morgen schon den vierten Advent und noch keinen Tannenbaum«, bruddelte meine Frau beim Mittagessen, das wie jeden Samstag aus Linsen und Spätzle bestand.

»Dann bleibt er länger frisch und nadelt nicht so früh«, war meine Antwort, während ich mich intensiv mit meinen Saitenwürstle beschäftigte. Ich hatte nämlich schon einen Plan, wie ich dieses Jahr besonders günstig zu einer Tanne kommen würde. Wir Schwaben sind ja weit und breit für unseren ausgeprägten wirtschaftlichen Instinkt bekannt. Böse Zungen nennen es Geiz.

Um meine Frau nicht zu beunruhigen, erklärte ich ihr nach dem Essen, dass ich neulich günstige Bäume gesehen hätte und gucken wollte, ob es da noch welche gebe. »Ich bin geschwind mal unterwegs und in einer halben Stunde wieder da!«, rief ich ihr beim Verlassen des Hauses zu, und weg war ich. Beim Spaziergang am ersten Advent hatte ich oben im Wald auf dem Finkenberg eine nicht eingezäunte Schonung mit Jungtannen gesehen. Die Bäumchen hatten gerade die richtige Höhe fürs Wohnzimmer – und *günschdig* waren sie außerdem.

Ich nahm die B28 Richtung Kniebis, parkte das Auto auf einem Waldweg und schlich mit Säge und Rosenschere bewaffnet durchs Unterholz. Eigentlich bin ich kein ängstlicher Mensch, aber hier klopfte mein Herz plötzlich heftig.

Ich erreichte die Jungpflanzung und hatte schnell einen schönen Baum gefunden. Ein Stück weiter entdeckte ich dann jedoch einen hübscheren. Als mir auch noch ein dritter gefiel, wurde ich etwas unentschlossen. Ich entschied mich schließlich für das zweite Exemplar, schnitt die unteren Zweige ab und begann zu sägen. Das Bäumchen fiel zur Seite, ich bereinigte den Stamm und zog es dann hinter mir her bis zum Waldweg. Kaum war ich dort angekommen, hielt ein Auto neben mir. Mein erster Gedanke war, jetzt nur nicht nervös werden, ganz cool bleiben und so tun, als gehörte ich hierher.

Der Mann kurbelte das Fenster herunter und fragte: »Was koscht hier e Baum?« Ich sah ihn wohl etwas verdutzt an, jedenfalls wiederholte er: »Was koscht e Baum?«

»Die kleinen 15, die größeren 25 Euro«, antwortete ich geistesgegenwärtig.

»In Ordnung«, sagte mein Gegenüber, stieg zu meinem Entsetzen aus dem Auto und begann, nach einem attraktiven Exemplar zu suchen.

Ich überlegte, was nun angebracht sei. Sollte ich schnell abhauen oder wäre es klüger, den Schein zu wahren und hier den Verkäufer zu mimen?

In meine Gedanken hinein rief er schon: „He, kommet se mol da rom ond säget se den da ab.«

Ich legte mein Bäumchen zur Seite und tat, wie es mich geheißen wurde. Er zückte sein Portemonnaie und zog 25 Euro heraus. Als ich zögerte, fragte er: »Oder koscht der hier mehr?«

»Nein, nein«, antwortete ich. »Isch scho recht.«

Während wir zurück zum Weg gingen, traute ich meinen Augen nicht: Ein weiteres Auto hielt an. Diesmal war es bestimmt der Förster.

Ein Ehepaar stieg aus dem Wagen und fragte ebenfalls nach den Preisen für die »mordsmäßig schönen« Bäume. Die Frau schwärmte mal für diese, mal für jene

Tanne. Als sie sich endlich für eine entschieden und ich sie bereits abgesägt hatte, rief sie plötzlich: »Egon, diese hier ist noch viel schöner!« Und in meine Richtung: »Würden Sie diese hier bitte absägen? Die andere können Sie sicher noch verkaufen.«

Gehorsam sägte ich auch den zweiten Baum ab, kassierte 20 Euro und fünf Dankeschöns und hoffte, dass ich mich nun ebenfalls aus dem Staub machen konnte. Aber weit gefehlt. In der Zwischenzeit hatten drei weitere Autos angehalten: zwei Familien, eine davon mit einem Hund, und ein Herr in einem grünen Parka, der mich am meisten beunruhigte. Die Kinder und der Hund betrachteten die Schonung als einen Ort, Verstecken und Fangen zu spielen. Der Hund bellte vor Vergnügen, während die Erwachsenen die Qual der Wahl hatten, die passende Tanne zu finden, um damit ihr Heim möglichst vorteilhaft zu dekorieren.

Die Geschmäcker sind bekanntlich verschieden; die einen favorisierten einen möglichst gleichmäßig gewachsenen Baum, die anderen schwärmten für ein unten äußerst ausladend gewachsenes Exemplar mit eher magerer Oberweite, Männer waren leichter zufriedenzustellen als Frauen. Wenn einem Baum mal ein Zweig fehlte, weil er zu nah am nächsten gestanden hatte, war das für Männer kein Grund, diesen Baum nicht zu kaufen. Zu Hause würde er ja sowieso an der Wand stehen, was somit kein Hindernis für einen Kauf darstellte.

Es kamen immer mehr Menschen, und nach einer Stunde hatte ich den Überblick verloren, wie viele Bäume ich schon verkauft hatte.

Mit Entsetzen sichtete ich unseren Apotheker unter den Käufern. Ich versuchte, mich zu verstecken, aber ohne Erfolg, weil sein Hund mich einen Augenblick später schwanzwedelnd begrüßte. Dem Gespräch über Belanglosigkeiten folgte die Erklärung, ich würde am

Wochenende dem Forstamt unter die Arme greifen, um beim Ausdünnen des Bestandes nützlich zu sein. Schließlich stünden die Bäume ja viel zu dicht.

Etwas ratlos wirkte ich, als mich jemand danach fragte, welche Sorte von Tanne das sei.

»Ich glaube, Nordmanntannen«, faselte ich.

»Ich glaube«, echote mein Gegenüber und fand es äußerst belustigend, dass ich quasi als Vertreter des Forstamtes nicht wusste, was ich hier verkaufte.

Ein andermal wurde meinem Geschäftssinn Nachhilfe erteilt.

»Send Se verheiratet?«, wurde ich gefragt. Als ich bejahte, meinte die geschäftstüchtige Dame, dass ich doch meine Frau mit einspannen könne. Ein Stand mit Glühwein, Kinderpunsch, heißer Wurst, Butterbrezeln und Kuchen wäre geradezu eine Goldgrube. Außerdem würde ich die Bäume sowieso viel zu günstig verkaufen. Im nächsten Jahr würde sie an meiner Stelle mit dem Verkauf schon eine Woche früher beginnen. Viele Leute hätten sich bis zum vierten Advent bereits mit einem Baum eingedeckt. Und nur eine Säge sei auch zu wenig, aber das könnte sie noch verstehen, weil ja sonst jeder irgendwo rumsägen würde. Überhaupt sei es sicherlich günstiger, wenn ich eine rote Jacke trüge, denn so sei ich ja zwischen all dem Grünzeug äußerst schlecht auszumachen.

Ich arbeitete mindestens für drei an diesem Nachmittag. Irgendwann stellte ich fest, dass ich begonnen hatte, mich mit dem Job zu identifizieren. Ich beriet die Leute, schickte sie hierhin oder dorthin, weil ich der Meinung war, den Baum ihrer Wünsche in dieser oder jener Reihe »meiner« Schonung gesehen zu haben.

Es dämmerte bereits, als der Strom kaufwütiger Tannenbaumliebhaber nachließ. Müde machte ich mich auf die Suche nach meinem Baum, den ich gleich zu

Anfang für mich abgesägt hatte, aber der war spurlos verschwunden. Also sah ich mich erneut nach einem Bäumchen für unser Wohnzimmer um. Es wurde höchste Zeit, weil sich die Dunkelheit rasch ausbreitete. Als ich zum Auto zurückkehrte, war es bereits stockdunkel.

Auf dem Heimweg fragte ich mich, worauf ich mich da eigentlich eingelassen hatte. Eine Stimme in meinem Innern flüsterte: »Das war Diebstahl!«

Ach was, sagte ich mir, die Leute haben mich gezwungen, eigentlich wollte ich das gar nicht. Ich fuhr rechts ran, kramte die Geldscheine aus meiner Jackentasche, zählte und zählte und bekam ganz heiße Ohren. Jetzt konnte ich noch ein Fahrrad und ein Kettcar für die Kinder zu Weihnachten kaufen, und für meine Frau würden auch noch die schicken Schuhe abfallen, die wir uns sonst nicht leisten konnten. So beschloss ich, zu Hause nichts von meinem Nebenverdienst zu erzählen.

Zu Hause! Siedend heiß fiel mir ein, dass der Nachmittag eigentlich für mich und meine Frau reserviert gewesen war. Die Kinder waren zum Kindergeburtstag eingeladen, und wir Eltern wollten uns einen schönen Nachmittag machen. Gemütlich Kaffee trinken, anschließend über den Weihnachtsmarkt in Freudenstadt bummeln, einen leckeren heißen Punsch trinken. Mir wurde bei diesem Gedanken ganz flau in der Magengegend. Schweren Herzens fuhr ich nach Hause.

Meine Frau kam mir schon entgegen, als ich das Haus betrat. Sie hatte sich Sorgen um mich gemacht und reagierte beleidigt, als ich ihr den Grund meiner Verspätung nicht nennen wollte. Zuletzt redete ich mich mit »Weihnachtsüberraschung« heraus. So endete der Tag mit einem schief hängenden Haussegen.

In der Nacht träumte ich von Tannenbäumen. Der Herr im grünen Parka hatte dieses Mal einen Hund dabei und rief in harschem Ton: »He, Sie! Was machet Se da?« Ich ließ Baum Baum sein und rannte um mein Leben. Der Hund jagte hinter mir her. Meine Flucht endete an einem mannshohen Zaun. Ich bemühte mich hinüberzuklettern, während der Hund nach meinen Füßen schnappte.

Ich erwachte klatschnass geschwitzt und mit einem Puls von 150.

Ein Glück, dachte ich, alles nur geträumt. Aber der Traum stellte sich als äußerst hartnäckig heraus. Er kehrte in dieser und der darauffolgenden Nacht wieder. Am Montagmorgen war in mir der Entschluss gereift, zur Ehrlichkeit zurückzukehren.

Nach Feierabend nahm ich das ganze Geld, es waren fast 500 Euro, und machte mich auf den Weg zum hiesigen Förster.

Zögernd folgte ich dem Kiesweg zum Wohnhaus. Hunde begannen zu bellen und erinnerten mich an meine Träume der beiden letzten Nächte.

»Das ist eine Menge Geld«, sagte eine Stimme in mir.

Eine andere gab zu bedenken: »Aber es gehört dir nicht.«

»Du könntest deinen Kindern ihre sehnlichsten Weihnachtswünsche erfüllen«, fuhr die erste Stimme fort.

»Du wärst damit nicht glücklich«, konterte die andere.

»Du hast schließlich dreieinhalb Stunden dafür gearbeitet.«

»Aber es belastet dein Gewissen. Deine Kinder hast du zur Ehrlichkeit erzogen, du würdest selbst unglaubwürdig werden«, mahnte die zweite Stimme.

In der Zwischenzeit war ich an der Haustür des Försters angekommen. Überhastet betätigte ich den Klingelknopf, als hätte ich Angst vor meiner eigenen Courage und davor, es mir doch noch anders zu überlegen.

Der Förster sah mich ein wenig merkwürdig an, als ich mein Anliegen vorgetragen hatte. Mit beiden Händen holte ich die Geldscheine aus meiner Tasche und legte sie auf den Tisch.

»Ich schäme mich so dafür. Von Kindern erwartet man selbstverständlich, dass sie hingehen und sich entschuldigen, wenn sie etwas verbockt haben. Sie glauben gar nicht, wie schwer es mir, einem erwachsenen Mann, fällt, zu Ihnen zu kommen und zu sagen, wie leid mir das alles tut. Aber davon wachsen Ihre Bäume ja auch nicht wieder. Sie haben sicher das Recht, zur Polizei zu gehen und mich wegen Diebstahls anzuzeigen, aber glauben Sie mir, das ist alles Geld, mehr habe ich nicht eingenommen.«

Entweder war der Förster sauer auf mich oder ein sehr ruhiger und geduldiger Mann, denn er sagte nicht viel dazu. Die Stille, die zwischen uns entstand, wirkte auf mich beängstigend. Jedenfalls war ich dankbar und froh, als er nach langem Schweigen endlich zu reden begann.

»Ich möchte Ihnen sagen, dass ich nicht böse auf Sie bin. Ich finde es bemerkenswert, dass bei Ihnen die Ehrlichkeit gesiegt hat. Bei vielen Menschen ist das nicht so, die nehmen sich einfach, was sie wollen, und sind noch empört, wenn man sie darauf aufmerksam macht, dass das Unrecht ist. Ich will Sie hier nicht verurteilen, ich möchte Ihnen vielmehr sagen: Auch ich lebe davon, dass Gott mir jeden Tag aufs Neue liebevoll und gnädig begegnet. Würde er nur korrekt zu mir sein, wäre es schlecht um mich bestellt. Gerade zu Weihnachten wird mir das immer wieder bewusst. Was wäre aus uns Menschen geworden, wenn er Jesus Christus nicht in diese Welt geschickt hätte? Er ist ja nicht geboren worden, damit wir ein romantisches Weihnachtsfest feiern können, er ist vielmehr gekommen, um uns unsere Schuld abzunehmen.«

Er begann, auf dem Tisch das Geld zu sortieren, blickte plötzlich auf und fragte: »Wie viel kostet ein Fahrrad und wie viel ein Kettcar?«

Ich war irritiert und nicht in der Lage, eine realistische Summe zu nennen. Die verständnisvollen Augen und Worte dieses Mannes hatten mich gedanklich total aus der Bahn gebracht.

Mit einem Mal schob er den ganzen Haufen zerknüllter Scheine über den Tisch und meinte mit einem Augenzwinkern, ich solle es ruhig behalten und etwas Schönes damit machen. Schließlich hätte ich ja auch ordentlich dafür gearbeitet, und die kleinen Bäume hätten sowieso noch durchforstet werden müssen.

Plötzlich konnten wir miteinander reden: über Tannenbäume und Kinderwünsche, über Schuldvergebung und den liebevollen Umgang mit anderen. Nach fast zwei Stunden verließ ich das Forsthaus als ehrlicher Sünder und mit der Einladung, zwischen den Feiertagen mal mit der ganzen Familie einen Gang durch den Wald zu machen.

Schon im Begriff, nach Hause zu fahren, drehte ich noch einmal um. Der Förster stand abwartend in der Tür und fragte, was es denn jetzt noch gebe. Ich drückte ihm 25 Euro in die Hand – schließlich wollte ich nicht unter einem geklauten Tannenbaum Weihnachten feiern!

Veröffentlichung mit freundlicher Genehmigung des Bibellesebundes Marienheide

Linsen mit Spätzle

Das schwäbische Nationalgericht
Für 4 Personen

Linsen

*200 g Linsen (Tellerlinsen, Braune Linsen, Alblinsen
oder Alb-Leisa)*
ca. 1/8 l Rotwein, Gemüsebrühe
2 EL Öl oder Butterschmalz
1 Scheibe Räucherbauch (Wacholderbauch)
1 Zwiebel, gewürfelt
1/2 Stange Lauch, in Ringe geschnitten
1 Karotte, in Scheiben geschnitten
2 Scheiben Knollensellerie, mittelgroß, gewürfelt
1 mittelgroße Kartoffel, gerieben
1 EL Tomatenmark
1 Lorbeerblatt, 2 Nelken
*Salz, Pfeffer, Senf, Muskat, Rotweinessig, eine Prise Zu-
cker (zum Abschmecken)*

*Die gewürfelte Zwiebel andünsten, dann das Gemü-
se (ohne Kartoffel) zugeben. Den Speck mit anbraten,
dann die Linsen hinzugeben. Brühe angießen und bei
eingeweichten Linsen etwa 15 Minuten kochen, bei
trockenen Linsen entsprechend länger, bis sie den ge-
wünschten Biss haben. Die meisten angebotenen Linsen können ohne Einweichen gekocht werden. Nach
etwa acht Minuten die geriebene Kartoffel zugeben.
Wenn die Linsen gar sind, mit den Gewürzen, dem Rotwein und dem Essig abschmecken.*
*Dazu passen Spätzle (aus der Tüte, aus dem Kühlregal
oder gemäß nachfolgendem Rezept selbst gemacht)
und Saitenwürstle.*

Spätzle

500 g Mehl
5 Eier
ca. 250 ml Wasser
1 TL Salz

Mehl, Eier und Salz unter Zugießen des kalten Wassers zu einem festen, glatten Teig rühren, bis er Blasen wirft. Teig in die Spätzlepresse (Spätzleschwob) füllen (maximal drei Viertel voll) und in sprudelnd kochendes Salzwasser drücken. Sobald die Spätzle nach oben kommen, mit dem Schaumlöffel herausnehmen und in ein Sieb geben. Dann kurz durch eine Schüssel mit heißem, gesalzenem Wasser ziehen, das verhindert das Zusammenkleben.

Alternativ handgeschabte Spätzle: Zwei Esslöffel Teig auf das nasse Spätzlebrett streichen und mit einem Spätzleschaber oder einem langen, breiten Kochmesser in möglichst schmalen Streifen direkt in das kochende Wasser schaben. Dabei das Messer immer wieder mit dem Kochwasser anfeuchten. Dann wie vorher Spätzle mit dem Schaumlöffel herausnehmen.

Je nach Methode haben die fertigen Spätzle eine unterschiedliche Form. Sie sind gar, wenn sie oben schwimmen (nach etwa ein bis zwei Minuten). Mit einem Schaumlöffel herausfischen und auf eine vorgewärmte gebutterte Platte geben.

CLAUS RITZI

Ein unerwartetes Glück

Friedrichshafen

Thorsten spürte, wie sein Adamsapfel auf und nieder wanderte. Natürlich wusste er, was alle wussten, aber damit hatte er nicht gerechnet. Klar, es gab hübsche Thailänderinnen, aber die Frau, die nun auf ihn zu stöckelte, war definitiv außerhalb seiner bisherigen Vorstellungskraft.

Mit jedem ihrer Schritte wuchs seine Verunsicherung, und ihn befiel die Befürchtung, dass die thailändische Schönheit das sehr genau registrierte. Obwohl sie ihn schüchtern anlächelte, schien es ihm, als ob sie sich ihm schon jetzt, in den ersten Minuten ihres Kennenlernens, auf eine dezente Art überlegen fühlte.

Vor dem Holztisch in dem gutbürgerlichen Friedrichshafener Café, in dem sie sich per Mail verabredet hatten, blieb sie stehen.

»Thorsten? Darf ich mich setzen?«

Er deutete einladend auf den Stuhl gegenüber und registrierte, dass sämtliche Blicke der älteren Damenrunde am Nachbartisch auf ihn und die exotische Erscheinung gerichtet waren. Während sie sich mit einer schlangenhaften Bewegung aus ihrem sandfarbenen Veloursledermantel herausschälte und auf den Stuhl gleiten ließ, brachte er nichts weiter heraus als ein trockenes »hallo, Sanya«.

Bevor die Frau antwortete, schaute sie ihn an und strich ihre hüftlangen, pechschwarzen Haare zur Seite. Dann lächelte sie und flüsterte: »Neue Situation. Auch für mich.«

Der kurze Satz wirkte auf Thorsten wie ein Beruhigungsmittel. War das nicht ein feiner Zug? Sie hatte seine Nervosität erspürt und war sofort bemüht, sie zu überspielen.

Sanya fragte, ob es okay sei, sich auf Englisch zu unterhalten, da ihre deutschen Sprachkenntnisse noch unvollkommen seien. Als Thorsten bejahte, erläuterte sie, warum sie auf seine Annonce geantwortet hatte. Sie fand die Eigenschaften gut, mit denen sich Thorsten darin an die Damenwelt gewandt hatte. Dass er sich als humorvoll, bodenständig und tolerant beschrieb, gefiel Sanya, ebenso, dass er sich als soliden Mittelständler einordnete. Sie erklärte ihm, dass sie sehr reiche deutsche Männer im Verdacht hatte, Ausländerinnen gegenüber herablassend und untreu zu sein. Thorsten fragte sie, wie sie zu dieser These gekommen sei. Sanya senkte den Blick und murmelte: »Interboot.«

Die *Interboot* war eine Messe, die Thorsten gut kannte. Er hasste es, wenn er darüber berichten musste, aber er wusste, dass sein Chef, ein adeliger Verleger, eine Segeljacht besaß und damit so gut wie jedes Sommerwochenende auf dem Bodensee kreuzte. Bei aller journalistischen Freiheit, die ihm sonst als Chefredakteur des lokalen *Bodenseeboten* gewährt wurde, wäre es töricht gewesen, in die Berichterstattung über die *Interboot* auch nur einen Hauch von Kritik am reichen Publikum der Veranstaltung zu äußern.

Thorsten verzichtete darauf, das Thema reiche Männer und Sanyas Erfahrungen mit ihnen zu vertiefen. Stattdessen sagte er ihr, sie sei wunderschön. Sanya lächelte ihr sanftestes Lächeln und erwiderte, dass auch er eine attraktive Erscheinung sei.

Thorsten wusste, dass das nicht stimmte, freute sich aber trotzdem. Er war zwar nicht hässlich. Immerhin war er groß und hatte noch volles Haar. Seine braun gemusterte Hornbrille gab seinem Gesicht etwas Würdevolles, das er durch seinen leicht schlampigen Kleidungsstil und seine Vorliebe für grob gemusterte Karohemden konterkarierte. Zugleich kaschierten die Karohemden seinen vorgewölbten Bauch und verliehen ihm etwas Kumpelhaftes – was ihm bei seiner journalistischen Arbeit half, mit den Leuten ins Gespräch zu kommen.

Abgesehen davon, dass er noch nie eine persönliche Begegnung mit einer solchen weiblichen Oberliga-Schönheit gehabt hatte, bezogen sich die positiven Bemerkungen, die eine Handvoll Frauen in seinem bisherigen Leben über ihn geäußert hatte, eher auf seinen Charakter. Die meisten Frauen schätzten in erster Linie seine Zuverlässigkeit. Und manche, so hatte er das Gefühl, mochten auch seine Sensibilität.

Dennoch hatte ihm Sanyas Kompliment gutgetan. Thorsten begann, sich wohlzufühlen. Durch die gemeinsame Abneigung gegen die *Interboot*-Welt fühlte er sich mit ihr schon jetzt verbunden. Sie, die schöne, geheimnisvolle Fremde, und er, der kritische Berichterstatter der vordergründigen Bodenseeidylle.

Einzig ihr Job schien nicht dazu zu passen. Sanya arbeitete als Verkäuferin in einer der – seines Wissens nach – angesagtesten Boutiquen in Friedrichshafen. Vielleicht, so überlegte Thorsten, hatte sie auch dort Erlebnisse mit finanzstarken Männern gemacht, die ihren Barbies großzügig Klamotten spendierten und sie sonst eher herablassend behandelten. Er fragte sich, wie Sanya, die er nach der etwa einstündigen Unterhaltung als sehr natürlich empfand, in einer solchen für seinen Geschmack viel zu künstlichen Welt arbeiten konnte. Thorsten beschloss, sie später darauf anzusprechen. Nachdem er seinen Kaffee und ihren Tee bezahlt hatte, schlug er vor, noch einen kleinen Spaziergang am See zu machen. Sanya willigte ein.

Er musste langsam schlendern, denn sie trug Stiefel mit hohen Absätzen. Natürlich brachte das ihre schlanke Model-Figur bestens zur Geltung. Nachdem ihn ihre Schönheit im Café anfangs noch verunsichert hatte, genoss er nun die neugierigen Blicke der Passanten. Als er bemerkte, dass Sanya in der feuchtkalten Luft fröstelte, bot er ihr seinen Arm an. Er wollte sie gegenüber den Friedrichshafener Bürgern wie eine kleine Provokation stolz für sich in Beschlag nehmen.

Als sie am See angekommen waren und in das trübgraue Wasser und den schweren grauen Himmel blickten, drückte sich Sanya an seine Seite. Thorsten war glücklich wie schon lange nicht mehr. Leise und versehentlich auf Deutsch flüsterte er Sanya ins Ohr: »Wir werden es schön miteinander haben.« Sie schaute ihn mit einem zauberhaften Lächeln und warmen Blicken aus ihren kohleschwarzen Augen an. Als er ihr zum Abschied einen Kuss auf die Wange hauchte, küsste sie ihn ebenfalls auf die Wange und sagte: »Du guter Mann.«

*

Thorsten war verliebt. Sanya hatte im Gegensatz zu ihm zwar nicht studiert, aber sie war reizend und auf eine alltagstaugliche Art und Weise lieb und wunderbar sanft. Und auf seine akademische Ausbildung war er schon lange nicht mehr stolz. Wie weit hatte ihn sein mit Feuereifer betriebenes Studium der Philosophie und Kommunikationswissenschaft denn gebracht? Es hatte ihn in den Journalismus verschlagen, wie so viele Geisteswissenschaftler. Und auch wenn er sich Chefredakteur nennen durfte – wie sah sein Alltag aus? Öde Gemeinderatssitzungen, hundsmiserable Sportveranstaltungen und gelegentlich Vernissagen von dilettierenden Künstlerinnen, die mit wichtigen Männern verheiratet waren. Im Grunde genommen musste er fast alle Ressorts allein übernehmen. Ja, klar, es gab ein paar freie Autoren. Pensionierte Lehrer, Hausfrauen und ein Schüler. Im Übrigen interessierten sich immer weniger Menschen für die Art von lokalem Print-Journalismus, die er betrieb. Jahr um Jahr musste er miterleben, wie die Redaktion abgebaut wurde. Am Anfang seiner Pseudo-Karriere war er noch Chef eines Teams von vier Redakteuren gewesen, aber jetzt war er allein für die ganze Zeitung verantwortlich. Sein Verleger wusste, dass es mit Print so langsam zu Ende ging. Die jungen Leute bezogen ihre Informationen aus dem Netz. Thorsten war 54 Jahre alt, und ihm blieb nichts als die Hoffnung, dass Friedrichshafener Rentner noch bis zu seiner eigenen Pensionierung daran interessiert waren, eine gedruckte Zeitung vor sich zu haben, aus der sie erfuhren, welcher Friedrichshafener Bürger an welchem Tag 100 Jahre alt geworden war. 20 Zeilen: Mustermann war ein begeisterter Steuerbeamter, fuhr bis vor drei Jahren noch Fahrrad und war 1992 lokaler Sieger beim Skatturnier geworden. Foto, Handschlag mit dem Bürgermeister. Das war's dann.

Als Hundertjähriger würde Thorsten sich den Besuch des Bürgermeisters und eines Journalisten verbitten. Aber er würde keine hundert Jahre alt werden. Und er wollte das auch gar nicht. Die Vorstellung, in seiner erst kürzlich abbezahlten ebenerdigen Vierzimmerwohnung im Sessel vor der Glotze zu verdämmern, erschreckte ihn.

Bis jetzt hatte er im Leben nicht viel Glück gehabt. Kinderlos und seit über elf Jahren nach einer freudlosen Ehe geschieden, beruflich auf dem Weg ins Nichts. Das Einzige, was nach oben zeigte, war der Zeiger seiner Waage.

Aber nun, mit Sanya, sollte sich alles ändern. Der Job, der ihm in jungen Jahren so viel Spaß gemacht hatte, sollte mit Sanya an seiner Seite der reine Broterwerb sein. Ohne große innere Beteiligung. Punkt. Und er würde abnehmen. Die Wohnung weißeln. Ein paar schicke Hemden kaufen. Das Kruscht-Zimmer für Sanya räumen. Mit ihr Deutsch lernen. Eine neue Stelle für sie als Empfangsdame in einem großen Unternehmen suchen. Im Winter mit ihr Tee trinken und spannende Dokumentationen schauen. Im Sommer mit ihr schöne Picknicks am See veranstalten. So in der Art, wie das in französischen Kinofilmen zelebriert wurde.

Sein Leben hätte einen neuen Glanz.

*

Thorsten verabredete sich mit Sanya für weitere Spaziergänge. Dabei erzählte sie ihm auch, dass ihre Eltern in Thailand bei einem Verkehrsunfall umgekommen waren. Danach hatte sie den Rat einer in Friedrichshafen ansässigen thailändischen Freundin befolgt und war vor fünf Jahren nach Deutschland gezogen. Thorsten schien das nachvollziehbar.

Ihre kleinen Ausflüge endeten stets zum Aufwärmen in einer Konditorei oder in einem Gasthaus. Einmal wollte er wissen, wieso sie sich für ihre Spaziergänge nie flache Schuhe anzog, zumal das doch viel praktischer sei.

Sanya schaute ihn an, als ob sie es mit einem geistig zurückgebliebenen Menschen zu tun hätte: »Flache Schuhe nicht so schön. Flache Schuhe gut für deutsche Frauen.«

Thorsten war hin und her gerissen. Einerseits hätte man mit flachen Schuhen auch mal einen erweiterten Spaziergang machen können. Andererseits war Sanya sowieso verfroren und würde zumindest jetzt im Winter auf gar keinen Fall eine Wanderung durchstehen können, wie er sie sich vorstellte.

Auf der anderen Seite hatte sie ja recht. Mit hohen Schuhen sah sie einfach Bombe aus! Nach wie vor genoss er die Blicke der anderen Friedrichshafener, in denen sich Ungläubigkeit und Neid spiegelten. Und seine Bekannten, denen er Sanya vorgestellt hatte, schienen ihn mit einem anderen Blick anzuschauen. Sogar der alte Verleger hatte grandseigneurmäßig geäußert: »Donnerwetter, tolle Frau, Ihre neue Freundin.«

Um den Verdacht gar nicht erst aufkommen zu lassen, er habe sie gekauft, erzählte Thorsten jedem, der das Thema nur im Entferntesten anschnitt, dass er eine entsprechende Anzeige in der Süddeutschen Zeitung aufgegeben »und eben unerwartet Glück« gehabt habe.

*

Nachdem Thorsten die Anfangsphase ihres Kennenlernens dazu genutzt hatte, seine Wohnung aufzuräumen und die Räume neu zu streichen, hielt er nach etwa drei Wochen die Zeit für gekommen, Sanya zu sich nach Hause einzuladen. Es sollte ein Testlauf für einen späteren Besuch sein – das bevorstehende Weihnachtsfest wollte er zusammen mit ihr in seiner Wohnung feiern. Schon im Vorfeld hatte er sich im Supermarkt einige dieser auf eine weibliche Zielgruppe ausgerichteten Magazine gekauft, in denen hauptsächlich Themen im Deko-Schnickschnack-Bereich aufbereitet wurden. Zwischen hübsch aufgemachten Fotos von aufgerüschten Wohnräumen fand sich dort auch der eine oder andere Rezeptvorschlag.

Im aktuellen Dezemberheft gab es das Foto einer Tischdekoration, die nicht allzu aufwendig war: eine weiße Tischdecke, auf der rote Kerzenhalter mit weißen, schlanken Kerzen standen. Dazu ein Blumengesteck in Weiß und Rot mit etwas Blau. Um Kerzenhalter und Gesteck schlängelte sich ein breites goldenes Band über den ganzen Tisch. Thorsten befand, dass diese Zusammenstellung schlicht und ordentlich deutsch war und durch das Goldelement zudem eine thailändische Note bekam.

Als er Sanya fragte, ob sie kommenden Samstag zu einem kleinen Essen in seine Wohnung kommen wollte, freute sie sich riesig und gab ihm spontan einen Kuss.

Bevor er die ganz große Nummer aufbaute und ein Edelfisch-Rezept nachkochte, wollte er Sanya erst einmal mit einem einfachen schwäbischen Linsengericht überraschen. Am Samstagmorgen stellte er seine Einkaufsliste für einen Linseneintopf zusammen. Am späten Nachmittag deckte er den Tisch und begann das Gericht zuzubereiten.

*

Sanya läutete um 18 Uhr. Thorsten umarmte sie schon an der Haustür und küsste sie. Sanya hatte ihm ein Geschenk mitgebracht. Als sie bei Tisch saßen und er die Suppe in die tiefen weißen Teller schöpfte, stellte sie das in schlichtes blaues Papier gewickelte Paket neben seinen Teller.

Thorsten war neugierig, wollte aber zuerst wissen, wie ihr seine schwäbischen Linsen schmeckten. Sanya lächelte ihr mildes Thai-Lächeln und sagte einfach nur: »Gut!« Dann, nach einer Pause: »Schmeckt gut. Muss aber schärfer sein.«

Thorsten war mit dem Urteil glücklich. Okay, sie war nun mal Thailänderin und stand auf scharfe Sachen. Aber sie schien dem schwäbischen Geschmack nicht abgeneigt. Das war doch für den Anfang schon mal gar nicht so schlecht.

Er grinste sie an: »Vielleicht sollten wir eines Tages damit beginnen, eine schwäbisch-thailändische Cross-over-Küche zu erfinden. Die Rezepte stellen wir dann in einem Kochbuch zusammen, das ein Bestseller wird. Und dann werden wir reich.« Er blinzelte ihr verschwörerisch zu.

Dann forderte sie ihn auf, das Paket zu öffnen. Thorsten tat, wie ihm geheißen. Und war ein wenig überrascht: »Wie kommst du darauf, mir einen Bierkrug zu schenken?«

Sanya erzählte ihm, dass sie diesen Tipp von ihrer Freundin Darant hatte, die in einer Friedrichshafener Kneipe als Kellnerin arbeitete und der Meinung war, ein Bierkrug als Geschenk sei ein Symbol dafür, dass Sanya Thorsten als Mann respektierte und bewunderte.

Obwohl Thorsten schon ein paar Bierkrüge besaß, war er gerührt. Wie einfühlsam diese Thailänderinnen doch waren. Wie viele Gedanken sich Sanya um ihn machte! Natürlich war die Bierkrug-Theorie Blödsinn. Aber war Sanya nicht großartig? Und überhaupt: ein Geschenk auf Symbolebene – wie sensationell war das denn? Thorsten schwebte auf Wolke sieben.

Nach dem Essen legte er Musik auf. Sämtliche Knutsch-CDs hatte er schon vor ihrem Besuch auf ein Häufchen geschichtet, sodass die emotionale Voraussetzung geschaffen war, um ihr körperlich näher zu kommen. Er umarmte sie und dirigierte sie in Richtung Couch, wo er sich vorsichtig über sie beugte und ihr einen ersten Zungenkuss gab, den sie sich nicht nur gefallen ließ, sondern auch zu genießen schien.

Draußen war es mittlerweile dunkel geworden, sodass der Wohnzimmer- und Essbereich nur vom Licht der Kerzen auf dem Esstisch erhellt wurde. Thorsten und Sanya schmusten und küssten sich. Wie feingliedrig sie doch war. Er spielte mit ihren Haaren. Und wie sie roch. So lieblich.

Nach zwei Stunden Schmuserei holte Thorsten den Sekt aus dem Kühlschrank. Er wollte sie ein wenig betrunken machen, und dann wollte er mit ihr schlafen.

Der Sekt schien Sanya weiter zu lockern. Als Thorstens Finger über ihren Oberkörper glitten und in Richtung Beine wanderten, ließ Sanya ihn gewähren. Allerdings nur bis zur Höhe des Bauchnabels, dann drängte sie seine Hand sanft zurück. Thorsten war irritiert. Hatte sie nicht eben noch den Eindruck vermittelt, tabulos zu sein? Und galten Thailänderinnen nicht als unverklemmt? Oder war das ein ihm unbekannter thailändischer weiblicher Reflex?

Statt sie weiter zu bedrängen, konzentrierte sich Thorsten wieder auf das Herumfummeln, wenigstens soweit sie es zuließ.

*

Thorsten wollte Sanya mehr Zeit lassen. Vielleicht wollte sie noch ein wenig ausführlicher umworben werden, ehe sie sich ihm ganz hingab.

Als er über die Sache mit dem Bierkrug nachdachte, kam ihm die zündende Idee: Auch er wollte Sanya ein Geschenk machen, am besten eines auf symbolischer Ebene. Ohne Sanyas Wissen wollte er sich mit ihrer thailändischen Freundin Darant treffen, um zu erfahren, was der größte Herzenswunsch von Sanya war, und um sie damit zu Weihnachten überraschen zu können. Dann, so dachte er, wäre sie noch am Heiligabend bereit, mit ihm den Tag zu einem wahrhaftigen Festtag zu veredeln.

Darant zu finden, war nicht schwer. Als Lokaljournalist kannte er fast alle Kneipenwirte Friedrichshafens,

sodass er nur eine kleine Liste durchtelefonieren musste, um zu erfahren, dass Darant im Bierlokal »Zum An-
ker« arbeitete. Nachdem er dort ein Bier getrunken und
Darant ein überproportionales Trinkgeld gegeben hatte, stellte er sich als Freund von Sanya vor. Darant hatte
offensichtlich schon von ihm gehört.

»Du bist Freund von Sanya?«, fragte sie. »Guter
Mann. So offen. Nix klein-klein, wie viele hier.« Darant
lächelte ihn freundlich an. »Du guter Mann. Auch wohnen schön!«

Es konnte also noch gar nicht so lange her sein, dass
Sanya über ihn gesprochen hatte.

Thorsten hatte den Eindruck, dass ihn Darant für
wohlhabend hielt. Er war nicht reich, zumindest nicht in
den Augen deutscher Frauen. Vielleicht aber in den Augen thailändischer Frauen, die allein in Deutschland leb-
ten. So wie Darant und Sanya. Allerdings würde Sanya
bestimmt schon bald zu ihm ziehen und dann nicht mehr
allein sein.

*

Thorsten hatte sich mit Darant am Tag nach dem Knei-
penbesuch zu einem Spaziergang verabredet. Sie sagte
ihm erneut, was für ein großzügiger und offener Mann
er doch sei, und dass sie selbst ebenfalls auf der Suche
nach einem solchen deutschen Mann war. Thorsten
wunderte sich. Auch Darant war eine Schönheit. Sie
musste doch Verehrer haben wie Sand am Meer. Am
schwäbischen Meer, fügte er scherzend hinzu.

Darant ignorierte sein kleines Späßchen und blickte
plötzlich traurig auf den unruhigen, von kleinen Wellen
gekräuselten Bodensee.

Dann sagte sie: »Du kennst doch Sanyas Wunsch.«
Ohne Thorsten anzuschauen, der völlig überrascht war,

fuhr sie fort: »Wie du ja sicher weißt, ist Sanya keine echte Frau. Sanya Ladyboy. Wie ich. Größter Wunsch ist Operation. Operation teuer.«

Sie wandte ihm den Kopf zu und starrte ihn an. Ihre Mimik hatte sich verhärtet, und nun wirkte sie plötzlich wie ein verbitterter junger Mann.

Thorsten ließ sie – oder besser ihn – wortlos am Ufer zurück.

Zu Hause angekommen, stellte er den Bierkrug vor sich auf den Tisch und betrank sich mit einer halben Flasche Cognac. Das war es nun, sein Glück. Ein kurz aufflammender Traum, der mit einem Wort zerplatzte: Ladyboy. Was war er nur für ein verdammter Pechvogel.

*

Am nächsten Morgen machte Thorsten blau und blieb im Bett. Am Nachmittag wollte er sich noch einmal mit Darant treffen und alles von ihr über Ladyboys wissen. Wenn eine Operation Sanya zu einer echten Frau machen konnte, wollte er den Eingriff bezahlen. Er würde mit ihr eine Klinik suchen, die weit genug entfernt lag, sodass er ihr gemeinsames Geheimnis bewahren konnte. Natürlich würde er die Operation nur dann bezahlen, wenn Sanya sich darauf einließ.

Thorsten erklärte Darant, er wolle ein ungestörtes Gespräch mit ihr führen. Darant war damit einverstanden, und so fuhren sie mit seinem alten Golf ein Stück weit aus Friedrichshafen hinaus bis zu einem jener wenigen Abschnitte am See, die den meisten Touristen unbekannt waren. Der Weg war eigentlich ein Privatweg, der die Grundstücke einiger Villen mit Seeblick säumte. Die Grundstücke waren in der Regel vererbt worden. Nur dadurch war zu erklären, dass sie so groß waren

und die Bewohner in ihren Häusern trotz Panoramafenster zu weit weg waren, als dass sie von Spaziergängern beobachtet werden konnten. Vielleicht waren die
Anwohner auch aus diesem Grund großzügig, wenn
auf ihrem Weg gelegentlich ein paar Einheimische entlangschlenderten.

Es war ein ungemütlicher Tag. Der Winter wollte sich noch nicht einstellen, aber ein paar wässerige
Schneeflocken tänzelten über dem Wasser des Bodensees, bevor sie herabsanken und sich darin auflösten.

Darant erzählte ihm von thailändischen Männern,
die mit Ladyboys zusammenlebten. Die Lebensgefährten von Ladyboys wären oft viel glücklicher als normale Ehemänner, so Darant. Sie beschwor die Sanftmut
des dritten Geschlechts und dessen ausgeprägten Sinn
für Schönheit.

»Sanya«, sagte Darant, »ihr Name bedeutet Versprechen. Wenn sie dir verspricht, eine gute Frau für dich zu
sein, wird sie dieses Versprechen auch halten.«

Darant erzählte Thorsten auch von ihrer Furcht,
dass sie sich mit ihrem Kneipenjob niemals eine Operation leisten können und als alter, vereinsamter Ladyboy in der Fremde sterben würde. Sie waren auf
einen kleinen Steg hinausgeschlendert, als ihn Darant
am Ärmel zupfte und ihn fragte, ob er ihr das Geld für
eine Geschlechtsumwandlung leihen könnte. Die Frage überraschte Thomas. Nach einer kurzen Bedenkzeit
schüttelte er den Kopf. Er wollte sich auf Sanya und
sein Glück konzentrieren.

Darant blieb stehen.

»Wenn du mir kein Geld für eine OP leihst, werde
ich allen deinen deutschen Freunden erzählen, dass du
mit einem Ladyboy zusammen bist.«

Im Nachhinein wunderte sich Thomas, wie beiläufig
er sie vom Steg in den See gestoßen hatte.

Am nächsten Tag schrieb er einen Bericht für die Titelseite des *Bodenseeboten*. Darin warf er die Frage auf, wie es sein könne, dass niemand in der Umgebung des Ladyboys ein Anzeichen von Selbstmordabsichten erkannt hatte.

Schwäbischer Linseneintopf

Für 2 Personen

200 g Kartoffeln
150 g gelbe Rüben
10 g Butter
1 Prise Kümmel
1 TL Paprika
1 TL Tomatenmark
400 ml Gemüsebrühe
1/2 Dose Linsen
1/2 Stange Lauch
etwas Majoran
4 Geflügel-Wiener
1 EL Weißweinessig
Salz, Pfeffer

Die Linsen in einem mit Wasser gefüllten Topf simmern lassen und nach etwa 40 Minuten auf Bissfestigkeit testen. Wenn nötig, noch etwas länger im Topf lassen.
Kartoffeln schälen und in etwa ein Zentimeter große Würfel schneiden, gelbe Rüben schälen und in kleinere Abschnitte teilen, Lauch in sehr feine Ringe schneiden. Die Butter im Topf schmelzen, Gemüse darin andünsten, dann mit Kümmel, Paprikapulver und Tomatenmark etwa 15 Minuten gar kochen.
Anschließend mit den Linsen vermischen und Saitenwürstle (Wiener) hinzufügen, entweder im Ganzen oder in Scheiben geschnitten, dann noch etwa zwei Minuten aufkochen. Wenn der Eintopf nicht die gewünschte sämige Konsistenz hat, kann man ihn mit etwas Mehl oder Saucenbinder andicken.

BETTINA HELLWIG

Der dreizehnte Engel

Basilika Birnau am Bodensee

Mein Sohn, iss Honig, denn er ist gut; und lass süßen Wabenhonig auf deinem Gaumen sein.
Sprüche 24:13

Wir Engel sind ja zu Weihnachten besonders gefragt. Den meisten Menschen fällt gar nicht auf, dass wir das ganze Jahr auch andere Jobs gut machen, als Schutzengel zum Beispiel oder als Liebesboten. Ich kann von der Liebe leider nur träumen. Einmal durfte ich sie für einen kurzen Moment erleben, bevor sie mir dann gleich wieder genommen wurde.

Wenn Sie schon einmal auf der Schwäbischen Barockstraße unterwegs waren, kennen Sie mich vielleicht als Honigdieb, *den* Honigdieb, der in jedem Reiseführer steht. Ich bin bei den Zisterzienser-Mönchen in der berühmten Birnauer Basilika am Bodensee zu Hause. Wenn man auf dem Vorplatz der Basilika steht und mit dem rosaweißen Kirchturm im Rücken über den See blickt, kann man bei Schäfchenwölkchenhimmel bis zu den Alpen sehen. Ich lass mir das ja immer nur erzählen. Mein Platz ist am Chorbogen unterhalb des Bernhards-Altars, und ich kann hier nicht weg. Ich hoffe, dass wenigstens die Mönche sich an der Aussicht erfreuen, obwohl ich meine Zweifel habe. Die Brüder arbeiten hart, beten viel und schweigen sogar beim Essen. Für Sinnlichkeit ist da nicht viel Platz, und auch nicht für die Liebe.

Vielleicht suchen Sie die Barockkirche nicht wegen der landschaftlichen Schönheit auf, sondern anlässlich einer Wallfahrt, weil Sie sich Hilfe von oben erhoffen oder für ein Wunder bedanken möchten. Hier bekommen wir so manches an Wundern hin. Deshalb hat der Papst der Kirche auch den Titel *Basilika minor* verliehen. Die Urkunde hängt links neben dem Eingang, dort, wo die Besucher zuerst hinsehen, gleich wenn sie am Weihwasserbecken vorbeigegangen sind, ihre Finger hineingetaucht und sich damit bekreuzigt haben – zumindest die katholischen.

Meine elf Brüder und ich sehen den Kirchbesuchern dabei schon seit Mitte des 18. Jahrhunderts zu. Wenn Sie reinkommen, finden Sie mich rechts vom Hauptaltar. Ich schaue nicht andächtig hoch, sondern wende mich vom Altar ab, als würde ich gleich weglaufen mit meiner Diebesbeute, einem Bienenkorb. Doch das geht leider nicht. Ich kann hier nicht weg, nicht einmal dann, wenn Frater Alberich mich freitags bei der Vorbereitung für die heiligen Messen mit einem Staubwedel in der Nase kitzelt.

Der geflochtene Bienenkorb in meinem rechten Arm ist natürlich kein echter Korb, sondern besteht wie ich selbst aus Stuckmarmor. Aus einem Loch schwärmen goldene Bienen in Richtung Altar. Mein linker Zeigefinger steckt mitsamt dem klebrigen Honig seit fast 300 Jahren in meinem Mund, und manchmal habe ich genug von der Süße. Natürlich weiß ich, dass der Honig ein Sinnbild für das Wort Gottes sein soll. Schließlich habe ich ja jede Menge Zeit, den Fratres oder den Reiseleitern zuzuhören, wenn sie die Menschen durch die Basilika führen. Bei mir bleiben sie immer besonders lange stehen.

Vor allem verliebte Paare mögen mich. Schließlich bin ich eine der vielen Verkörperungen Amors und somit ein Schutzengel aller Liebenden. Gerne spiele ich auch Trauzeuge. Auch das hat mit dem Honig zu tun –

er symbolisiert Liebe und Sinnlichkeit. Aber diese weitere Bedeutung verschweigen die Fratres gerne, denn dabei geht es ja um das andere Geschlecht, zumindest meistens. Wenn die Mönche mit Frauen nicht so ein Riesenproblem hätten, Maria nehmen wir da jetzt mal aus, schließlich ist diese Kirche ihr geweiht, müsste ich hier nicht allein rumstehen und mich mit dem Honig trösten. Dann wäre ich mit Sophia zusammen, meiner Sophia. Sie ist genauso drall und rosig wie ich, bloß etwas kleiner. Mein Schöpfer Joseph Anton Feuchtmayer hat Sophia aus demselben Stuckmarmor geschaffen, als Ausschmückung für die barocke Weihnachtskrippe. Sie sollte ganz in meiner Nähe auf einem Sockel über die bunten Holzfiguren wachen. Im Kerzenlicht hätte sie wunderschön ausgesehen.

Nie werde ich den Vormittag vergessen, an dem der Meister uns die Augen aufmalte. Es war in einem Nebenraum der Basilika, auf einem Holztisch. Wir standen uns gegenüber, völlig nackt, so wie man uns geschaffen hatte, während kühle Herbstluft vom See heraufzog und unsere weißen Körper trocknete – da sah ich sie zum ersten Mal. Beim Anblick von Sophia fühlte ich das, was ein frisch geschlüpftes Küken beim Anblick der Henne empfinden mag – wir gehörten zusammen, auf ewig. Schließlich waren wir aus dem gleichen Stuck geformt. Sogar die Farbe unserer Augen stammte von derselben Palette des Meisters. In ihrem Gesicht leuchtete das Blau in derselben Farbe wie der Himmel an der Kirchendecke.

Leider wurden wir schon kurze Zeit später auseinandergerissen. Der damalige Prior – Abt Anselm – kam in die Werkstatt, sah uns in unserer nackten Schönheit, senkte den Blick, errötete und verbot dem Meister, Sophia aufzustellen, einfach so! Der Meister wagte nicht zu protestieren, und es blieb dabei. Ein weiblicher Engel ging gar nicht, und Punkt. Dabei hatte ich genau gesehen, wie lüstern der Abt uns anstarrte, als ihm der Meister den Rücken zudrehte, aber man ist ja so hilflos als Putto. Sophia verschwand also in irgendeinem Kellerloch, und das bloß, weil sie ein Mädchen war.

Mir verordnete der Abt ein goldenes Tuch mit hellrosa Futter, das mir um die Hüften drapiert wurde, damit mein sündiger Körperteil vor den Blicken der Fratres verborgen blieb. Wobei ja wohl weniger mein Körperteil als vielmehr die Blicke sündig waren, aber das half mir nicht. Das Tuch war aus Stuckmarmor und saß bombenfest vor meinem edelsten Teil. Als Ersatz für Sophia schuf der Meister den Engel mit dem Buch, der am Altar des heiligen Benedikt mir gegenüber steht – ein echter Langweiler, der den Blick nicht von den Lettern lösen kann. »Ausculta o fili«, das heißt »Höre, mein Sohn« – die Anfangsworte der Regel des Heiligen Benedikt, nach der die Mönche hier leben. Mein Kumpel bekam ebenfalls einen steinernen Lendenschurz, aber man hielt ihn wohl für weniger gefährlich als mich, und so fiel das Ding viel kleiner aus.

Nicht allen Zisterziensern des Klosters haben die Maßnahmen der Kirche geholfen, ohne Sünde zu bleiben. In den folgenden Jahrhunderten verfolgten viele von ihnen die Weiblichkeit mit dem Eifer der heiligen Inquisition. Bis heute betrachten manche allein den Gedanken an ein Mädchen als Todsünde, die mit dem direkten Weg in die Hölle bestraft wird. Getoppt wird diese Sünde höchstens noch vom Gedanken an ein Mädchen im Bikini.

Natürlich hatte Sophia in einem so frauenfeindlichen Milieu auch weiterhin keine Chance. Aber ich wusste, dass sie noch in meiner Nähe war. Ich konnte es fühlen, jeden Tag. Anfangs hoffte ich immer wieder auf Weihnachten, das Fest der Liebe. Man kann sich meine

Enttäuschung vorstellen, als Jahr für Jahr die Krippe in all ihrer Pracht aufgebaut wurde, eine neapolitanische Krippe, mit Straßen- und Marktszenen. Immer wurde erst die Ruine aufgestellt, in der das Jesuskind liegt, dann Maria, Josef und Jesus, und dann all die vielen anderen Figuren. Aber als schließlich alles stand, bis hin zu den Schafen, Ochs und Eselein, war immer noch keine Sophia in Sicht.

Ich stand also am Aufgang zum Altar und wartete – als Stuckengel hat man ja viel Zeit. Man steht so da, zieht den Weihrauchduft am Honigfinger vorbei in die Nase und hofft. Jedes Jahr, das mit Ostern, Pfingsten und Erntedank mitsamt den zugehörigen Feierlichkeiten und passendem Blumenschmuck an mir vorbeizog – an Erntedank lagen auch Äpfel, Kohl und Kartoffeln auf den Stufen zum Altar – hoffte ich auf einen Geisteswandel. Aber vergeblich. Fast unverändert wiederholte sich an jedem ersten Advent dasselbe Zeremoniell: die Kulissen, Maria, Josef, Jesuskind, die Figuren auf den Straßen, Schafe, Ochs und Eselein – und keine Sophia.

Ich hatte die Hoffnung schon fast aufgegeben, als in der Vorweihnachtszeit vor mehr als 40 Jahren etwas Unvorstellbares geschah. In einer mondhellen Nacht öffnete sich ein Flügel des Portals langsam und quietschend – im Winter ging die Tür immer etwas schwer –, drei dunkle Gestalten schoben sich in einem Wirbel aus Schneeflocken zusammen mit einem eiskalten Windstoß in die Basilika und schlichen im Schein ihrer Taschenlampen zum Altar.

Als mir ein Lichtstrahl direkt ins Gesicht leuchtete, durchfuhr mich ein Schreck. Ich meine, man ist ja völlig schutzlos, so als Stuckengel. Die Typen – zwei große und ein kleiner – hatten sich schwarze Wollmützen über das Gesicht gezogen, die nur die Augen freiließen. Und das waren weder schöne noch kluge Augen, das können

Sie mir glauben. Der eine Typ, ein großer, der nach Zigaretten stank, kam näher, umfasste mit seiner rissigen Handfläche meinen marmorglatten rechten Knöchel und zerrte daran herum. Aber man ist ja doch ziemlich stabil gebaut, so als Stuckengel, und der Grobian schüttelte den Kopf. Ich atmete auf, aber nur kurz, denn der Strahl wanderte weiter bis hin zur Krippe, die weiter rechts aufgebaut war – er erfasste Maria, Josef, das Jesuskind, all die anderen Figuren auf den Straßen, Ochs und Eselein, aber keine Sophia, natürlich nicht. Was in diesem Fall ein Glück war. Die Männer verständigten sich im Flüsterton. Dann nahmen sie unsere wunderbare Krippe auseinander, Figur für Figur, packten sie in Säcke und schleppten sie hinaus. Obwohl das fast eine Stunde dauerte, bekam niemand etwas mit. Die Fratres waren ja alle schon älter, und viele hörten nicht mehr gut. So blieb mir nichts anderes übrig, als hilflos auf die Spur aus schmelzendem Schnee zu starren, die sich vom Altar bis an die Tür zog und mit jedem Gang breiter wurde.

Am liebsten wäre ich hinabgestiegen und hätte mindestens einen der Diebe mit meinem Bienenkorb niedergeschlagen, massiv genug ist er ja, aber als Putto ist man ja doch wie gesagt sehr eingeschränkt in seiner Bewegungsfreiheit. Sie kamen und gingen, leise und wortkarg, bis tatsächlich die ganze Krippe abgeräumt war. Nur ein paar feuchte Strohhalme auf dem Steinboden zeugten von dem Geschehen.

Diese Halme starrte Pater Prior fassungslos an, als er die Basilika am nächsten Morgen um sechs Uhr betreten und das Licht angeknipst hatte. Als er sah, was passiert war, rötete ganz unchristliche Wut seine Wangen. Nachdem er sich gefasst hatte, rannte er hinaus und kam kurze Zeit später in Begleitung von zwei Polizisten in grünen Uniformen zurück. Einer war jung und trug einen blonden Schnauzer, der andere hatte einen ziemlich dicken Bauch, war etwas kurzatmig und hoffte augenscheinlich, kurz vor der Pensionierung keine körperlichen Höchstleistungen mehr erbringen zu müssen. Die beiden sahen sich neugierig um und machten sich Notizen. Nur leider nützte das nichts. Weder Maria und Josef noch das Jesuskind tauchten wieder auf, und auch der Rest der Krippe war und blieb verschwunden. Aber ich war froh, dass sich wenigstens Sophia in ihrem Kellerloch in Sicherheit befand.

Auch in den folgenden Jahren wollten die Fratres eine Weihnachtskrippe aufstellen, und so füllte man die Lücke, die die Diebe gerissen hatten, mit den Figuren aus der Hochzeit zu Kana, das ist das Fest, auf dem mein Chef Wasser zu Wein verwandelte. Als Maria und Josef nahm man eine bessere Hofdame und einen besseren Hirten, und auch die anderen Figuren konnte man verwenden. Aber natürlich war das alles nicht so schön wie die ursprüngliche Krippe.

Meine Hoffnung, Sophia wiederzusehen, stieg, als man im Keller ein paar alte Holzfiguren aufstöberte: Musiker, die Mohrenkapelle und die Soldaten des königlichen Zuges. Sie stammten aus dem Barock, und da konnte auch Sophia nicht weit sein.

Um die alten Figuren aufzuarbeiten und die Krippe mit neuen zu ergänzen, brauchte man Geld. Also nutzte man meinen Promi-Status und stellte mir zu Füßen ein Schildchen auf, auf dem der Wunsch nach einer Weihnachtskrippe formuliert war. Daneben stand ein Bienenstock aus Plastik, der immer dann summte, wenn jemand ein Geldstück in den Schlitz steckte. Scheine wurde man besser im Klosterladen los, wo man spezielle Honigschlecker-Lebkuchen kaufen konnte, deren Kauf mit einer Spende für die neuen Krippenfiguren verbunden war. Die Lebkuchen waren mit einer geheimen Mischung gewürzt, die nur unser Apotheker Pater Jeremias kannte. Den wichtigsten Bestandteil, den Anis, baute er selbst im klostereigenen Kräutergarten an.

Ich freute mich jedes Mal, wenn es mir zu Füßen summte. Ab und zu schickte ich einen sehnsüchtigen Gedanken in die Köpfe der Menschen, die mich ansahen, weckte die Lust auf Honigkuchen und andere Genüsse und regte so die Spendenfreudigkeit an. Manch geiziger Schwabe mochte sich später gefragt haben, was ihn da geritten hatte, einfach so Münzen in einen Bienenkorb zu werfen. Der Opferstock wurde immer voller, und so reiste Prior Johannes immer wieder nach Neapel, um neue Figuren zu erstehen, die genau zu unseren alten passten. Man kaufte einen Marktstand, an dem Schinken, Salami, Käse und Knoblauch hingen.

Ungeduldig wartete ich auf den Tag, an dem Sophia auftauchen würde. Eigentlich konnte es nur noch eine Frage der Zeit sein, wann man sie entdecken und endlich an ihren zugedachten Platz stellen würde. Die Restaurierung konnte nicht sehr aufwändig sein, denn im Gegensatz zu den historischen Holzfiguren der Krippe hatte meine Stuckmarmor-Sophia sicher keinen Holzwurm abbekommen.

Im letzten November passierte es. Durch das offenstehende Portal kämpften sich ein paar fahle Sonnenstrahlen durch den Bodenseenebel und beleuchteten einen Arbeiter, der eine in Tücher gewickelte Figur schleppte. Von der Größe her konnte das nur Sophia sein. Und tatsächlich, aus dem aufgeregten Gerede, das kurz darauf einsetzte, entnahm ich, dass man sie gefunden hatte. Endlich! Man stellte sie in einem Nebenraum auf und feierte den Sensationsfund mit einer Pressekonferenz. Ich spitzte meine Stuckohren, doch plötzlich war da die Rede von Museum. Das konnte nur eins bedeuten: aus, das Ende. Man würde uns endgültig auseinanderreißen.

Zwei Wochen später – Sophia wartete im abgeschlossenen Nebenraum auf ihren Abtransport – geschah wiederum etwas Unerhörtes. Die Winternacht war genauso kalt wie damals vor 40 Jahren, und es schneite wie verrückt, als etwas am Schloss zur großen Tür der Basilika herumkratzte. Kurze Zeit später öffnete sich das Portal einen Spalt – im Winter quietschte es immer noch – und zwei Typen mit Gesichtsmasken, schwarzen Pullovern und Jeans schoben sich hinein, richteten die Taschenlampen auf den Boden und marschierten zielstrebig auf mich zu.

Die Hand, die sich jetzt auf mein Fußgelenk legte, war schmaler und glatter als damals, aber nicht weniger bedrohlich. Ein kurzes Rütteln, dann zog der Typ etwas metallisch Glänzendes aus der Tasche, legte es knapp unterhalb meines linken Fußes an und hämmerte ein paarmal leicht dagegen. Es kitzelte, Staub bröselte auf den Boden, und ich hätte fast geniest. An meinem rechten Fuß ging es weiter. Inzwischen hatte der andere Typ es geschafft, das Schloss an der Tür zu Sophias Gemach zu knacken, und stieß einen leisen Triumphschrei aus. Das Hämmern an meinen Füßen hörte auf, und beide stürmten zu Sophia. Ich blieb zurück, leicht schwankend, mit juckenden Fußsohlen, und musste zusehen, wie der Große triumphierend etwas in meine Richtung schleppte, das von Tüchern umhüllt war. Von der Größe her konnte das nur Sophia sein. Sie wurde entführt! Ich würde sie nie wiedersehen! Jetzt stand der Typ mit seiner süßen Last so nah unter mir, dass ich seine ungewaschenen strähnigen Haare riechen konnte. Entführt! Von so einem Simpel! Das war ja noch schlimmer als das Kellerloch!

Verzweifelt schaukelte ich ein wenig vorwärts, um den linken Fuß freizubekommen, als sich plötzlich auch mein rechter Fuß vom Boden löste. Der Rest war einfach. Ich musste mir nur noch einen kleinen Schubs nach rechts geben, bis der Bienenkorb mich in weitem Bogen nach vorne zog, und schon hatte ich damit den Kopf des Typen erreicht. Er hatte nicht einmal mehr Zeit zu schreien, so schnell war es gegangen. Auch ich konnte nicht schreien, als ich am Boden auftraf, aber immerhin polterte es laut. Laut genug, dass vier Fratres erwachten und innerhalb weniger Minuten in Sandalen und mit wehenden Hemden in die Basilika stürmten. Sie waren zwar nicht schnell genug, um den Kleineren zu erwischen, doch der Große lag ohnmächtig mit dem Kopf an meinen Füßen, während ich die Kirche vom Boden aus einer völlig anderen Perspektive kennen lernte. Doch irgendetwas fühlte sich falsch an. Was es war, sah ich erst, als man mich aufhob und mein linker Arm, der mit dem Honigfinger, auf dem Boden zurückblieb. Auch der Korb war abgebrochen.

Während ich repariert wurde, nahm Sophia meinen Platz ein. Sie war eine würdige Vertreterin, ja, sie machte ihre Sache sogar besser als ich. Aber man hatte sie ja auch nicht dazu gezwungen, einen steinernen Lendenschurz zu tragen. Sogar den züchtigen Vorhang vor ihrer Nische entfernte man wieder, nachdem dadurch das Spendenaufkommen zurückgegangen war.

Die Spardose summte und summte, und bald hatten die Brüder ihre neue Krippe vollständig zusammen. Vergangenes Jahr hatten sie mir den Messerschleifer mit beweglichen Teilen zu verdanken. Der Brunnen in diesem Jahr konnte sich auch bewegen und ging auf Sophias Konto. Es war sogar noch so viel Geld übrig, dass man bei der Hochzeit von Kana aus alten Messgewändern neue Kleider schneidern lassen konnte.

Als ich dann endlich fertig war – ich war wie neu, man hatte mich spurlos hinbekommen – stellte man mich wieder auf meinen angestammten Platz, gerade rechtzeitig zu Weihnachten. Aber leider verbannte man Sophia zurück in ihren Keller.

Wenigstens bleibt sie so in meiner Nähe. Unsere Zeit wird kommen, jetzt, nachdem die Brüder wissen, wozu Sophia in der Lage ist. Und neulich erst habe ich gehört, dass man wieder Spenden benötigt, denn die Brüder haben schon das nächste Ziel vor Augen: Man spart auf den Ausbau des Kellergewölbes, und das wird, wie alle Bauvorhaben, viel Zeit in Anspruch nehmen. Dazu noch ein paar sündige Gedanken, und die Zukunft meiner Sophia ist gesichert ...

Hintergrund:
Die Basilika Birnau und der Honigschlecker-Putto

Die Basilika Birnau liegt an der Oberschwäbischen Barockstraße und ist einer der beliebtesten Wallfahrtsorte im Bodenseeraum. Sie wurde zwischen 1746 und 1749 vom Vorarlberger Baumeister Peter Thumb für die Reichsabtei Salem errichtet und gehört dem Zisterzienserorden, der nach den Regeln des Heiligen Benedikt lebt. Der Glockenturm vor der Kirche beherbergt ein Priorat der Zisterzienserabtei Wettingen-Mehrerau. In der Kirche findet man Fresken von Gottfried Bernhard Göz (1708–1774) sowie Stukkaturen, Altäre und Skulpturen von Joseph Anton Feuchtmayer (1696–1770).

Der berühmte Honigschlecker ist ein Putto, ein knabenhafter Engel. Ursprünglich gab es in der Birnau vierzehn Putti. Heute sind zwölf von ihnen erhalten. Der Honigschlecker steht zu Füßen der Figur des heiligen Bernhard von Clairvaux, des Ordensgründers. Er wur-

de als Doctor mellifluus, als honigfließender Lehrer, bezeichnet und bekam den Bienenkorb als Attribut. Auch das Wort Gottes und die Lehre der Kirche werden mit süßem Honig verglichen. Aber es gibt noch eine andere, weniger heilige Bedeutung des Honigs im Alten Testament: als Sinnbild sexueller Verführung. Im Hohelied Salomons heißt es: »Von Wabenhonig triefen ständig deine Lippen, o [meine] Braut. Honig und Milch sind unter deiner Zunge, und der Duft deiner Kleider ist wie der Duft des Libanon« (Hohelied 4,11).

Den Engel mit dem Buch findet man am Altar gegenüber, wie beschrieben. Nach Sophia (dem dreizehnten Engel) braucht man jedoch nicht zu suchen. Sie ist reine Phantasie, auch wenn es im Barock in Ausnahmefällen sogar weibliche Putti gab. Keine Erfindung ist der Diebstahl der Barockkrippe in der Birnau, der in den 1970er-Jahren stattgefunden hat. Auch die Beschreibung der Krippe und ihre Neuanschaffung entsprechen den Tatsachen, und für den Ausbau des Kellergewölbes werden momentan noch Spenden benötigt.

Der Honigkuchen der Mönche

300 g Honig
200 g brauner Zucker
100 g Butter
250 g Weizenvollkornmehl
500 g Weizenmehl Type 550
2 TL Lebkuchengewürz (geheime Mischung, Anis gehört aber unbedingt mit rein)
30 g Kakao
60 g Vollei
1 TL Pottasche
2 EL Rum

Für die Glasur

150 g Zucker
6 EL Kirschwasser
6 EL Wasser

Honig, Zucker und Butter in einem Topf unter Rühren erhitzen, bis sich Zucker und Honig aufgelöst haben. Die Mischung etwas abkühlen lassen. Pottasche in Wasser auflösen und zusammen mit Mehl, Ei, Kakao und Gewürz mit der Butter-Zucker-Lösung verkneten, bis sich ein glänzender, zäher Teig gebildet hat.
Den fertigen Teig in Folie einschlagen und mehrere Stunden (am besten über Nacht) kaltstellen. Den Teig in eine Porzellanschüssel geben, etwas eindrücken und mit Folie abgedeckt für 3 bis 4 Tage (kann auch länger sein) im Kühlschrank ruhen lassen.
Den Teig zu einer fünf bis sieben Millimeter dünnen Platte ausrollen, mit Milch abstreichen und mit Mandeln und kandierten Früchten verzieren. Bei 180 Grad je nach Dicke des Teiges 15 bis 20 Minuten backen.

Währenddessen Wasser mit Kirschwasser und Zucker aufkochen und dann bei etwas zurückgedrehter Heizstufe unter mehrfachem Rühren in etwa 10 Minuten zu einem Sirup einkochen, bis sich Zuckerfäden ziehen lassen.
Die Lebkuchen kurz auskühlen lassen und mit Zuckerglasur bestreichen.

Autoren

Margarete Buhl

Aufgewachsen am Zusammenfluss von Saar und Mosel, verschlug es sie mit ihrem Mann über den Umweg Mainz und ein Zwischenspiel in Wiesloch in die schöne Pfalz. Jetzt lebt sie mit zwei Söhnen in Schwegenheim und genießt die pfälzische Lebensart.
Inspiriert vom Wandern am Bodensee oder in Cornwall, Paddeln im Spreewald und anderen Abstechern in reizvolle Landschaften schreibt sie ihre Geschichten auch gerne einmal unter dem Apfelbaum im Garten, während die Katze um ihre Beine streicht.

Dorothea Böhme

Geboren 1980 in Hamm, zog es für ihr Studium weit in die Welt hinaus. Nach Aufenthalten unter anderem in Tübingen, Quito (Ecuador) und Triest (Italien) kam sie schließlich nach Klagenfurt. Im schönen Kärnten siedelte sie ihre Kriminalromane um Chefinspektor Reichel an, ihre Reiselust inspiriert sie aber auch beim Schreiben ihrer Unterhaltungsromane. Nach einigen Jahren als Lektorin in Szeged (Ungarn) lebt sie inzwischen in Stuttgart.

Ruth Edelmann-Amrhein

Geboren 1958 in Reutlingen, verschlug es die gelernte Bankkauffrau zunächst beruflich für einige Jahre nach Berlin, bevor sie in die schwäbische Heimat, nach Stuttgart, zurückkehrte. Ihre Liebe zum Schreiben entdeckte sie 2008. Seitdem ist sie Mitglied des Autorenkreises Atmosphäre, Nürtingen, sowie der Autorengruppe Colibri, Leonberg. Über die Jahre entstanden viele Texte, die in regelmäßig stattfindenden Lesungen zu Gehör gebracht werden. 2012 wurde ihre Geschichte »Wie ich meinen Mann fand« in einer dtv-Anthologie veröffentlicht. Heute lebt die Mutter zweier erwachsener Söhne zusammen mit ihrem Mann in Württembergs Mitte, im schwäbischen Aichtal.

Toni Feller
Jahrgang 1951, wohnhaft in Bruchsal, einziger Kriminalhauptkommissar Deutschlands, der über Jahrzehnte Mitglied einer Mordkommission war und seit 2004 Kriminalromane schreibt. Der Thriller »Die Sünde« war 2013 das meistverkaufte Buch auf der Frankfurter Buchmesse.
1994 erste Veröffentlichung. Bis heute insgesamt zwölf Bücher verschiedener Genres, 12 Bühnenstücke, Drehbuchvorlagen für drei Dokumentarfilme, mehrere Preise für Kurzgeschichten, sieben TV-Auftritte als Buchautor u.a. bei Susanne Fröhlich (MDR), Markus Lanz (ZDF) und Frank Elstner (SWR).

Andreas Fleck
Jurist, Ministerialdirigent i.R., geb. 1954. Lebt in Schleswig-Holstein bei Kiel. Engagiert sich nach seiner beruflichen Tätigkeit in der Landesregierung im bürgerschaftlichen Bereich und ist als freier Autor und Redenschreiber tätig.

Mareike Fröhlich
Sie lebt und schreibt in einem kleinen Vorort von Stuttgart. Vor zehn Jahren klopfte das Schreiben an ihre Tür und ist mit Sack und Pack bei ihr, den Töchtern, Mann und Katze eingezogen. Seither hat sie mehrere Geschichten in Zeitschriften und Anthologien veröffentlicht. Ihre Spezialität ist der Mord. Skurril bis lustig, schaurig bis schonungslos.

Anne Grießer
Sie ist aufgewachsen im Odenwald, studierte Ethnologie und Germanistik, bevor sie auf die schiefe Bahn geriet. Nach einigen Ausflügen ins seriöse Berufsleben (Bibliothekarin, Redakteurin) schreibt sie heute hauptsächlich über Mord und Totschlag. Als Autorin (Kurzgeschichte, Roman, Hörspiel, Theater), Herausgeberin und Krimi-Entertainerin (Live-Krimis in der Brauerei, Hör- und Fühlkrimis im Stockdunkeln) schwingt sie in Freiburg die Feder und so manches blutige Theaterrequisit. Zuletzt gab sie für den Wellhöfer-

Verlag die Schwarzwald-Krimianthologie »Tannenduft und Toten-
glocken« heraus.
www.anne-griesser.de

Bettina Hellwig

Sie ist Jahrgang 1963 und promovierte Fachapothekerin für Arznei-
mittelinformation. Sie lebt und arbeitet als Autorin in Konstanz und
Stuttgart. Neben medizinischen Fachtexten schreibt sie kriminelle
Geschichten, wobei sie immer wieder gerne auf ihre langjährige Er-
fahrung in der Offizin zurückgreift. 2013 wurde sie für einen Kurz-
krimi beim Freiburger Krimipreis prämiert, 2014 veröffentlichte
sie »Julmonds Grab« bei Oertel + Spörer. Sie ist Herausgeberin der
Anthologien »Schwabens Schwarze Seele« und »Die Mörderin vom
Bodensee«, die 2015 und 2016 im Wellhöfer-Verlag erschienen sind.
Sie ist Mitglied bei den *Mörderischen Schwestern* und im *Syndikat*.

Heidemarie Köhler

ist von jeher in der fiktiven Wirklichkeit ebenso zu Hause wie im
Alltag. Sie schreibt hauptsächlich Kurzgeschichten, ab und zu Gedichte, und arbeitet an Romanen. Ihre jahrelange Erfahrung als
Bühnenschauspielerin fließt heute in Lesungen ein, die sie gern und
häufig veranstaltet, oft zusammen mit anderen. Sie ist Mitglied der
Tübinger Autorengruppe *LiteRatten*, Mitbegründerin des Schreiben im Café in Reutlingen und Initiatorin verschiedener Schreibaus-
flüge unter dem Titel Schreiben-on-Tour. Für ihren Episodenroman
»ZwischenAbstand« erhielt sie vom Förderkreis deutscher Schrift-
steller in Baden-Württemberg ein Arbeitsstipendium. Ihre Texte
wurden in verschiedenen Anthologien veröffentlicht.
www.heidemariekoehler.de

Anita Konstandin

1956 in Stuttgart-Bad Cannstatt geboren, arbeitete als angestellte,
später als freiberufliche Werbetexterin. Ihre erste Kurzgeschichte
verfasste sie für einen Literaturwettbewerb des Freien Deutschen
Autorenverbands. Dieser kleine Erfolg bildete den Auftakt zu ei-

ner Reihe Storys, die in verschiedenen Anthologien herausgekommen sind. Ihr erster Roman, »Morgen früh, wenn Gott will«, ist ein Thriller, der im Silberburg-Verlag erschienen ist. Wenn sie nicht schreibt, backt sie Schwäbische Butter-S oder Ochsenaugen. www.anita-konstandin.de

Susanne Kraft

Sie wurde 1975 in der Nähe von Bonn geboren und studierte in Nordrhein-Westfalen Mathematik, Chemie und Geschichte auf Lehramt. Danach war sie drei Jahre lang an der Universität Oldenburg als wissenschaftliche Mitarbeiterin im Fachbereich Chemie tätig und begann anschließend in Heidelberg mit dem Referendariat. Seit 2006 lebt sie in Südbaden und unterrichtet an einem Gymnasium im Markgräflerland.

Uschi Kurz

Sie ist in Ludwigsburg aufgewachsen und nach dem Studium (Germanistik und Philosophie) und einem Volontariat zwischen Tübingen und Reutlingen gestrandet. Als freie Journalistin und später als Redakteurin beim »Schwäbischen Tagblatt« hat sie häufig Strafprozesse beobachtet und viel über menschliche Abgründe erfahren. Die kriminelle Energie, die dabei in ihr geweckt wurde, setzt sie schreibend um. Aus einer ihrer Kurzgeschichten entstand der erste Kriminalroman »Der Totenschöpfer«, der 2011 in der Regionalkrimi-Reihe im Silberburg-Verlag in Tübingen erschienen ist. Der zweite Krimi mit demselben Ermittlerduo erschien 2016. Uschi Kurz ist Mitglied bei den *Mörderischen Schwestern* und im *Syndikat* und lebt mit ihrer Familie und zwei Katzen in Wannweil.

Thomas Nauert

Geboren 1957, Facharzt für Arbeitsmedizin, lebt und arbeitet er in Schleswig-Holstein. Beruflich kümmert er sich um den Arbeitsschutz. Er ist bekennender Fan von Wilhelm Busch.

Petra Naundorf

Sie ist Jahrgang 1967, studierte Germanistik, Politikwissenschaften und BWL an der Universität Stuttgart und arbeitete für verschiede Verlagshäuser in Stuttgart und Hamburg. Sie ist Mitglied der Krimivereinigung *Mörderische Schwestern* und mordete bereits in den Wellhöfer-Bänden »Schwabens Schwarze Seele« und die »Mörderin vom Bodensee«.

Gudrun Paladey

Sie lebt in Osnabrück und ist Mitglied im Vorstand der dortigen evangelisch-lutherischen Timotheusgemeinde.

Claus Ritzi

Er ist Jahrgang 1958 und Chefredakteur eines Kunden-Gesundheitsmagazins. Er lebt in Maisach, einem Dorf nahe München. Seine Ursprünge hat der Journalist bei der Süddeutschen Zeitung / Redaktion Wolfratshausen. Dort war er als freier Autor für den Lokalteil und das Feuilleton tätig. Durch einen Zufall verschlug es den studierten Geisteswissenschaftler zu den pharmazeutischen Fachmedien, wo er mehrere Zeitschriftentitel in leitender Position betreute. Ritzi ist Verfasser der Erzählung »Tausend Dates und null Amore«, erschienen im Frau Tina Verlag, Gernsheim.

Tanja Roth

Geboren 1976 in Stuttgart, lernte sie den Beruf der Hotelfachfrau und studierte danach Kommunikationsdesign. Stationen ihres Arbeitslebens sind Orléans, München und Rom. Seit 2008 lebt sie mit ihrer Familie auf den Fildern und ist als selbstständige Grafik-Designerin und Autorin tätig. Bisher hat sie drei Krimikurzgeschichten veröffentlicht. Aktuell feilt sie an ihrem ersten Roman.

Barbara Saladin

Sie ist geboren an einem Freitag, den 13. im Jahr 1976, lebt im Kanton Basselland/Schweiz und arbeitet als freiberufliche Autorin, Journalistin und Texterin. Sie hat mehrere Kriminalromane, Kurz-

geschichtensammlungen und Sachbücher, das Drehbuch für einen Kinofilm, ein Hörspiel sowie zahlreiche Kurzkrimis geschrieben. Während eines Krimi-Stipendiums lernte sie die Ostfriesischen Inseln kennen. Seither liebt sie sowohl Wellen, Watt und Weite der Nordseeküste als auch die Wälder und Weiden der Schweizer Jurahügel und ist literarisch gesehen an beiden Orten zuhause.
www.barbarasaladin.ch

Regina Schleheck

Sie hat sich in der Fantastik wie im Krimi einen Namen gemacht. Unter anderem wurden ihr mit dem Friedrich-Glauser-Preis der deutschsprachigen Krimautoren und dem Deutschen Fantastikpreis die begehrtesten Auszeichnungen beider Genres zugesprochen – neben vielen anderen Preisen.

Die 1959 geborene hauptberufliche Oberstudienrätin, nebenberufliche Referentin, Herausgeberin, Lektorin und fünffache Mutter veröffentlichte seit 2002 Hunderte Kurzgeschichten, Hörspiele, Erzählungen, Gedichte, Theaterstücke, Drehbücher und Essayistisches. Die Autorin ist in Köln aufgewachsen, hat nach ihrem Studium zehn Jahre mit ihrer Familie in Aachen/Ostwestfalen gelebt und wohnt seit 1996 in Leverkusen.
www.regina-schleheck.de

Ursula Schmid-Spreer

Ehemalige Lehrerin, zahlreiche Veröffentlichungen in Anthologien, Fernseh- und Literaturzeitschriften, die teilweise vertont wurden. (Mit-)Herausgeberin zahlreicher Anthologien im Wellhöfer-Verlag, 4 Kriminalromane, erschienen bei der Edition Oberkassel, Düsseldorf. Mitglied bei den *Mörderischen Schwestern* und im BVjA. Organisatorin des Nürnberger Autorentreffens und von Seminaren verschiedener Genres. Mitbegründerin der *Wortklauberei*, Vernetzung von fränkischen Autoren.
www.schmid-spreer.de

Jutta Schönberg

Sie ist promovierte Germanistin und lebt in Tübingen. Weiterbildung als PR-Referentin. Anschließend verschiedene Tätigkeiten, u.a. Redakteurin für das Presseamt der Universität Tübingen, Projektkoordinatorin für die kommunale Frauenbeauftragte und PR-Beraterin. Wissenschaftliche und journalistische Publikationen. Derzeit freie Autorin und Redakteurin. Seit 2009 Veröffentlichung mehrerer Kurzgeschichten, vor allem im fantastischen Bereich, aber auch in anderen Gebieten. Zweiter Platz beim Frederic-Brown-Award 2009 mit »Zwei Spaziergänger«. 2016 Veröffentlichung von »Erwenks Entdeckung« und »Joels Probe« (E-Books), den beiden ersten Teilen einer Fantasyromanserie mit dem Titel »Joels Lieder«. Mitglied der Tübinger Autorengruppe *LiteRatten*.
www.jutta-schoenberg.de

Michael Wanner

Er studierte in Tübingen Germanistik, Pädagogik und Rechtswissenschaft. Er vertritt Gewerkschaftsmitglieder vor Arbeits- und Sozialgerichten. Mit seiner Frau, die wie er Kriminalromane, Drehbücher und Theaterstücke schreibt, wohnt er nach Aufenthalten im befreundeten Ausland (Baden) wieder in Tübingen.

Ulrike Wanner

Sie studierte Sprachwissenschaft und Altorientalistik in Tübingen und London, bereiste den Vorderen Orient und arbeitete an einem Forschungsprojekt im Irak mit. Seit ihrem Studium der Informationswissenschaft in Konstanz ist sie als Programmiererin und im IT-Support tätig.

Gudrun Weitbrecht

Sie schreibt seit 2001. Bereits ihr erster Kurzkrimi wurde verfilmt. Seitdem hat sie zahlreiche Kurzkrimis und drei Kriminalromane veröffentlicht. Sie ist Herausgeberin und Koautorin von vier Schwabenanthologien, darunter beim Wellhöfer-Verlag »Henker, Huren, Mordgesellen«. Im Oktober 2015 kam von ihr der Erzählband

»Weihnachtsgeschichten aus Stuttgart« heraus. Zurzeit schreibt sie an ihrem vierten Kriminalroman.
www.weitbrecht.info

Angelika Wesner

Sie ist 1968 in Stuttgart geboren und in Kornwestheim aufgewachsen, ist freie Journalistin und Krimiautorin. Sie veröffentlichte 2011 im Eigenverlag zwei Camping-Krimis (»SOKO Camping – Der Tod macht niemals Urlaub« und »SOKO Camping – Textilfrei ins Jenseits«). Dialekte sind wichtige Elemente in ihren Romanen, wobei ihre besondere Vorliebe dem Schwäbischen gilt. Die Autorin lebt mit ihrem Mann, dem Kriminalbeamten Andy Wesner, in Schwäbisch Gmünd. Der Kriminaltechniker durchleuchtet in ihren Romanen den Wahrheitsgehalt aller polizeirelevanten Szenen, muss allerdings hin und wieder aus dramaturgischen Gründen klein beigeben ...

www.wellhoefer-verlag.de

Schwabens Schwarze Seele
25 Krimis - 28 Rezepte
Bettina Hellwig (Hrsg.)

330 Seiten, Euro 12,95

26 Krimiautoren servieren deftige schwäbische Spezialitäten in skurril-heiteren, schwarzhumorigen und mörderisch spannenden Geschichten. Von der Landeshauptstadt Stuttgart bis zur Schwäbischen Alb und den Nordschwarzwald dampfen Töpfe mit Flädlesupp' und Maultaschen, und aus schwäbischen Backöfen zieht ein tödlicher Duft nach Käsespätzle und Nonnenfürzle durchs Land.

Mit dabei sind: *Dorothea Böhme, Gitta Edelmann, Toni Feller, Bettina Hellwig, Barbara Saladin, Regina Schleheck, Ursula Schmid-Spreer, Christian Sußner, Bernd Storz, Michael und Ulrike Wanner, Peter Wark, Gudrun Weitbrecht, Ingrid Werner*

Heilig's Mördle

Bettina v. Cossel / Carolin v. Saint Paul

172 Seiten, Euro 12.95

Berta Meier ist entzückt über den neuesten Auftrag ihres Neffen, seines Zeichens Privatdetektiv. Er soll die Blaubeurer Hochzeit des Jahres platzen lassen. Als dann auch noch ein Mord passiert und ein wertvoller Diamant gestohlen wird, gibt es für Berta kein Halten mehr. Wer wäre besser geeignet als sie, in diesem Fall zu ermitteln! Auf die Polizei kann man sich sowieso nicht verlassen – und wegen ihrer vielen Jobs hängen an ihrem Schlüsselbund die Schlüssel vom halben Ort.

Ein unterhaltsamer Krimi mit echt schwäbischem Charme.

Fride sei mit euch
Komischer Krimi mit viel Schwäbisch
von Kathinka Kaden

216 Seiten, Euro 12,95

Es geschah in Birningen, einer typisch schwäbischen Kleinstadt.
Ausgerechnet in ihrer neuen Kirchengemeinde in Birningen läuft
der lebenslustigen Vikarin Fride ihre große Studentenliebe Jo über
den Weg, der inzwischen ebenfalls im geistlichen Beruf unterwegs
ist – allerdings als katholischer Vikar. Die beiden beginnen eine
heimliche Affäre und alles könnte so schön gefährlich-romantisch
sein. Doch nicht in Birningen. Gerade im Dienst, bemerkt Fride
Anzeichen für ein schlimmes Verbrechen und schöpft Verdacht gegen den Bauern Wilhelm Gudbrod. Kaum ist dieser ausgesprochen,
befindet sie sich mitten in einem Netz aus Misstrauen, sonderba-
ren Seilschaften und zwielichtigen Typen. Als wäre das alles nicht
schlimm genug, gibt es auch noch eine Leiche.
„Fride sei mit euch", kann man denen nur wünschen, die in solch
ein schwäbisches Haifischbecken geraten.

www.wellhoefer-verlag.de